JN093297

清少納言を求めて、フィンランドから京都へ

ASIOITA
JOTKA SAAVAT
SYDÄMEN LYÖMÄÄN NOPEAMMIN

ミア・カンキマキ
末延弘子 訳

MIA KANKIMÄKI

草思社

清少納言を求めて、フィンランドから京都へ

Asioita jotka saavat sydämen lyömään nopeammin
by Mia Kankimäki

Original edition published by Otava, 2013

Japanese translation rights arranged with
Mia Kankimäki and Elina Ahlback Literary Agency, Helsinki, Finland
through Japan UNI Agency, Inc., Tokyo

目次

清少納言の言葉ほか、引用文に訳者名がないものは末延弘子訳。
脚注（1〜200）はすべて訳者（末延弘子）によるもの。

みなさんにはあらゆる本を書いてほしい、些細なテーマであれ遠大なテーマであれ、ためらわず取り組んでほしいと申し上げたいのです。／みなさんには、何としてでもお金を手に入れてほしいとわたしは願っています。そのお金で旅行をしたり、余暇を過ごしたり、世界の未来ないし過去に思いを馳せたり、本を読んで夢想したり、街角をぶらついたり、思索の糸を流れに深く垂らしてみてほしいのです。

（ヴァージニア・ウルフ『自分ひとりの部屋』片山亜紀訳）

道を知っている人に決して尋ねてはなりません。道に迷いかねませんから。

（キュッリッキ・ヴィッラ[1]『逃走——もう一つの航海日誌』のモットー）

実家で時間を持て余しているときに、人が見ようとするはずはないと思って書き集めた。あれやこれ、故事、ありとあらゆること、ありふれた話なんかで書きつくしてしまおうとした。わたしの目に見え、心に思ったありとあらゆることを書いた。わたしだけがおもしろく感じたり、自然に思いついたりしたことを書きつけてあるだけなのだ。

（清少納言）

をかし＝読み手を魅了したい、美しいもの、素敵なもの、洗練されたもの、ときには変なもの、普通でないものをとらえさせたいという思い。

（ツベタナ・クリステワ[2]による清少納言の本旨）

---

1 （一九二三〜二〇一〇）。フィンランド人翻訳家、世界旅行者。アン・ブロンテやアストリッド・リンドグレーンをフィンランド語に訳す。前作にあたるエッセイ『老婦人の航海日誌』（二〇〇四）は大ヒットし、旅の本賞を受賞している。

2 （一九五四〜）。ブルガリアの日本文学研究者。

I　始まり。十月

ここから始まる。

私は自分の人生に飽きてしまった。死ぬほどつまらない。本当につまらないから、その気になれば死んでもいい。

中年、独身、子どもはいない。一人で住んでいる。同じ仕事を続けて十年。六時十五分に起床。いつもと同じ朝食をとる。新聞を読んで、シャワーを浴びる。ヘルシンキの中心街にある職場へ行って、作業をして、会議に出る。組織改革や業務効率化についていくのに年々嫌気が差してくる。帰宅。テレビを見る、だらだらと。たまにヨガに通う。悪酔いするのが怖くてワインを控える。余裕をもってベッドに入るものの、寝つけない夜がほとんど。六時十五分に起床。

つまらなくて死にそうだ。不安で死にそうだ。ムカついて死にそうだ。何か手を打たなければ。

友人の勧めで、ドリームボードを作りはじめる。でも、効果はあるんだろうか。生け花教室で余った厚紙を取り出して、自分がほしいものを書いた黄色い付箋を貼りつける。便利な車。サファリ旅行。パートナー（多分）。何かインスピレーションを感じさせられるプロジェクト。しばらくの間、日本に住む理由。

自分の人生に飽きていると、ほしいものを考えつくのは案外難しい。この作業がバカバカしく思えて、誰かが遊びにくると——そんなにしょっちゅう来ないけれど——いつもボードを隠してしまう。

ここから始まる。

職場で労使間の共同決定の報告がある。というか、将来の対策と主要事業の強化についての話といった感じだ。いずれにしろ二十五名が会社を去ることになる。私はその中に入っていない。でも、職場は以前と同じではない。私はもうここにいたくない。だから去ることにした。どこへ去ったらいいのかまるでわからなかったけれど、前より心が楽になった気がする。

九〇〇年代に生きた日本の宮廷女房の清少納言と思いを交わすようになって、十年以上になる。彼女が書いた『枕草子』を、大学の日本文学講座か何かで読んで、すぐさま好きになった（正直、わかりにくいところが所々あって全部は読んでいないけれど、英訳は拾い読みしながらじっくり読んだ）。年を追うごとに、セイのあの有名なものづくしリストに触発され、思うままに書いてみた。うまく書けたときもある。でも、だいたいが今ひとつの出来だった。十ページほどの原稿を出版社の編集者仲間に送ったら、返ってきたコメントがこれ。「すごくおもしろいけど、これって何？」私にもわからなかった。

ああ、セイ。二〇〇〇年代になっても、あなた（と私）のことはわかってもらえない。

私はいいことを思いついた。長期休暇制度[3]を使って一年間会社を去ろう。清少納言を研究しに日本へ行こう。そして、彼女と自分について書こう。本当にバカげているが、さしあたって架空のドキュメント企画に沿って私は生活しはじめた。長期休暇を取得できるんだろうか。取れたとして、どうやって生活していけばいいのか。まるで見当がつかない。それよりも何よりも、他人の文章に何年も携わってきたけれど、そもそも自分に本は書けるのか。

一年前に東京で買ったまっさらなノートを広げてみる。表紙は奈良美智の怒った小さな女の子。ノートに私はこんなことを書く――一応、人形遊びをする子どもっぽく。

「これからあたしは長期休暇を取るのよ。それで、日本へ行って、セイショウナゴンを調べるの。どこかから奇跡的にお金をもらえて、それで一年間暮らすの。それでもって、あたしはいろんなところを旅して、ドキドキワクワクの一年を過ごして、それについて本を書く。あたしは残りの人生を幸せに暮らして、つぎはどんなすごいことをしようかって考えるわけ」

二〇〇九年十月五日。三十八歳。ここから始まる。私にはわかる。

その日の夜は久しぶりに寝つきがよく、新しい生活の夢を見た。夢の中で、苦労をともにした同僚のウッラと花崗岩でできた城のような会社の新しい棟を見つけた。工場のような大きなホールの壁一面は窓になっていて、そこから地平線まで続く緑の楽園のような草原が見える。草原には野生の馬が放たれていた。

これが人生というものか、と私は思う。

［清少納言の言葉］

　うれしいもの

読んでいない物語をたくさん見つけたとき。気に入った一巻めの物語の二巻めを手に入れたとき。たいていは期待外れでがっかりするけれど。

誰かが破り捨てた手紙。それを拾い集めてつなぎ合わせられることに気づいたとき。

陸奥紙（みちのくがみ）、白くて装飾された紙、ただの紙でもきれいで白いのを手に入れたとき、わたしはとてもうれしい。


清少納言について知っていること。

清少納言（九六六～一〇一七頃[4]）は日本の宮廷女房で、千年前の平安時代に宮仕えしていた人。

3　長期休暇制度（vuorotteluvapaa）とは、一定期間、同じ職場に勤続すると一年間の休暇を取得できるフィンランドの制度のこと。休暇の間は手当が支給され、会社は代用要員として失業者を雇い入れる。休暇の使途に制限はない。

4　松尾聰・永井和子訳・注『枕草子［能因本］』（笠間書院、二〇〇八）では一〇二五年頃とも。

彼女は『枕草子』という作品を書いており、その中で、宮廷生活について気づいたことを日記スタイルで綴っている。この作品は、ものづくしリスト、噂、歌、美的な評価、人間関係や自然といった様々な観察——彼女にとって書き留めておく価値があるものすべてについてのコレクションだ。随筆（文字通り「筆のおもむくままに」）という文学ジャンルを切り拓いた『枕草子』は、作者個人の心にふと浮かんだことで構成されている。清少納言の生涯については、文章から判断する以外にあまり知られていない。でも、その当時の平安京、つまり京都の宮廷には物を書く女性たちがセイの他にもいた。例えば、セイのライバルである紫式部は『源氏物語』を書いている。これは世界で最初に書かれた長編小説として歴史に残り、今でも日本文学史上、最も重要な作品だ。

『枕草子』については、イギリスの日本文学研究家アイヴァン・モリスの英訳 *The Pillow Book of Sei Shōnagon* が出ているのは知っている。この英訳に、とある日本文学講座で私は熱中し、一九九五年の十二月に買い求めて私の蔵書にした。フィンランドで『枕草子』を知っている人はいない。まだフィンランド語に訳されていないから[5]。今のところ『枕草子』は *Päänaluskirja* か *Tyynynaluskirja* という二通りのフィンランド語があてられているが、決まった言い方はない[6]。

セイ、ぼんやりとだけど、あなたと関わって考えたことが二つある。

一つめ。千年前にあなたが着目したことの多くが、驚くほど身近で、まるで私に話しかけているみたいにホットな話題だということ。二つめ。ジャンルとしての「随筆」は、何だかとても現代的で、個人を話題にしていたり、断片的だったりするところがブログのルーツか何かにすら感じるということ。

あなたやあなたの考えと一緒に歩いてきて、十五年近くになる。このことは自分だけの秘密にしてきた。長い年月の間、仕事のときも休みのときも様々な文章を書くときのインスピレーションの源泉だった。あなたに鼓舞されてずっと書き溜めてきたものがある。あなたのものづくしリストに刺激されて書いたノートは何冊にもなった――驚いたのは、人の個性について、これほどたくさんの興味深い情報がものづくしリストに凝縮されていること。あなたが書いたものを拠り所にして、コンセプチュアル・アート的なポスト・イット展覧会を（別の人生か何かで）開こうと計画している。

いつの日か、あなたの役に立つときがくるとわかっていた。今がそのとき。すべてはなるべくしてなる気がする。つまり、一年かけてあなたを探しにいって、そのことを書く。あなたの生まれた日本を旅して、平安時代の不便な着物を纏（まと）って、顔を白く塗って、ひどく寒い冬の月の明るいときに歌を詠んで、あなたと私自身を見つける。

私は、あなたに話しかけられた世界中で唯一の人間だと思ってきた。自分は選ばれた人間で、他の人には見えていないものが見えていると思ってきた。私だけが少なくとも霊的な通信ができ

5　ミーカ・ポルッキ訳で *Tyynynaluskirja* として Teos 社から近く刊行予定。
6　どちらも「枕の本」という意味。

る、だからあなたについて他の誰にもわからないことがわかるんだ、と。

このとるに足りない間違った情報を、私はノンフィクション助成金申請書に暢気(のんき)に記入して、いくつもの公的機関に送ろう。これから起こることについて、十月の午後の時点では私は何一つわかっていなかったと、あとから知ることになる。

II　エスポー[7]。冬から夏

職場でのショックは大きい。もう一歩も後には引けないくらい上司と喧嘩して、ふてぶてしい態度をとってしまった。やる気はなくなり、一線を越えてしまった（バーンアウトだね、と友人のバズは言った）。私と一緒にいてくれた同僚たちと落ち込まないように、レッグウォーマーを履いて、編み込みのヘッドバンドをつけて、破れたカレッジのトレーナーを着て、青春映画『フェーム』[8]を観に行く。映画を観る前に、私たちは踊れるようにストレッチする。ティーナが私に八〇年代風のネックウォーマーを編んでくれるというので、皆でバレエシューズ色のシルク混のカシミア糸を買いに行った。

クリスマスが明けてから訪れた幸運が信じられない。長期休暇がもらえたのだ！　すべてがよくわからないまますんなり運んだので、うれしい半面、皆は私から解放されてせいせいしているんじゃないかと思わずにはいられない。

7　ヘルシンキ都市圏の一つ。東にヘルシンキ、北にヴィヒティが位置する。
8　一九八〇年代のアメリカ映画。ダンス映画の先駆け。フィンランドではティーンの間で大流行し、フェームの服装を真似たり、音楽を聴いたり、ダンスをしたりした。

そうしたらパニックに陥った。八月に入ると休暇が始まる。私は何をすればいいんだろう？夢に見ていたことすべてを一年でやってしまわないといけないのだろうか？　ボルネオのオランウータン孤児院で働く？　アフリカの自然公園で野生動物を数える活動に参加する？　カリブ海でウミガメの産卵を保護する？　タイでダイビングを習う？　ついこの前までドリームボードの付箋に書きつけたように、理想だった京都に数ヶ月間住むことが現実になろうとしている。やみくもに願うのはそろそろやめなければ。

とにかく、まずはお金を手に入れなければならない。わずかな貯金と長期休暇手当で節約して暮らせば一年ちょっとは持つ。ただし、ホームレス覚悟で家を貸した場合だ。飛行機で何度も往復はできない。幸いにも、友人のスサンナの写真展のオープニングで昔お世話になったアンナ教授に会い、助成金申請のアドバイスをもらった（「奇跡的にお金をくれるところ」についても）。大真面目な申請書を、恥ずかしくなったりあきれたりしながら、私は思いつくかぎりありとあらゆる機関へ書きはじめた。目を閉じて申請書の送信ボタンを押す。助成金の選考委員の中に少しでもこの分野に詳しい人がいませんように。そうでないと、自分の計画のいたらなさをすぐに見破られてしまう。日本語の語学力について触れていないことに気づかれませんように。つまりは日本語ができないことがばれませんように。日本語ができなければ、プロジェクト全体は実現なんて不可能だ。どんなことでもできるという思い上がりと鬱々とした自己嫌悪の間で、私の心は揺れていた。

せめて日記からでも、と私は書くことをはじめてみる。すべての基本なのに、言葉がうまくでてこない。十年間、出版社で広告編集者をやってきて、語彙が衰えてしまった。文章の長さも広告仕様になっている。悲痛なドキュメンタリー。胸に迫る実話。こんなもので本を書こう、などとよくも思ったものだ。

そう言いつつも、本のねらいと形態——一年間の研究報告と日記は、正直、すばらしく良い、と思い直した。私の計画に何が起ころうと、失敗はありえない。だって、失敗したことを記録するだけなのだから。清少納言について何も語ることが見つからなかったら、思いついたことを語ればいい。

元同僚のミッコとお昼を食べにいく。ミッコの話では、フィンランド人作家のペンッティ・サーリコスキ[9]も自伝的な小説『プラハの時』[10]を執筆しているとき、似たような境遇だったという。サーリコスキが同じ時期につけていた日記から、自伝的な紀行文のほとんどがフィクションで、とりわけ隣人の話がそうだったらしいことがわかった。実際のサーリコスキはとても内向的で、プラハ滞在中はずっと引きこもっていた。あのおもしろい話はすべて、作家の想像力によって作

9　（一九三七〜一九八三）。フィンランドの詩人。一九六二年に政治や社会を風刺した詩集『本当は何が起こっているのか』を発表し、注目を集める。ホメロスの『オデュッセイア』やジェームズ・ジョイスの『ユリシーズ』などの翻訳でも知られている。

10　一九六七年刊行。一九六六年十一月から一九六七年一月までのプラハ滞在日記。

られたものだったのだ。同じことが自分の京都滞在中に起こるかもしれない。つまり、私はとても内向的で日本語もできない。だから、誰ともずっと話さないだろう。声帯は退化し、研究もできない。平安装束を着て、顔を白く塗って、ひどく寒い冬の月の明るいときに歌を詠むなんていうおかしなパフォーマンスはもってのほか。すべてを想像で作り出すことになるだろう。それに助成金が下りなかったら、日本にすら行けない。泣く泣く自分の家を手放して、ヘルシンキにほど近い両親のいるヴィヒティ[11]の実家であれやこれやと話をひねり出すことになるのだ。

助成金申請書を送り出し、文化財団からの結果を待つ。シャンパンを冷やしておこう――結果はどうあれ、無駄にはならない。棚にはピンク色のモエ・エ・シャンドンが一本ある。二〇〇六年にプレゼントでもらったものだ。四年間、開ける理由をいっさい思いつかなかったが、この春には絶対に開ける理由がほしい、と思った。

そう思ったのも束の間、文化財団からは祝う理由となる音沙汰はまだない。情報公開財団からも、オタヴァ出版財団からも、WSOY出版文学財団からも、笹川財団からも、ない。春よ、濡れた雑巾(ぞうきん)で顔をぶたれる季節よ。

でも、セイ、まだ諦めない。そのほうがいい気がする。あなたと私は驚くほど似ている、と強く思う。私たちには話すべきことがたくさんある、と強く思う。私はあなたのことを理解しているし、私と知り合えば、きっとあなたは私のことを理解してくれる気がする。私の友人だって、その多くがあなたのことを好きになるだろうし、あなたを友人に引きあわせれば、いっきに皆の人気者になるかもしれない。ランチ、女子会、週末コテージ、列車の旅、ブックフェア、シャンパンブランチなんかを開く人がいたら、そこに呼ばれるかもしれない。あなたのことを知っていれば、皆あなたと付き合いたがると思う。でも、誰もあなたのことを知らない。

　あなたと私が住んでいる場所は、まるで夜と昼のように違うというのは、もちろん何となくわかる。時間的にも、地理的にも、文化的にだって、お互いにとことん離れている。二〇〇〇年代のフィンランドは九〇〇年代の日本からとても遠い。たとえ私があなたの国の文化を何年も習っていても、あなたの世界について何もわかっていない。あなたの国についてまっさきに私の頭に浮かんだものは、あなたの時代にはまだ存在していなかった。芸者も、侍も、寿司も、俳句も、生け花も、茶道も、浮世絵も、歌舞伎も、能もなかった。座敷も、公共浴場も、床の間も、禅も、武士道も、愛ゆえの心中も。平安時代の宮廷世界は美に捧げられた宇宙で、それを支配しているのは歌であり、書であり、音楽であり、恋愛だった。これは、世界中のどこにもなかった文化だ。

　セイ、本当はね、私はあなたの本を全部読んでもいない。だって、まるでわからないことだらけだから。あなたが書いた人たちは誰？　あの集団はいったい何？　それにあの種々様々な官位。右大臣、左大臣、受領(ずりょう)、上達部(かんだちめ)、殿上人(てんじょうびと)、東宮(とうぐう)、尼、天皇、后、それに「三位中将(さんみのちゅうじょう)」って――せめて実名で書いていてくれていたら、ちょっとはついていける人がいるかもしれない。それでも私

11　ヘルシンキの北西四十五キロにある衛星都市。

はこんがらがる。例えば、ミチタカ、ミチナガ、タダノブ、ノブタカ、ノリミツ、ユキナリ。フジワラのなんとかやかんとか。あの人たちが誰で、官位とどう結び付いているのかわからないから、出来事についていくのも本当に楽じゃない。

それにあなたたちは宮廷でだいたい何をしていたの？　あなたが心酔していた高位の人たちは誰？（ところでどこだったか「宮廷にライバルがいる」[12]なんていつも書いてあるけど、それはいったいどういう意味？）あなたたちの宮中行事についてもさっぱり——申し訳ないけど、そこのところの描写は読んでいてかなり退屈。それから、ありとあらゆるマント[13]、キュロット[14]、帽子、牛車、間仕切り、ベランダ[15]ってどういうもの？　どうしていつも壁みたいなものの後ろに体をかがめて隠れていたり、こっそり覗き見していたりしたわけ？　物忌みやら方違えやらというのは？　そもそもこの本にはプロットすらないわよね。だって、話があっちこっちに飛んで、年代順になっていないもの。しかも、あなたの話を読んでも、出来事の様子がほとんどわからない。このすべてにどんな意味があるの？　こんなゆるく結び付いたようなだけの文章を、どうして書いたの？　花、木、鳥、虫についてリストアップしたのはなぜ？　原、山、駅。仏、僧侶、上達部。指貫（さしぬき）、狩衣（かりぎぬ）、唐衣（からぎぬ）？　扇の骨、几帳、楽器、遊び。病、経、受領。歴史研究家を喜ばせるため？（あなたは本当に喜ばせたけれど）。

でもね、セイ、厄介な箇所を抜かして辛抱づよく読み進んでいくと、大好きにならずにはいられない章段に何度も何度も突きあたる。それは、私にもわかるリストの数々。人となりや人間関係について、私たちのどちらにも通じていて、これからもきっと変わらない世界について、驚くほど細かく観察されている。美しいもの、がっかりするもの、イライラするもの。すばらしいもの、品のないもの、めずらしいもの。胸がときめくもの。みじめな感じのするもの。過ぎ去った昔が恋しいもの。比べられないもの。暑苦しそうなもの。みっともないもの。清らかな心地になるもの。近くて遠いもの。遠くて近いもの。完璧な恋人がどういうもので、完璧じゃないとどれだけムカつくかとか、いつどこで恋人と会うのがいちばんうれしいかとか。風が強いときに会いにきた男は遊びじゃないってどうしてあなたにはわかるの？　こういった章段が、千年の時を超えて、言葉や文化の違いを超えて、アジア大陸を超えて、古代の平安京から二〇〇〇年代のヘルシンキにやってきて私の胸に響いたとき、宝物を見つけたと思った。誰もが見逃した宝物を。

お金の工面に気を揉みながら、私は夜を明かす。どうしておそらく世界でいちばん物価が高い日本に惹かれてしまうのだろう？　どうしてアルバニアとかに興味を持たないんだろう？　世界一周旅行を夢見たけど、ヴィヒティの実家に落ち着くことになるんだろうか？　くよくよ悩むのをやめたら、変化が——変わろうと決めたときからもう——いろんな形で生活

12　藤原道隆と藤原道長のこと。
13　袍（ほう）。
14　袴。
15　簀子（すのこ）。

に表れていた。気づくと私は、生け花教室でいつもと違う生け方をしている。前よりも大胆に、派手に、確かに、決断しようとしているような生け方を。

セイ、生け花は自分を映す鏡のようだわ。

生け花教室のリーサ先生が、ヤスダさんの送別会をするというので家に呼んでくれた。先生の友人のヨウニがお茶を点てに来てくれるらしい――彼はお茶だけではなく平安時代の女流日記にも詳しいという。もしかしたら関連文献を持っているかもしれない。せめて自分が中身のある人間に見えるように、『枕草子』についての記憶を活性化させなくては。それにヤスダさんがどういう人なのかも知っておかねば。

大変。ヤスダさんは日本大使館の文化担当官だった。こんな人と、私の途方もないプロジェクトでお近づきにならなければならないの?

現時点で答えてもらいたいセイに関する質問事項を、私は書きだした。当時、セイの原稿は一般に公開されたのか? どうやって本になったのか? ブログみたいにリアルタイムで読まれたのか? 書かれた理由は? そのねらいは? 人に見せようと思って書いたわけじゃないとセイは言っているけれど、どう解釈すべき? 英訳の章段の順序と番号は原本通り? それとも後世の編者や研究者が漫然と並べ替えたもの? 原本は全部揃っているんだろうか? 作品の信憑性や虚構性は? 今の日本人は『枕草子』を知っているのか? 作品についてはどう思われているんだろう?

あとでわかったことだが、最初に思い浮かんだ質問事項は、研究者たちが何十年、いや何百年と答えを探し求めてきたものだった。でも、その多くが報われていない。

ヤスダさんの送別会。これでもかというくらい緊張した――いったい何を私は考えていたんだろう？　思い描いていたのは、黒いスーツ姿のおかたい初老の官僚たちと着物姿の日本語をしゃべるその妻たち、それとその場にふさわしくない自分。実際は、平安ヨウニは私とほぼ同い年で、とてもいい人だった。「なんでそんなに清少納言に夢中になったの？」まるで、暴力とセックスだらけの漫画の中でその名前に一昨日出くわしたかのような聞き方だった。私は、大学、文学の授業、九〇年代初め、という言葉を強調した――どうしていつも自分の（高）年齢と能力を強調しなければならないんだろう？　セイの文章が当時、世に出て読まれていたのか、評判はどうだったのか尋ねてみたが、その答えにショックを受けた。どうやら知ることは不可能なうえ、他の日記のほうがずっとおもしろいらしい。何となくだが、ヨウニにとってセイはおもしろくない人物のようだ。どうして私があんな口の悪い女に興味を持っているのか、驚いているように感じた。

ヤスダさんも奥さんも四十代で、ジーンズという格好だった――ああ、着物を着てこなくて本当によかった。ヤスダ夫妻はこれからハンガリーへ移るので、このプロジェクトについては話さないでおくことにした。が、私が「日本へ行ってセイについて書く」ことをリーサに公表されてしまった。ヤスダ夫妻は「Oh, really」と、どんな計画なのか（ありません）、どこに行くのか

（京都へ）、大学へ？（いいえ、私は日本語が話せません）、と聞いてきた。「Oh, then you're in trouble, Japanese don't speak English!」。京都に英語が通じる文化研究機構があるとヨウニから聞いていたので少しは安心していたが、それでも無謀なことをしようとしていることはわかった。大学との繋がりも語学力もない——つまりは何もない。どうかしている。

送別会のとどめに、日本研究家と文化担当官夫妻が私の車に乗り込んだ。後部座席のクロスカントリースキー板と一緒に詰め込まれた三人を、私は駅まで送っていった。

息が詰まるもの。

冬の終わりの汚い感じ。何ヶ月も同じ冬のコートを着て、同じ冬のブーツを履いて、手袋をつけて、ニット帽をかぶって、マフラーを巻いて、セーターを着ていたから。夏の終わりはこんなことにならない。

うらやましいもの。

セイ、あなたのものづくしリスト。これがあるからあなたのことが大好き。でも、好きなのはどうやら私だけじゃないみたい。親愛なるセイ、私だけしかあなたのことを知らないと思っていたのに、聞けばあるフィンランドのデザイン評論家がインテリア雑誌『グロリア・ホーム』のコラムであなたのことを書いていた。タイトルは「エレガントな定義」。あなたの本は世界のデザイナーたち一人ひとりのナイトテーブルに置いてあるらしい。多分、枕の下にすら！

セイ、いったいいつからあなたはトレンドになったの？　いきなり皆は自分たちの枕の本にこっそりとキスするようになったの？

［清少納言の言葉］
　いたたまれないもの

思っている人が酔っぱらって、同じことを繰り返してるの。

そばで聞かれているのも知らないで、人の噂をしてるの。それが使用人や、たいした人でなくても、具合が悪い。

（とくにうまくもない）自分の歌を人に話して聞かせて、どれだけ人に褒められたかしゃべる男——ほんとにいたたまれない。

人が起きて話をしているのに、寝入っているの。


三月の終わりに風邪を引いてから一週間以上になる。ベッドで寝ていてよかったことは、頭の中で計画が形となって見えてきたこと。休暇は八月から始まる。京都に九月、十月、十一月に行こう。クリスマスには家に帰ってきて、もし秋に満足しなかったら、三月、四月、五月にふたたび京都で過ごしてもいい。どういうわけか、三ヶ月というのがかなり短い期間のような気がしてきた（飛行機のチケットを買ってからわかったのだが、日本にはビザなしで滞在できるのは九十日までで、偶然にも旅の計画とぴったり合っていた）。

横になりながら宿をいくつかググっていたら、とうとう現実とは思えない宿がヒットした。その名もガイジンハウス。場所は京都の東山。畳部屋からは美しい庭が見える。銀閣寺に近く、落ち着いたのどかな環境。共同バスルーム、コインランドリー、キッチン、インターネット完備のコンピュータールーム、テレビ部屋、居住者は最大八名。設備水準はちょっとわびしいが（部屋のみ貸し出し、とある）、価格は今の為替レートで月にたった三百六十ユーロ。

熱っぽい問い合わせメールを送ると、オーナーであるオーストラリア人のキムからさっそく返事がきた。「『枕草子』は、初めて読んだときからのお気に入りの一冊。だから、あなたのプロジェクトのことを聞いて素敵だと思った！　部屋は空いています。お取り置きしましょうか？」

もちろん、安い宿代にはちょっとした落とし穴があるかもしれない、ということも考えた。少なくとも掃除当番。京都でトイレを磨いたり、カビの生えた他人の食器を洗ったり、排水管につまった髪の毛を取ったり、くさいモップと取り組んだり。ネットで宿についてのレビューを検索してみた。でも、どこもなりを潜めており、嫌な予感。そうしてようやく見つけた二文に総毛立つ。「ここは動物園。あまりにも人が多いし、冬は凍えて、夏はゴキブリが出る」。秋についての評価はない。きっとその季節はすべてよしということなんだろう。

あまりに人が多いというのは、今の私の修道院生活にまちがいなく変化をもたらすということだ。寒さはどうなんだろう？　「家の作り方は、夏の住みやすさを考えるべきである[16]」と、吉田兼好が一三〇〇年代に『徒然草』で述べている。まさにその通りで、前回（かつ唯一）の京都一泊旅行ではかつてないくらい凍えた。古い家は暖房設備が整っておらず、石油ストーブはあったものの、旅館の冷えきった部屋の温度は十一月の夜に零度近くまで下がった。電気マットを敷いて、ありったけの服を着込んで、ニット帽をかぶり、手袋をつけたうえで寝た――意外にもアイマスクが暖かかった。シャワーは無理、というより浴びようなんて考えもしなかった。ありえないきわめつけは象の鳴き声で目を覚ましたこと――あとから聞いたことだが、この近くに本当に動物園があった。

ありがたいことに、私にはゴキブリやその他諸々の動物たちと暮らした経験がある。さっきのレビューを書いた人は、庭でアライグマの糞を樽に入れて燃やしたことも、元カレのテラリウム（住居人はトカゲ、ヘビ、カエル、タランチュラ、サソリ、それからマダガスカルゴキブリの一種で羽根のないシャーシャーいうゴキブリなど）を掃除したことも、凍ったネズミを水の入ったグラスの中で解凍したことも、プレーリードッグがフォームラバーソファを引き裂くのを阻止しようとしたこともないだろう。

それに世界で大好きな場所が小さな岩島に立つ漁師小屋なんかではないだろう。カビが生え、パーティクルボードでできた壁のくすんだ点々も気にならなくなった朽ちかけた漁師小屋なんかでは。

16　吉田兼好『徒然草（二）』（三木紀人訳、講談社、二〇〇一）六五頁。

もしかしたら私はその宿になじむかもしれない。

バズが、日本人の女性旅行客にとくに多く見られるパリ症候群について読んだと話してくれた。この病気には、汚いパリの街や、そっけなくて不親切な人に直面したときにかかるもので、人によっては精神科に通ったり、精神病を患ったりすることもある。西洋人も東京症候群にかかるんじゃないかとバズは思っている。過剰な親切さと丁寧さがもたらす病気に。代わって京都症候群は、過剰な美を受け止めきれないか、美しく配膳されたおいしい料理を食べるだけでショックを受けて発症するのかもしれない。

私は自分の住居を貸し出すことにした。そんなわけで、旅の計画が公になった。私が驚くほど大胆に決めたので、あっけにとられたり、驚いたりする人が多かった——それもそうだと思う。だって私はむやみに行動するタイプじゃないから。多くの人は、私にこんなことをする勇気があるとは思っていなかったようだ。お昼で一緒になった社長ですら、よくよく考えぬいたことなのか、何をしようとしているのかわかっているのか、と尋ねてきた。

夜に目が覚めて叫ぶようになる。もしかして私は人生で最大の過ちをおかそうとしている？　なぜ、自ら進んで一年間ホームレスになり、とてつもないストレスに自分を追い込むのか？　ようやく寝ついても、狂った殺人者に囚われた狂暴な悪夢を見る。

朝になると、夜のパニックは遠くのことのように感じる。たった一年のこと。それが終われば、家に戻れるし、毎月収入がある仕事にも戻れる。私の人生は、自分が望まない限り、これで終わったわけじゃない。最悪なのは、両親のいる実家の屋根裏部屋で一年間、日記を書きながら過ごすこと。おそろしい。

ヘルシンキ大学の夏期公開講座で日本語入門に申し込み、大阪までの往復チケットを取る。灰雲[17]がヨーロッパ上空を覆っている。もし、このまま状況が変わらなかったら――一年続く、ともどこかで言われている――列車で行って、残りは泳ごう。

ちょっとした危機の予感。

Aの誕生日パーティー。二百名のゲストの中で自分だけが独身だろうということがわかっていたのに会場に向かった。午前三時半に帰宅。ついに危機が直撃。私って変！　子どものいない変わったひとり者は、哀れでも中身のある人生を求めて世界へ旅立たなくてはならない。この本の発想自体がとんでもなく自分勝手なプロジェクトのような気がしてきた。添い寝の長所や短所、泣いている子どもを幼稚園に初めて預けて胸がはり裂けそうだったことが話のテーマだったとき

17　二〇一〇年にアイスランドのエイヤフィヤトラヨークトルが噴火し、ヨーロッパ全域で航空運行に混乱が生じた。

に、例えば私のアフリカ旅行の話は子どものいる家族の興味を引くだろうか。「サバンナを目にしたとき、野生動物たちがここでひたすら生きていることがわかって、あたしは朝から晩まで泣いた」。絶対に誰も感動しない。

旅と転地は、それがアフリカであれ日本であれ、中年の独身女性が自分の存在理由を示す最後のチャンスだという気がする。相手がいなくて、それでもって家族もいないなら、出発するしか道はない。自分の人生でせめて何か成し遂げなければならない。

この春に人生で成し遂げたこと。

友人とその父親を探しにロンドンへ行った。友人はまだ父親に会ったことがなかった（友人は、インターネットで同姓同名の三人の男性に手紙を送って探しあてた）。一人は大昔の宮廷女房を、一人はセーシェル人の父親を――症状の現れ方は違うが、どちらも危機に直面していた。

フィンランド人の野生動物研究者に、タンザニアのサバンナへ一緒に行っていいか尋ねる手紙を書いた（あいにくダメだった。同じように一緒について行きたいという生物学の研究者たちが世界中に何十人と控えているらしい。野生動物研究者いわく、古代の宮廷女房のことだけでもやることはたっぷりあるよ、とのこと）。

勲章をもらった。国の経済活動に十年間奉仕したことで勲章と一年間の長期休暇の機会をもらった。どちらのほうを喜ぶべきか？

［清少納言の言葉］
　にくたらしいもの

すぐに出かける用事があるのに、尻の長い客。

硯に髪の毛が入っているの。

遊びに来て、まず扇で埃を払ってから座ろうとする年寄り。

人のことをうらやましがり、自分の運命をぐちるの。人の悪口を言うの。本当ににくたらしい！

忍んできた恋人に気づいて吠えだす犬。殺してしまいたい。

横になってまさに寝入ろうとするところに、蚊がどこからともなくブーンとあらわれるの。羽風の流れを感じるほどだ……。

出しゃばる人。

もの知り顔の新人。

障子を閉めていかない人には耐えられない。


最近わかったこと。

中年になることは、どうやら「知ること」から「わかること」が始まるということのようだ。

一般的に考えると、ますますバカになっていくような気がする。でも、それと同時に、昔は本当にバカだったことに気づく。ずいぶん前から「知っていたこと」なのに、今になって突然その意味がようやく「わかった」というようなことが、絶え間なく起こる。旅に出ると、どういうわけか芸術に関して腑に落ちる体験をする。

二年前のノルマンディーで、印象派がスーパーリアリズムだということが腑に落ちた。写実主義者は見たままを描くということは、もちろん知っていた。印象派は見えるままを描くということも。それが本当はどういうことなのか、ノルマンディーでやっとわかったのだ。まるで巨大な印象派の絵画の中へ足を踏み入れたようだった。すべてが、モネやその仲間たちが描いていたように、そんなふうに、本当に「見えた」のだ。ル・アーヴル、オンフルール、トルーヴィルの海岸で、海や帆船はそんなふうに輝いている。潮の波は岸をそんなふうに打ち、風は、服を一方からは一枚の布のようになびかせ、一方からは風船のように、まさにそんなふうに膨らませている。太陽は、巨匠たちの有名な絵のように、まさに言い当てられないような色をつけている。モネがエトルタ断崖の石灰岩をパステルピンクにしたのは、モネがその色に惹かれていたからではなく、日が沈むときにまさにそんなふうに見えるからだ。印象派たちは、目に見えたままの現実を描いた「だけ」なのだ。

一年前、同じことが中国の黄山でも起こった。中国の山水画には前から詳しかったということもある。山水画を読み解くこともできたし、山をさまよう人にもついていけたし、物語が意味するところもだいたいは呑み込むことができた。風景はあきらかにいくぶん変わっているように見えたが、それは西洋の遠近法とはまた違う方法で描かれたもので、そういうものなんだと思っていた。

黄山で、昔の山水画の巻物は山を極限まで写実的に描いていたことがわかった。驚いたのは、山には色があり、破墨（はぼく）で描かれていたのと同じ荒削りだったということ。実際に黄山に登ってみて、現実にはありえないが山が風景に「描かれて」いるような、そんな気がした。絵の中の霧は遠近法の不足を補っているものだとばかり思っていたが、山々の間には本当に霧が立ち込めていた。

山水画法が生まれたのは、西洋の巨匠たちの秘密が中国人に明かされていなかったからではなく、まさにこの世界の端に広がる風景をできるだけ正確に描くために発展したものなのだ。西洋の油絵の技法のようには、風景はとらえておけないのだろう。

こういったことは、おそらく他の人たちはもうとっくにわかっていたのかもしれない。私は、深刻な理解しづらい病を患っていたのかもしれない。実際には何も気づかないまま、ごまかしながらここまできた。それでも、日本で何か腑に落ちればいいな、と夢見ている。


五月の終わりに、処女作執筆のための助成金がフィンランド・ノンフィクション作家協会から下りた。信じられない！　世界中の感嘆符を集めても、今のこの感じを表現しきれない。スピーカーからステレオをガンガン鳴らし、汗をかいて息切れするまで勝利のダンスを踊りまくる。空腹で倒れる前に、買ってきた金曜の寿司を食べて落ち着かなくては。でも、感情がめったにないくらい込み上げて、とても無理。

助成金の心への作用ははかりしれない。自分が本当の作家になったような気がした。日記を書くだけのペテン師じゃない。思いきって専門家にアプローチすることすらできる。だって、私のプロジェクトは正式に認められたのだ。つまり私には仕事があるのだ。

助成金で浮かれるのもせいぜい一時間、とバズが予想を立てた。七時にもなってないのに、私はベッドに入ることになった。この年で感情を爆発させるのはひどく疲れる。バズは正しかった。

おやすみ、セイ。

［清少納言の言葉］

めずらしいもの

物語や歌やそういったものを書き写しているノートに墨をつけないこと。もし立派なノートだったら、とくべつ気を遣って書こうと努める——でも、うまくいったためしがない。

絹を打ってもらうために送っていたのが戻ってきて、見とれて声が上がるほど美しく仕上がってきたとき。

よく抜ける銀の毛抜き。

主人の悪口を言わない使用人。

六月十七日。明日、仕事に行けば、それから一年間、休みに入るということに気づく。眠れるかどうか悩む夜もこれで最後。あらゆる義務から一年間自由になるのは六歳のとき以来だ。幸せで、軽やかで、切なくて、疲れた。同僚のことを思うとちょっと寂しい。めちゃくちゃ自由でうらやましがられる私の一年の初日は、ズキズキ疼く頭痛と疲労で寝込むことになる。

七月の初めに、私の人生における両極端なことが奇妙にも一日に集約した。一つは八十五歳になる祖母の誕生日。もう一つはフィンランドを訪問する皇族の憲仁親王妃久子様（高円宮久子様）のために花を生けること。この二つがほとんど一度に起こった。セイ、そちらからこんなところまで私を迎えにきてくれるなんて、いい気分。タイミングはどう考えても意味深で、「フィンランドから」行くよ、「日本へ」行くよ、と祖母&久子様が言っているように感じる。

久子様の訪問に、フィンランドのイケバニストたちはひどく緊張した――もちろん、セイ、あなたも中宮定子との初対面のときはそうだった。何時に久子様がガルデニア・ヘルシンキ植物園をお訪ねになり、いつ生け花をご覧になって、庭で集合写真をご一緒に撮られるのか、皇室から分刻みのスケジュールが組まれてきた。そんなわけで、信じられないほど暑い土曜日の朝に、粗相のないよう振る舞えるか神経を使いながら、私たちは外交儀礼にのっとったスーツとフォーマルなパンプスでのぞんで汗をかいた。

祖母はというと、南フィンランドのハメ地方の中心部に住んでいる。そこはフィンランドでもっとも美しいとされている地域だ。祖母は生まれてこのかた半径百メートル圏内にずっと住んでおり、私が知るかぎり、そこからよそへ行きたいという気持ちを持ったことがない。それでも祖母は、私がこれまでに会った人の中でも、とびきりほがらかで広い心の持ち主の一人だ。祖母は、ひとつ言い終えるたびにケラケラと大きな声でよく笑う。休職して日本へ行って千年前の宮廷女房について書く計画を話したら、祖母は意味ありげに「へえぇ！」と言った。その声は、心配から来ているのか、わけがわからなかっただけなのか、判然としなかった。

わかったのは、久子様は穏やかでユーモアのある方で、ガルデニア・ヘルシンキの庭から見える赤い納屋のあるフィンランドらしい田園風景にいちばん関心を示されたということ。久子様も祖母の誕生日にお招きしたほうがよかっただろうか？ 皇族の方々は、祖母の誕生日パーティーをひどくお気に召したに違いない。湖畔に組み立てられた舞台で弟のバンドの演奏でタンゴとワルツがくるくる回る、そんなのどかな田舎の夕べを。田舎の男女、老人ホームから引き連れてきた祖母の幼なじみ、頬を上気させながら走る子どもたち、皆になついている村で飼っている猫。一朶（いちだ）の雲もない夏の日、静かな湖、あたたかいストロベリーポンチ。同じような格好でぞくぞくと到着するパーティー客と、大群で押し寄せる蚊。

セイ、私はこういうところの生まれらしい。自分ではいつも実感が湧かないけれど。

「ワタシハ　ミア　デス。セイ　サン　デスカ？　ハジメマシテ」

七月の終わりに、ついに大学の夏の公開講座の日本語入門クラスに入る。読み書きを覚えようとすらしていないのに、勉強なんて無理。はっきり言ってくじけそうだ。中国由来の漢字は何万とあるし、ひらがなとカタカナもそれぞれ五十字ずつもあり、それこそ大変な作業だ。

でも、問題は他にもある。敬語にはたくさんのレベルがあり、例えば、女性の言葉は男性のよりも形式的だということ。日本人の夫から学んだ女性の言葉遣いは、木こりのように荒々しくなるだろうし、日本人の彼女から学んだ男性はおそらくゲイだと思われる。その一方で、敬語を使えば、人称代名詞を使わずに済むので、覚える必要がなくて便利だ。「私」は、いずれにしろ文から省く。自分を強調することは失礼にあたるから。「あなた」を使うのも無礼になるだろう。数字にも滅入ってしまう。だって、人か、機械か、動物が小さいか大きいか、平べったいか、細長いか、丸いか、塊のようなものか、数える対象によって数え方が違うのだ。

幸いにも絶望感を和らげてくれるのが、借用語のおもしろくてかわいい表現。あいすくりいむ、あっぷるぱい、くりすます、ぼおいふれんど、らっぷらんど――カワイイ！

一単語でもうまくやっていけそうなのもある。スミマセンは状況によって「ありがとう」と「ごめんなさい」という意味になる。

［清少納言の言葉］

胸がときめくもの

いい男が車を門の前にとめて、使用人にとりつぎを頼んだりしているとき。

髪を洗って、メイクをして、香を薫きしめた着物を着ているとき――見ている人がいなくても、充実感がある。

待つ人のある夜。風が雨足を窓にたたきつける音に、ふいにはっとする。


八月十三日金曜日。出発まであと二週間。

夜はちっとも眠れない。旅と引っ越しのことでパニックに陥り、頭の中でいろんな思いが駆け回るのを止められない。朝、私はスーツケースに荷物をまとめて、賃借人のために家を空ける。作業を始めて二時間後、疲れて汗にまみれた弱気な私がいた。


引っ越しで思ったこと。

どうして人はこんなに物を持っているんだろう？　一年間は使わないと思う物を倉庫に持って行ったら、はたして今後も使う可能性はどれくらいあるだろう？

本棚を片づけたいとき、読んだ本を捨てるべきか、読んでいない本を捨てるべきか。

今、黙々とマッチ箱に残ったマッチ棒を合わせて、かさばらないよう箱を重ねることに意味はあるのか？

父親を呼んで本棚の梱包を手伝ってもらうなら、一本だけ持っているポルノ映画は見つからないように隠しておかなければならない。

元カレＨｘがトカゲを預かりにくる。引っ越し作業がつらい、と漏らすと、「それで一万ユーロをもらってるんだから、少しくらい汗を掻かなきゃ」と言われた。

冷凍庫も非常用食品も空けよう。ワイン蔵も飲んでしまわないといけないが、他の作業に支障が出るかもしれない。

荷造り作業をしながら、録画しておいたものも空にする。これで運ぶものがちょっとは減る。たまにソファにひっくり返って、いざというときのためにとっておいたヒット作を観るのが、まったいい。逃げたい今が、いざというときなのだ。


昨日、職場でパーティーがあった——私は、(a)招待されたことと（何かの手違い?）、(b)出発前に大好きな人たちに会える機会ということで、ワクワクしていた。実際、楽しかった——夜遅くまで、私たちはバーに入り浸り、ぐでんぐでんに酔っ払った。ただ、引きはじめの風邪が夜になるにつれて悪化したのはまずかった。声が嗄れ、しまいには出なくなった。身ぶり手ぶりとショートメッセージで「やむをえない」ことを説明していたが、一時間ばかり経って家に帰ったほうがいいことにようやく気がついた。

今日は史上最悪の二日酔いだ。両親が梱包作業を手伝いに来てくれることになっていたが、喉の調子が悪くて作業は幸いにも取り止めになった。医者に行け、と父が言う。私は「声が出ないのに、どうやって予約するわけ?」とメッセージを送る。すると、父が午後の診察の予約をとってくれた。

二日酔い丸出しで医者に行くことほど、バツの悪いものはない。自分を恥じながら病院へ向かい、症状を書いておいた紙を、気難しそうな医者に手渡した。「先生、声が出ません。一週間後に日本へ行くので、早く治るとうれしいです。追伸。気にされなくてもいいんですが、自分で引き起こした頭痛もつらいです」

医者は私の手紙に笑って、抗生物質を処方し、三日間は話すのも囁くのも禁止、と言った。それから先生は鎮痛剤も出してくれて、頭痛に効くとほのめかした。先生と私は共謀者のような雰囲気で別れた。

三日経っても声はいまだに戻らない。明日には引っ越さないといけないのに。薬のせいでベッドから起き上がれない。医者にメールすると、耳鼻科で声帯の状態を診てもらうといい、とのこと。耳鼻科？　つまり悪いのは喉ではなく耳かもしれないということ？　聞こえないだけ？　数年前、耳鳴りがすると言っていた九十歳の祖母のことが頭に浮かぶ。祖父は祖母の話に合わせてこんなことを言っていた。「ああ、ほんとだ、鳴ってるなあ。わしにも聞こえる！」。精密検査の結果、火災報知器のバッテリーが切れていたことが判明した。

いずれにせよ、今日の荷造りは中止になった。明日の朝十時に救急部隊の父と弟と元カレが荷造りと運び出しをしに来てくれることになった。

翌日、引っ越し笑劇「三人の男と一人の口のきけない女」が繰り広げられた。私はパントマイムで指示を出す。本はアルファベット順に段ボール箱へ。左上から始めて、最初に前列、それから後列。オーケストラの指揮者さながら体全体で指揮を執る。容器は新聞紙に包んで（シャンパングラスが割れてからは、身ぶりが大きくなった）段ボール箱へ。家具に貼られた「残す」、「二階へ」、「地下へ」という付箋通りにやって、と目で訴えながら。そうそうバルコニーに不要なものや、ものすごく重たいガーデングッズが所狭しとあるんだけど――やってもらえる？

指示を出しつつ、さらなる指示を紙に書く。普段でも私の言っていることがよく聞こえないか、わからない（私の声の波長はどうやら父の耳には届かないらしい）父は、私の「カササギが引っ搔いたようなすさまじい字」を読みとれず、首を横に振って、ただ黙ったまま紙に目を凝らした。それでも作業は進んだ。ありえないほど手際よく、迅速に、整然と。六時間後には、すべての荷物はヴィヒティに運び込まれ、私たちは牛肉のブルゴーニュ風を食べていた。

どうしたらいいかわからないこと。

三十八歳にもなって実家の二階にある自分の部屋に移ること。

六十三歳になる父に、部屋を引き渡すために七時間かけてすみずみまで一人で掃除をさせること。

しまいには父と手まねで喧嘩すること。

自分ひとりの部屋。

この部屋に美化された理想的自我が住んでいる。いちばん大事でインスピレーションをもたらすものだけを、選りすぐった美味だけを持ってきた。白いシーツをかけた布団ベッド、中国製のナイトテーブル、蚕を思わせるデザイン照明。サファリ動物の形をした卓上カレンダー。何年も自分のものにしたかったもので弟からもらったエイノおじさんの形見のネオルネサンス調テーブル。パソコン、Wi-Fi、平安時代の女性作家たちが描かれたマウスパッド。サイの形をした消しゴム──間違いはしないほうがいい。サイを消し去って絶滅させたくはないよね? ナイトテーブルの上のゴースグルンド島[18]で拾ってきた石。メモをまだ取っていない『源氏物語』の二巻から四巻。[19]床に敷いた茶色のふかふかして柔らかい羊のなめし皮は、大好きな犬の代わり。コーナーテーブルの上のレアおばさんの手描きの陶製ランプ。気に入ってずっと使っているけれど、レアおばさんには一度も会ったことはない(親族間で何か揉め事があって、レアおばさんの葬式のときにようやく和解した)。私の書斎の本棚にあるのは、日本関連の作品(これだけで棚はいっぱいだ)とおもしろい小説が数冊のみ。日本行きの荷造りは完了して床の上で待機中。屋根裏の入り口にはラックと、これだけあれば一年はやっていけると思われる衣類と物が詰まった箱の山。朝日に照らされた森が見える窓。

自分が本当にいちばん好きなものにぎゅっと自分を凝縮するのも、何だか素敵だ。

最終日。バズとのランチをキャンセル。声は依然として戻らない。親戚や友人がぎりぎりまで電話でエールを送ってくれようとするけれど、出られない。たくさんの付箋を装着して、文字通り静かに出発する。

準備よし。いや、全然よしじゃない。平安京よ、タダイマ、今行きます。

［清少納言の言葉］

額に髪がさらさらとふりかかる美しい女性が、暗いときに手紙を受けとった。灯をともす間ももどかしいのだろう――かわりに火ばさみをつかんで、火鉢の炭の火のひとかけらをはさみ上げる。うすら明るい光のもとでたどたどしく読んでいるのも、素敵な光景だ。

夜中に主上のお笛を聞くのが好きだ。

18　ヘルシンキの西にあり、ヴィヒティ市と接するエスポー市の海に点在する島。

19　フィンランド語訳は全四巻（一九八〇～一九八三）。マルッティ・トゥルネン、カイ・ニエミネン共訳（四巻のみカイ・ニエミネン訳）。

Ⅲ　平安京へタイムスリップ

セイ、機内からだけど、これからよろしく。今、私はシベリアあたりの上空にいて平安京へ向かう途中。そう、平安京へ、京都へ、千年前のあなたの町へ。長旅だから、あなたのことをゆっくり考える時間がある。

と言いながら、考えているのは明日のこと。待ち受けている時差ボケのこと。ソファから絶対に動きたくない、体にも心にもひどく堪えるあの状態。気持ちが悪くて、胸がムカムカして、来なければよかったと後悔する。あなたのことも悔やむかも。それが何日も続く。心も体もまだフィンランドにいたいと思っている。

もちろん、あなたは時差ボケなんて知らないだろうけれど。あなたの時代の日本では旅は一般的じゃなかった。だって、とんでもなく面倒だったから。都内をちょっと移動するだけでも、すさまじく準備がいる——近くの寺に行くのも大変で、何日もかけて準備したり、休憩して疲れを取ったりする——言うまでもなく、十六キロ離れた宇治に出かけることは、ほとんど人間のなせるわざじゃないと思われていた。

セイ、あなたの時代の道路——というものがあれば——は歩きづらくて、梅雨の時期はぬかるんだ。馬に乗るのは使いか、急ぎの用事がある殿上人だった。宮仕えしているあなたたち女性にとって乗り物といったら、時速三キロでやっとの思いで進んでいく牛の引く車のこと。つまり、エコー[20]のスニーカーできびきびと歩くより相当遅い（いいかげん、こんなに遅いと頭に来なかった？）。

祝日や行事があると、皆いい場所を取ろうとして町の道路は牛車で道が渋滞したけれど、牛車も、牛車に乗ることもあなたたちは好きだった。でも、都の外には出なかった。でこぼこ道のせいで頭をぶつけあったり、髪型が乱れたり、といった最悪のダメージを旅がもたらすこともあった。

あなたたちの世界はのんびりしていた。他の何よりも。観察したり、退屈したり、周りの物事の正体を徹底的に知り尽くしたりする時間があった。

私があなたのもとへあまりに速く行けることでひどい症状になっていると話しても、あなたは信じてくれないでしょうね。

でも、機内の狭い座席にいる私には、退屈したり、周りの物事の正体を徹底的に知り尽くしたりする時間がある。そこは、あなたの平安京は、どんなところだったんだろうと私は考えた。

20　デンマークの大手靴会社。

セイ、平安時代というのは日本の歴史で七九四年に始まり、一〇〇〇年頃に繁栄を極め、一一八五年まで続いた、ということは知っている。この時代は、日本文学と宮廷文化の黄金時代で、他のどんな世界も及ばないであろう独自の事柄が生まれた時代だとされている。

この時期、世界でいちばんお金と影響力を持っていて、いちばん進んでいた国は唐と宗だった。世界史の中でも文化が大きく花開いた時代を生きていた中国。広大な国を支配していたのは、進歩的で教養に支えられた官僚による交易、絵画、彫刻、建築、詩聖たちが詩を新たな次元へ高めたのと同時に開花した印刷術のような技術的な発明。首都である長安は生きた国際都市の中心だった。

中国の日本への影響は六〇〇年以降にどっと入ってきた。あなたたちは偉大な隣国から吸収できるものはすべて吸収しようと躍起になった。行政システムや多くの宮中儀式を中国から取り入れ、正式文書は漢語、歴史書は中国の年代記を手本にした。どうやっても合わなかっただろうに、漢字を日本語に合わせた。

仏教が日本特有の神道に並んで中国から伝来し、その影響が建築や彫刻や絵画へ広く行き渡った。宮廷ではありとあらゆる中国のもの――海の向こうからもたらされた刺繡入りの布の切れ端、新しい中国様式の曲、よく引用された唐詩――に対する憧れがあった。天皇が七九四年に長岡京から都を新しい場所へ遷す決定を下されたとき、現在の西安である長安をまねて都は築かれた。都は安らかで平らかな町という意味を込めて平安京と名づけられ、時代を経て京都になったけれど、千年の時を超えても天子の住む都であり続けた。

日本における中国からの影響は強大だった。でも、国は八〇〇年代の終わりに遣唐使の派遣を廃止し、日本は内を向くようになった。そんなわけで、セイ、あなたとあなたの時代の人たちは九〇〇年代の終わりの、外への扉が閉められた世界に生きていた。その中で、あなたたちは中国の材料からきわめて独自の文化を作りだした。仏教から作りだした新たな日本の形。例えば、絵巻。これはまったく日本独自のもの。公式の言葉は依然として漢語を使っていたけれど、それに並んで日本語の発音に基づいた新しい文字が作られた。

セイ、世紀の変わり目までに、平安京は長安とともに世界でもっとも開花した文化中心地になった。そこに美意識と美が息づく宮廷文化が生まれた。これは中世ヨーロッパとは昼と夜ほどにも違うものだった。その当時、ヨーロッパを支配していたのは、デンマーク人とサクソン人とノルマン人。デンマーク王の青歯王[21]や八字髭[22]、イングランド王の無思慮王[23]といった歴史本に載っている王たちが、戦争や遠征を行い、洗練された文化とはほど遠い、血に染まった後進的な国という暗いイメージを創りだしていた。九〇〇年代のヨーロッパの学識者や詩人は片手の指で数え

21　ハラル一世。
22　スヴェン一世。
23　エゼルレッド二世。

るほどしかいない。もし青歯王の宮廷から平安京へ使いが派遣されていたら、文化面では彼らの何百年も先をゆく世界に出会ったはず。習慣も信仰も、ガリバーが出会ったものより未知の世界に。ヨーロッパ人はその他の多くの遠い国々へ旅して驚いていたかもしれない——アラビア文化では定理について考えがめぐらされ、『千夜一夜物語』が書き留められ、アメリカ大陸ではマヤ文明が花開いていた。

代わって平安時代の宮廷では、独自の詩情豊かな世界が広がっていた。名目上の中心人物は天皇だが、実権を握っていたのはまったく別の人物たちだった。藤原氏は巧妙な政略結婚ですべてを意のままに動かし、天皇は政治に干渉できなかった。とはいえ、その他の宮廷の役人たちは、貴族中心の時代は歌を詠んだり、楽器を弾いたり、着物選びに悩んだり、絵画に心酔したり、弓争いをしたり、恋の駆け引きを推し量ったり、といった感じで、大真面目に働いているようには見えなかっただろう。こんな印象が生まれたのは、当時の重要な資料が宮仕えしている女たちによって書かれたものだからということもある。彼女たちには男たちの政治的な仕事を書きあらわす必要はなかった。でも、他の参考資料からもわかるように、多くの男たちですら政治にはそれほど関心を持っていなかった。それよりも、お月見や歌詠み、すぐれた演奏や舞の披露のほうが彼らが昇進できるもっとも効率的な方法だったのだ。結婚市場では、歌詠み、手蹟、着物のセンスのほうが重要で、芸術的な感性が欠落していることは、臆病だったり乗馬ができなかったりした中世のヨーロッパ貴族にとってそうであったように、平安宮廷の殿上人たちにとって致命的だった。

宮廷では庶民や地方のことにも関心が持たれなかった。庶民の暮らしは優雅な宮廷文化と露骨なほどかけ離れていた。住まいは洞窟とまではいかないが、だいたいのところ貧しく粗末な暮らしだった。彼らは、恐怖と信仰の中であくせく働いて暮らしていた。そんな彼らの暮らしは宮廷の暮らしとかけ離れていてはならなかった。なぜ平安文化が一一〇〇年代の終わりに廃れてしまったのか、その理由は容易に想像がつく。貴族が芸術的な趣味に没頭しているとき、地方で勢力をのばした武士が反乱を起こし、支配権を握った――そうして侍の文化と武士への崇拝が何百年と続く時代が幕を開けたのだ。

それでも貴族は後世に、今日まで続く遺産を残した。平安時代の宮廷文化では、女たちによる高度な文学――日本文学史を通してみても古典文学の立場を揺るぎないものにした多くの作品が様々な理由から誕生した。清少納言という名の宮廷女房も、そこで本を書いたのだ。

セイ、到着する前から、これから一年かけて聞かれることになる質問の予想がつく。いちばんありふれた質問。「なんでまた清少納言？　どういったわけであなたは平安時代に興味を持ったわけ？」

確かに現代の普通の日本人にとって、平安時代は興味の対象としてはトップじゃない。学校の歴史の授業ではおおかた一六〇〇年代の江戸時代から始まって、平安時代はほんの少し触れられる程度。紫式部の『源氏物語』のほうはよく知られているけれど、『枕草子』の断片を古語でむりやり読まされた時点で、セイ、あなたはだいたい嫌われはじめる。現代の読者にとって古語を理解するのは難しいから。『カレワラ』[24]とか『七人兄弟』[25]とかの生き生きとした描写に夢中になってフィンランドにやって来るおかしな日本人がいたら、私だって眉をひそめると思う。これらの作品ですら書かれてから二百年も経っていないのに。

つまり説明がほしい。

セイ、のちのち気づくことにはなるけれど、私や研究者の多くが惹かれる事柄が二つある。文学における女性たちのめざましい役割（このことについてはあとで詳しく話します）と、美と芸術と文学があなたたちの世界でいかに大きな位置を占めているか、ということ。確かにあなたたちの美の崇拝を現実世界からの病的な逃避とみなしている人は多い。でも、どこかの文化で人間の価値を測る最上のものが手蹟だったということを考えると驚いてしまう。歌を詠む才能！　手蹟！

セイ、あなたたちは歌を通して生きていた。つまり、あなたたちの日常は、一節を詠んだり、引用したり、歌を交わしたりすることで満たされていた。歌合（うたあわせ）は政治的な権力争いの人気の場だったけれど、手紙のようにプライベートなことでも歌は詠まれていた。もし和歌で手紙を受けとったら、返事はできるだけすぐに、同じ修辞法を使って返さなければならなかった。普段の生活でもそういった状況はたくさんあった――例えば、地方へ旅したり、初雪が降ったりすると――出来事についてふさわしい歌が詠めないのは重大な過失だったのだ。貴族の暮らしには歌が息づいていて、歌なしに重要な出来事は一つとして完璧ではなかった。朝廷の公的な用件は歌の形をとってやりとりされ、そうやってやりとりに没頭しているうちに本来の用件が忘れられてしまうときすらあった。歌を詠む才能は自尊心のある男や女なら誰にとっても生きるために欠かせないもので――さらに上手い歌というのは、女性の心をつかんだり、昇進するためのもっとも速い（もしくは、少なくとももっとも評価された）道だった。

つまり、朝から晩まで歌、歌。もし、遠い世界の話のように感じられるなら、歌を「ショートメール」とか「ツイート」とか「フェイスブック」に置き換えるだけでいい。直接会って話したり、電話したりする時代がしばらく続いたけれど、今また、私たちはメール文化に生きている。ショートメール、Eメール、フェイスブックは、恋が生まれたり、自分のオフィシャルイメージが作り出されるときの決定的な鍵となるだろう。気の利いたショートメールを受けとったりしたら、返事はできるだけすぐに、同じ修辞法を使って返さなければならない。普段の生活でもそういった状況はたくさんある――例えば、地方へ旅したり、初雪が降ったりすると――出来事をふさわしい文章でフェイスブックに書けることはきわめて重要だ。重要な出来事はメールなしに一つとして完璧ではないのだ！

24　エリアス・リョンロット（一八〇二～一八八四）が編纂したフィンランドの国民的叙事詩（一八三五、一八四九）。卵から産まれた賢者ワイナモイネンを中心に、物事の起源を語る歌で森羅万象と通じあう世界が描かれる。

25　フィンランド近代文学の父アレクシス・キヴィ（一八三四～一八七二）の代表作。両親を亡くした野生児ユコラ兄弟が教養を積み、残された農場を立て直すまでの成長物語。写実主義とフィンランド語小説の先駆けとなる。

文章力のない人たちがどんな目に遭うか、言うまでもない。フィンランド人の生活において、歴史を通してみても文章を書けることがこんなにも重要だったことはない。書けるか書けないかで運命は別れる。複合語を正しく書けないと[26]、デート市場から脱落してしまう。セイ、あなたも文章力のない人たちを冷たく切り捨てた。修辞法がわからないダメな歌人というだけで、あなたはかわいそうな橘則光（たちばなののりみつ）を捨てた。彼は武勇にすぐれていたようで、後に有力な受領にはなった——でも、あなたの知るかぎりにおいて下手な文章の使い手は絶対にセクシーじゃなかった。よくわかる。字を見れば、例えばベッドでどんなふうに振る舞うかわかることもあるのだ。

平安時代では、歌が詠めるということは漢詩や和歌を知っていたり引用できたりすることと同じくらい大事なことだった。貴族の言葉は暗示や示唆に富んでいて、それらが会話や手紙や文学に趣を与えていた。引用は二言くらいあればよく、それだけで受け取る人は何のことかわかったのだ。あまりにもわかりづらいよりも、あまりにも率直すぎるほうがよくなかった。つまり、ほのめかしが優美であればあるほど、そのほのめかしがわかったことをそれとなく言えれば言えるほど、この小さな批評的な世界では評価してもらえたのだ。セイ、あなたの場合もそう。あなたの社会的かつ文学的な成功は、まさに言葉の世界で遊ぶ能力があったから。あなたの教養（女性にはふさわしくなかったけど！）が何度も何度も試され、あなたは合格した——ということなのよね。

歌に本質的に関わってくる芸術形式はカリグラフィー、つまり書だった。文学から得られる楽しみの大部分がまさしく手蹟からもたらされていた。手蹟が語るのは、その人が実際に言ったことや書いたことというよりも、その人そのものについてだった。だから、これから恋人になるかもしれない相手からの最初の手紙を、女たちは恐れが入り混じる思いで待っていたし、男は相手にまだ会っていないのに彼女の手蹟に恋に落ちることもあった。

手紙を書くことは、歌と書が一つになった独自の芸術ジャンルだった。貴族の日常では手紙をやりとりする機会がいつ終わるともなくもたらされ、そこで上手くいくことがとにかく大事だった。男女のコミュニケーションはほとんどが手紙を介して行われていた。和歌という形をとった手紙、手蹟、紙、手紙が結び付けられた花や枝が全体を形づくっていて、そこから相手の性格、感性、教養レベル、色気といったたいていのことが判断されていた。手紙を用意したり、送ったりすることに、芸術的な作業がかなり関わっていた。まず紙を選ばなければならない。季節やそのときの天気すらも伝えるような、感情を伝えてくれるような厚さ、大きさ、模様、色の紙を。用意ができたら、ふさわしい仕方で紙を折り畳み、それから手紙を結び付ける枝や花を選んだ。これは手紙の雰囲気や歌のイメージや紙の色で決める。青い紙には柳の枝、紫には楝（おうち）、白には菖蒲の根。最後に送り主は賢くてハンサムな使いを選び、手紙を届けるよう指示を出し、あとは相手がどんなうまいことを書いてくるのか返事を待つばかり。この形式の欠点は、手紙のプライバ

26　フィンランドでは、しかるべき二つの単語を一つにして書かない（例えば「本棚」を「本　棚」と離して書く）と、ものをよく知らないダメな人のように思われる。

シーが必ずしも守られないということ——盗まれたり、許可なく読まれたり、皆の前で声に出して読まれたり、返事を皆に書かれたりすることもあった。もしこっそりやりとりしたいなら、受け取る相手にしかわからない言葉を考える必要があった。

上流階級の芸術的な趣味はこれだけに留まらない。音楽を聞くことや演奏することは、絵を描いたり塗ったりすることと同じくらい人気があった。踊れることは男にとって有利だったし、香の調合も練習を重ねる必要があった。というのは殿上人が使う香は着ている着物よりも大事なので、その人をあらわすものとすら思われていたからだ。香の製法は秘密厳守。色のセンスも洗練しきっていた。女たちが十二単の冬の着物のかさね色目に磨きをかけるのも、さぞかし疲れたに違いない。

この世界では、何をおいてもまずはスタイルだった。宮廷の役人たちは仕事の一環として舞を披露しなければならず、宮廷を警備する近衛大将選びは、家族関係と同じくらい外見が決め手だった。恋人がどんなふうに手紙を書いて、朝になったらどんなふうに女のもとを去っていくか。こういったセンスのルールが決められていた。

セイ、あなたはこの世界のスタイルをほのめかす鋭い観察眼を持った人だった。

［清少納言の言葉］

似あわないもの

赤い紙に書いた下手な字。

ぶさいくな妻と暮らす顔のいい男。

がっかりするもの
まずまずの出来だと思う歌を友人に送ったのに、返事がちっとも来ないのはがっかりする！　愛の歌だって、もらって感動したり、心が動いたりしたなら、少なくとも返事はすべき――そうでないと本当に幻滅する。

みじめな感じのするもの
眉を抜いているときの女の顔。

セイ、日本とフィンランドの古典文学作品を比較してみるなら、紫式部の『源氏物語』やあなたの作品は、私たちでいうところのアレクシス・キヴィの『七人兄弟』とヨエル・レヘトネンの『プトキノトコ』[27]ね。優美さに関しては正反対だと思う。日本の平安時代は美が惜しみなく愛さ

27　フィンランドの小説家ヨエル・レヘトネン（一八八一～一九三四）の代表作（一九一九～一九二〇）。フィンランドの内紛（一九一八）後を生き抜こうとする民衆の姿を描いた作品。地主から土地を借り、森の中で暮らすユータス・カクリアイネン一家の夏の一日。『ある夏』（一九一七）、『朽ちたリンゴの木』（一九一八）に続く三部作の最終巻。

れていた。フィンランドではリュースランタ[28]美学への理想が強かった。美よりも重きが置かれていたのはいつだってリアリズムと実用性だから。

私はどういうわけかいつも美学に取り憑かれてきた。そういう家系ではないし、少なくとも祖父母から受け継いだ特質でもない。片方の祖父母は見せびらかすために美に価値を置いていたかもしれない。この二人は地域でいちばんおしゃれな散歩服を着て、いちばん新しい車に乗って、おしゃれな家具を持っていた。でも、それは多分、ただそうしたかっただけだから。もう片方の祖父母は、うちは気取らないよ！と身の回りのものすべてを使って宣言していた。だから家の外壁（自分たちで建てた）は最後の仕上げなんかしていない（もったいないから。でも、祖父は、文化財保護機構がうっとりするほど隣の屋敷の化粧板を復旧させたけど）。だから、オークションで買った、誰の足にも合わない（でも安く手に入れた）一箱分のみすぼらしいゴム長靴をとっておいていた。元気がよくて合理的で、美については「そんなのは何にもならん」と言っていた。

周りには、内側から溢れ出てくる美に対する本来の愛を持っている人はいない。だからこそ、私の中に棲みついたのかもしれない。気取って平安時代にまで入り込むほど、状況は年を追うごとに悪化している。人の性格や頭の良さや優美さについての私の判断基準は、どんな紙に、どんな字で、どんな表現でメッセージを書き残すかにある。絵が描けたり、楽器が弾けたりする人、そもそも芸術と文化の分野で生計を立てている人を、私は評価している。着ている服で人を見る。ダンスや、人をいい気持ちにさせるような気の利いた立ち去り方を心得ている男たちが好きだ。家の中にある物の見た目や、窓から見える景色にいちいちこだわる。物は、性能ではなく、たいてい見た目で選んでいる。もちろん、出発前に買ったネットブックは、何ヶ月もかけて入念な下調べをした。でも、決め手になったのは赤い色だった。

フィンランド航空の日本人客室乗務員が、神々しいほど美しい微笑みを浮かべてホイルに包まれたトレーを差し出す。私は、この世のものでない妖精にうっとりと見入ってしまった。黒髪で、完璧なほど美しく、いい香りのする、親切丁寧な、きれいな手袋をはめた姿は、間違いなく完璧な女性の権現。これ以上に好ましい女性なんてありえない。

でもね、セイ、あなたは客室乗務員にはなれなかったと思う。あなたがとても変わっていて、ただ変わっているだけでなく、なんだか鼻につく受け入れがたい女性だったと書かれているのを繰り返し目にするから。人の行動の欠点はよく指摘するのに、あなた自身もふさわしい振る舞いをしていなかったのよ。あなたは自分を出しすぎ、熱くなりすぎ、積極的すぎ、自立しすぎ、自信を持ちすぎ、頭の回転が速すぎた。あなたは漢文の知識や教養をひけらかした。立ち向かってくる男に挑み、なおかつからかい、知性では自分が上だというところを見せつけて楽しんだ。あ

28　リアリズムと言い換えてもいいと思う。リュースランタという言葉は、イルマリ・キアント（一八七四〜一九七〇）の小説『リュースランタのヨーセッピ』にちなむ。貧困にあえぐ主人公ヨーセッピの人生を介して社会を批判した作品。キアントは、貧しい人々の生活を客観に徹したリアリズムで描いた民衆作家。

なたの寝室に入れたのは、あなたの要望通りに振る舞える男たちだけ――かなりたくさんの男たちがいつも登場していたようだけれど、不適切なほどけっこうな数よね。

セイ、あなたの文章から浮かび上がる人物像は、自立し、自信を持った、自由な女性。でも、それは平安世界では、あなたやおそらく他の例外的な女たちだけのことであって、上流階級の女たちの大部分の人生はまったく違っていた。言うまでもなく庶民の女たちは一生を田畑であくせく働いて、早くに子どもをたくさん産んで、若くして死んだ。彼女たちがどんなふうに生きたか、私たちは何も知らない。

上流階級の女の一生についてわかっているのは、儒教と仏教の教えによれば、彼女たちの立場はあまりよくないものだったということ。若いときは父親の、妻になったら夫の、未亡人になったら長男の言うことをよく聞かなければならなかった。さらに、成仏するには男に生まれ変わらなくてはならなかった――人気のあった法華経は女たちにもこの世で悟りを開けると約束してくれたけれど。それでも平安女性には、財産相続権のようにいくつか特権があった。例えば、受領の娘たちは家を受け継いだ。つまり持ち家に住めるかもしれなかった――女性作家たちの多くは受領の娘だが、この経済的自立があったから書けたのだと思う。

女たちは政府のやっていることに参加しなかった。でも、上流階級の女たちは皆、読み書きができて、文学の教養があった――つまり、文化面では男に引けを取らなかった。ただ、本格的に学識を身につけることは望ましくなかった。漢語ができる女と結婚したいと誰が思うだろう。例えば、紫式部は中国の古典文学についての知識を表に出さないように用心していた。そして、セイ、あなたは漢詩が読めるとおおっぴらにした。そのことをムラサキは批判した――あなたは本当に悪趣味だと。

その実、実権を握っている藤原氏が進める政略結婚はまさに女の子を望んでいた――政治的な立場を強化するための駒として使うためだった。つまり、藤原の氏長の妻が息子を産むと、この子は絶対に天皇になれない。でも、かわいらしい女の子だと東宮や天皇と結婚できるチャンスがあり、藤原氏が意のままに動かせる未来の天皇を産むかもしれない。この世界では、女の子が生まれても親の失望を肌で感じる必要はなかったのだ。

マイナスの面も挙げておくと、平安時代のより良い家柄の女たち――でも宮仕えしていない女たち――は男たちの目にさらされないよう、ムスリムの女性さながら隠れて生きていた。顔を見せることはきわめて親密なことであって、生きている間に父親と夫以外の男性に姿を見せることは好ましくなかった。女たちが家を出ることはほとんどなく、出たとしても、厚い簾（すだれ）に覆われた牛車で移動していた。家では、几帳や扇子や着物の袖に隠れて、男たちの視線の届かない薄暗い場所にいた。女たちが自分自身を見せることができたのは、几帳や牛車の簾の下から袖を出すとくらい。このこぼれ出した袖に彼女たちの芸術的なセンスがありありと表れた。「鬼と女は人前に顔を出さないほうが奥ゆかしい」[29]というのが当時よく聞かれた見解だった。

29　平安後期に成立した短編物語集『堤中納言物語』の「虫愛づる姫君」より。

そんなわけで、当時の文学には兄弟が大人になっても姉妹の顔を見たことがないといった例がたくさんあるのだ。『源氏物語』の夕霧は、別の棟ではあるけれど同じ建物に少なくとも十年は住んでいながら継母の紫の上を一度も見たことがなかった。匂宮（この官能を帯びた名前は強烈な匂いという意味）は、几帳の向こうにいる姉[30]の顔をちらとでもいいから見たいものだと切に思う。親密な恋愛関係もまた、男は女の顔を見ることなく暗い中で行われる——しかも相手の素性に確信が持てないときさえある。顔を見せることは、性的な関係を結ぶことよりも親密ですらあった。すべてが暗い中で行われるなら、相手と言葉を交わす前に初対面からセックスをしてもよかったのだ。いよいよ好奇心に耐えられなくなったら、最後は覗き見していた。

つまり、育ちのよい女は、おもに手紙や使いを通じてやりとりしていた。会話を交わしたのは、両親、夫、使用人、女房たちとだけということもある。彼女の日々は信じられないほど代わり映えがなくつまらないもののように感じられたに違いない。使用人たちが家事と子育てを担当し、女たちはというと、和歌や客がやって来るのを待ちながら日がな一日家にいた。手持ち無沙汰を紛らわせたのは、遊び（例えば、碁や偏継（へんつ）ぎ）、裁縫、染色、遠くの寺へ参詣することだった。

だからこそ彼女たちは洞察力が非情なほど鋭い作家となり、精神分析家となったのだと思う。つまらなくて死にそうになっている女たちの間で、暇つぶしとして群を抜いていたのは、男、恋愛関係、チャンス、現実。こういったことがとにかくいちばん重要な関心事だった。使いが家から家へ急いで運んでくる手紙には、プロポーズの歌や人間関係についての憶測がうごめいていた。

［清少納言の言葉］

自分が家にいて、夫にまじめに仕えている女の一人だったらどんなものかと考える——ワクワクするような将来の見こみもないのに、自分が幸せだと思っている女たちだったら——そんな彼女たちをわたしは軽蔑する。（……）彼女たちが少しの間でいいから宮仕えできたらいいのに。たとえば女房として出仕できれば、こういった生活がどんな喜びをもたらしてくれるかよくわかるのに。

セイ、あなたは家の薄暗い隅っこで顔を隠していた女たちのようにはならなかった。宮廷での女たちの生活はまったく違っていた。忙しくて、もっと自由だった。あなたが千年前に書いた有名なキャリアウーマン擁護論[31]にあるように、仕事をしている女性は、自分の思うままに、自由に、対等に人と出会いながら暮らすことができた。キャリアウーマンと主婦の区別は平安時代にはもう考えついていたのかもしれない。

男女の関係はどうだろう？

30　女一の宮。
31　先の［清少納言の言葉］の引用の出典である「生いさきなく、まめやかに」の段で、宮仕えを称賛している。

基本的に女は父親以外の男を目にすることなく一生を送る可能性もあった。でも、実際には、家柄の良い女たちの中に、ハイミスや未婚のまま実家で暮らした人はそうそういない。もし娘が長いこと処女だったら、物の怪に取り憑かれているに違いないと信じられていた——つまり娘をできるだけ早く結婚させなければならなかった。セイ、あなたの文章を読んでいると、男と女がいわゆる一夫多妻という形で暮らしていたように読みとれる。でも、本当のところは、細かい身分制度に基づいたルールで関係が決められていたのよね。

一夫多妻は上流階級の間では普通のことだった。文学界だと、紫式部の夫にはすでに三人か四人、藤原道綱母（ふじわらのみちつなのはは）の夫、つまり藤原兼家には八人の妻がいた。妻が一人か二人しかいない男は異常で非社交的だと思われていたのだ。一夫多妻が慣例となった根拠もある。それは、女がたいてい若くして亡くなるため、子どもを産める妻たちは男たちにとって貴重だったということ。一夫多妻自体は問題視されてはいないけれど、先に挙げた作家たちの作品からもわかるように嫉妬や怨恨ではかなり苦しんでいた。嫉妬について口にするのははしたないものの、そのストレスで「ヒステリックな」発作を起こしたり、発狂したりすることさえあった。上流階級の女の立場は、社会的にも経済的にも比較的良かったが、一夫多妻がそこに不安の影を落とした。女はつねに将来のことを心配し、世間の評判、悪い噂話、捨てられること、正妻の憎悪、子どもの運命を恐れていたからだ。

正式には、結婚はこんな段取りを踏んだ。まず、仲介人から聞いた女に男が興味を持ったら、会いたいという気持ちを表した三十一文字の和歌を彼女にあてて書く。手紙の返事はすぐに返すようになっていて、彼女自身か、彼女の家族か、使用人が書いた。女が手蹟テストに合格したら、男が彼女のところへ夜に「こっそり」訪れる。習慣から、男は夜の間「彼女を眠らせず」、夜明けを告げる鶏の声を恨めしそうに口にして、明け方、そっと帰っていく。家に帰ると男はいわゆる後朝（きぬぎぬ）の文をしたためる。後朝の文の到着は女の家族にとって逢瀬が順調にいったことを物語るもので、家族は使いに酒や贈り物を与えて、返事を持たせる。二日目の夜、男は二回目の訪問を「こっそり」行い、三日目の夜に家族は三日夜の餅を用意する。この餅を二人は部屋で食べて晴れて夫婦となる。二人が結婚したことは、親戚や友人に向けて催したパーティーで確認され、このあと男は自分の好きなときに堂々と女の家を訪問できるという流れだ。

なかでも重要なのは最初の妻との結婚。上流階級の男の子は早くも十二歳で結婚させられる。たいてい相手の女の子は年上で、自分がほとんど子守りのように感じていたと思う。最初の妻は結婚しても両親のもとで暮らし、夫は妻のもとへ通うだけ。夫の父親が退職したり、亡くなったりして、夫が家長になると、妻は夫を引き取って養った。子どもをたくさん産めば産むほど、それだけ家族における妻の立場は強くなった。

とはいえ、すべての女が最初の妻になれたわけではない。二番目の妻や妾の結婚はたいてい秘密の関係として始まり、周囲に知られたら公表していた。そのあとで男は女を邸内のどこかの棟に住まわせることもあったから、他の妻たちとの争いは熾烈を極めたかもしれない。

平安時代では「行きずりの」関係や、運命だと思うような予期せぬ出会いもけっこうあった。こんなとき女は男よりも身分が低いか、「宮仕えしている女房」であることが多かった。家が薄暗いというのも、相手が誰なのかすらわからない出会いを可能にした。たいていセックスには肩ひじ張らず自然体で向き合い、男はできるだけたくさんの関係を持つことで名を上げた。

これには科学的な根拠もある。道教医学によると、できるだけいろんな女性とできるだけたくさんセックスすることは男性の健康を促したという。

女たちにおいてはもちろん話は異なる。関係を多く持つことで女の評判は上がったりしない。だからそのことがばれないようにしていたし、噂にならないようにもしていた。でも、そういったことはよくあったのだ。セイ、あなたは模範例として歴史の本に載ったのよ。あなたの訳者であり、平安時代について書いたアイヴァン・モリスは *The World of the Shining Prince – Court Life in Ancient Japan*（『光源氏の世界』）でこんなふうに述べている。「清少納言のような自由な女たちは性的に開放的だったようだ。彼女たちの多くは自分の家を持っており、経済的に自立していることから、そういった関係を持ちたいときに持つことができ、好きなときに終わらせることもできた。男を拒むことも、待たせることもあったし、いつでも出て行かせたり、別の恋人に男の代わりをさせたりすることもあった。複数の恋人が同時にいたこともあり、三角関係はこの時代の文学によく見られるテーマなのだ」

悪名高い宮廷女房たちが、持ち家があり経済的に自立しているキャリアウーマンであっただけではなく、セックスに奔放な女性でもあった。まさしくセックス・アンド・ザ・シティの女たちというわけだ。セイ、あなたはそこでトップを切ってみだらな生活をしていた！

続けてアイヴァン・モリスはこう述べる。「恋愛関係のエチケットや美的な愉しみを理解することにおいて、清少納言の作品はもっとも読みがいがある。彼女は、あきらかに広い経験でもって、露骨なほど非情にそういったことについて書いている。彼女のアプローチの仕方は表面的で冷めた感じもあるが、恋人に首ったけの和泉式部や藤原道綱母よりもたくさんのことを得られるだろう」

セイ、あなたが信頼できるまともな情報提供者であると歴史家たちに思われているのは、もちろんうれしいけれど、多くの人があなたのおもしろい話に気づいていないように思う。あなたは表面的でも冷たい人でもない。あなたにはユーモアがある！　でも多分、あなたのユーモアは、キャリーやサマンサやミランダの時代にならないとわかってもらえないのね。

〔清少納言の言葉〕

イライラするもの

歌（もしくは返歌）を誰かにしたためて、使いに持たせたあとで、ひとつ、ふたつ直したい文字が浮かんでくるとき。見られたくない男に手紙を取られて、庭に持って行かれて、読まれてしまうとき。腹が立って追いかけるけれど、御簾から先へは行けず――立ち止まるしかない。飛んでいって男をつかまえてやりたい気持ちになる。女がつまらないことで恋人に腹を立て、彼と一緒に寝ようとしないの。しばらく布団のなかで身じろぎしたあと、女は起き上がろうとする。男がやさしく引き寄せても、女の腹の虫はまだ収まっていない。「それならいいよ」と男が言うので、女はやりすぎたと思う。男は「好きにしたら」と布団にもぐり込んで寝てしまう。寒い夜で、女は単衣しか着ていない状態で、だんだん不愉快になってくる。邸の他の者たちはみんな寝ていて、そうでなくても一人で起きて動きだすのもおかしい。夜が更けて、女は布団の自分の側で、もっと出ていきやすい早めの夕刻に喧嘩すればよかった、といまいましく思いながら寝ている。表で変な音がして、おそろしいので女は恋人の布団を引き寄せたが、男はたぬき寝入り。いまいましいったらない。しまいには「もうちょっと離れてくれてもいいのに」と、男が言う。

機内で出された赤ワインのせいで、隣に座っている六十代の日本人の主婦の口が軽くなっている。彼女は四日間の自発的なフィンランド休暇から帰国するところだという。ヘルシンキと北極圏の町ロヴァニエミを見て、屋内市場で美味しいものを買って、それをホテルの部屋で瓶ビールと味わったと話してくれた。家には成人した三人の息子さんと夫がいる。だから「料理三昧」の日々らしい。そんなわけで——家族の反対を押しきって——年に二回、四日分の食事を作り置きしておいて、一人で旅に出る。この前はホーチミン、今回はフィンランド、つぎはカサブランカ。

親戚たちからは頭がおかしいと思われているんです、と彼女は笑う。それからは、この旅行中ずっと気になっている庭のバラのことだけをしゃべり続けた。

今回の旅の決定的な理由は、九〇〇年代と一〇〇〇年代から残っている日本語で書かれた文学の古典のほとんどが女性によって書かれているということ。藤原道綱母が書いた『蜻蛉（かげろう）日記』、セイ、あなたの『枕草子』、紫式部の『源氏物語』と日記、和泉式部の日記と和歌、それから菅（すが）原孝標女（わらのたかすえのむすめ）の『更級日記』。当時、男性が書いた唯一の日本語の古典は紀貫之の『土佐日記』。それだって女を装って書いたもの。彼女たちの本当の名前すら私たちは知らない。でも、それらの作品は日本の古典文学の中でもっとも重要なものに位置づけられている。それでも多くの西洋人は、世界で最古の長編小説『源氏物語』が、女性が書いたもので、それが千年も前に、ヨーロッパでは長編小説という文学ジャンルの名前が考え出されるずっと前に書かれたものだということに、今でも驚いているのだ。

女たちはあらゆる場所で時代を通して物を書いてきたと思う。でも、様々な理由から彼女たちの文章は残っていないか、少なくとも文学史に載るまでに至っていない。セイ、この世界の一人ひとりの女性が千年前に考えていたことを知りたいとき、平安女性をおいて他に誰がいるだろう。あなたの心の友のようなジェーン・オースティンは一七〇〇年から一八〇〇年の変わり目になって書いた人だし、ヴァージニア・ウルフにいたっては、自分には歴史的な手本になる人がいないと一九二〇年代になっても不満を言っていたくらいだ。事実、ヨーロッパでも中世やルネサンス時代には物を書く女たちはたくさんいた。しかし、彼女たちの文章が見つかって研究されはじめたのは、つい数十年前のこと。これでも大学で比較文学で修士課程を修了しているというのに、二〇〇〇年に刊行された *Extraordinary Women of the Medieval and Renaissance World*（『中世とルネサンスの並外れた女性たち』未邦訳）で紹介された七十名のうち、名前を聞いたことのある人は一人もいなかった。平安時代の女たちが書いた作品が残っているということは、文学作品として真正だと認められたということで、今でも読まれている生きた文学であるということ。これはとてもめずらしいことだ。

セイ、あなたの時代にどうしてこんなことが可能だったの？　平安時代の文学の中でも大部分を女性たちが著しているのはなぜ？　あなたたちが歴史的で他にないものを作っていたという自覚はあなたにはあった？

目立った作家のほぼ全員が女性だった大きな理由は、男たちの世界では漢語と漢字が優勢だったということ。中国の影響を受ける前の日本には、文章もなければ文学もなく、文字は中国から借りていた。漢語は、知識人、僧侶、役人、とくに歴史書の公式の文字であり続けたので、男たちがおもに漢語で中国伝統に沿って書いていた。セイ、あなたやムラサキのように役人の娘たちの多くが半ばこっそり漢語を身につけていたけれど、それは女にとってふさわしくなかった。

八〇〇年代初めに日本語の発音に合った文字、つまり拍に基づいた文字が作られはじめ、それを女たちが日記やその他の文章で使いだした。この文字は仮名文字と呼ばれ――そう、ニワトリの文字！[32]――これを使って話し言葉を直接そのまま書きとっていたのかもしれない。漢字ではそうはいかなかった。仮名文字は女手とも呼ばれていて、女性的な流れる書き方のこと。男たちがそれを使うのはふさわしくなく、使っても手紙や和歌の中くらいで、日記も漢語で書いていた。物語を書くことは、女たちのすることとされていたので――国民の言葉で書かれた物語は漢語ができない女たちや子どもたちにとってかっこうの娯楽だった――九〇〇年代の終わりには、小説が男たちの手から逃れて女たちの領域になる。それから百五十年、女たちは最高の小説を書いてきた。一一〇〇年代にその文学的優勢な立場を失うが、それは、男が女の得意分野を凌いだのではなく、宮廷文化が廃れて侍文化が興隆してきたことによるものだった。

それでも音節文字の発展だけが女たちによる文学の誕生の必須条件だったわけではない。自由時間、紙――かなり高価な貴重品だった――、創作できる社会環境も必要だった。文学的に才能のある宮廷女房たちにはこれらすべてがあった。彼女たちは政治に参加することはなく、世の中を変える力もなかった。でも、観察したり、見たものを解釈したりするすばらしい機会を持っていた。こういった女たちにとって書くことは仕事でもあったのだ。

宮廷サロンの中で暮らす典型的な藤原氏の娘は、多くの時間を文学に割いた。彼女はすぐれた歌人や詩人たちの作品を学び、自分でも歌を詠んで、ロマンチックな物語に興味を持っていた。

32　kana（カナ）はフィンランド語で鶏のこと。

とりわけ注文に応じて新しい読み物を書いてくる女房たちを高く評価していた。つまり、セイ、あなたや紫式部や和泉式部の作品を。この藤原氏の娘がこれから天皇の妻になるかもしれないとなると、彼女のサロンに入ってくる女たちも政治的な意味を帯びてくる。多作な宮廷女房たちはすぐれたエンターテイナーで、彼女たちは、自分たちが仕える主人こそが天皇に寵愛されるよう努めた。天皇の妻のサロンにいる宮廷女房が美しく、才能と知恵があればあるほど、その周りに群がる殿上人たちの関心がますます高まった——そして父親である藤原氏の権勢はいっそう盤石になったのだ。

中宮の周りに集まった三、四十人の宮廷女房たちが形成するサロンは、女たちのコミュニティ空間であり、ヴァージニア・ウルフがさぞや羨ましいと思ったであろう「自分たちだけの部屋」だった。彼女たちは自分たちの仮名文字の他に、女性らしい仮名による会話が繰り広げられる自分たちの空間を持っていた。この文学的で激しい競争環境の中で、女たちは主人の立場を強化すべく全力を尽くしながら、お互いのことを書きあった。

セイ、あなたはこういったサロンのスターだった。

[清少納言の言葉]

気持ちのいいもの

絵巻のなかの上手に描かれた女らしい絵に、美しい手蹟で詞をたくさんつけてあるの。

見物の帰りの牛車に女たちがいっぱい乗り込んで、袖口がたっぷりと簾からはみ出てるの。従者をたくさん連れて牛を巧みに御しながら車を走らせてるの。白く清らかな素敵な陸奥紙に、ありえないと言ってもいいくらい太い筆の細い先を駆使して細い字で何かを書いたとき。

セイ、到着間近。京都へ、あなたの平安京へ降りたつ準備はできつつある。あの「紫がかった山と水晶の川のある町に」[33]。都はあまりに美しい場所に築かれていて、当時、そこから追い出されることは死に匹敵する罰だと思われていたのも頷ける。私は一条通と二条通の間にある東山の麓あたりにある、吉田山へ行く。そこまで御所から自転車で十五分。セイ、もうすぐ着きます。迎えにきてくれる？

といっても、私にあなたがわかるだろうか――あなたがどんな顔をしているのかすらわかってないのに！　でも、わかる人なんていない――あなたを見たことのある人は皆、この千年の間に亡くなっているし、あなたの時代の女性たちの肖像画は一枚も残っていない。セイ、宮廷女房たちは衣裳については事細かく書いているのに、顔や体についての描写は一切ない――女性の体について書くのが好ましくないなんて、おもしろいし、元気がでる！　あなたの同僚のムラサキは

33　「月のいと明き夜」の段。

女性の裸について一度だけ書いているけれど、[34]「忘れられないほど恐ろしくて、ちっとも素敵じゃなかった」みたい。でも、下界の京都の寝室でそんなひどいことが起こるなんて信じがたい。

セイ、あなたたちが書いた女性の体のたった一つの特徴は髪だった。髪は、まっすぐで艶があり、とても長くなくてはならない。センターで分かれた髪は滝のように肩にかかり、理想的なケースは立ったときに床まで流れ落ちていること。白い肌も美しさのサイン。だから、白粉をたっぷり使った。でも、眉と歯は醜いものだと思っていた。眉はすっかり抜いて、額の上のほうに長方形の眉を描いた。歯は、鉄とヌルデの粉を酢と酒か茶で溶いた臭い汁で、三日ごとに黒く塗った。

それから着物——正装だとあなたたちは十二枚の単を重ねた。顔と体の紹介がなくなったから、袖口や裾から見える重なりあった着物の色合い[35]を選ぶセンスが、自分の魅力を語るこれ以上ない機会だった。

黒い滝のような髪、妙なメイク、歯なし、カラーコーディネートされた袖。セイ、時差ボケ頭で何とか探してみるね。

［清少納言の言葉］

六月半ばのこと、すべてを呑み込んでしまうような暑さ。涼しい気分に少しはなれるたった一つの方法は、池の蓮に目をやること。

建物がとても古くて、瓦葺きだからなのか、夜はたとえようがないほど暑いので、御簾の外で寝た。一日中、ムカデが落ちてきて、部屋のなかへ大きな蜂の群れが飛んでくるのは、ひどく恐ろしかった。（……）

秋になったけれど、わたしたちの泊まったみすぼらしい建物には涼しい風が少しも入ってこない。かわりに虫の声は聞こえた。

汚らしいもの

ネズミのすみか。

朝、遅くなってようやく手を洗う人。

油を入れておく容器。

色あせた着物はどれも汚らしい感じで、とくに光沢のある色のものは汚らしい。

34　『紫式部日記』に、宮中に追いはぎが出て二人の女房が裸にされた、とある。

35　かさね色目。

Ⅳ　京都。九月

京都、二日目。

暑い。すさまじくすべてを呑み込んでしまうように暑い。他に何も考えられないくらい暑い。涼しくなるような考えも色も想像も何の役にも立たないくらい暑い、と、セイや誰か他の人が言っていた。この暑さは命がけの戦いだ。私は暑さと戦っているのに、暑すぎてそのことを考える気になれない。

フィンランドの夏を過ごしながら日本の夏を感傷的に思っていたときは、日本では暑さも何かもっと優美なものだと考えていた。日本人が涼しさの「イリュージョン」を評価している妙な習慣がようやくわかったように思った。涼しげに見えるもの、感じるもの、聞こえるもの、味がするもの。暑さをせめて想像力で抑えることが目的の、何百年と続いてきた昔からの涼文化。

涼とは、通気性のいい木綿の浴衣という夏の着物。団扇という紙でできた扇子。待ち焦がれたそよ風が吹くたびに鳴るガラスの風鈴。風鈴の凛と冴えた音には涼しくさせる効果がある。竹や籐で編んだ枕やカーペットは涼しく感じられるし、涼しそうに見える。窓やドアを覆う簾越しに見る外の世界はちょっと神秘的で、簾の動く影は室内を涼しくさせる。浮世絵に描かれたお化けや骸骨。恐怖が涼を呼ぶことはよく知られている。秋を約束してくれる虫の声。山の森の雫を思わせる苔玉。スイカ。

でも、ダメだ。骸骨を眺めていても何の効果もないし、お化けのことを考える気力もない。宿が――これから数ヶ月間、わが家になる――一度も掃除されていないように見える、なんてことを考える気力もない（キムいわく「清掃員探しに苦労している」）。スリッパを履いて、目にしている光景をよく見ないようにするのがいちばん。幸いにもバスルームは、メガネなしで見るぶんにはまだいい。同じく私の部屋も。部屋の隅には本当にネズミの通り穴がある。押入れの襖は壊れていて、壁に触れようものなら、キラキラしたものが剝がれてくる。季節が違っていたらきっと素敵だっただろうに。私の小さな六畳部屋は宿の二階にあり、南と西に壁一面の窓がある。そこから町が一望できる。でも今は、太陽こそが最悪の敵なのだ。東山の向こうから私の息の根を止めるような熱い光線を伸ばしてくる朝になると、すぐに太陽が憎くなる。布団の上で一睡もできず滝のように汗を掻いた。朝早くに起きて、押入れで見つけた厚手の青い布を窓に吊るしたけれど、役に立たない。部屋はベンチのないサウナだった。

暑すぎて考える気になれないことはまだある。おそろしいほど薄汚い共同キッチンでは、すべての食材を何重にも包まなければならないということ。ゴキブリに加えて、そこには小さな白いアリやら、忌まわしい太ったムカデやら、クモやら、トカゲやら、ネズミやらがいるからだ。イタチっぽいものまで見たという人もいる。でも、暑すぎて包む気になれない。いちばん妙に思うのは、キッチンがいつも濡れていること。誰かがテーブルを濡れた雑巾で拭いているとしたら、テーブルはいつまで経っても乾かないだろう――こういうのが京都の蒸し暑さなのだ。同じ理由でキッチンの床も、足がくっつくほどべとべとしている。
でも、暑すぎてそのことを考える気になれない。

暑いとはいえ、食事はとらなければ。ということで、私はフランス文化センター[36]のカフェに行き着く。ここが冷房のきいたいちばん近い場所だったからだ。まるで冷凍庫の中に入っていく感じだ。お昼を済ませて、センターの図書館を覗いてみる。受付の職員がお手洗いへ立ったとき、こっそり忍び込んだ。人に会ったら「ボンジュール」とその場にふさわしく声をかけ、喉が痛いというふうに咳払いした（驚いたことに声はもとに戻っていた）。フランス語ができないことや、冷房のためだけにうろついていることが、さらなる質問でばれないよう願った。こうして、この旅行で今のところいちばん素敵な二時間を図書館に立てこもり涼むことに成功。ここにはまた来よう。

その日を待ちながら、汗をだらだら掻きながら重い足どりで隠れ家へ帰る。日が沈むと道路工事のけたたましい音は止み、蛙と蟬の熱帯の歌が始まる。

セイ、あなたのことまで気が回らない。

汗を掻きながら気づいた妙なこと。

冷水シャワーを浴びているときが至福のとき。一日のうちで一度だけ自分が人間だと感じられるから。妙に思うのは、その後、体がぜんぜん乾かないこと。タオルで水分を拭きとったそばから、汗がもう噴き出している。

汗でぐっしょり濡れた服の妙に卵白くさい臭い。日本でお香がよく使われている理由がようやくわかったように思うくらい、ものすごく臭い。

この年の京都の九月は例外的な暑さだと、あとから聞いた。連日、気温は三十六度あたりまで跳ね上がる。でも、湿気のせいで暑さはもっと厳しく感じる。山が町を三方向から囲んでいるので、熱がそこにぶつかってこもってしまうのだ。蓋をした鍋みたいな中で、人々はじわじわと火にかけられ、弱っていくしかない。

自己実現理論を提唱したアブラハム・マズロー[37]は正しかった。生命維持の前では美的な意味はあっけなく脱落する。向かいの家の薄汚い壁は見えても、気温が三度低い一階の部屋が空いたら、二階の部屋から見える景色にはそれほど興味がなくなるだろう。

六畳部屋の窓には簾が掛かり、押入れには美しい襖が取り付けてある。廊下に続く引き戸の前は板張りの玄関となっていて、そこでスリッパを脱ぐ。部屋は空っぽと言ってもいい。部屋には畳の上に寝転がっている布団の他に何もない。荷物を押入れにしまって、ハンガーラックに掛け

36　アンスティチュ・フランセ関西。

37　（一九〇八〜一九七〇）。人間の欲求を五段階の階層で理論化したアメリカの心理学者。

る。床の隅の本棚は手の届く場所に置いて、扇風機を回し、Wi-Fiが繋がって、ようやく人心地がついた。

京都の女性たちにならって、片手に日傘を差し、片手に扇子を持って歩くことを覚えた。冷房のきいたフランス文化センターには足繁く通っている。そこでお昼を食べて、涼しい図書館で、セイ、あなたと一緒に過ごす。章段のタイトルは「めちゃくちゃ暑い日」。平安宮廷でどんなふうに人間バーベキューから生き延びたか、その方法を知ることができることを考えながら。

ただ、こういったタイプの暑さのことはいっさい記されていない。その代わり、睦言を交わした者たちが気だるげに霧にまぎれて帰っていく官能的な夜明けの様子が描かれている。恋人が帰ってしまって一人残った女は、夜が明けるのを寝て待っている。暑くて格子はすべて上げたまま。時を同じくして、近くでまた別の男が女のもとを去ろうとしている。うっとりとした夜のことをいつものように後朝の文に書くために急ぎながら。帰る途中、男は簾が上がっているのをまたま目にし、中を覗きたくなってしまう。中では女が横になっていた。男は、この女のもとから恋人がちょうど帰り去ったことに気づいて、立ち寄りたい誘惑に抗えず……。じきに使いが戸を叩き、女のもとから立ち去った男から萩に結び付けた後朝の文が来た——同じ頃、どこか別の場所で別の女が男の手紙をむなしく待っている……。[38]

このタイプのアツさなら私も興味があるかも。

夜、初めてテレビをつける。日本語吹き替えの『ベスト・キッド』[39]が流れていた。

七九四年、平安京は盆地に築かれることになった。陽を表す山が北と東と西にぐるりと囲い、陰を表す二本の川が盆地を貫いていたから。北東の端には、町を鬼から守る比叡山が堂々とそびえたっている。平安京は碁盤の目状に建てられ、天皇の住まいである内裏はその北端の中央に置かれた。東から西へ走る大路は北から始まって一条から九条まであり、今日でもいちばん重要な通りだ。

この碁盤の目の町には、どれをとっても素敵な寺院や神社や庭が立ち並んでいる。わかっているけれど、この暑さでは足が向かない。それでも、週末には冷房のきいた文化センターからテリトリーを広げて、冷房のきいたバスで十分の祇園へ行く。冷房のきいたスターバックスに寄って、橋を渡って冷房のきいた髙島屋まで歩く。そこの上階では伝統的などこかの流派の生け花展が開かれていた。先生の作品は床の間に特別に展示されており、どんな作品の花や茎と比べてみても慎ましく、本当に「控えめ」だった。あるかないかの冷房がきいている品物の並んだ商店街へ向かう。アーバンリサーチという名前の超トレンディなセレクトショップで、フィンランドのブ

38　「七月ばかり、いみじく暑ければ」の段。
39　一九八四年公開のアメリカ映画。少年が日系人に教えてもらった空手を通して成長していく。

リューハンドソープ[40]とエリッタイン・ヒエノ・スオマライネンシャンプー[41]を売っているのが目に入る。価格は千六百八十円。つまり十六ユーロ[42]。S・O・S！　お金がいくらあっても足りない！　誰かブリューを送って！　冷房のきいた百円ショップで必要な小物を買う。町の商店街は地上の地獄だが、ごちゃごちゃしたものやパチンコの気の触れた音の世界を抜けると、突如、寺が現れた。人々は安らぎを買うためにこうして行列を作るのだ。

夜は鴨川の河原でのんびり過ごす。日はまさに沈もうとしている。川岸に涼しい風がそっと渡った。川は浅く、流れの中に置かれた石の上にサギが数羽立っていた。灯が先斗町のオープンテラスに灯る。ぼんやりとピンク色に染まっていく山々が遠くにそびえ、人々は土手に座り、誰かがギターを弾いていた。私は自動販売機で買った冷たい緑茶の蓋を開ける。ようやく着いた、と思う。ここに、セイ、あなたの町に。信じられる？

ここでこれから私は人生の三ヶ月を過ごすのだ。会議を梯子するのでも、ストレスで苦しむのでも、絶ゆまぬ成長と営業活動改善と組織改革の圧力を受けるのでも、モチベーション不足に陥るのでも、天職という名のもとに安月給に悩まされるのでも、六時十五分に鳴る目覚まし時計に従うのでも、代わり映えのしない毎日にフラストレーションを溜めるのでも、テレビ番組の次回を待つのでも、違和感を覚えてプレッシャーに押し潰されるのでもなく——ここで、自由に、自立して、一人で、目の前にあるあらゆる可能性を、毎朝、自分の思うままに、したいことやしそびれたことを選ぶために。

喉が締めつけられる。幸せが私の中へそっと入ってきた。

予期せぬこと。

蚊。忍者のように音を立てず、姿も現さず、それでいて強力。

食材の値段。リンゴ一個が最安値で二ユーロ、トマト二個で四ユーロ。カリフラワー四分の一は五ユーロ。五枚入りのスライスチーズが五ユーロ、フェタチーズは九ユーロ。ペスト一瓶は特別な輸入食品スーパーで十ユーロ、パルメザンチーズの欠片も同じくらい。ブルーチーズ百グラムは十二ユーロする。

ところが、ありえないくらい安いものもある。普通のおいしいお昼の弁当は三ユーロもしない。作りたての八貫握りは五ユーロ以下。サントリーの四リットルペットボトルウィスキーは二十五ユーロ。


したこと。

宿代を払った。いいスーパーを見つけた。中古自転車を買って、自分の名義で登録した。スカ

40　フィンランドで最初に製造された液体石鹸。フィンランドの花やベリーの香りシリーズが人気。北欧諸国に共通した環境に優しい白鳥マークのエコラベル製品。
41　天然由来成分のシャンプーで、子どもからお年寄りまで愛されているブランド。
42　フィンランドでは二ユーロくらい。

イプで弟一家と話した。残りは灼熱の地獄で苦しんで、シャワーを浴びて、びっしょり濡れた服を二回替えた。頭痛がする。

すること。

カタカナとひらがなを覚える。仮名文字ができればレストランのメニュー表が読めるらしいから。音節文字は一週間もあれば覚えられると言われたのに、一日の勉強で二文字しか頭に残っていなかった。ショック。もう身につかないと判断。多分、私は、メニュー表に書いてあることをそれほど知りたいと思っていないのだ。

ある日の朝、私は早くに目が覚めて、暑さに立ち向かいながら宿からほど近い世界遺産の銀閣寺へ自転車で向かう。その庭園は楽園だった。砂の庭は波の形に掻きならされ、海の縁には砂で盛られた富士山がそびえている。庭の何百という小さな植え込みは手をかけて形作られており、松の丸い玉は、寺のカーブした屋根と完璧な調和が保たれる高さになるよう、雲を散らすように剪定されていた。銀閣寺という名前ではあるが、銀をかぶせているわけではなく、黒い木でできており、ワビサビが効いていた。

それから哲学の道を南へ向かってのんびり漕ぐ。途中、小さな茶室に立ち寄る。入り口に、客が名前を書く紙があり、席が空いたら呼ばれるようになっていた——こういうやり方が京都では普通らしい。茶室の壁一面のガラス窓から美しい庭園が広がり、その隣の畳に置かれた小さな座布団に座る。目の前のテーブルには一杯の春の濃茶と技の駆使された茶菓子が二つ置かれていた。

　南禅寺付近まできて、その近くで探していた京都市国際交流会館（KICH）にたどり着く。冷房のきいた評判のいい図書館があると聞いて、見てみたかったのだ。ところが、手に入る情報はほぼすべて日本語で、呆然となった。会館のレストランには英語を話す人はおらず、メニューは日本語のみ。図書館の本の大部分も日本語だった。さらには、会館中、外国人は私だけ（あとになってわかったのだが、日本人のように見えた人々は中国人と韓国人だった）。会館の性質上、私はもう少し国際的な雰囲気を期待していたのかもしれない。

　図書館で唯一の英字新聞を読む。郷に従い机の上に突っ伏し、時差ボケ昼寝をとった。寝覚めは悪い。それから冷房のきいたソファに座り、セイ、今日のあなたを読む。

　何がきっかけで、あなたはありとあらゆるものをリストアップしたのか考えた。というのも、中には本当におかしなリストもあるということは否めないから。自分がよく知っている木や山をリストアップしたり、それらについてコメントしたりする理由は何だろう？　詩的に表したいから？　考察したいから？　しつこく言いたいから？　教訓を垂れたいから？　世界の物事のありようを物知り顔で語りたかった？　情報を集めすぎるのは女にとって不適切だということが頭に来たから、その腹いせに知っていることすべてをリストアップしたの？　それとも、観察するのが単にあなたの趣味だったから？

　セイ、ものづくしリストに築いたあなたの信じられないほど機転の利いた言葉遊びや意味の世界がわかるのは、まだ当分先になりそうです。

私たちを結び付けるもの。

三十代であなたは自分のことを盛りのすぎた女だと表現した。もう自分のものとは思えないほど、髪にハリがなく、まとまりが悪い。髪のトラブルなら三十八歳の私もわかる。もともと私の髪はよくなかったけれど、まさか歳とともにこんなにも悪くなるとは思ってもいなかった。

あてにならないもの。

冷房のきいた場所の窓から景色を見る。曇りで、風があり、少しどんよりしている。すばらしく涼しくなったと思うかもしれない。ところが外に出ると、例の湿った暑さが顔にぶち当たり、汗が毛穴という毛穴からどっと流れ出し、何も変わっていないことに気づく。

夜は、近くにあるBizouで食べる。入り口には、「おいしい料理、あります」と誘うように英語で書いた手書きの紙が貼ってある。こぢんまりとしたレストランには、カウンター席が数席あって、熱い鉄板で気のいい二人の女性（おそらく母と娘か嫁）が客にお好み焼きや焼きそばを作っていた。定番のお新香、味噌汁、ご飯がついている。実をいうと、何を食べているのか私はわかっていない。でも、おいしい。

夜ご飯を食べて、気持ちのいい風にあたりながら川沿いを自転車で漕ぐ。川の流れの真ん中にある亀の飛び石に腰かけた。涼やかな川の流れる音、水面に踊る雨粒、背景にぼんやりと見える山々、目を逸らせば整然と立ち並んだ植木鉢で建てたホームレスの小屋。

宿に戻ると、キムの置き手紙を見つけた。台風が近づいている、とある。「ドアと窓を少し開けておいて。でないと、家が風圧でバランスがとれなくなって、吹き飛ばされるから」。エンマは、本格的な地震とつむじ風をこの一年ひたすら待っていたらしい。今回のだって普通の雨とたいして変わらないと思っている。

新しい入居者がやって来た。スペイン人のマルコス。このキュートな少年がたどたどしい英語で歳を聞いてきた。繰り返し三度も私に言わせたあと、「You mean three and eight?」と、疑わしげに指で数字を宙に描いた。私がそんなに年をとっていることがどうしても理解できないのだ。それから、マルコスは母親に電話をかけ、無事に着いたことを知らせた。それと、ここにはいざというとき彼の面倒をみてくれる年上の女性がたくさんいるということも知らせたのだろう。

［清少納言の言葉］

　聞きたくないもの
　お歯黒をつけながら物を言う声。

同居人たち。世界各地から、ここ吉田山の麓へたどり着いた知らない人たちとは、驚いたことに、すぐに友人になり、家族になった。ここには、親に放り出されたり捨てられたりした兄弟姉妹で溢れていて、手を取りあって暮らしている、そんな感じがする。いちばん大事な話をする場所はバスルームかキッチン。あごにシェービングフォームをつけたままの人もいれば、パジャマ姿で髪をブローしている人もいる。食器を洗っている人もいれば、冷蔵庫に張りついて、また食器を片付けていない人がいるから他の人が片付けられないと文句をいう人もいる。皆、それぞれ違っている。一人は、まるでここに自分一人で住んでいるかのようにどの部屋にも自分の荷物を広げている。二人目は散らかっていることに苦しみ、三人目はテレビを観るときですら誰かと一緒にいたがる。四人目はその日の出来事について腹を割って詳しく話し、五人目はいきなり自分の部屋にさっと入って一人ですねている。六人目はいつも仕事をしているかバーにいる。アットホームであたたかい。

この秋、ここにいるのはこんな私たちだ。

私、三十八歳。出身地：フィンランド。京都に来た理由：だらだらする。「清少納言」出版企画に関わる研究をする。滞在期間：三ヶ月。語学力：なし。

エンマ、二十七歳。出身地：スウェーデン。日本語を勉強するために来日。語学学校に毎日通っている。日本料理が大嫌いで、日本文化にさほど興味がない。この先の人生、何をすればいいのかわからなかったから日本へ来た。滞在期間：一年。数週間後に帰国。本人が言うところによれば、自分だけがゴミ当番をきちんとしている。漢字を六百字読めるようになったが、日本語会話はいまだにできない。来日してから一度も銭湯に行ったことがない。自分の体型が気に入らないようだ。私から見れば、ほっそりしてきれいなのに。もちろんどこかに出かけたこともない。スウェーデンのローズヒップスープを飲み、引きこもっている。

セブ、三十歳。出身地：フランスのアルプス地方。日本人の彼女レイナを追って一週間前に京都に到着。このままここに移住予定。レイナとは昨春、ネパールで知り合った。付き合って二週間後、フランスで勤めていた会社を辞めた。そもそも事務仕事は嫌いだったらしい。自分の道を見つけて、指圧の勉強を始めるつもりだ。気さくで親切で社交的。これから同居人の中でいちばん仲良くなる友人。

ニノ、三十六歳。出身地：イタリア。物理学者で、研究分野は宇宙論（ここに来て最初の一週間は、physicist というのはてっきり医者かと思っていた。あやうく健康アドバイスを尋ねるところだった）。京都に住んで六年。その前はおもにバルセロナやスコットランドに住んでいた。もうすぐリスボンへ移る。その日をここで暮らしながら待っている。キュートで礼儀正しい。思いやりがあって感じがいい。いい匂いがする。遅くまで仕事をして、夜は外で過ごす。めったに見かけない。

マルコス、二十七歳。出身地：スペインのコスタ・デル・ソル。日本語を勉強するために一年の予定で京都へ来た。セブによると、フランスのことわざに「スペイン人のような英語を話す」というのがあるらしい。趣味は、ギター、空手、折り紙、写真、水彩画。自分の思いを綴った旅のブログもつけている。今までは両親と実家に住んでいたので、人生で初めて、洗濯と食器洗いと掃除をする。青いタオル地のガウン姿で、真夜中に夕飯を作り出すときがある。私の早い夕飯（七時）を理解できない。さらにはブロッコリーを食べていることも。長髪、黒い瞳のマスコット――すぐにかわいい日本人の彼女ができると思う。

ソンヤ、二十七歳。出身地：ドイツ、ベルリン。美術史家。二〇世紀初めに活躍した京都画壇の日本画家について修士論文を書くために三ヶ月の予定で来日。私の研究にも手を貸してくれている。ドイツで日本人の彼氏と付き合っている。日本語は話すより読める。この特徴は、ここにやって来る研究者たちに共通していることにあとから気づいた。つまり、古文が読めるのに、レストランで注文できないのだ。

ドム、三十二歳。出身地：イギリス。オーランド・ブルームの双子、イタリア人とのハーフ。日本語を勉強し、アニメや写真やコーヒーにはまる。ロンドンでバリスタの仕事をしながら渡航資金を貯めた。三ヶ月京都巡り旅のために来日。十回は来ている。まともじゃないと思うけれど、三ヶ月しかもたない観光ビザのせい。おかげでブーメランのように何度も戻ってくることになる。

十月になると、サヤカとピエールが加わる。三十代の日本人とスイス人のカップルだ。サヤカはフランス語の通訳で、ピエールは大学で哲学を研究している。何もしなくても周りもそんな気持ちになるくらい、二人は幸せで落ち着いたオーラを放っている。

そして、もちろん、私のいちばん大切な同居人、セイ。あなたについて私はまだ何も知らない。

八日目にパニックに陥る。もう一週間が過ぎてしまった——私は何をした？　しようと思っていることは全部、今すぐにしたほうがいい、とエンマが言う。エンマはあとからでもできると思っていたら一年が過ぎ、何もできなかったらしい。

しなければならないこと。祇園の夜散歩。千本鳥居の伏見稲荷大社、できたら夜に。歌舞伎。

能。銭湯。海岸。温泉。比叡山。高野山での宿坊。奈良。大阪。宇治。東京。生け花教室。バー。縁日。御所。二条城。平安装束体験。専門家へインタビュー。図書館。市立博物館。どこかにある唯一残っている平安時代の庭園敷地。先斗町の納涼床でディナー。詩仙堂。

その他のしなければならないこと。何とかしてお隣のイタグレ[43]にお目にかかる。

エンマと『枕草子』について話す。エンマは『枕草子』について聞いたことがなく、紫式部だけ知っているという。彼女は本にざっと目を通すと、やけにリストが多い、と言った。まさしく。「リストアップするのは女だけ。男はそんなことしない。なんで？　千年経っても何も変わっていないなんてうんざり」とも。エンマにとってものづくしリストはうんざりするものなのだ。

私はものづくしリストを作っている。（医者に言われて）気分が良くなることや、毎朝、ベッドから起き上がれるようなことを書き出している。予算を書き、支出をリストアップする。買い物リスト、読書リスト、映画リストを書く。彼氏の長所と短所を挙げる。旅行で行ってみたい国や、毎週こなすつもりの運動の成果もリストアップする。夏休みが始まると、休暇中にしたいことを書き連ねる。ドリームボードには、一生の間にしたいことや手に入れたいことを挙げた。ランチで会っておくべき人たち。女子会に呼びたい人たち。ポストカードを送らなければならない

43　イタリアングレーハウンド。

人たちもそうだ。

友人のクリスティーナはリストアップの達人だ。過酷な試験期間中、クリスティーナの毎日は、朝食、洗顔、トイレ休憩にいたるまで、一日のやることすべてが前もって分刻みで計画されていた。同じく一日のうちに試験勉強するページ数もきっちりと。

女たちは、考えたり、苦しんだり、計画したり、整理したり、解釈したり、計算したりする――リストアップしながら。男たちは行動する――リストアップしている暇がないのだ。はたしてそうなのか、私にはわからない。リストアップすることがうんざりすることなのか、それもまたわからない。

とはいえ、自分でも小説とか、そんな感じのものをたまに書いている、とエンマは言った。問題は結末を書けないことらしい。その理由を尋ねた。何も思いつかないからなのか？ やり遂げられないだけなのか？ それとも完結するのが怖いのか？ 「私が思いつく結末は間違っているような気がして書けない」とエンマ。

この二十代のよそよそしいスウェーデン人の女の子に妙な親近感が湧いた。彼女は、日本に特別興味があるわけではないのに京都に一年の予定でやって来た。これからどんなことを始めるのか、あるいは六百字の漢字がどんな役に立つのか、彼女はまるでわかっていない。いつの日か、ここでやったすべての理由がわかるときがくる。

間違った結末を書いたときには何が起こるだろうか、と私は考えた。

気を取り直して、市立図書館へ自分を連れだすようにして向かう。そこでどんな本に出会えるのか考えもせずに。棚には日本語の書物しかなかった。英語のものは書庫にあり、別に予約しなければならない。つまり何を探しているのか知っておかなければならないのだ。いくつかおおざっぱなキーワードで検索してみたら、五冊ほど引っかかった。検索機から本の情報が載ったレシートをプリントアウトし、職員に書庫から持ってきてもらう。

本から平安宮廷の行事について語っている年表と系図を調べる。金の粒を探すような、ごく小さい情報の欠片を集めて、そこから何がわかるかじっくり考えてみる。確かな年代はあまりに少ない――どの情報もなんてあやふやで頼りないんだろう！

ここでこれまでに会った人のうち誰も――オーナーのキムを除いて――セイ、あなたのことを聞いたことがなかったのも頷ける。

眠たくなるもの。

図書館。さっきまでシャキっとしていて、わざわざお目にかかるために出してもらった本に興奮し、その秘境へ、胸躍る探索へまもなく踏み込もうとしていたのに、図書館の居心地の悪い席の硬い椅子に座り、ページを開いた途端、どうにも抗えない疲れに襲われ、あくびも抑えきれず、瞼が閉じるままになる人。居心地のよい肘掛け椅子とか、ゆったりと包み込まれるようなソファに座っていても、家ではこんなことにはならない。

本当に眠たくなるもの。

セイ、あなたが描写した宮中行事。形式的な行事は貴族の生活の重要な一部で、その様子を事細かく書き留めることがあなたの任務だったと、あなたのためにもわかってよかった。ともあれ、あなたやムラサキが記録しなければ、行事は何百年も変わらずに残っていただろうか、と考える。これはおもしろいというよりも勉強になるとわかってほっとした。だって、私にはおもしろくなかったから。

それでも図書館で何かしらつかめた。私の疑問に対する明確な回答はない、ということが何となくわかった。本当を言うなら、まずい状況がしだいに明るみになってきた。セイ、ざっと見た感じでは、あなたの作品はいったい「何」だったのか、もしくは、「どんなもの」であったのかすら、誰もよくわかっていない。「あなたの名前」や「あなたが作品を書いた理由」といった些細な事実は言うまでもなく。何もどこにも載っていない、そんな疑いが頭をもたげてくる。

セイ、あなたの作品を定義しようとするなら、それが何で「ない」のか言うほうが、どうやらよっぽど簡単みたい。それは、つまり平安時代によくある文章スタイルではない。それは、女の世界での光源氏の冒険を語る紫式部の『源氏物語』のような物語ではない。それは、当時、多くの女性作家たちのジャンルであった日記――虚構の混じった歌日記ではない。かといって、和歌というわけでもない。平安時代の上流階級の暮らしについて事細かに描写していることから、当時のもっとも重要な残存資料とされているけれど、歴史書でもない。日本人研究者が一八〇〇年代に随筆というジャンルを考えついて、死後、ようやくあなたはその第一人者に名づけられた。現代の研究者たちの中には、あなたのことをエッセイストとか警句を吐く人と思っている人もいるし、コラムニストの先駆けとかブロガーの先駆者とまで考えている人もいる。セイ、どの時代にもそれぞれ馴染みのジャンル名があるということなんだと思う。つまり、一九〇〇年代初めのヨーロッパではあなたは印象主義者だと思われていたけど、二〇〇〇年代ではあなたの文章の性質からするとブログになる。

状況を把握しておくと、あなたの本の種々雑多な三百ほどのエピソードは、日記とエッセイとものづくしリストの三つのグループに分けることができる。日記を思わせる章段には宮廷での思い出。エッセイのような章段には、例えば人や植物や四季や宮廷でのふさわしい振る舞いについての観察と描写がある。これがあなたの本の中でいちばん知られたもの。ものづくしリストにはありとあらゆるものを列挙しているけれど、その意味について研究者たちはもっとも議論を交わしてきた。これらのバラエティーに富んだエピソードは、テーマや章段タイプごとにまとまっておらず、年代順にも並んでいない。つまり、エピソードは、バラバラのパズルのピースのようにテーマやスタイルが入り混じり、思いつくまま流れているのに、何かしらのまとまりがある。

いったいこれは何なのだろう?『枕草子』というあなたの本の名前は、眠る前に書き記した思いつきの走り書きを指している呼び名だったのではないか、こういった「枕の本」は枕のそばに置いておくか、木枕の中にしまっておいたのではないか、と考えた人もいる。でも、おそらくそうではなかったと思う。巻子(かんす)の代わりにノートとして糸で綴じた紙を使っていたなら、草子という本の名前は、多分、紙の仕様のことも指していることになる。いずれにせよ、あなたはこの本をその名前では呼んでいなかったと思う。

でも、セイ、真の爆弾はこれから落ちてくる。図書館で舟を漕いでいた私の目を完璧に覚ましたのはこれよ。

あなたの本の原本は残っていないということ。

私は息を吸い込んで、わかった事実一をメモに取る。

「一、私はあなたの本を研究するために京都へ来たのに、あなたが書いた本は、厳密に言うと存在していない」

私が読んだペンギン・ブックスの英訳の文章は、セイ、あなた自身が書いたものだとうぶにも信じていた。あなたが書いたものじゃない！　これは間違いなく、他の人は皆、知っていたことなのに、私は「わかっていなかった」というリストに入る。間抜けもいいとこ。

朝、寝ぼけながらマルコスにばったり会う。彼が声をひそめてキッチンに行くなと言う。マルコスはドアを閉鎖し、警告文を貼り、明け方からずっと警備していた。聞けば、キッチンには巨大なクモがいるらしい。マルコスは夜に不用意にそいつに出くわした――これまでに見たこともないくらい大きなクモに――箒の柄で殺そうとして、キッチンを追いかけ回したけれど、その「くそったれ」は冷蔵庫の裏に逃げ込んでしまった。ヤツは今、そこで獲物を待ち伏せしている。マルコスの話も、彼が指で示したヤツの大きさも、ちょっとうさんくさい――おそらく酔っ払っていたか、少なくとも時差ボケ。普通のゴキブリか何かと巨大グモがごっちゃになっているのだ。ともあれ、このアリカンテの長髪の海の浪人（のように見える）が何らかの節足動物のためにパニックに陥ったのを見て、何だかほっこりした。目撃したものについての証拠物件としてマルコスは写真を撮っていたが、あいにくカメラはバリケードの向こうのキッチンのテーブルの上。マルコスにはこのまま見張らせておくことにしよう。いったいどんな生き物がカメラに写っているのか最後に正体が明かされるのを楽しみにしながら、もう一眠りしようと部屋に戻った。

しばらくしてキッチンのドアが開いた。エンマはマルコスのくだらない話にいっさい耳を傾けることなく朝食をとっている。家具やキッチン道具は夜の追跡でひっちゃかめっちゃかだ。マルコスに写真を見せられたとき、見なければよかった、と思った。「くそったれ」は、私がテラリウムの外で見たクモの中で本当にいちばん大きかったのだ。薄茶色のもじゃもじゃの長い脚、目玉ほどもある黒い模様のついた毛の生えた体。どうかばったりライブでお目にかかるなんてことになりませんように。

少なくとも、キッチンの隣の、二枚の障子を開けるとベランダと庭に面した泣けるほど美しいマルコスの部屋が羨ましいとはもう思わない。四枚の頑丈な壁、小さな窓、キッチンからいちばん遠い廊下の突き当たりにある自分の小さな独房に、私は満足している。

私は動物園からどこかの世界遺産へ逃げることにした。今日は二条城へ行くとしよう。そして私は一瞬で好きになった。畳部屋の絵画は華麗で、虎と松と鶴と鷹が金を背景に動きださんばかりに輝いている。つまりあの伝説的な金彩の絵画はここから始まったのだ。鶯張りの廊下のかすかな鳴き声を聞く。今にもリチャード・チェンバレンや三船敏郎が角を曲がって歩いてきそうだ——ここは徳川家康が一六〇三年に築城した本当の御殿で、テレビドラマ『将軍』の舞台ではないことを自分に言い聞かせた。

この近くにある神泉苑にも立ち寄ろう。聞くところによると、そこだけが京都で唯一、平安時代から残っているところらしい。セイ、あなたの時代では、ここは天皇の庭の一部だった。貴族が遊びを楽しんでいた池は今、陰気で荒れている。池には中国の龍王船と派手な朱塗りの橋が掛かっており、数匹の鯉が濁った水の中に潜んでいた。

庭園からは何の感動も、あるいは、不思議な縁からくる感銘も受けなかった。それでも、きちんとした参拝者にならって、セイ、あなたに伝言を残します。でも、どうやったら伝わるだろう？「セイ、ミアが来たよ」と英語で紙に書いて、それを幸運を祈るその他の願い事と一緒に池の向こう岸の社のおみくじ掛けに結び付けた。

その日の夜、買い物をしていて宿の路地で道に迷う。若い男性に道を尋ねたら、少し経ってから私を追いかけてきて、宿まで案内します、と言う。「Your wife is walking here?」と彼が尋ねる。（ふうむ?）「Your husband is walking here?」と彼がもう一度尋ねる。（いいえ。）「You a tourist?」（はい。）「Why then have those bags?」と彼は買い物袋を指した。不思議だ、日本人というのは。

夜、寝床に就いて、ようやくさっきの会話の意味がわかった。そうか、男性は散歩（walking）

の l と働く（working）の r の発音がごちゃまぜになっていたのだ。よくある話だ。つまり、私の夫がここで働いているのか、つまり「Your husband is working here?」と尋ねたのだ。もし夫が日本で働いているなら、私は主婦ということになり、それだと買い物袋を重そうに持って歩いていても納得いっただろう。

［清少納言の言葉］

手紙はありふれたものだけれど、本当にすばらしいもの！　遠くの国にいる人のことを気がかりに思っているときに、手紙をふいにもらうと、その人が目の前にいて向かい合っているように感じられる。自分の気持ちを書いて送り、それがまだあちらに届いていないとわかっていながらも、心は慰められる。もし手紙というものがなかったら、どんなに深く心が塞ぐことだろう！　抱えている思いをその人に聞いてもらいたくて、手紙にすっかり吐き出してしまったときの晴れ晴れした気持ち！　まして返事が来たら、喜びもひとしお。そんなとき手紙は命の霊薬だと本当に思う。

44　狩野派による障壁画のこと。

がっかりするもの。

朝、目が覚めて、夢うつつの状態でまだこっちの世界に戻る気がしないとき、友人の誰かが寝ている間に元気が出るような長文メールを送ってきていないか見るために、もぞもぞと手を伸ばしてパソコンを起動させる。メールボックスに一通もないと、一瞬、虚しくて寂しい気持ちになる。

フェイスブックに短くてもコメントが届いていると、地球の反対側では他の皆は眠っているけれど、それでも目を覚ますのはこの同じ世界なんだと感じる。

おかしなもの。

旅行に着ていく服。どうして旅行となるといつも変な服を持ってくるんだろう。皆といるときには着ないような、せいぜい着てもコテージとか実家とか、人の目を気にすることのない場所で着るような服を？　何年も着ていない昔の服か、一度も着ていない服。そんな服をどうして旅行のときはクローゼットから引っぱりだすのか。でも、この旅行にはちょうどいいと思ってしまう。いったい何でまたそれがちょうどいいんだろう？

素敵なもの。

細くて入り組んだ路地、そこに立ち並ぶ伝統的な町家、のんびりサイクリング。落ち着いてこぢんまりとした雰囲気から、ふいに目の前に開ける疎水。自分の自転車がもたらす旅行客ではないという感じ。秘密の庭園、滝や小川で泳ぐ鯉のいるミニチュアの宇宙。カーテンに閉ざされた神秘的なレストラン。文字の意味がわからなくても、思い切って入ってみる。あたたかく迎えてくれる親切な人々。涼しい風。わが宿。

暑さと日差しを避けて市立博物館へ行く。京都の歴史について調べるのが目的だ。が、行ってがっかりした。文章も展示も、その大部分が日本語でしか書かれていなかったからだ。あとになって、状況はどこも同じことに気がついた。つまり、京都の秘密は日本人にしか、わかる人にしか開かれないのだ。博物館の短い文章を英語に翻訳するのはたいした手間ではないと思うが、そんな必要はないと思っているのだろう。ある意味、日本は依然として自分の殻に閉じこもっていて、自己満足し切っている。あの野蛮な外国人たちのために何かしてあげる必要はない、と。語学力のない私は、泣きそうなほどイライラしてしまう。この不可解な文字の向こうにどんなことが隠されているのか、知ることすらできないのだ。

できる限り博物館のことは考えないようにした。展示されていたのは十二単。セイ、あなたも含めて平安宮廷の女たちが着ていた着物。それは見事だった。単の上に九枚の色とりどりの着物[45]を重ねて、さらにジャケットのような唐衣をいちばん上に羽織り、後ろには八方に広がる裳をつ

45　袿（うちき）。

ける。実際には着物の枚数は状況や季節によって変わっていた。耐えきれないほど暑い七月は、女たちは家にいるときはゆったりとした袴の上に、ふうわりと薄い、ほとんど透けて見える羅だけを羽織っていた。でも、正装する場では、着物を十五枚も着込むこともあった。一〇七四年に重ねる着物は五枚までと法律で定められた。[47] というのも、二十枚も着込む女たちが出てきて、着物の裾を持ち運ぶ召使いが必要になり、着ている本人は扇を顔の前まで持ち上げることすらできなくなるほど、手を動かすのもおっくうになったからだった。

重ね袿の調整は大変だったと思う。でも、顔を見せられないぶん、そこに力を入れる気持ちもわかる。平安女性は「着物を着てみせること」でしか自分をアピールできなかったし、彼女らしさの最上のアピールは、御簾や几帳や牛車の入り口の下から見せる重ねた袖口や裾だった。当時のファッション用語で言うと、几帳の下から押し出すようにして見せた出衣、それから外にいる通行人の視線を釘付けにするように牛車の簾から重ねた袖を垂らして見せた出車。左か右の袖口をわざと長くしておくのもそう(「ティーンがヒップハングショーツ」をジーンズからちらっと覗かせているのよりは――これも何か大事なことを伝えようとしていることに間違いはないものの――何となく優雅な気がする)。

重ねる着物の組み合わせは芸術の域で、そこでは色と色の組み合わせの名前が象徴的な意味の符号になっている。たとえば「雪の下」というかさね色目の着物には、上から二枚は雪のように白く、その下の三枚は色合いの異なるピンクで、それは咲き初める梅の花を象徴している(淡いピンクから濃いピンクへ深まるのは、強くなっていく花の香りを表している)。いちばん下には青緑。これは花の茎だ。

セイ、顔がちょうど隠れるくらいにまで上げた御簾の向こう、着物の下部が見えているだけの、宮廷の簀子（すのこ）に座っている平安時代の女性を表している絵を見ていると、変な感じがする。顔のない絵には、私たちがまさにいちばん大事に思っている部分が覆われている――まるで間違って線引きされたような絵。これらの頭のない女たちに、男たちは下部を見ただけで恋に落ちた。

このような見事な衣裳は、どこに行けば着ることができるだろう？

汗を掻きながら、さらに私は風俗博物館へ行く。博物館には、平安時代の暮らしが人形で再現されており、丁寧につくられたミニチュアは『源氏物語』の場面を表していた。でも、たった一つだけ『枕草子』の場面もあった。セイ、あなたが牛車の中から法会（ほうえ）を見ている場面が。

夜は、フィンランド人、フランス人、イタリア人、スペイン人でバーへ行く。フィンランド人はシードルを一本飲んで、イタリア人にタバコを一本せがむ。来た理由はそれぞれ違うのに、この吉田山の麓の小屋に行き着いたことを愉快に思う。スウェーデンのミステリーやボサノバギターと同じくらい、彼は日本の文化にまるで興味はないのだが。恋愛中のフランス人は、京都で自分の道を探しており、太鼓の演奏とシンプルライフを夢見ている。代わってスペイン人の青春

46　重ね袿。
47　五衣の制

の情熱に耳を傾けていると、微笑まずにはいられない。彼は独自のビジネスプランをいくつも隠し持っていて、それで日本を掌中に入れようとしているのだから。

宿まで自転車を漕いでいると、生ぬるい夜風があたる。フィンランド人はこの群れが、このあたたかい結束力がうれしい。

今日は同居人たちと鞍馬山へ登るはずだったが、別の日に延期することにした。気温はゆうに三十度を超えている。空には雲ひとつない。これで山なんかに登ったりしたら熱中症になってしまう。

登ることができても、せいぜい馴染みの吉田山くらいだろう。この山の頂上にニノが素敵なカフェを見つけてくれていた。森閑とした森の中に忘れられた伝統的な茶室の二階から、京都の町の向こうの西山連峰まで見渡せる。セブと一緒に、鬱蒼と茂った木陰の山道や、石の狐に囲まれた廃屋のようにも見える寂れた稲荷神社の裏手や、近くの真如堂のあたりを回る。寺の入り口で靴を脱ぐ。滑らかに磨かれた木肌が素足に心地いい。冷たくもなく熱くもない。清らかで混じりけのない、魂を不変のものにしてくれるような感じがする。蓮の池では花の時期は終わっていた。でも、茶色の花托は残っている。墓地には、何百本もの細長い卒塔婆がスキー板のように石の脇にそびえ立っていた。

この日は暑さを生き抜くために捧げられた。宿では、全員が水分不足や気だるい無気力の狭間に沈んでいる。スペインの暑さに慣れているマルコスですら、布団の上でやる気なく顔を扇風機に向けて体を丸めてうずくまり、セブは二階で居眠りしていた。私はテレビ部屋のレザーソファに身を横たえて、うなる扇風機を自分に向け、濡れたタオルを額において、暑さが和らぐ夕方を、より良い未来を待つ。

時刻は十七時五十六分、私は京都にいる。

インターネットでフィンランドのテレビを観て今夜を元気に過ごしたい。私たち外国人が観られるほぼ唯一と言っていい番組が「本会議」でなければ。

［清少納言の言葉］

過ぎ去った昔が恋しいもの

ノートのページに挟んでとっておいた深い紫や葡萄色の布の切れ端を見つけたとき。

雨が降ってやるせない日。つれづれに昔の手紙を探りだし、好きだった人からもらった手紙を手にしたとき。

月の明るい夜。

朝、鬱々とした気持ちで目が覚める。ホームシックになったのかもしれない、と思ったものの、いらぬ心配に終わる。ここでは一日の始まりは暗くても、いつもがらりと変わることに、あとから気づいた。

自転車に乗って詩仙堂を参拝することにした。私が日本を好きになったきっかけとなった場所へ。一九九〇年代半ば、私は大学で日本文化史のクラスに迷い込み、おかしなことに課題として詩仙堂を取り上げた本についてエッセイを書くことになった。詩仙堂の山荘と庭園、現在は丈山寺という寺は、一六〇〇年代に、詩や書や作庭に励みながら隠居した元武将の石川丈山が建てたもの。彼は、山荘の広間を三十六人の中国の歴代の詩人たちに捧げ、彼らの肖像と漢詩を四壁に掲げた。*Shisendo: Hall of the Poetry Immortals*（『詩仙堂』未邦訳）[48]、この世のものとは思えないほど美しく静謐な庭園と、詩と美のためにすべてをなげうつ覚悟ができている生き方に、私の心は奪われた。エッセイを書いたあと、ヘルシンキにあるアカデミア書店で自分のために本を取り寄せた。学生の予算では前代未聞の六百マルッカ[49]もしたが。詩仙堂にいつか行けたら、と夢見ずにはいられなかった。もし何らかのありえない理由で何かが起こったら、私は行かなければ。こんなにも美しくて意味のあるものは見ておかなければ。そうしたら私は死ぬまで幸せでいられるはず。今でも、ライヴァンヴァルスタヤ通り[50]のワンルームで、ガウン姿のままこのエッセイを方眼ノートに鉛筆で（まだパソコンの時代じゃなかった！）、驚きと信じられない思いでいっぱいになりながら書きつけている二十代の自分を目に浮かべることができる。こんな世界が——まるで美と平和と深い思いのために捧げられた別の惑星が——どこかにあったとわかったとき、言葉を失ってしまった。この何百年も前の密やかな世界で、夢にも思わなかったソウルメイトを見つけることになるなんて。私はすっかり虜になった。

吉田山のゴキブリ洞窟からたった二キロ先にある、この天上の場所に向かって自転車を漕いでいると、土砂降りの雨に遭った。私は目に入った最初の店に立ち寄ってお昼を食べることにした。今のこの雰囲気にはちょっとそぐわない、と雨が止むのを待ちながらマクドナルドで一時間半考えた。それでも、店内にはジャズが流れていて（日本人的リラックスＢＧＭ）、見晴らし窓の前には小さな石庭がある。そんなわけで、ダブルチーズバーガーもいつもより少しはおいしいだろう。何よりも、「マクドナルドにいながら詩仙堂へ」って、セイ、あなただったらメモしそうなフレーズ。

詩仙堂の場所はわかりづらい。手もとの地図では英語表記の看板がある場所まで載っておらず、三度も道を尋ねた。私の日本語はすこぶる順調だ。「シセンドウ、ドコ？」で通じたが、返ってきた答えがわからない。それでもいつだって正しい道へ導かれる。山の斜面の上へ上へと。

ついに私はたどり着いた。小暗い入り口の前に立っているタクシー運転手が、この汗にまみれて息切れしながら夢の寺に足を踏み入れた私を、私のカメラでぜひにと撮りたがった。

でもそこにある。親密で、密やかで、詩的で、慎ましい、遠い昔の涼やかな空間が。黒い木、掻きならされた白い砂、丸く剪定されたツツジ、椿、滝。ここでは時が止まっていた。その流れ

48　J. Thomas Rimerが一九九一年に書いた詩仙堂についての本。
49　二〇〇二年のユーロ導入以前の旧通貨。当時の一マルッカはおよそ二十円。
50　ヘルシンキのフィンランド湾に面したカイヴォ公園近くの通り。

を思い出させるのは、添水（そうず）と呼ばれる水で満ちた竹筒の規則的なコーンという音。心に宇宙が広がってゆく——これだけが大切、これだけが。

こうして見たのだから、私は死ぬまで幸せだろうか？

日本でわかったこと。

いたる所で売られている小さなハンカチの意味。これまでにも買ってきたけれど、どんな使い道があるのか全然わからなかった。今では私にとって最重要な装備品だ。ハンカチは何枚も持つべし。バッグの中では一番上に入れている。バス賃や鍵と同じくらいさっと取り出せる場所になければならない。

このハンカチで、ひっきりなしに流れてくる顔の汗を拭く。私だけではない。さらっとさわやかできれいな日本人女性なら誰もが、手の届くところに折りたたんだハンカチを携帯し、汗で光る額や胸もとを上品に押し拭いている。公衆トイレで手を拭くときもこれ。トイレにはペーパータオルがないからだ。ハンカチは家にいくらあってもいい。一枚は冷たい水で濡らして首に巻き、一枚は汗拭きに使う。毎晩、私は濡れたハンカチを額に載せている。

通りには、白いタオルハンカチを頭に巻いている男たちがいる。彼らはタオルを冷たい水で濡らしたのだろうか。それならきっとひんやりして気持ちがいいだろう。残念ながら頭にタオルを巻いた女性にはまだ会ったことがない——私たちは日傘と扇子で耐えなければならない。これは使い物にならないお土産なんかじゃないのだ。

今日は――昨日と同じように――つぎのバーでの飲み会に備えて自動販売機でタバコを買ってみよう。あれこれ試してみたあとで、うまくいかない理由にやっと気づいた。タバコを買えるのは二十歳からなので、自動販売機で買うには何らかの電子身分証明書の提示が必要なのだ。もちろんそんなものは持っていない。エンマによれば、タバコを買うために専用のICカードを取得しなければならないらしい。もし取得するなら、「国の喫煙者リスト」か何かに名前が載ってしまいかねない。

あとでニノに聞いたことだが、この近くの通りに顔で買い手の年齢を認識する特別な自動販売機があるという。どうやって認識するのか、私にはさっぱりわからない――コンピュータプログラムか何かで私の目の周りをスキャンして、木の年輪を見るみたいに私の年を数えるのだろうか？　いや、本当はもっと信じられないやり方なんだろう。京都のどこかにセンターがあって、そこで職員が監視カメラから自動販売機を使っている人の顔を推定するのだ。この本来のやり方はICカードに取って代わられつつある。

消えつつあるおかしな職業の一つ。タバコ自動販売機の監視カメラセンターの年齢識別職員。

炎天下の奈良でセブと一日を過ごす（不思議に思う人がいるかもしれないので言っておくと、レイナが働いている日中は、セブにはたっぷり時間がある）。私たちが縦に並んで寺までの道を登っていると、神聖な鹿がついてきた。東京までヒッチハイクで行く機会があったら一緒に来るか、とセブ。ええと、それはないかな。ヒッチハイクで東京まで行く自分を想像できない。思いきるにもほどがある。

夜、ニノにばったり会う。彼の姿を見るのは一週間ぶりだ。「週末に食べに行く？ Maybe just you, or maybe everyone?」とニノ。just you は何かの聞き間違いだろう、咳払いか何かであってほしいと思いながら私は everyone を選んだ。


今日はおかしなことが重なった日だった。セイ、どう思う？ ここ京都では、宇宙は小さな村に凝縮されたように感じない？

朝、セブと KICH へ行く。セブは日本語クラスへ、私は図書館へ。セブがホールの掲示板にあったデートの案内を見せる。日本人の女の子が金髪で緑色の目をした男の子を探しているようだ。「私は英語が話せる人と友だちになりたいです。金髪で緑色の目をしている人がいいです。それから仕事をしている人。年齢は三十歳まで。独身男性に限ります。緑色の目をした人と本当に友だちになりたいです」

この案内に二人して笑ったけれど、その二分後にはその笑いが吹っ飛んだ。ホールで私のもとへ日本人の女の子がやってきて、妙に熱いまなざしを送ってくる。その唇はふるふると震えていた。金髪で緑色の目をした男の子が知り合いにいないか、彼女は知りたがっていた。もし知らないなら、私が彼女と文通することになるのだろうか？（困った。私の目が緑色だと気づかれたか？）

偶然はこれで終わらない。文通を何とかかわしたあと、図書館で見つけたいくつかの本を見ていたときだった。入り口から入ってきた女の子がうれしそうに挨拶してくる。あれは、先週、私に接客したフランス文化センターのカフェの店員だ。彼女はフランス人でオリビアといい、一年間の予定で語学を学びに六月に京都にやって来たことがわかった。「ところで明日の午後は何してる?」と、オリビア。「私と一緒に大阪に行きたくない? あるテレビ会社が、番組で愛や彼氏について話してくれる外国人の女の子たちを探してるの。撮影は明日なんだけど」

最終的には話は尻すぼみになった。オリビアが番組制作者に電話して確認をとったところ、出演者は日本語で愛やボーイフレンドについて話さなければならないのではないかという私の疑いが当たったからだ。私たちはメールアドレスを交換して、近いうちに飲もうという話になった。

土砂降りの雨が降る。気持ちがよくて、涼しくて、心地よくて、馴染みの雨。


だから、セイ、私は図書館であなたを読む。

宮廷での女房たちの暮らし、その雰囲気、夜にあなたたちの戸を叩く音の様子を。

ホトトギスの声を尋ねに出かけたけれど、雨になり、あなたたち女房のうち誰一人としてホトトギスの歌を詠めなかった様子を。

寺にお参りする様子を。

宮廷に尼の乞食が訪れたり、女房たちで雪山が溶ける日を賭けたりする様子を。

米の収穫の様子にあなたは驚いて、男たちの仕事の腕前に感じ入ったけれど、田舎の住まいがあなたには変なものに見えた様子を。

物忌みの期間、ろくでもない場所で過ごして、下手な返歌をした様子を。

ちょっと信じがたいけれど、初めて宮仕えしたとき、あなたはいつも赤くなったり汗を掻いたりするほどシャイでデリケートだった様子を。

ある夜、中宮定子の兄[51]が漢詩のことを話しているうちに朝になり、あなたたち女房は退出しづらくて居眠りした様子を。

夜に訪れる男の客を迎える好適な場所についての考察を（義父母や兄の家では、四六時中、家族にどう思われているか気にすることになるから不便だ）。

ある章段では、ある殿上人[52]がある日にいい匂いをさせて、女房たちをとろけさせた様子を、あなたはしっかりと伝えている。

殿上人たちが、あなたを、あなたの才気を、文章力を崇拝している様子を。手紙の受け答えで昇進してもいいのにと男たちに思わせるほど！

一日中、行事を見ていたために、あなたの目が疲れたことを。

ある日、天皇が盆に雪を盛らせるよう命じ、そこに花のついた梅の枝が添えられた様子を。笛や歌に一心に聞き入ってしまい、自分の着物が冷たくなってしまったことに気づかず、扇を持つ手がかじかんでしまった様子を。

ある冬の朝に、すべての軒につららの長いのや短いのがわざと吊り下がっていたかのようで、それが信じられないほど美しくて、水晶の滝のように見えた様子を。

あなたを読んだと思う。あなたの文章が残っていないなら、私はいったい何を信じればいいのだろう？

セイ、あなたの原本は、平安時代が終わる前にはなくなっていたと信じられていて、一一〇〇年代には様々なバージョンがたくさん出回っていた。初期の写本は、あなたが亡くなって五百年後に出ていたけれど、一六〇〇年代より前に印字された版本はなかった。つまり、この状況は例えば『聖書』のケースとまったく同じ（ついでに言うなら、かなり多くの人もそう思っている）。この何百年という間に、知識人たちや書き写した人たちが、手にした文章を編集したのだ。彼らは章段を別の場所へ動かしたり、文章を直したり、本物でないとして言葉や文を削除したり、書き写し間違いをしたりした。こういったすべてが、様々なバージョンに目立った違いをもたらした。これらは年を経て、内容の異なる「伝本」になっていった。その違いは、文レベルだけではなく章段の順序にまで及んでいる。章段によっては、そもそも本文に含まれるのか、それともあとから書き写した人が付け加えたものなのか、疑義が生じている。

何百年もの間、最大の議論の的だったのは、三百段の章段のもともとの配列だ。様々な章段

51　藤原伊周（これちか）。
52　藤原斉信（ただのぶ）。

は——ものづくしリストや日記やエッセイは——最初からバラバラになっていたのか、それとも何かしら配置されていたのか。きっちりした研究者たちは文章のタイプごとに整理された類纂形態を支持している。代表的な伝本は、堺本と前田家本だ。ランダムな配列が好きな研究者たちは、能因本や三巻本に代表されるような雑纂形態だと思っている。今のところ後者が有利。入手できる英訳と現在の研究書の大半がこの後者に基づいているから。

何年もの間、どちら側からも証拠が提示されてきた。例えば一九二六年に、日本人の研究者が、もともと「分類配列されて」いたのが、どんなふうに「バラバラになった」のか、現実的な理論を打ち出した。もし原本が綴じ集めたノート、つまり冊子（巻子ではない）であったなら、そのうち解けてバラバラになり、ページは入り混じってしまう。これが時とともに何度も起こり、ランダムさが何倍にも増し、もはや誰もページを正しい配列に直せなくなってしまった。この研究者はあきらかに整理整頓派の男。彼によると、清少納言の「たとえ断片的であっても」まぎれもない才能がこんなごちゃまぜを生み出したと思っている人は、文学について何もわかっていないらしい。

でも、まさにその「ごちゃまぜ」こそが作品の核で、魅力だと思っている人もいる。

セイ、原本がないなんてモヤモヤする。もちろん、そうなってしまったのもわかる。経房（つねふさ）に賛子からあなたのノートを盗まれて以来、宮廷で読まれるようになった、とあなたは書いている。ムラサキは、書いている途中の『源氏物語』の「うまく書けた部分」が部屋から持ち去られ、それが読まれたことを苦々しく思った、ということを日記に悶々と書いている。[53] 文章を書き写すのは何ヶ月にも及ぶ作業で、あっけなくなくしてしまいかねなかったし、うっかり回覧された写本の多くはまだ下書きだった。だから、あなたや他の平安女性たちの作品がどんな形であれ残っているというのは、率直に言って信じられない。改変があったり、紛失したりというのは、ほぼ避けられなかったから。

本当のところ、二〇〇〇年代になっても私にだって起こりかねない。そう、こんなふうに。セイ、私があなただとしたら。どんどん文章を書いて、原稿を、つまりパソコンで画面の原稿を書き溜める。そうしたら私の友人の誰かの目に留まって、読みたがられ、それを他の人たちに転送される。メールは回覧され、やがてかなりの人に読まれるようになる。それで私の生活が何らかの驚くべき仕方で変わってしまう（宮廷を、つまり花崗岩城を去る）。本は刊行されないままだが、文章は知り合いの知り合いのEメールの中で進んでいく。誰かがうっかり書きかけのバージョンを保存していて、誰かがそれにコメントしたり、いたたまれなくなってこっそり直したり、おかしな箇所を削除したりするのだろう。そうしてどんどん進んでいって、突如、原本がなくなってしまう。どのバージョンがいちばん最初だったか、誰が書いたのかすら、知っている人はいなくなるのだろう。そして、インターネットの宇宙の中で、主人のいない衛星文章になる

53　『紫式部日記』。

のだ。

セイ、刊行本の時代では、すべてがもっと明白だった。作品が印刷機から出てきたら、それは石膏像のように、完璧で完全で不変なもの。あらゆる誤りも、不完全さも、偶然性も含めて（作者はどの段階で書くのをやめたのか、編集者とどんな折り合いをつけたのか、文章にどんな誤植が残ったのか）、それは神の言葉であり、最終的な作品であり、作家とは関係なく自分の人生を生きはじめた作品だった。作品は何百年もの間に何版も重ねるが、いつも同じであり続ける。解釈は変わっても、作品は同じだった。

でも、セイ、あなたと私の時代は、手で書き写した時代と、電子的に簡単に改変できる文章の時代では、最終的で完璧な作品の本質や意味は霧のように儚い。あなたと私は、それだけが物語を語る方法ではないことを知っている。それは真実でもない。あるのは永遠に続く選択であり、取り替えのきく手段であり、人的な誤りと解釈だけ。

それでも、セイ、少なくともあなたの名前で印刷された言葉の一部は、おそらくいちばん大事な部分は、あなたの考えから来ているのよね？

［清少納言の言葉］

薄様の色紙は

白いの。紫。赤いの。稲の黄色。青いのもいい。

硯の箱は
二段重ねの箱で、その蒔絵には雲や鳥が描かれているの。
筆は
動物の冬毛が最高。見た目もいい。ウサギの毛の筆もいい。
墨は
丸いの。

女の性格は、鏡とか硯とか、そういったものを見ればわかる。男にとっては、文机を完璧に整えておくのがましてて重要。他人の硯を借りて、書や手紙を書いたりするとき、持ち主に「その筆は使わないでほしい」なんて言われると、とても不愉快。書いている人の前に座っているとき、「暗いから灯りの前からどいてくれる？」と言われるとイライラする。人が書いているのをのぞいたのをなじられるのもいたたまれない。好きな人とは、こんなことには絶対にならない。

V　京都。九月。第二部

くたくた。二週間、観光に明け暮れたあげくの果てがこれ。何もする気になれない。布団から出ることすら、ほぼ無理。ただ横になって、本を読みたい。そういう日があってもいいですか？家にいてもそんな日はあるよね？　とはいえ、何だか罪悪感を覚える。これは私の「長期休暇」。つまり、定義通り休みなのだ。それでも、時間を十分に有効に使っているか、休みの一時間ですら無駄になっていないか考えてしまう！「自分の休み」を過ごすために「ここまで」来たんだから、フルに活用しなくては。

というわけで、私は一日中、布団の上に横になり、京都の空に浮かぶ雲に目を凝らす。空っぽの部屋で見るものと言えば、これしかない。でもね、セイ、まさにこういった古くて伝統的な木造家屋や、こういった何もない部屋だからわざわざここにしたかった。そうすれば、あなたにもっと近づけると思ったから。三ヶ月、背中や肩を痛めながら畳の上で寝たり座ったりして暮らせば、あなたが感じたことがもっとわかるかもしれないと思った。もちろん、ここにはあなたが知らなかったものもたくさんあるけれど。まずは畳。つぎに敷布団。柔らかい掛け布団と枕。扇風機と電気ストーブ。天井照明。地震に備えた懐中電灯。ガラスがはめ込まれた窓。トイレとシャワー。正確に映しだす鏡。パソコンは言うに及ばず。

セイ、どういう環境にいるあなたを私は想像したらいい？　あなたはどんな物を持っていたの？　あなたはどうやって寝ていたの？

あなたは宮廷生活の華やかさについて書いているけれど、現代の読者が想像するよりも、もっと質素なものを意味していたのでは。内裏はおそらく世界でも厳格な宮廷の一つで、貴族の寝殿造も容赦なくシンプルだった。唐風様式は結局のところ日本人のセンスにあまりしっくりこなかった。いくつかの木造の平家は木でできた簀子と廊下で結合しており、室内はほぼ空っぽ。それよりも建物を取り巻く、木や小道や池や橋のある庭に力を入れていた。暖かい日にはバルコニーの窓[54]は取り外され、楽園のような庭は室内の一部に、人間は自然の一部に溶け込んだ。

建物の中での暮らしは楽園とはほど遠かった。建物にガラス窓はなく、幅のある廂が影を落としていた。格子を取り外せるほど十分に暖かい日でなければ、室内は薄暗く、真っ暗と言ってもよかった。毎晩、大殿油(おおとなぶら)や蠟燭で部屋を照らしていたけれど、火事になる危険性があるため、とくに女たちは生活の大半を暗い中で過ごしていた。当然、冬はとくべつ身に沁みた。火鉢は「夏の住みやすさを考え[55]」て造られた、広い部屋や長い廊下を暖めてくれなかったから。日も差さず寒いところで、女のあなたたちは何ヶ月もの間過ごし、春を待っていた。言うまで

54　格子。
55　吉田兼好『徒然草（二）』（三木紀人訳、講談社、二〇〇一）六五頁。

もなく用を足すのも一苦労。とくに家の中は穢れを払うため、厠はなかった。下女たちにいつでもどこでもおまるを持ってこさせて、中身は家の外へ運ばせた。生理になると、女たちは宮廷を出ることになるが、そのほうが彼女たちにとっては気が楽だったに違いない。「こんなに暗くて身に沁みるほど寒いうえ、おまるまでも頼まないといけない……」。内部空間は間仕切り[56]や布で仕切られているだけなので、プライベートというものがなかった。そう、なかったのよね、セイ、「自分ひとりの部屋」に入っても戸に鍵をかけることができなかった。あなたは本当に一人だった？　宮廷では、夜這いに来るあなたの恋人一人ひとりについて知られていたんじゃない？　盗み聞きや覗き見の世界にいて、あなたは生活の一部でも守ることはできた？　天皇たちのプライベートだって、そっと鳴く鶯張りの廊下に見張られていたのに。

それに、日中を過ごした薄暗い部屋はどうだった？　開放的で、空っぽも同然。室内での生活はすべて床の上。大きくて固定された家具はない。座るための藁の敷物[57]や枕が点々とあるのを除けば、木の床はむき出しだった。椅子は中国の影響で渡来してはいたけれど、使うまでには普及しなかった。セイ、あなたの時代では、椅子は寺や内裏にしかなく、せいぜい天皇や東宮や藤原の氏長たちしか座らなかったから。必須のインテリアは間仕切り、御簾、カーテンで、空間を仕切ったり、寒さを防いだり、プライベートを守ったりするために使われた。上流階級の女たちは男の客に見られないように几帳の陰に隠れていた。几帳には四季に応じて薄く透けた飾り布[58]が吊るされ、その布越しに輪郭線だけがぼんやりと透けて見える女は、几帳の下の隙間から着物の袖口を男にちらりとこぼして見せたのだ。

広い住まいには、カーテンで囲われた帳台があって、それが寝室や座る場所の代わりになっていた。でも、浜床と呼ばれるベッドは部屋のどんな場所にも設置することができた。セイ、それであなたは部屋の隅に他の女房たちや召使いたちと一緒に寝ていたのよね。着物は着たまま茵(しとね)の上に横になり、絹の薄手の掛け物をかけたり、寒い日には厚手の重たい着物を着込んだり──頭の下には、例えばノートとか、あなたの紙を入れていた箱のような角ばった硬い物を敷いたりしていた。セイ、平等の名の下に、私はネットブックを頭の下に敷いて、しっかり着込んで、ガウンをかけて、廊下に続く戸を開けっぱなしにして、畳の上にじかに寝るべきかしら？

間仕切りやカーテンに加えて、部屋のインテリアには、櫃、棚、火鉢、大殿油、碁が置いてあることもあった。調度品はだいたいが漆を塗った木でできていた──漆は装飾のためだけではなく、防虫や防腐のためでもあった。シンプルなスタイル。物が少ないほど美しい。屛風、鏡、楽器はそれ自体が芸術作品。書くことや芸術的な趣味に関わる調度品には価値を置いていた。例えば、巻子装(かんすそう)の経典は漆塗りの金箱に、絵は螺鈿が施された白檀の箱に入れて保管した。部屋には、優美に飾られた筆や硯や漢詩集や詩の手引きのコレクション[59]がつねにあった。男たちも自分の化

56　屛風や几帳や障子のこと。
57　茵。
58　帷(かたびら)。
59　白居易の『白氏文集』が人気だった。

粧箱[60]を持っていた。女たちの小箱の上には、本人の抜け落ちた髪で作られたかつら[61]が置いてあることもあった。

セイ、私の侘しい部屋にあるのは、床に並べた諸言語のペーパーバック、ノート、付箋、ペン、文書がテーマごとにファイルされた赤いパソコン。押入れの棚の上には、保湿クリーム、フェースパウダー、ビューラー、ビタミン剤や鎮痛剤の入った容器、洗濯機のためにとってある小銭、安価なファストファッションの服、壁に掛かっている一ユーロの鏡、布団の隣に寝そべっているチョコバー、ケータイ、水の入ったペットボトル、画面を拭くためのマイクロファイバークロス、窓の前に乾きつつあるカモミールの匂いがするタオルが数枚。

私は布団の上に横になり、あなたのことを考える。

予定していた同居人たちとのディナーがまたダメになる。これこそ本当の伝言ゲームだ。ニノから行けないというメッセージをもらっていたとセブが思い出して言ってくれたのが九時半。私たちはそれまでずっと待っていた。私とマルコスとエンマは飢え死にしそうだったので、三人だけで食べに行く。

日本人しか来ないような近場の居酒屋に入る。日本語のメニューしかなかったけれど、何とか注文してみた。私たちはここでは初めて見かける外国人だったのだろう、ほろ酔いの二十代たちがキャッキャッと笑って、私たちが食べているのを見ようと押し寄せてきた。彼らが話せる英語は二言三言くらいだったが、会話は何とか成立。その中の一人の女の子が私の年齢を聞いてきたのでそれに答えると、彼女はひざまずいて、お辞儀をしながらスミマセンと繰り返した――二十一歳の彼女は、本当なら私に「敬意を払って」話すべきだったのに、それにまるで気づかず気軽に話しかけたので、ものすごく恥ずかしかったのだろう！　二人の男の子はヒステリックに笑いながら自分たちは銀行員だと説明した――いささか不安。一人は木の棒でハラキリを演じてみせた。男の子たちはカンパイを私たちの言葉で知りたがった。マルコスがチンチンと言うと、二人は腹を抱えて笑った。日本語で男性の生殖器のことらしい。

宿の入口に着くと、大きなドブネズミが一匹、待ち伏せしていた。

そうそう、セイ、あなたの時代にはまだ歌舞伎座はなかったのよね。つまり、歌舞伎が何なのかも知らなかった。歌舞伎はこんなものよ。あなたはどう思う？

朝、芸術文化センターへ行って、無料の伝統音楽コンサートを聴く。箏（そう）、笛、三味線。私は、どうかすると眠たくなりそうなほど至福の際にいると思いながら、三時間近くコンサートを楽しんだ。そのあと、祇園まで自転車を漕いで、南座を通り過ぎたとき、公演がちょうど始まろうとしていることに気づいた。九月の公演は古典演目『義経千本桜』。超人気の舞台は売り切れだと

60　手箱。
61　髢（かもじ）。

わかっていたけれど、気まぐれにチケットを尋ねてみることにした。何らかの理由でまさに今夜の（公演期間中でもこの日の夜だけ）チケットが一枚だけ残っていることがわかった（信じられない）。しかも、その一枚が一等席で一万七千円、今のレートで百七十ユーロするという（信じられない）。いくら何でも、おそらく何も理解すらできない舞台にこんなに払えない。熱心な売り場のお姉さんによれば、これは「事件」。超有名な歌舞伎一門のトップクラスの公演で、その一門のトップスターがとてつもなく有名らしい。それでもチケットは買わないでおくことにした。「当たり前」。こういった歌舞伎のことをわかっていない旅行客にとって、こんな法外の値段を支払うなんて気が触れたようなものだろう。

私は、ハンバーガーを食べようと最寄りのマックに入る（どうしてすごい事件の序章はいつもマクドナルドで始まるんだろう?）。すごくお腹が空いていて、考えることができなかったのだ。チケットが売れ残っているなら負けてもらえないか聞いてみるべきだっただろうか、二時間後に最終幕だけちらっと観に行くのはどうだろう、と食べながら考えはじめた。私はチケット売り場に戻ったが、値引きはできないと言われた（聞かなければよかった）。でも、戻ってきたことに喜んだ売り場のお姉さんが、英語が少し話せるお兄さんを呼んできた。彼は、演目の見所や、役者のことや、とにかく私が一生に一度あるかないかのチャンスに立っていることを必死になって証明しはじめた。公演は四十五分前に始まってしまったが、なんら支障はないらしい。まだこれから四時間も最高な時間が残っているからだという。お兄さんは、なんと英語の解説が載っているプログラムを見せてきた。お姉さんはプログラムのカラー公演写真を見せてくる。私の体は突如、熱くなった。ひと月分の食事代か、いずれにしろ逼迫したひと月分の予算を凄まじく大幅に占めるほどの値段であろうとなかろうと、できるだけすぐに、急いで中に入らなければならないような気がしてきたのだ。お兄さんは大喜びで幕間と時間を教えてくれた。公演中は途中で席を立っては「いけない」、さもないと髪を引きちぎられる（彼はジェスチャーで示した）と念を押すと、彼は席まで案内してくれた。そう、会場中で一番良い席へ。前の席の真ん中へ。このカルチャー事件の秋の公演中、空いていた唯一の席へ、通りすがりに尋ねただけの席へと。

第一幕の間、舞台セットやきらびやかな衣裳やさわやかなパステルカラーの調和に目を奪われ、演奏家と、歌い手かつ語り手の呪術的な声の世界に聴き入る。プログラムをよく読んでいるうちに、誰が誰か、少しずつわかってきたし、観客の拍手と掛け声を感じながら、この奇妙な、それでいて奇妙すぎない、実際には人間味のある世界のことがつかめてきた。つぎの幕間になるまでに私は舞台にほとんどどっぷり浸かっていて、幕間には他の人たちにならって自分の席でこの上なくすばらしい弁当ディナーを持ち込んで味わっていた。そうして、心地よい期待の中で、かといってまだ我を忘れずに最終幕を迎えた。

幕が開けると何かが起きた。若い歌舞伎スターの十一代目市川海老蔵が狐を（本当に、狐を！）すばらしく演じた場面に、不意打ちのように私は体ごと持っていかれた。私は他の人たちと一緒に泣いて、笑って、息を弾ませた。気づいたら、海老蔵狐と同じように私は手を振っていて（前に座っている年配の夫人にも同じことが起きたようだ）、完全に忘我の境地に引き込まれていた。誰もあんなふうには動けない、あんなにしなやかに、軽やかに、まさに狐のように。それと同時に、想像できるすべての感情、共感、同情、喜び、悲しみ、愛を、あれほどの強烈さとカリスマ性をもって表現することも。素敵な海老蔵は（この時点で、観客席にいる全員がそうだったように、私は心の底からすっかり大ファンになっていた）忠信に早変わりすると、歌舞伎舞踊に、アクロバットに、荒事の誇張した表情に、身振り手振りに、神経の行き渡ったたくさんの型を全力で演じた。観客は、唸り、割れんばかりの拍手を響かせ、感極まってむせ返りそうだった。

とうとう公演が終わってしまっても（永遠に終わらなければいいのにと思ったものの）、南座の前から立ち去りがたく、私は建物や宣伝ポスターの写真を撮りまくり、そこから人がすっかりいなくなるまでうろうろしていた。この上なく最高の美と調和とエネルギーが凝縮したものを、歌舞伎と呼ばれるものを、私は何とかして引き留めようとした。ようやく自転車を漕いで、いや、ふわふわ宙に浮きながら、他では体験できないことができたことに幸せを感じて宿へ帰った。

チケットを買って失った（膨大な？）金額を、私は惜しいと思っているだろうか？　いいえ。偶然は、これは必然だったとあとになって感じるような、これがなくては何の意味もない旅になってしまうような瞬間を、すばらしく前へと導いてくれるのだ。

あとから知ったこと。十一代目市川海老蔵は三十三歳の歌舞伎界のスターで、狐の衣裳を脱いだ素の顔はものすごくイケメンだった。海老蔵こと堀越寶世（たかとし）は歌舞伎名跡の十一代目で、一六〇〇年代から続く直系の歌舞伎役者の家系に生まれたこともわかった。現在の歌舞伎界でいちばん有名で有力なスター、十二代目市川團十郎[62]の息子であり名跡の跡継ぎだ。市川海老蔵という名跡は、そのときの担い手に襲名披露の舞台で与えられるものだということもわかった。この名跡の担い手たちは――血縁や養子縁組を通して――初代市川團十郎にまで遡る。彼は、一六〇〇年代の江戸の、つまり当時の東京の歌舞伎界の中でもいちばん荒々しく、誇り高い、すぐれたプロの役者だった。十一代目市川海老蔵は五歳で初舞台を踏み、それからはテレビや映画俳優として瞬く間に人気者になった。海老蔵の星座は射手座、身長は百七十六センチ、血液型はAB型。歌舞伎人気は彼の人気にあずかって若者の間でかつてないほど上昇した。さらに（これはきっと何かの間違いだと思う）「プレイボーイと言われ」、数々の若い女性芸能人と噂になった神々しいほどハンサムな海老蔵が、七月にアナウンサーの小林麻央と結婚した。結婚式の総額は一億円。ウェディングケーキは高さ二メートル。結婚式に呼ばれたのは日本中の歌舞伎役者と芸能関係者に加えて、日本の元総理大臣もいた。

セイ、この狐はあなたにとってもかなりイケていたと思う。

私は完全に歌舞伎に熱を上げていた。翌日、図書館で図鑑を借りて、あの驚くべき世界についての情報をかき集めた。熱を上げていたのは私だけではなさそうだ。どうやら、グレタ・ガルボ[63]

62　フィンランドで本書が刊行された二〇一三年に逝去。
63　スウェーデン人のハリウッド女優。

は、ある有名な女形[64]に入れ込みすぎて、この役者の汗を見たいと大声を出しながら楽屋の入り口から動かなかったらしい！

歌舞伎は、江戸時代の一六〇三年に始まる。巫女で踊りを始めた阿国が女の芸能団と京都の鴨川のほとりで踊ったことがきっかけだ。激しく、狂おしく、官能的な踊りは庶民の間で歌舞伎熱を上げ、それが全国へと広がった。じきに将軍によって女たちの踊りは風紀が乱れるとして禁止令が出され、それ以降、歌舞伎役者は男たちの専売特許となった。そうして始まったのが、風俗遊女や歌舞伎役者をともなった町の遊郭の生活を表現した、アクロバティックに立ち回るハイレベルな劇だ。女の役は、大げさなほど女らしい女形が演じる。彼らはファルセットで話し、小さな歩幅で内股で歩く。舞台には活気があった。観客たちは公演中でも出入りし、お食事処は料理や飲み物をそれぞれの席まで運んでくる。そこで観客は幕の合間に夕食をとるのだ。

一六〇〇年代の終わりに、歌舞伎役者たちの中から大スターが誕生しはじめる。江戸で一番人気だったのが、私が観劇した若い海老蔵の先祖の初代市川團十郎。彼は、力強い荒事、つまり荒武者スタイルを演技に導入し、江戸庶民たちから絶大な人気を得た。荒事には、華美な衣裳、幅広く赤と黒で縁取った隈取り、大げさな動きと声づかいがあり、これが極まって片目だけ寄り目の見得を切るポーズになる。荒事は、市川宗家の家族だけが披露できるお家芸となった。この人気はおそらく嫉妬も引き起こしたのだろう。ライバルの役者が、まだ四十五歳の初代市川團十郎を戦いのシーンで刺し殺してしまった。

現在では、歌舞伎の舞台装置はとんでもない規模になっている。どうかしたら衣裳一着に高級車並みの費用がかかり、一回の公演の衣裳に四百万ユーロの予算を立てる場合もある。そこまでしても、他に類をみない公演のあとに残るのは押し隈だけ。公演が終わると、スター役者が絹布に顔を押しつけ、顔面の隈取りを布に残す。何百年と続くありとあらゆる技、力、エネルギーが凝縮されたものから、儚くて物言わぬはかりしれない価値のある印だけがあとに残るのだ。

［清少納言の言葉］

夜のほうがいいもの

濃い紫の絹の艶。見た目はそれほどでもないが、性格のいい人。ホトトギス。滝の音。

在宅日。掃除をして、部屋を整えて、ぶらぶら過ごして、有機野菜レストランでエンマとランチ。夜、エンマはスウェーデンへ帰る。彼女が提供してくれたものを一つひとつ受けとった。チーズ、調味料、スウェーデン産ローズヒップスープ、胃の不調に効くドイツのハーブティー、ラーメン、ベーキングパウダー（まるで私がよくお菓子を作っているみたいだ）、壁掛けフック、英語を話す美容院の名刺、和紙の店で使えるクーポン、ヘアパック、来客用自転車……。この大

64　六代目中村歌右衛門。

半をエンマは前の同居人から引き継いでおり、二ヶ月後には私自身も引き渡すことになると思う。

共同生活はおかしなもの。誰かとけっこう仲良くなったり、パジャマ姿でうろついたり、トイレとシャワーを共有したり、キッチンのテーブルで深い話をしたり。そうして誰かが去ると、おそらくもう二度と会わない。来週、また新しく三人が入ってくる。私は嫌だ。マルコスも同じことを言っている。こんなふうに思うのは、自分たちの友だちのことで嫉妬しているせいなのか、それとも新しい人たちと仲良くなる気がしないからなのか、はたまた彼らがどういう人たちなのかまだ知らないからなのか、私にはわからない。あとになって気づいたけれど、この反抗したくなる気持ちは、新しい同居人が来るたびに繰り返し起こり、いつもうれしい驚きに変わる。

ここに来てまだひと月も経っていないのに、もうつぎの旅の計画をしている。三月の初めから五月の終わりまで、春の間、部屋を予約できるかキムに聞いた。どうやら喜んで受け入れてくれるようだ。

バッグを持ったエンマをタクシー乗り場まで見送った帰り、空には満月が輝き、薄い灰色の雲が切ないムードを盛り上げながら月の前を流れていく。セイ、あなたは月が明るいときは自然と過去に思いをはせて、いつもよりちょっと感傷的になったり、意味深に感じたり、感動的になったりすると書いていたけれど、本当にそうね。

［清少納言の言葉］
近くて遠いもの

お互いに思いをかけていない兄弟姉妹や親類の間柄。
鞍馬寺に連なるつづらおり。
大晦日と元旦。

遠くて近いもの
極楽。
男と女の仲。

夜、スカイプで姪のリリの四歳の誕生日パーティーに参加する。いつもとはまた違った経験だった。真夜中ということもあって、私は顔を洗ってパジャマ姿で画面の前にいた——もう一方の画面では、お客たちは着飾っているということにまるで気づかないまま。弟はパソコンをコーナーテーブルの上に置いて、そこで私はぽつんと一人、パーティーの様子をじっと動かずに見ている。たまにリリがおしゃべりしに来て、小さな友だちにおばの私を紹介してくれる。その小さな友だちは目を丸くして画面に見入っていた。他の人たちもおしゃべりしに来てくれるが、ケーキを取りに行かせたり、パーティーならではのいろんなことをさせたりと、私は責任を感じて彼らをすぐに解放してあげた。キャンドルを吹き消すとき、ケーキは忌々しくもちょうど私の視界の外——カメラを回して、と叫んでみるが、誰も聞いていない。自分で動くことも、見えているものに何の影響も及ぼすこともできない、隅に置かれた人みたいに感じる。時刻はもうすぐ一時。

もう寝てしまいたかったが、パーティーは最高に盛り上がっており、じゃあね、と叫ぶ私の声は誰の耳にも届いていない。かといって通話を切る勇気もない。と、ようやくリリが画面まで来てくれた。そろそろ寝るね、と言おうとした矢先、リリは機転を利かせて、じゃあね、と明るく言うと、パソコンのカバーをパーンと閉じた。はいはい、じゃあね、お誕生日おめでとう！

セイ、私が経験したスカイプ麻痺は、平安女性たちが几帳に隠れて話をしていた状況と似ているかしら。動くことができず、隙間の向こうの世界の狭い一部しか見えない状況と。あなたの平安京で千年後にあなたの言葉を読みながら、この小さな赤い機械であなたについて想像していることを打ち込んでいる私。画面上のスカイプの緑色のバナナの形をしたボタンをクリックして、地球の反対側にいる姪っ子たちの顔を見ながら、まるで彼らが同じ部屋にいるかのように愛しい声を聞いている。あなたは近しい人たちと几帳に隠れて話さなければならなかった。今では几帳はもう私たちを隔てるものじゃない。セイ、あなたはこんなこと想像もできなかったでしょう。

あなたたちはお互いがとても遠かった。そう、とても近かったのに見えなかった——私たちの場合はとても近い。とても遠いのに見えている。こんなに似ているのに、何もかも違うのね、セイ。

至福を与えるもの。

監房か、仮の共同寝室か、職場の陰気な灰色の仮眠用ベッドを思わせ、体から分泌された湿り気で皺の寄った薄手の敷布の上で、頭痛とめまいとストレスに苦しむ匂いが漂う中、三週間、布団の上で毎晩汗を掻いたあと、押入れの奥から厚手の白い掛け布団を引っぱり出して掛けなければいけないほど、夜が涼しくなったことに気づいたとき。寝床がひと回りふんわりと柔らかくふかふかになって、これまでとは打って変わって誘っているように見えはじめる。そうして布団に入って、重たくてひんやりした掛け布団をあごまで引き上げると、蚕が繭の中にいるような安心感を覚え、やさしい夢があたりに漂っていることを感じる。新しい状態と掛け布団の動きを探るために何度か寝返りを打ったり、手や足を布団から押し出しながら気温の変化を試してみたり、鼻先でひんやりした空気を楽しんだりする（睡眠薬や耳栓以外に、こんなささやかなことで人が何週間ぶりによく眠れることは他にあるだろうか）――これ以上の至福は他にあるだろうか？

ここでの私はひどい大家か何かのようだ。トイレットペーパー、キッチンペーパー、食器用洗剤、洗濯用洗剤、台布巾、ゴミ袋の在庫に私は目を光らせ、大惨事に陥る前に気を遣って買ってくる。今日はキッチンのガス給湯器の電池を買い換えた（この宿の男たちは蛇口から冷たい水しか出てこなかったことに気づいてすらいなかったことが信じられない――キッチンの蛇口からお湯が出てくることがそんなに大事なことなのか、とマルコスはあとになって本当に不思議がっていた。どうりで、彼が洗った食器はずいぶん汚かったわけだ）。郵便局へ寄ってATMでお金を引き出し、西芳寺の苔庭に申し込むための往復はがきを手際よく買う。

やればできる。もう何も怖がったりしないと決めた。

夜、オリビアとセブとオリビアの友人のタケシと一緒に鴨川の真ん中にある石までピクニックに出かける。タケシが、ビール一本でヒステリックな笑い上戸になる日本人の例を自ら披露。それよりも、彼が紫式部の墓からほんの二十メートル先に住んでいる話のほうがよかった！　私は喜びいさんで、墓の場所を何度もうるさく問いただす――ますます酔いが回ったかわいそうなタケシは頭をひねり、どうして私が同じことを繰り返すのかわかっていなかった。

その翌日は完璧な一日と言ってもいい。朝、北野天満宮の天神市で、古い着物や埃をかぶった茶碗の山を漁る。引っかかったのは、萩焼のような茶碗が二つ、五百円の羽織、それから――あっ――ものすごく高いけれど素敵な百年前の絹の羽織。ひやかしに着てみたら、通りすがりのおばあちゃんたちが立ち止まって、すごく似合ってる、なんて言ってくれるものだから、どうにも手放せない。茶碗に関しては勘が働くようになったのか、目についたものすべてが、あいにく少なくとも三万円、つまり三百ユーロはした。他に、江戸時代の能面も見つけたが、これも同じくらい高い。それで、「宝くじが当たったら買うもの」リストに加えておいた。市場でのランチに、焼きそば、たこ焼き、きな粉をまぶした甘い餅を味わう。神社は美しく、天気も完璧な秋日和で、二十五度とさわやかだった。

天神市から近くの禅寺界隈へ向かう。そこで大仙院の庭園へ迷い込んだ。目の前がぱっと開け、心を奪われ、これらの石庭の意味がついにわかったような気になった。

大仙院の石庭は、一五〇九年に造られて以来、ずっと形を変えずに残っている。寺の二つの庭は、現世の挑戦と悟りの境地を表したものだ。砂紋は人生の流れのようなもので、石は人生の様々な段階。虎頭石は、私たちは誰で、人生とは何なのかを考える段階を象徴している。そうして私たちは疑念の壁にぶち当たる。つまり、時の流れを受け入れ、若さを諦め、何らかの人生哲学を見つけなければならない。ともに旅をするのは自分たちの経験で——喜びを表しているのは鶴、失望は亀、それらは悟りの海に向かって人生の流れに沿って私たちを運んでゆく宝船に積まれている。宝船の傍で逆流に向かって泳いでいるのは亀だ。この亀は若さにしがみつこうとしているけれど、人生は後戻りできない。だから流れが大海へ、永遠へ、宇宙へ連れていくに任せなければならない……。そこにはもう石も、あの現世の挑戦もない。私たちの望みや貪欲は二つの砂山に濾過されている。大海の縁には、永遠に対する人の生のごとく一年に一度だけ花が咲く木があった。

このことがストンと腑に落ちた。私の人生において石や亀が何を意味しているのか、すぐにわかった。きっと一五〇〇年代に創建した禅僧[65]もまさしく同じように経験したのだろうということにいちばん慰められた。これらの問いはすべての人に共通しているというのもわかった。さらに、石庭は、山や滝、川や海のある景色を木炭画のように見せるように造られていることも。つまり、それは景色自体をそのまま見せるのでは「なく」、景色の絵のように見せようとしているわけだ！

65　古岳宗亘（こがくそうこう）。

おそらく茶道の父である千利休もここで何かを悟ったのだ。彼は大仙院をことのほか大事な瞑想の場と思っていたし、まさにこの石庭から影響を受けて茶会を催した。千利休は天下人である豊臣秀吉に仕え、ここでよく茶を出していた。最後に二人は喧嘩して、秀吉が茶人に切腹を命じた。大仙院には武士で浪人の宮本武蔵も通っていた。彼は剣豪だったが、最終的には刀から手を引いた。だから武器は木刀のみ。それでも彼は無敵だった。

　寺では一般人に坐禅会を開いていることを知った。そのうちの一つが今夜あるというので、参加することにした。坐禅が始まって、私たちが畳の上であぐらをかくと、和尚が鈴[66]を鳴らして、拍子木[67]を打つ。静かに座っていたら、恐ろしいことに、和尚が警策を持って堂内を回りはじめ、瞑想している私たちをそれで打つために立ち止まる。和尚が目の前に立ったら、おそらく深く頭を下げなければならないのだろう。すると和尚は警策で坐禅を組んでいる人の肩のあたりを打つ。打ってもらったら、和尚に感謝しなければならない。パンという音は大きくて恐ろしく、絶対に痛そうだ。まもなく痛いかどうかわかった。痛いことは痛いが、叫ぶほどではない。実際に叩いてもらうと、心地よい熱が肩のあたりに残り――集中できるようになった。三十分経つと、拍子木が小休止を告げる。そしてさらに三十分坐禅を行う。和尚には自分から頭を下げて警策で何度でも打ってもらうことができるし、雑念があると見てとられたら、お願いせずとも打たれる。私はもう打たれなかった。多くの人は打ってもらっていたが、自分から頼んで打たれたのか、頼まずに打たれたのかはわからない。私は気が散って集中できなかった。打ってもらおうかとも思ったけれど、そんな勇気はない。やっと私たちが痺れた足で立ち上がると、和尚がお茶を出してくれて、いいお話をしてくれた――と思う。だって私にはさっぱりわからないのだから。

ここからさらに、近くにある船岡温泉を探して、一日の最後を締めくくることにした。この温泉は一九二〇年代から続く銭湯で、京都でも最高だと謳われている。その前に食事処を探し、小さなオーガニックレストランにふらりと入る。カウンター席につくと、六品の小皿が出てきた。ごまだれの蒸し鶏、漬物、豆腐サラダ、黒米、味噌汁、それからよくわからないものがもう一品。これまでに私が食べた料理の中で最高ランクの一つだ。値段はたった千円、つまり十ユーロ。船岡温泉の露天風呂や（メガネを外していたので、あやうく鯉の池に入りそうになったが、おかげさまでぎりぎりセーフだった）、ジェットバスや香りのついた黒いハーブバスで今日の汚れを落とすと、最高にいい気分になった。

なんて素敵な一日。自分に満足――はっきり言って自分に嫉妬！　これほど幸せで、充実した楽しい日々を、知らない町で一人で過ごせるなんて思いもしなかった。昔の臆病な私はどこにいる？　一人でいてもチャンスをつかもうとせず、あたりをうろうろするばかりだった私は？　そうよ、いない。そんなあなたはいらない。そんなことがふと頭に浮かんだ。

66　引磬（いんきん）。
67　柝（たく）。

つぎの日は能楽堂でひもじい目に遭う。

この日本の最古の舞台芸術であり文化財である能について、歴史的な規模まではわかりませんが、しばらくお話しさせていただきます。その創始者は世阿弥で、子ども一人だけに伝えられてきた奥義に書いてあるように、彼が一三〇〇年代に書いた劇が今も変わらずに演じられています。シテという幽霊の主役は、金の刺繡が施された着物をきらびやかに纏い、白い木の面をつけて、松と竹に縁取られた檜舞台へ滑るように移っていきます。シテは長くて黒い髪を震わせながら舞台で足を踏み鳴らし、扇を開いては閉じ、長い袖を手の周りで振りまわします。陰気な雰囲気をさらに出しているのが、囃子方の狼の遠吠えのような間合いの掛け声とバチの甲高い音。日本人ですらわからない中世の日本語で、シテが延々と朗唱します。

観客席についてもお話しします。二幕目にはもう口を開けて寝ている人たちばかりです。舞台はつぎつぎに繰り広げられ、能の幕間に観客の目を覚ます狂言があり、何時間もかかります。通常の公演時間は本当に六時間。観客全員のお尻が痛くなります。皆は四時間後にはお昼の弁当を食べていましたが、当人は、バッグの底に転がっているナッツ二粒と溶けたエナジーバー半分以外に持ちあわせていませんでした。

これ以上はお話ししません。このビジュアル的にあでやかなのに不可解な世界を楽しみたい人たちには、これだけ言っておきます。椅子のある劇場を選び、事前にしっかり睡眠をとり、食べるものをたっぷり持って行ってください。

誕生日――頭痛。オリビアが誕生日ディナーをぜひともしたいと言うので、彼女とセブとタケシと飾り気のない大衆食堂で会う。食事はおいしくて、とにかく安い。場所を川岸に移してパーティーを続行。オリビアの友人がくれたイタリアのケーキ、セブが買ってくれたフランスの赤ワイン、タケシがファミリーマートで用意した花束でもてなしを受けた。

川の土手では若者たちが騒いでいる。その中の一人の少女が、私がフィンランド出身だと聞いて興奮した。彼女にとってフィンランドは世界一おもしろい国らしい。特にムーミンとサンタクロースのおかげで。彼女はサンタクロースに二度手紙を書き、二度とも返事をもらった。それがサンタクロースがいるという決定的な証拠だという。サンタクロースはコルヴァトントゥリという耳の形をした丘陵に住んでいると話すと、そこには普通の人も住んでいるのかと聞かれ、答えられなかった。住んでいるのかしら？

頭痛誕生日パーティーのあと、特別にもう一日素敵なボーナスデーで自分をかわいがることにした。ランチをしに自転車で先斗町へ向かう。川岸にあるレストランが柱を立てて川床を作っているのだが、その魅力的な川床が明日、秋の到来の印として解体される。今日はまだ完璧な夏日。割烹「山とみ」の簾の掛かった桟敷に座り、刺身を食べながら、川でくつろいでいるサギや、涼しげに流れる水を眺めた。

いつも何かと「正当な」理由をつけては、こういった愉しみを自分に許しつづけている、ということはよくわかっている。「正当な理由」を作るのをやめて、その代わりに楽しむことだけできないかとすら私は考えはじめていた。人生はシンプルに素敵でさえあればいいのではないか？二日後、ひと月にかかった食費を計算したら——九万二千四百四十円、つまり九百ユーロ。三回も計算した——ぞっとした。食べることをとにかく止めなくてはならない！（エンマの言う通りだった。寿司や刺身を平らげたとき、私は金持ちのご飯を食べている、と彼女にいつも指摘されていたのだ）。

でも、九月二十九日に、十三ユーロの豪華ランチをまたしても純粋に幸せな気持ちで味わってしまった。日が暮れると、祇園の迷路のような路地へ歩いていく。花街に迷い込んで、客を楽しませるために茶屋に向かう芸者見習いの舞妓や京都の芸者の芸妓を見るために。

不思議なのは、何百年も前の閉じられた世界がここにはまだあるということ。隠れているのに、しっかり見えている世界。常連の紹介なしに芸者に会えるチャンスはないけれど、一方で赤い提灯が示す置屋は誰もが見ることができる。私はこういった通りを歩いて、玄関に掛かっている、年代順に並んだここに住む芸妓や舞妓の何枚もの木の名札に触れることができる。この家のママさんは裕福だろうなあ、とか、黄昏時にまばゆい着物を纏い、ふっくらとした帯をだらりと垂らし、白い顔の舞妓やいくぶん控えめな芸妓が歩いて、もしくはタクシーの後部座席に乗って仕事へ急いでいるんだろうなあ、とか思うこともある。格子の隙間から茶屋の二階で繰り広げられている宴会を見たり、疎水に流れる水を渡って響く爪弾く三味線の音を聞いたりすることができる。ここが彼女たちの生活圏。あそこが彼女たちの学校。あそこは毎年、大勢の観客の前で芸を披露する劇場。あそこは美容院。あそこは今月使う髪飾りを買う店。ここに芸者になりたい少女が十五歳でやって来て、踊り、歌、三味線、会話術、理想的な女性が必要としているありとあらゆる芸を学ぶ。五年間、舞妓は夜遅くまで経験を積んで勉強に励み、週に一度整える髪型が崩れないように木の箱枕で短い睡眠をとる（芸妓になったときの最大の喜びは、かつらが使えるようになり、よく眠れるようになることらしい）。芸妓になったら、これまでかかった学費や、置屋が代わりに支払った何百万円、つまり何万ユーロもした着物の代金を働いて返していく。

この魔法がかった世界は、日本文化の消えつつある伝統を守ることに貢献してきた。この世界はいつまで続くだろうか？　置屋の木の名札を感嘆の念をもって私は見つめた。

歌舞伎、能、芸者、江戸時代の文人と禅の庭――セイ、問題は、これらのうち何一つあなたの時代にはなかったということ。興味がわけばわくほど、それだけ平安時代と呼ばれる奇妙な時代にまで深く入り込んで、あなたの言葉を追っていくことになる。

セイ、私たちは京都に、あなたの場所にいる。元気？　忙しい？　会える？　私は吉田山の麓で気のいい同居人たちと住んでいるけれど、あなたが一番の同居人。だから、あなたともう少し仲良くなりたい。あなたについて何かはっきりさせたい。わかるなら何だっていい。あなたは誰？　見た目は？　どこに住んでいた？　この町のどこがあなたの場所？　あなたと同じような経験が私にもできる？　あなたの本のこともっとよくわかりたい。ここなら上手くいくような気がする。結局、あなたの本は何だったの？　本を書いた理由は？　セイ、私に手を貸してくれる？

隠さずに言います。私は京都の虜になりました。今回の旅の経験にすっかり呑まれてしまい、新しいことや経験や場所や食事や雰囲気を貪りました。すべてを——日常を、言語を、宗教を、意味を、視覚的メッセージを理解しようと頑張っている。あなたにかける時間があまり残らないけれど、あなたを理解するためにはこういった他のすべてのことも理解しなければならない気がする。許してくれる？　これでもあなたのために私はやって来たの。

今日は京都を離れて、あなたの世界の平安京へ出かけようと思った。そこに通じる扉は御所で見つかるだろうか？　そこはあなたの時代とはまるで違っていて、場所も違うことはわかっている。でも、建物は何度も火事で焼失しながらも再建されてきた——一八五五年を最後に——だから、あなたの時代の気配が何かしら残っているはず。実際には、今の場所に里内裏があって、そこに内裏が火事で焼失したときに天皇と后が住まわれた。つまり、セイ、あなたがこの庭や廊下をまさに歩いていた可能性がおおいにあるということよね。

御所の塀に囲まれた大内裏は、平安京の北端の真ん中にあり、ここにある数々の門から大路が町を貫いていた。このエリアには政府の諸官庁があって、その中心に何重にも塀を巡らせた天皇の住まいである内裏がある。内裏の中心は紫宸殿（ししんでん）で、天皇と后の高御座（たかみくら）を囲い、前庭には橘と桜が植わっていた。天皇自身のお住まいは紫宸殿の裏手にある清涼殿。天皇の妻たちにはそれぞれ自分たちの住まいがあった。セイ、あなたが仕えていた中宮定子はたいてい梅壺に住んでいて、紅白の花をつける庭の梅の木が自慢だった。一方、紫式部が後に仕えた中宮彰子が住んでいたのは藤壺で、そこで開かれる藤や菊を愛でる華やかな宴に客たちがやって来た。この両者の間では天皇の寵愛を獲得するためにシビアな争いが繰り広げられていた。もしかして、セイ、あなたも一枚嚙んでいたのかしら？

大内裏には、行事や宴に使われる建物や庭、東宮の住まい、役所、殿上人や女官が仕事をしていた八省院があった。ここを、大臣、相談役、秘書、書記、侍従、衣裳係、仕立て屋、陰陽師、漢文学や書の博士、僧侶、鷹匠、踊り子、酒と水と米の倉庫係、大工、庭師が歩いていた。大内裏には、護衛のための衛府と馬寮が左右にあり、四季折々の公式の饗宴が開かれた豊楽院があった。

昼間の大内裏は公園を思わせた。大臣たちを職場へ誘う一行が粛々とここを通って行ったけれど、木や小川や建物の間に、遊ぶ子ども、猫、犬、山羊、猪、狐、キジも自分たちの場所を作って住んでいた。大内裏の木造建物の多くが古く、台風や地震のせいで脆くなっていた。火事に遭うたびに建て直さなければならなかったけれど、天皇の住まいの清涼殿は何度も自然に倒壊したらしい。それほど重要でない建物は本当にひどい状態だったと思う。セイ、あなたの時代では、大内裏の多くの建物が空き家だった。天井からムカデが一日中落ちてくる半ば荒れ果てた建物に中宮定子と移り住んでいたこともあったのよね。[68]

68　「故殿の御服のころ」の段。夏越しの大掃除をするということで、道隆が亡くなって喪中の清少納言たちは、お清めの儀式にはいられないため、太政官の食堂に移り住んだ。

洗練された優雅さと田舎じみたみすぼらしさが融合していたのが昼間の宮廷生活なら、夜は不吉な雰囲気に満ちていた。セイ、あなたのライバルだったムラサキの話によれば、夜の宮廷はいい匂いのする殿上人たちでひしめいて、彼らは月のほのかな明かりに照らされながら几帳の向こうで待っている女たちの寝床へ忍び寄っていった。そんなロマンチックな冒険に浮かされた舞台のようではあるけれど、現実はもっと侘しく、胸はまったく別の理由でドキドキしていた。宮廷で暮らしていた人たちは、空き家や遠く離れた場所を避けていた。というのも、誰も住んでいない建物に一人で行った役人が鬼に食べられた、という噂が立っていたから。宮廷では、押し入りよりも幽霊のほうが一般的に怖がられたようだ。安全対策は財政難と政府の機能不全のために万全でなく、夜は数ある門のうち一つの門に絞って警備に当たっていた。町の暮らしが貧しくなってくると、盗みや暴力が当たり前のようになってくる。布は貴重な交換財で、女房たちの上質な着物は盗賊たちに目をつけられた。ムラサキも話していたけれど、盗賊は情け容赦なく着物を剝がしていく——被害者は殺されるケースもあった。ある事件では、宮廷の心臓部である清涼殿で女房がまんまと追い剝ぎに遭った。

それでも度重なる火事は宮廷でも他を凌ぐ最大の脅威だった。セイ、あなたも火事のために中宮定子と何度も住まいを移ることになったのよね。財政の逼迫と犯罪が一〇〇〇年代の平安京で増加してくると、大内裏はますます火事に見舞われた。宮廷は財政難に苦しみ、再建は回を重ねるごとに難しくなった。十六度目の火災のあと、再建は放棄され、大内裏は一二二七年に歴史となった。かつて大内裏があったことを語るのは、現在の御所から二キロ先にある内野という町の一部のみとなってしまった。

セイ、これから、今現在残っている御所を見て回ります。天皇は、京都を訪問したときですら、この御所にはもうずいぶんと長い間泊まっていない（居心地が悪すぎて）。でも、一般の参観は京都御所の事務所に許可を申請すればできる。もしかしたら数年前に参観したときのように虚しくて不毛な経験に終わるかもしれない。旅行客たちは追い立てられている動物たちの群れのようにガイドについて御所を歩いていく。白い砂に目が眩む。外から眺めるだけの巨大な建物に疲れる。それでも私は行きます。セイ、ここでわずかでもいいからあなたをとらえたい。

今回は、御所への入場が特別に無料だったので、日本人の旅行客たちに混じって入門するために列に並ぶ。マイクに向かって叫ぶガイドはいない。押し合いへし合いする日本人だらけの合間を、延々と切られるシャッターの邪魔をしないように縫っていく。どこもかしこも、ぎこちない笑顔でポーズをとり、完璧な一枚が撮れるまで動こうとしない人だらけ。檜皮葺の門[69]の脇の見事に剪定された松の下で苔がエメラルドのように輝いて、木々の幹の影が苔の絨毯に縦模様を織りなしている。松を――私が御所の中でいちばん覚えている木を、セイ、あなたは覚えている？一本の松の枝は、それを支えている支柱を守るように、まるで松葉杖を撫でるように巻きついて

69　建礼門。

いる。そこに私は身をひそめ、目を閉じて想像した。
殿上人たちが毎朝、牛車で職場へ到着すると、この門[70]から大内裏に入る。客たちはその脇にある建物の三つの待合室[71]に案内され、官位に準じて、桜の間、鶴の間、虎の間で待っていた。この建物の裏が南庭をめぐる朱の回廊だ。その真ん中にある天皇だけが出入りする門[72]で立ち止まったとき、塀と松越しに馴染みの吉田山が見え、その向こうにそびえる山まで見渡せた。セイ、あなたがここに立っていたら、私の部屋が見えたかも。

砂を敷き詰めた庭の裏に堂々と立っているのが紫宸殿。ここに天皇と后の高御座があり、この建物の前であなたも数々の儀式の証人として立っていたのかもしれない。太陽に照らされて眩しいこの白砂を思う。気持ち悪いほど乾いた熱い埃っぽい砂を。このせいで喉は涸れて、いちばん暑い夏でもないのに体内に疲れが忍び寄ってくる——あなたの時代でも同じくらい気持ち悪くなった？　壁一面もある重たい木の窓[73]はどれも九十度に吊り上げられている。そうすることで建物の一枚の壁がそのまま庭に開かれるから。この格子の上げ下ろしはあなたたち女房にとって汗を掻く仕事だったでしょうね。

セイ、ここにあなたの時代のものが何もなくても、雲がある。そして、少なくともカアカア鳴いているカラスもいる。

それから気づいたのは、高御座のある広間の向こうにあって、気持ちのよい日陰ができている庭にある清涼殿が、七〇〇年代の終わりから一〇〇〇年代までまさにこんなふうだった、とパンフレットに書いてあったこと。あなたが確かに目にしたものを、私はついに見た。

天皇の住まいだった清涼殿は、あなたのを含めて宮廷女房たちの文章によく出てくる。この広間は、涼しい風が入ってくる東に面していて、前を流れる小さな滝口から爽やかな水の音がする。部屋の中央には、天皇が座る厚い畳の茵があり、その後ろには、パンフレットに書いてあるように、時折「くつろぐ」ためのカーテンで囲った椅子がある。ここに天皇は后をお付きの女房たちとともに招いて、歌を詠んだり、生き生きと会話をしたりした。月の明るい夏の夜にここに座ってさらさらと流れる御溝水（みかわみず）の音を背景に笛を奏でた。

参観コースも終盤に差し掛かった。御所の北側には木陰のある涼しい庭や池や茶室がある。これらは、公式の建物が与えるいかめしさとは打って変わって、親密さがあった。セイ、ここからさらに少し奥へ行くと后のプライベート空間、後宮と呼ばれた女たちの宮殿がある。でも、私たちの群れはそこまで入って行って見ることができない。目にできたのは、あなたが建物の角を曲がったときにちらりと見えた袖だけ。

70　宣秋門。
71　諸大夫の間。
72　承明門。
73　格子。

［清少納言の言葉］
局と呼ばれる宮廷の私たちの部屋は素敵。上の方の格子は上げてあるので気持ちのいい風が入ってきて、夏は本当に涼しい。冬も素敵。一陣の風と一緒に雪や霰が吹き込んでくるから。部屋は狭くて、子どもがいると具合が悪いけれど、屏風の後ろに隠しておけば、大きな声で笑えないし、とにかく他の場所のように騒ぐことはできない。昼間は油断しないようずっと気をつけているし、まして夜は本気で気を許すことができない。夜通し聞こえる沓の音の一つが局の前で止まり、誰かが一本の指で戸を叩く。女は誰が来たかをすぐに聞きわける。男はかなり長く叩くのに、中からは音がしない。もう寝てしまったと男に思われると嫌なので、衣擦れの気配がわかるように身じろぎする。冬なら、火箸で軽く音を立てるかもしれない――周りに気を遣ってそっと立てるのだが――男はなおも叩くので、女はたまりかねて声に出すと――誰かが聞こうとして物陰から忍び寄ってくる……。

この宮廷のハレムみたいな後宮を頭の中で思い描いてみる。天皇の住まいの北側の別棟は――全部で十二棟ある――宮廷文化のメインステージだ。セイ、この世界についてあなたは書いた。ここには、天皇の妻たち、側室たち、彼女たちに仕えていた召使いたち、地方から来た侍女たち、乳母たち、内侍司の女官たちが住んでいた。あなたのように中宮定子のお付きの女房たちもそう。セイ、あなたは定子の父である藤原道隆が厳正に選んで雇ったおよそ四十人の女房の一人だった。

後宮は閉じられた世界だったけれど、東洋の他の多くのハレムのように宦官（かんがん）たちが監督する監獄などではなかった。隔離されていたわけではなく、むしろ休みの日には宮廷の外で過ごすこともあった。実家に帰ったり、親戚を訪ねたり、出産のために戻ったり、親戚があなたたちを宮廷に訪ねてきたりすることもあった。位の高い貴族の男たちの多くが局に入ることができた。しかも熱心に。後宮は洗練された社交サロンであり、音楽や文学や芸術活動の中心であり、恋の舞台でもあった。ここには子どもたちも本当にいて、例えば、歌人の和泉式部は幼い娘と宮中へ上がり、再婚相手が任国へ下るとき娘を宮中に置いてまで自分だけ夫について行った。

セイ、ここであなたは若い中宮定子と時間をともにした。ここで彼女に文学の教養を施し、漢詩を読んで、手紙のやりとりのノウハウを教えた（彼女の髪を梳かしてやるときもあった。それくらいあなたたちは仲が良かった）。中宮定子の部屋を囲むように続いている廊下[74]に几帳で小部屋を仕切ってあなたは生活していた。裁縫をしたり、他の女房たちと噂話をしたり、簀子で待ち伏せしている殿上人をからかったり、そんな彼らを自分の部屋に入れたりした。

そして、ここであなたは本を書いた。ここであなたたち宮廷女房は書いて、お互いの文章を読んでいた。本の多くが続編のように誕生した。例えば、ムラサキの『源氏物語』は章が完成するたびに回し読みされた。紙と写本にはお金がかかる。出回っていたものはごくわずかだったので、

74　細殿（ほそどの）。

手から手へ渡り、たいてい大勢の前で読み上げられた。さらには物語が書かれた絵巻を見ていたなら、この視聴覚的な体験はまさにテレビを見ているようなもの。あなたたちのサロンは二十四時間読書会みたいなものだったのかもしれない。まずは読んで、それから語り合った。

セイ、あなたは秘密の日記みたいに自分のためだけに書いたと言っているけれど、それでもあなたの原稿は皆に読まれることになった。最終的には、ここ後宮で書き上げたばかりの文章を声に出して読みながら中宮定子を喜ばせたと思う。着物やスタイルや宴や天気や男たちについてのあなたの意見を詰め込んだ文章を。それは聞いている人たちがコメントするのを控えてしまうような挑発的なスタイルだった。

セイ、正直に言って、こういう女たちの共同体が私は羨ましいし、漠然と身近にも感じる。

御所を去るときに、もう一度松を見上げた。玉のような緑が空の青を背景に映えている。松のことを、セイ、あなたは覚えてる？

夜、同居人たちとテレビ部屋にいると、マルコスが自分のブログを見せてくる。でも、そこに私たちのことを書いたかどうかは話してくれない。

［清少納言の言葉］

一晩中雨が降って迎えたある十月[75]の明るい朝のこと。光は差しているのに庭の菊にはまだ露がのっていた。透垣には蜘蛛の巣の切れ端が残っていて——糸が切れていたところに、雨粒が白い真珠の首飾りのようにかかっていたのがじんときて、うれしかった。もっと日が高くなると、萩やその他の草花に重たくのしかかっていた露もしだいに消えはじめた——枝がわずかに動きだしたかと思ったら、いきなり自分の意志が働いたみたいに上へはね上がった。あとからこの美しかった様子を他の人たちに話してみた。でも彼らは少しもおもしろくなさそうだったのが、私にはいちばんおもしろかった。

75　原典では旧暦の九月。著者はフィンランド人がわかるように十月と訳した。

VI　京都――九州。十月

美しくて、おもしろくて、妖しくて、神秘的なもの。
寺。
神社。
御所。
離宮。
庭（手入れされた庭、生い茂った庭、石の庭）。
寺院のお香の匂い。
僧侶たちの読経。
月明かり。
ごくごく細い路地。
町家の窓の表に吊り下がっている簾。
忘れられた裏庭と畑。
空を縦横無尽にめぐる電線。
鴨川。河原で練習しているバイオリニストとトランペッターとギタリスト。

ごみ収集車のイキのいいテーマソング。
夕方になると大学から響き渡る吹奏楽団の練習。
オーガニック弁当。
いくつもの小皿が並ぶ夕食。
もちもちしたお餅。
回転寿司。
特大サイズの何十ユーロもする果物盛り籠。
豆腐職人。
扇子職人。
酒樽。
畳敷きの茶室。
障子に縁どられた庭園の光景。
寺の玄関に並んだ靴。
書。楷書、行書、草書。
寂しい男たちで埋まっている食堂。
学生たちが必死に勉強するために籠城するハンバーガーショップ。
中心街の派手なネオンのショッピングモール。
信じられないほど短いミニスカート。フリルスカート。とにかくフリフリのもの。

いろんな柄の膝上の靴下。おかしな靴下。
店内に行進曲のリズムで鳴り響く「いらっしゃいませ」呼び込みソング。
お辞儀して、手を振って、出口まで見送る店員。
延々と続く丁寧なフレーズ。
列車にお辞儀する清掃員。
不可解な記号で埋め尽くされた通り名看板。
とてつもなく長い名前のついた十字路。
前かけを掛けてじっと立っているお地蔵さま。
鍵を守る狐。
寺の軒を支える木彫装飾。
赤い紅葉と鳥居。
襞のある青々と茂った山。
日没の赤に染まる山。
青い霧のかかった山。
山に登る老婆とハイヒールの少女。
エメラルド色の苔。
竹林。
雑木林。

とにかく長い松の針葉。
雲（種々様々）。
御神木に張った注連縄。
金色に輝く銀杏。
にぎやかな祭。
内臓まで響く演奏をする上半身裸の和太鼓奏者。
抹茶。
睡蓮の池を渡る飛び石。
落下した椿の花。
提灯。
縁日。
サイクリング。
山へ登るケーブルカー。
涼しい山道。
川。うねった小川。滝。とりわけ月の明るい夜の疎水。
巨大なヒマラヤ杉。
しだれ柳。

庭園。

夜から朝にかけて土砂降りの雨が降る。でも、私は勇んで修学院離宮へ向かう。この離宮は、とある天皇[76]が一六〇〇年代半ばに東山山麓に自分のために建てさせたもの。ここの参観許可がなかなか下りない――宮内庁に申し込む――ので、許可が下りたとなれば、天気がどうあれ行くしかない。そして私は行くことができ、日本庭園のことが胃の腑に落ちた。

私は庭園の三次元的な印象にいつも感心していた。でも、性能の悪いカメラではそれをとらえることができず、もやもやしていた。この立体性と重なりは庭園芸術全体の核であり、苦労の末に到達したものだということが、今ようやくわかった。修学院の庭園には、背景にそびえる霞みがかった東山山峰と比叡山に対して遠近の変化が調和しながら映えている。背景にある景観を取り込むことで生まれたコントラストを借景と呼んでいるが、修学院離宮の庭園はこの圧倒的な借景が格別に美しいとされている。

この遠近の変化と重なりは、庭園の細部にいたるまで繰り返し現れる。たなびく山の景色に消えていく掘割にアーチ状に架かる橋、橋の前にかかる楓の枝。雲のような楓の葉は美しく剪定されていて、様々な形の枝と葉が一糸乱れずあでやかに連なっている。この連続が水面に映り、さらに水の石の上に様々な草がかかる……。庭園学は大きな規模の生け花のようだと思う。少なくとも空間とリズムと非対称のルールは同じように感じる。

庭園は見られるためだけにあるのではないこともわかった。例えば、この庭園の作者は水の流れる音を――あるところではより小さく、あるところではより大きく――全体的な経験の一部として捉えたのだ。では、田んぼの真ん中に果てしなく続いている霞がかったやわらかい松並木は？　あぜ道を登っているときは木や茂みにひっそりと隠れていて、登りきった先でさらに圧倒的な印象を得るような、息を呑む町の景色は？　聞いている人の思考を一点の曇りもない俳句へ変える滝の音は？　楓の枝を通り過ぎ、庭や池を越え、京都の町の先の、背景にそびえる遠い山々に向かって上げられた茶室の蔀戸(しとみど)からあらわになった重なりあう絶景──退位後の生活を楽しんだ上皇[76]が書をたしなんだといわれている場所は？

「ハイ、ワカリマシタ」

宇治。

平安京は火事と地震と争いのせいで古代ローマよりも完全に地上から消滅してしまった。でも、たった一つだけ当時から残っている建造物がある。それが、京都の南、宇治にある平等院鳳凰堂だ。鳳凰堂を取り囲む池[77]の岸は、平安時代様式らしく拳大の敷石で覆われている。平等院の博物館[78]では復元された壁画[79]を鮮やかな赤、金の装飾、戸惑うほどカラフルな色で見ることができる。

76　後水尾上皇。
77　阿字池。
78　鳳翔館。
79　鳳凰堂中堂壁扉画。

セイ、藤原道長は九九八年に自分のために別荘として平等院を建てた。だから理論上は、あなたが宇治に行っていれば、この建物を見たということ。道長があなたをここに呼んだとは思えないけれど、同僚のムラサキはもちろん呼んだ。今では宇治は何よりも彼女の町。宇治は、轟々と流れる宇治川の両岸を舞台にした『源氏物語』の最後の十帖に捧げられている。この町には源氏物語ミュージアムがあり、橋の脇には紫式部の石像もある――あなたの同僚のあとを追って旅することになってごめん。このあともこんなことが何度もあるのよ。だって、あなた自身についてはたいして何も残っていないんだもの。

『源氏物語』だけでなく、宇治はお茶でも有名だ。対鳳庵のささやかな茶会に行く。そこで茶道具も買った。抹茶、茶杓、茶筅、茶筅立て――何百ユーロもする茶碗まで余裕はない。

旅のクライマックスはミュージアムの喫茶室で待っていた。平安装束に身を包んで宇治橋にもたれかかる自分の写真が百円でパソコンから撮れるのだ。平安装束にこんなに近づけるのは、この旅でこれきりかもしれない。ねぇ、セイ、黒くて長い髪の私も実はけっこうイケるのよ。

夜、ナンセンスな夢を見る。トミー・タベルマン[80]から、彼が好きな作家のスティーブン・キングの作品について本を書いてほしいと頼まれた。トミーに祖母のクローゼットで見つけた真っ白なスーツを見せる。ブルーベリー摘みには申し分のない服だと思ったから。

比叡山。

電車で京都の北東を守っている比叡山の麓まで行く――ちょっと道に迷ったけどね。ガイドブックの注意を軽く見ていたせいで間違った電車に乗ってしまった——まずはケーブルカーで、それからロープウェイで頂上まで行く。頂上で——あいかわらず上から目線で——バスにちらりと目をやって、荒れた石だらけの小道を延暦寺があると思う方向へ歩いていく。どこにも誰もいないし、私には地図はないし、道案内は日本語でしか書いていないし、自分がちょっと間抜けに思える。でも、山の静寂は偉大だった。展望台の琵琶湖まで連なる山々の景色に酔いしれる。ロープウェイの道に生い茂る巨大で丸くて柔らかい樅。まっすぐで樹皮が縦に割れ、しっとりとした苔に覆われた樹幹が果てしなく上に伸びているものもあり、ついには緑の雲になるとんでもなく大きな杉。これらの木々に私はすっかり魅了された。

日本の天台宗のすべては延暦寺にある。ここで教えを受けた僧兵の力は、当時、強大で、天皇も彼らを恐れていた——一〇〇〇年代に政権を握った白河天皇は、わが心にかなわぬものとして双六と鴨川と延暦寺の山法師を挙げたと言われている。僧兵の勢力があまりに強かったので、一五〇〇年代の将軍[81]が最後の一人まで討伐する必要があるとみていたくらいだ。

比叡山のいちばん重要な本堂である根本中堂に心を奪われた。そこの法灯は七八八年に点けられて以来（ありえない数字）ずっと燃えつづけている。木の回廊は美しい薄い赤い色の寺を巡っ

80　（一九四七～二〇一〇）。フィンランドを代表する現代詩人、作家、政治家。
81　足利義政。

ている。お堂から匂いたつお香が気持ちを落ち着かせ、今、人生において正しい場所にいるという感情をもたらす。私は敷居の前にひざまずき、そこから寺の暗闇に漂うロウソクに照らされた須弥壇や、何百年も前の宝や、胎内か秘密の小部屋ですべての智を守る人のように浮かんでいる仏を目にする。この場所には聖なる力と圧倒的な静寂が溢れている。

寺を何時間もかけて回ったあと、ケーブルカー行きのバスがもう運行していないことに気がついた。来た道と同じ石だらけの小道を登っていくしかない。思いのほか歩きすぎて疲れてしまった、と重い足どりでとぼとぼ歩きながら考えていたけれど、比叡山の参詣者らしくいこう。こんな場所を見ることができるなんてそうそうないのだから。それに、セイ、あなたも自分の足でここまで、私の靴より歩きづらい靴で登ってきたのよね。

セイ、比叡山の聖なる空間にいると、あなたたちの時代の宗教の立場のことをいやがおうにも考えてしまう。あなたは宗教にそれほど深入りはしていなかったと思うけれど、仏教、神道、儒教があなたたちの日々の生活に浸透していた。宮廷生活では、仏教が儀式や芸術に、神道は清めのルールに表れていた。例えば、普通だけれど「穢れている」肉体の活動の多く——生理、妊娠、出産、病気、死、排泄——は宮廷の外に置かなくてはならなかった。

中国から持ち込まれた仏教は、あなたたちの時代ではあらゆる生活領域において重要な役割——中世ヨーロッパのカトリック教会と少し似ている——を担っていた。例えば、文学以外で残っている芸術作品のほとんどすべてが仏教美術だ。最も影響力があったのは比叡山を総本山とする天台宗だけれど、空海が開いた真言宗も重要な宗派だった。浄土教が人気だったのは、阿弥陀如来を信じる者は南無阿弥陀仏と唱えることで道から逸れずに極楽へ行けると約束されていたから。特に道長や一条天皇や紫式部はこの言霊を信じていた。

代わって、セイ、あなたは「説経する人は顔のきれいな人がいい」という話[82]で、自分には上辺だけの信心しかないから、リストアップした好きな寺やお経にすら救ってもらえないと書いていた。

でも、お参りはあなたも好きだった。寺に行くことは女たちにとって外の世界を見られるめったにないチャンスだったから。寺はたいてい美しい場所にあり、比叡山の桜や、琵琶湖を照らす満月をついでに眺めたりできた——恋の話は言うまでもなく。

宗教が単なる作り事でしかなかったとしても、仏教の核となる色即是空という考えはあなたたちの世界につねに存在していた。人生は桜の花のように儚くて消えゆくものだった。この世の移り変わりについてのもの悲しい思いを鼓舞したのは、枯れゆく花、落ちゆく葉、渡り鳥の鳴き声だった。ナイーブな平安貴族が折に触れて厭世的になるのもはっきり言って当然。このメランコリックなもののあはれが当時のすべての文学に満ちていたから——セイ、空元気な反逆者であるあなたを除いて。でも、運命をあなたも信じていた。すべては前もって決められていて、今世と

82　「説経師は」の段。

前世における人間の行動の結果だということを。ホトトギスの声を訪ねに行ったときに歌が浮かばなかったのは、あなたのせいではなく、歌のほうに業があってその日はついていなかったということを。

この広く行き渡った憂鬱な雰囲気のせいだと思うけれど、この世から退く考え——尼や僧侶になること——は、平安貴族にとって、この世の出来事にほとほと閉口しているときにはもってこいの解決策のように感じられた（この感じは私にもよくわかる）。男たちにしてみると、現世から退くことはただ品位を高めるだけのもので、例えば、恋愛を妨げるものではなかった。女にとって尼になることはきつかったけれど、伴侶が亡くなったあとに残された唯一といっていい選択肢だった。床を引きずるほどあった女の髪が、出家するときに肩のあたりに切りそろえられると、周りの者たちは泣いた。尼の生活は厳しく、侘しく、貧しかった。尼は不憫がられ、セイ、あなたがひどく貧乏な尼になって自分の骨を売っていたという言い伝えにはがっかりした。

実際には、あなたたちが信頼していたのは宗教よりもどうやら他のものだった。陰陽寮は天体や暦に関する予想、確率計算、吉凶の判断を受け持っていた。例えば、方角に関するタブーはあなたたちの日常に大きく影響した。というのも、気の流れを中心にして生活することは、もともとのんびりした生活リズムに拍車をかけたし、暦の縁起が悪いようであれば重要な宮廷の政は延期されたから。北東は永遠に変わらない不運の方角。比叡山の寺は、まさに北東からやって来る邪気から都を守るために建てられていた。日々の生活には、そのとき神々がいる方角に基づいて縁起が悪いとされる方向にもっとも影響を受けた。もし家の方角に障りがあれば、殿上人は夜の逢瀬からまっすぐ家に帰ることができないこともあった。

タブーは他にもたくさんあった。手の爪は丑の日に、足の爪は寅の日にしか切れないこともあった。男女が付きあいはじめるのにふさわしい日も決まっていた。縁起が良ければ、入浴は五日に一度。時間のかかる女の洗髪は、数ヶ月の間に洗える日が数えるくらいしかないこともあった。

占い師たちは、星の動き、気象、異常に大きな亀の発見といったような予兆に基づいて占っていた。豪雨のような異常気象もそうだし、もしくは奇妙な形をした雲は警戒すべき予兆と捉えられた。夢は効果的な占い方法で、良い予知夢を見たかったら、服を裏表逆に着て寝なければならなかった。さらに、菊が近くにあると長生きしたり、困難はいつも秋に起こったり、春よりも秋のほうがプロポーズするには好適だと思われていたりした。くしゃみは縁起が悪かった。一方が話しているときに誰かがくしゃみをすると、話し手が嘘を吐いていることを意味した。森や山には長い鼻で赤ら顔の天狗が動き回り、狐たちは人を惑わして姿を盗むと言われていた。病は人に取り憑いた物の怪のせいで、その治療をしたのは仏教徒の僧侶たちだった。嘆きは病を引き寄せた。なぜなら、それが物の怪に取り憑く隙を与えたから。

おまけに女の三十六歳は、肉体的にも精神的にもバランスを失って体調を崩すと一般的に言われていた。

セイ、私は何を信じればいい？　あなたが自分の骨を売る貧しい尼になったという話は少なくとも信じない。

［清少納言の言葉］

見苦しいもの

童たちが袴に足駄を合わせて履いているもの。それが流行っているのはわかるけれど、わたしは好きじゃない。

壺装束の女たちが急いで歩いているの。

買い物。

八十歳の地元のガイドと五時間かけて京都を散策する。宗教についてある程度のことを話してくれたほか、今でも受け継がれている京都の伝統産業についても教えてくれた。

例えば、念珠はすべて京都で製造されていることがわかった。念珠は家で家族が作り、でき上がると卸問屋に持って行って、販売してもらう。四百年間、十七代にわたって念珠を作りつづけている男性の家を見たり、六代にわたって茶筒を作りつづけている家族に会ったりもした。提灯屋の話では、提灯は今では高価になり寺や神社の注文でしか作っていないらしい。一方で、畳屋は仕事が手に余るほどある。畳の表替えは年に一回。女房と畳は新しいほうがいいらしい。

豆腐屋もたくさんある。京都のおいしい水がここの豆腐を格別おいしいものにしている。ついでに言うと、この町は豆腐で何でも作れる。これは意識がふっ飛ぶくらい感動ものだ。ここでは、すべての小皿が豆腐で作られたフルコースを食べることができる。寺では、僧侶たちが、見た目が鶏や魚や肉やソーセージそっくりの商品を豆腐で作っている。味は見た目とは違うとわかっているのに遜色ない。レストランでは小さな鍋を出してくれるところもあり、それで客自身が豆腐を作ったり、凝固した豆乳の表面にできるわけてもおいしい湯葉を作ったりすることができる……。

扇子屋が立ち並ぶ通りには、何世代にもわたって折り加工に特化した家族たちが住んでいる――他の家族たちはその他の工程が専門だ。こういった扇子の値段はめっぽう高い。一本百から四百ユーロもする。だから、眺めるだけにしておいた。とある普通の身なりのアメリカ人女性が、クレジットカードが使えるかどうか尋ねている。私は冗談でも言っているのだろうと笑っていたが、彼女は瞬く間に六本選んだ。女性の連れあいは声を上げ、衝動買いに声を立てて笑っていた――「Oh, now she's shopping」――彼はもちろんバカにしたわけではない。周囲の注目を集めて、妻が値段すら聞かずにこの二千ユーロ相当の扇子代を支払う余裕が彼にはあることを示したかったのだ。それともドルの為替レートはユーロよりそんなに良いのか？

私は帰る途中でごきぶりホイホイという名前のゴキブリ捕獲器を買った。昨日、キッチンで見かけた空飛ぶ巨大ゴキブリは許容範囲を超えたからだ。快適な感じの厚紙でできた家の窓には、手を振っている陽気なゴキブリたちが疑うことを知らない仲間たちを招こうとしている。中に入ったかわいそうな彼らの足は床の糊にしっかりとくっついたまま、ついには飢えて死んでしまう。

残念ながら、このごきぶりホイホイは私の気もゴキブリの気もまるで引いていない。

大食い。

私は京都の料理に夢中だ。寿司、刺身、オーガニック弁当、豪華弁当、キオスク弁当、あちこちに安いのや高級なのがあって複数の料理が一度に出される定食をほおばる。私は小鉢がたくさんついている料理をたくさん食べた。どれも食べるのがもったいないくらいとても美しい。食堂の料理は、安くて素朴だけれどおいしい。店の客の顔ぶれがニキビ面の学生少年たちか、今日は奥さんの手料理が食べられない年配の男性たちしかいないような食堂にも行った。回転寿司も食べたけれど、隣に座っているママさんたちよりもずいぶん前にお腹がいっぱいになった。ママさんたちの皿は信じられないほど高く積み上げられ、ゆらゆらと揺れていた。丼、焼きそば、お好み焼き、オムライス、湯豆腐、焼肉、鍋、沖縄の野菜料理。味噌汁、ご飯、漬物、餃子、豆腐、海藻。食べた料理の多くが何なのかはさっぱりわからない。たまに西洋料理が恋しくなって、ハンバーガーやピザを食べる。とりわけ後者は本場とはまるで関係のないものが多いけれど。

私でも買って作れる店の食材は高い。馴染みの野菜や果物はあまりに高くて、故郷のスペインだとトマト一箱がどれほど安いかマルコスは思い出して涙ぐんでいた。注文したものや食べるものがわからなくても気にならないなら、いたる所にある地元の普通の小さなレストランだと小銭でお腹がいっぱいになるからありがたい。そういった店のメニューはだいたい日本語のみで、どんな材料を使っているのかわからない。

いちばん恋しかったのはチーズだと気づく。日本ではチーズというものがほとんど知られていないらしい。近くのスーパーで売られていたのは一枚ずつ個包装されたプロセスチーズで、それをチーズと呼ぶなんて冒瀆だ。大手百貨店にはもちろん立派なチーズコーナーがあるけれど、ほんの一切れのマンチェゴチーズの値段は店員すら詫びるくらい高い価格帯で、もう買う気がしない。

セブは私のチーズに寄せる情熱をわかってくれて、たいてい私たちは夢見るようにチーズについて語りあう。私が専門店でちゃんとした衝撃的な値段のチーズをほんの一切れたまに買ってくると、セブはすがりつくようにチーズローンをよく願い出た。私は揉み手をしながら借金が増えるままに任せている。セブのチーズの借りが増えれば増えるほど、私が食べられるときの愉しみが増すからだ。セブが実家の両親に地元の熟成した臭いフランスのシェーブルチーズをホールで頼む計画を実行に移すのを、私は待っている。いつ小包が届いてもいいように、私の準備は万端だ。

セイ、あなたはどんな料理が好きだった？　私並みに料理はしたの？　スーパーに買い物に行ったり、今日食べるものを考えたりした？　まさかね。あなたたちの時代で、女が財布を持って店に行き、食材を買おうか、それともできあいのものを買おうか、それともやっぱりレストランで食べようか、なんて選べなかった。調べたら平安京には市場が二つあったことがわかった。市場では、布、染色道具、櫛、馬、牛、真珠や翡翠のアクセサリー、薬、ハーブの他に、米、塩、味噌、果物、海藻といった食材も売られていた。おそらくあなたたちは召使いたちに米袋を持たせて市場へ使いに遣って、物々交換させていたのよね。

あなたたちの食事についての情報はあまりない。なぜなら、食べることは下品なことで、それを描写することは不適切だったから。セイ、あなたが食事のことに言及したのは三回。私の趣味である美食の匂いすらない。むしろ、食べることは用を足すことのように自分一人だけで行わなければならないもののように見えた。天皇にも儀式料理が食堂で出されたけれど、実際には別の部屋でこっそり食べていた。

セイ、一回目は、あなたたち宮廷女房が外出先で下等な役人の家を訪ねることになった話。[83]その役人がうっかり食事を出してしまった。当然、あなたたちはそれを断ったけれど——他の人たちがいる前で食べるのはあまりに恥ずかしいことだったと思う。

二回目は宮廷を修理していた大工たちの食事風景を観察していて、がつがつ食べる様子が気に入らなかった話。大工たちが器を一つずつ空けていく食べ方が、あなたの目には奇妙に映った。「彼らはみんな同じように食べたので、これが大工の食べ方なんだろう」[84]とあなたは書いていた。でも、男に食事を出すことは、あなたにとっては実に嫌なことだった。

［清少納言の言葉］

宮仕えしている女たちを訪ねてきた男たちが食事をするのは耐えられない。男たちに食事を出す女たちもまた理解できない。たまにこの女たちが男が食べ終わるまでは何もしないと言い張るから、男はしかたなく――まさか嫌々ながら口に手を当てたり、顔を背けたりするわけにもいかないから――食べなければならなくなる。男が夜遅くにやって来たり、酔っ払っていたりしても、湯漬けですら私は出したりしない。もし、男に気の利かない女だと思われて、二度と来なくなったとしても――かまわない、来たくなければ来なければいい！

セイ、あなたたちの食生活について私たちが知っているわずかな情報から見えてくるのは不健康そうだということ。あなたが食事を褒める時間を惜しむのも不思議じゃない。料理にも味にも関心の目は向けられていない。あなたたちの主要な栄養源は米。炊いて食べたり、蒸したり干したりして弁当にしたり、野菜と一緒に菓子として焼いたり、水で薄めて粥にしたり。饗膳は、炊いた米と薄くスライスしたサツマイモが入ったサツマイモ粥。それからナス、筍、タマネギ、蕪といった野菜も食べていた。貝に干物に漬けた魚もたまに。天皇は宮廷貴族に肉を食べることを禁止していたけれど、あなたたちはキジやウズラのような猟鳥に気持ちが傾くこともあった。

宮廷での生活は、食事に関しては楽で、朝十時と午後四時に食事が運ばれてきた。米飯はピラ

83　「五月の御精進のほど、職に」の段。
84　「たくみの物食ふこそ、いとあやしけれ」の段。

ミッド形に皿に盛られ、それと一緒に海藻と蕪が添えられた。おやつは干したスルメか米菓子をつまむこともあった（ちなみにここで売られているイカのスナックは私も好き）。飲み物はと言うと、選択肢は水か酒——比叡山の僧侶たちが中国から持ち帰った茶を栽培してはいた。でも、あなたたちには妙な味だった。薬という使い道ならよかったのよね。宴会では果物や木の実で作った菓子を食べていたけれど、砂糖はなかった。夏は氷室に貯蔵しておいた削り氷で自分たちにご褒美をあげた。それはよく言うならシャーベットといったところ。

こんなにわずかで偏った栄養でよく生活できていたなあと思う——ずっと頭が痛かったり気分が悪かったりしなかった？　事実、研究者たちは、低栄養のせいであなたたちが慢性的な欠乏や栄養不足に陥っていたと結論づけている。また、それが原因で塞ぎ込んだり、怠けたり、どこかしらつかみどころのない憂鬱を感じたりしていたという研究者もいる。

セイ、あなたたちが気高い厭世観を持っていたり、万物の儚さについて考察したり、もののあはれと名づけられた経験をしたりしたのは、多分いつもひどくお腹を空かせていたからなのよ。

うれしいもの。

雨の土曜日に、まず部屋を掃除して、洗濯を済ませて、自分でプチフットケアをしたら、あとは布団に横になって、パラパラ、ピチピチ、チャプチャプと音を立てる雨に耳を澄まし、清少納言の日記を読みながら一日を過ごそうと決めたこと以上に最高のものはない。

恥ずかしいもの。

五週間、氷のように冷たい水で顔を洗ったあと、シャワールームのガス湯沸かし器のスイッチを入れればバスルームの浴槽の蛇口からお湯も出てくることに気づいたとき。


シンプルなもの。

洗濯機。扉を開けて、洗濯物を中に投げ込んで、洗剤を入れる。扉を閉めて、コイン投入口に二百円を入れる。以上。三十分後に、冷水で洗われ、獣のように荒々しい旋回で伸ばされ、かき回されて一つに結ばれた衣類の塊を洗濯機から取りだしたら完了。選べるコースなし。温度調節なし。蛇口なし。選択肢は一つもない。ボタンを押すかダイヤルを回す。これが未来技術の不思議の国？


買い物リストに書いたあと、変に思ったもの。

マウスの電池。


自分が馴染んでいたことに気づいたもの。

雨の土曜の夜、キッチンのテーブルについてファミリーマートの安いワインをイタリア人とフランス人の同居人と飲んでいると、赤みがかった巨大ゴキブリが床を横切っていく。でも、会話を中断することなく何でもないように皆が足を椅子の上に上げたとき。

他のどこよりもうれしいもの。

京都を回ること。町は山々に囲まれた盆地にあり、広さは全方向に十キロほど。通りは碁盤の目のように東西と南北に直交しており、地盤はほとんどどこも平坦な地形。どこに行くにも自転車で三十分ほど。針路をとるのも難しくない。町の反対側にいても宿のある通りは角を曲がればあるのだから。一日中、京都の西山連峰の麓の別世界にいて、野生のニホンザルに餌を与え、茅葺き屋根の民家に目を奪われ、信じられないほど美しい山道を川舟でくだっても、宿のある通りを目指し、そこに向かって何も考えずにまっすぐ町をつっきればいいのだ。


天にものぼるもの。

緑茶党の楽園にいること。ここでは、コーヒーは飲まないとか、今は遠慮しますとか、全然飲まないんですとか、「絶対に」とか、おばあちゃんが言うような「いつまでたっても飲めない」とか、つまりは他の人たちが好んで言うような一日頭がぼんやりしている「あの緑茶党」だと、いちいち言い訳しなければならない状況に陥らずに済む[85]。あるいは、コーヒーは飲まないと「言えない」状況に。八十は超えていた亡くなったエイノおじさんの家に招かれて、私たち二人のために薬缶で沸かしておいた[86]真っ黒のコーヒーをカップになみなみに注がれたときのように。あのあと私は気分が悪くなり、翌日の夜まで神経がまいってしまった。

でも、ここではコーヒー党はついに苦しむことになり、自動販売機で朝の缶コーヒーを探すことになるのだ。ここではいたる所でお茶がふるまわれる。その多くが無料で、お茶が大事にされている。ここでは、お茶を中心に文化が発展し、お茶を飲むことは世界でいちばん自然なことなのだ。

イライラするもの。
一日がかりのトレッキングのあと——立入禁止区域に入って——川まで行って、停めておいた自転車のタイヤの空気が抜かれて、虫ゴムを盗まれているのがわかったとき。誰もがこんなことは初めてだと言うのを聞くともっとイライラする。

驚くほど美しいもの。
美しいのはもちろん寺、庭園、町家のある通り、山、川、川に立つサギ、女性もそう、盛られた料理、酒瓶のラベル。ビニール袋もまた美しいし、ありとあらゆる入場券はとてもきれいで捨てられない。私のカメラには、排水管の蓋、道路標識、お菓子の箱、キオスクのスナック菓子の

85　フィンランド人の多くは、一日にコーヒーを四、五杯は飲むほど無類のコーヒー好き。一年間で一人が飲むコーヒー消費量は世界でも群を抜いている。
86　薬缶で沸かすコーヒーは野外で飲むことが多い。薬缶を焚き火にかけて、粗く挽いたコーヒー豆を煮出して飲む。

袋の写真が収められている。それに壁の写真も。私のカメラは板壁の写真で溢れている！

金運稲荷。

夜、夕飯を食べにセブの彼女のレイナの家へ行く。レイナは近所に住んでいて、極上の天ぷらを作ってくれた。そこにはレイナの友人のアキコもいた。私は二人のことが好きになった。ようやく普通の気のおけない日本人に会えたのだ。丁寧語を気にすることなく、平凡で楽しい家庭の夜を過ごすことができる。レイナは私の名字が、巻き取り紙という意味のカミマキだと思っていたことが判明。改名しようかさっそく考える。アキコは祇園に小さな茶屋を所有しているが、これから彼氏とオーストラリアへ引っ越そうとしている。レイナはキラキラした人。美しくて、知的で、心が広くて、カリスマがあって、伝統文化を愛する自然派人間。彼女はホテルの仕事を辞めたばかりだった。これから田舎へ引っ越して、こぢんまりとした生活を送り、茶畑かオーガニックカフェを立ち上げようと計画している。世界中が同じ状況にあるように感じた。すべてが爛熟している。皆、堂々巡りの人生から抜け出したがっている。変わっていて怖い決断を下し、それを実行しようとする。それほど皆、選択肢がないことにストレスを抱えているのだ。

家に帰る時間になり、私たちは吉田山の小高い山にある稲荷社を通ってアキコを家まで送る。アキコが暗い神社を一人で通り抜けたがらなかったからだ。二人とも大いなる稲荷社の強いエネルギーが怖いという。レイナは、吉田神社も伏見稲荷大社の千本鳥居も人間の貪欲さの記念碑だと思っている。何十万という人々が、金運や財産や商売繁盛を願いに数百年もの間ここを訪れながら、欲にまみれた悪いエネルギーを吸い込んできた。レイナの言う通りかもしれない。暗闇の中でじっと見つめている石の狐たちの眼差しは邪悪だ。どちらも米倉の鍵をくわえていて、人間を掌握する力があるといわれている――人間の指の爪の隙き間から狐が入ってきて、取り憑かれるかもしれない……。

それでも昼間に出直してお金がもっと入ってくるよう願うことにした。

愛さずにはいられないもの。

竹林。竹の滑らかさ、涼やかさ、軽やかさ、爽やかな青々しさ、まっすぐさ。見上げるほど高いのに軽い感じ。竹林は精霊たちが活動している場所みたいだ。当然、身軽に空を飛ぶ僧侶たちのことも想像した。

隠れた庭園の緑の苔の絨毯と松の雲のような葉群。それを誰も見ていないときにゆっくりと撫でることができること。

竹林を見ながらいただく一碗の抹茶と菓子。

ここで私はもう終わり？　バズにこんな手紙を書いた。「ここ最近で私は何をしただろう？　特別なことは何もしていなかったみたいに、すべてがいつものことのように感じはじめた。京都にいるのも、いつものこと。仕事にまったく通っていないのも、いつものこと。毎朝、今日はどんな素敵なことをしようか、どんなことができるだろうかと、じっくり考えられるのも、いつものこと。自転車で行き着く先には、それぞれが美しい二千もの古刹だったり、何百という庭園だったり、十七の世界遺産だったりするのも、いつものこと。十月の雨の日でも二十五度もあるのも、いつものこと。最安値でも食事は何でもおいしくて、美しく配膳されていて、それがあちこちで食べられるのも、いつものこと。霧が集まって山々の麓から煙のように立ちのぼり、日が暮れる頃に町を縁どる山々が淡いピンク色のベールに沈んでいくのも、いつものこと。すべてがいつものことで、話すことが何もない！」

こういったことが絶対できそうにないと言う人たちの言っている意味が、私にはわからない。こういったいつものことが。

町の浴場。

夜、近くの銭湯に行く。ありふれた小さな公衆浴場にはいろんな種類のお風呂がある。ジェットバス、マッサージ風呂、電気風呂、サウナのようなもの――たった四百円でこのすべてを楽しめるのだ。とはいえ、すごく親切な感じはなかったと思う。受付のおじさんは無愛想だし、おばあちゃんはむっつりしたまま洗面器を押しつけてきた――この外人が湯船に入る前に体を洗わなかったら面倒なことになる、と心配しているに違いない。他の客たちはこのあたりのお年寄りの女たち。猫背の人。腰の曲がった人。O脚の人。腰から九十度曲がっている人、曲がりくねった古代の松のような体の人。皆ここのお湯に浸かって元気をもらいに来ているのだ。それぞれ蛇口の前の自分の腰かけに座っている。おばあちゃんたちがめいめい自分たちの世界に浸りながらタオルで体をこすると、風呂場が蒸気で曇る。湯船に浸かったあと、彼女たちは保温肌着、大きい木綿のパンツ、ゴムが伸びた薄いピンク色のタイツ、ハイウエストのウールのズボンに着替えていた。おばあちゃんたちというのは、世界中どこも同じだ。

あたたかい雨の降る暗い夜に、濡れた髪のまま二分ほどの距離を宿に向かって歩いていたとき、スヴィサーリスト[87]が頭に浮かんだ。土曜日の夜にシャンプーとクリームとタオルを籠に詰め、庭の芝生を横切ってサウナへ向かう。汗を掻いて、体全身をしっかりこすったら、額に汗をにじませ、水滴のついた水筒を片手に、窓から赤々と輝くあたたかい灯りに向かって、暗闇の中をサウナから家まで爪先で歩いていく。あたりに響く夜の虫の声。心地よい疲れにしびれる体。この疲れは、ひんやりとした部屋の空気にむき出しの肌の余熱を冷ましたあと毛布に包まれれば、すぐに深い眠りにつくことを知っている。

イラっとすること。

私は女性ホルモンの変調による頭痛に悩まされている。セイ、これはあなたにも馴染みのものだったと思う。あなたたち宮廷女房はこの期間、宮廷から出されていた――天皇の近くで血を流すことはふさわしくなかった――でも、そうすれば他の人たちをイライラさせることもきっとな

87　夏の群島という名のフィンランド湾に浮かぶエスポー市の島々で、別荘地。

かった。あなたにしてみれば、うれしい休暇ではなかったけれど、他に休暇というものがあなたたちにはほとんどなかった。蚊帳の外に出て、出来事の中心から外れて、あなたはムカついた？——あなたがいないときに彼女たちが陰でどんな噂話をしていたんだろう？　それとも、皆、一斉に休みをとったとか——よく言われているように、同じ空間で暮らしている女たちの月経周期は同じリズムになったのだろうか。もしそうなら、中宮定子には誰が付き添っていたのだろう？　多分、あなたたちは皆一緒に、中宮定子も連れて、悶々と苦しむためにどこかへ移動したのだと思う——そこの空気はものすごく張り詰めていたと思う。

でも、あなたはいったいどこへ行ったのだろう？　おそらく家へ。あなたにそういう家があったなら。たまに親戚や友人のところだったかもしれない。もし病や死による穢れが家全体に触れていたら、物忌み中の家の格子に札を吊るして訪問客を遠ざけていた。女性の悩みのときもそうだったのだろうか？　月に一度、あなたは赤い印のついた家に、悩ましい疫病患者のように座っていたの？

少なくとも、あなたにとってこの期間は死ぬほど退屈すると思う。

私は一日中、自分の部屋にこもる。本当に誰とも会いたくないから。

金運稲荷Ⅱ。

私は財政事情に逼迫し、吉田山の恐ろしいお稲荷さんたちにお金がもっと入ってくるよう願いに行った。信じられないけど、どうやらご利益があった。イェンニ＆アンッティ・ヴィフリ財団の助成金が私に下りたことをインターネットで知った！　喉が締めつけられて、息ができない――これはあまりにできすぎた話。ニュースを話したくてよろめきながらキッチンへ向かったら、セブとニノが血の気のない私の顔にぞっとして、誰かが亡くなったと思ったらしい。それからパニックに陥った。もしこれが本当なら、あちこちの庭園や寺を飛び回って、たいていグルメな快楽に心を惹かれ、キリギリスのようにぶらついた六週間をどう考えたらいいのか。セイについては相変わらず誰も何も知らないのだ。私も、他の誰も。

私はすぐに日文研つまり国際日本文化研究センターの図書館にメールを送る（まったく、どうしてもっと早くに私はこうしなかったのか？）。本当はあるべき大学の紹介状は私にはなく、個人のフリーランス企画と（今のところはまだ）助成金が二つと出版社で働いているというだけだが、研究目的で図書館を訪ねることができるか尋ねてみる。

そうして、吉田山の小高い山を登り、頂上にあるカフェ「茂庵」へ行って、抹茶とアイスクリームで午後を祝った。眺めのいい席から、眼下に夕日を浴びた京都盆地と遠くに青く霞む西山連峰が見えた。

私は思う。セイ、この町に、これらの山々に挟まれた町に、この日没、山間に整然とある喧騒と静寂の町、神社の赤い鳥居、それを守っている狐たち――ここにあなたはいた。これらの山々に囲まれて。あなたの跡はもう見つからないけれど。もう誰もあなたのことを覚えていないけれど。名前は覚えていても、あなたが書いたもの、あなたの冗談、あなたの才気（なぜ忘れられたのか、なぜあなたが息づいていないのか、私にはわからない)、抹茶のうっとりするような香り、アイスクリーム、滑らかでひんやりとした木の床に置いた素足、もうすぐ秋の虫が鳴く、もうすぐ初めは紫で、それから闇、あなたも明るいうちは座って書いていた(あなたの部屋は薄暗かった)、あなたは同じことを考えていた、これは書くに足るくらい優れていておもしろいか(それともあまりに自己中心的か)と、あなたは狐たちに成功を頼みに行った? 私は行った、最後はどうなったのか誰も覚えていないけれど、あなたはついに成功を手に入れた、アイスクリームにかかった抹茶パウダー、あなたは味見した? 私がここであなたのことを考えながら食べているように、あなたを、そして私を信じたこの日を称えて、ねえ、彼らはあなたのことを知りたいのよ、喉から手が出るほど、あなたの秘密を知るためにお金を払うの、誰も今は覚えていないけれど、ここでは、この町はあなたを忘れてしまった、でも、私は彼らに話すつもり、だから、すべてがどんなふうに終わったのか(始まったのかも)私に話してくれるだけでいい、私が想像していた通りだったのか、アイスクリームが口の中で溶けて、抹茶と混じり合う、素敵な苦味に、陶酔する(ワインから抹茶に乗り換えるかもしれない、二日酔いせず同じくらい楽しめる)、夕日に染まる山々の重なり、たっぷりの水を使って優しく重ね塗りされたよう、こんなことは考えた? それとも、あなたの日々にとっていつも同じ景色にすぎなかった? 永遠に変わらない山々(そんなことない、あなたは山についてあれほどたくさんリストアップしていたのだから、あなたは今でも山々の変わりゆく影を見ていると誓って言える、同じように雲も)、一人で山に行ったりした? 煩わしい十二単を着ないで出かけたかった? 裸足で、一人で、(念入りに選んだ異なる色の着物の重なり合う袖や薄葉紙のような）山々の重なりを見に、目にするために、自分だけが見えていると感じるために（あなたは自分が唯一で特別だと思いがちだったと思う。でも、あなただけじゃない、私だって今ここにいて同じものを目にしている）、するといきなりゴタン・プロジェクト[88]が頭に浮かんだ、そんな感じの音楽が聞こえたのかもしれない、私は思う、人生がこんなふうに充実しているかもしれないことを、満ちている――何が？――ただ、満ちている、絶対に、今まさに起ころうとしている、千年前のそのときも。

そして私は宿に戻って仕事に取り掛かる。

セイ、何から始めようか？　あなたについて知られていることから？　それは多くない。忘れられた参考文献に出会えたらいいのに、とひそかに思っていた。そうすれば、あなたについて何か重要なことを（英語で！）語ることができるのに。でも、そんなことは起こらないのはもうわかっている。あなたについてはほんの少ししか書かれていないのが普通なのだ。もちろん一般書には古典作品の中でいつも触れられてはいる。でも、あなたのために割かれたページは紫式部の描写のために使われたものよりいつだって少ない。しばらくするとありきたりの文章に何も感じなくなった。本が書かれた時期や著者の性別次第で、あなたを褒めたり説教を垂れたりして評価

88　パリを拠点にしたエレクトロタンゴグループ。

が割れるのはおもしろいけれど。

あなたもおもしろいと感じると思うけど？　セイ、あなたがどう思われているか知りたい？研究者たちがどんなふうにあなたの本を特徴づけて、それに基づいてあなたをどんな人物だと想像していたか？　セイ、日本文学史の権威ある本では、あなたはこういう人物です。


まず、あなたの翻訳者であるアイヴァン・モリスから始めます。彼はあなたのことを序文で広く分析している。彼によると、あなたは「知的で教養があり、利発で複雑、気が短くて、細かいことに熱心にこだわり、傲慢で勇敢、頭が切れて、負けず嫌い」。あなたは「魅力的で美しくて心を動かす世界の一面によく気がつく繊細さがある一方で、社会的にも知的にもあなたより劣っているものに対して容赦なく冷たい」。他の同時代の女性作家たちと同じく「華やかさやお祭りや歌が大好きで、作品にはナイーブさと洗練さが兼ね備えられている」が、彼女たちと大きく違っているところもある。「下級の者たちに対する傲慢さ」は、ある研究者に「精神障碍者」と言わしめ、天皇一家に向けた憧れは「大げさすぎて、はっきり言って病的に見える」。男たちに対する態度は、あなたより位が上であっても、「敵意を感じるくらい勝気」。まさにこのことが原因で、あなたの文章には「当時の他の女たちの男関係についての描写によくある不平を鳴らしたり愚痴をこぼしたりする感じが欠けている」。

なるほど。

ヘレン・クレイグ・マッカラという名前の研究者は、「若い中宮定子を敬い、憧れ、愛し、下品で愚かで醜いものを嫌った。あなたは頭が良くておもしろくて型破りだった」と結論づけている。彼女は、あなたの中には「生命力が勢いよく溢れ、それが鬱々と物思いに沈みがちだった当時の他の女たちとはひときわ違っているところだ」。

ある本によれば、あなたの語りには自信があり、自慢げでもあるという。

別の研究者は、あなたが自分の教養や、あなたの局に迷い込んだ男たちをうまく扱ったり、恥をかかせたりすらできる自分の能力にどんなにプライドを持っているか示してみせた。

権威がありそうな *The Princeton Companion to Classical Japanese Literature*（『プリンストン日本古典文学』未邦訳）では、あなたのことを、薄暗い片隅で自分の置かれた状況に涙を流さなかった唯一の平安時代の女性だと定義づけている。「読者は、彼女の目は平安時代の日本で唯一のドライな目、もしくは少なくともドライな袖をしていると考えるかもしれない。清少納言は唯一無二の人だろう」

A reader's Guide to Japanese Literature（『日本文学案内』未邦訳）では、「あなたが知識をひけらかしたために多くのレジェンドの対象」になったという。あなたの頭の良さは、あなたの足りない美しさを補い、他の人たちの愚かさと見せかけをあばいたらしい。あなたは「教養があって、おもしろくて、頭が良くて、どんな男性よりも賢い女性だ」。

Japanese Literature, New and Old（『日本文学、今と昔』未邦訳）は、あなたは「十代ですでに頭の良さを発揮していた」と書いてある。でも、どこで手に入れた情報なのか私にはわからない（著者はあなたと紫式部を一緒にしたのだと思う）。あなたは繊細で聡明なリアリストで、生と人間

性を愛し、それらを日常のふとした偶然を通して描いているという。あなたは真っ直ぐで、正直で、時代の先をゆく人だった。

初期の訳者アーサー・ウェイリーによると、あなたは矛盾した性格の持ち主のようで、なかでも突出しているのが「気難しさと不機嫌さ。このためにあなたは周りから怖がられていた」。それでも、ウェイリーはあなたの明晰さに感銘を受けていた。つまり、あなたの様々な見解の「洗練された正確さの前では、アン・クリフォード夫人[89]のような日記作家たちは、半ばかすんだ頭の回転の遅いコイコイ人に見える」。ああ、アーサー。

ある参考文献によると、あなたの本のおもしろさの大半は、あなたの個性と強烈な性格によるものだという。

ある研究者は、あなたの魅力は、同時代の他の作品にはない自信たっぷりの作風にあると言っている。

一九五二年に刊行されたドイツ語訳の序文には、あなたが宮廷に出仕できたのは、あなたが美しいからではなく、文学的な素養と頭脳のためだという（文学的な素養と頭脳に加えて、あなたは美しくあってもいいのに。私にはわからない。でも、一九五〇年代はまだ、こういったことが女性の人生の大きな選択問題だったのかもしれない）。あなたは多くの男たちに愛されていたのに、あなた自身は誰も愛さなかったことを自慢していたとも書かれている。あなたは「観察力を失ってしまうほど感動したことはなかった。それよりも」当時の女性たちとは違って独自に物事を見定めた」。あなたの心は「それでもあたたかかった。頭が良くてずうずうしいほど傲慢であったにもかかわらず、本物の女性だった」。なぜなら、「女性だけにしかない繊細さでもって自然と人間を観察して愛したからだ」。アーメン。

さて、セイ、笑う準備をして。一九三〇年に *The Wisdom of the East*（東洋の叡智）シリーズから *The Sketch Book of the Lady Sei Shōnagon*（『清少納言の抄録』未邦訳）という小さな作品が刊行された。この序文には露骨なほど圧倒的な叡智がしたたっている。セイ、こんな序文よ。

一、恥ずかしげもなく、あなたの意地の悪さやうぬぼれやわがままや好奇心を性的な考察の中で紹介していて、

二、あなたの完膚なき非情さや冷酷さを肉体的な情熱に、そして無関心さを精神面に関連づけてみせ、

三、さらにこの大昔の日本人女性以上にふしだらな人はおらず、このことは一貫して作品に表れている。

四、あなたはつまり誠実でも、公平でも、正直でもなく、

五、そうではなくて、他の人たちを犠牲にして憧れを抱かせるためだけのダイヤモンドのように冷たく鋭く光っており、

89　一七世紀イギリスの伯爵夫人。彼女の日記には、生涯を正当な相続権利を主張しつづけ、取り戻すことに費やした日々が綴られている。

六、あなたは愛したり愛されたりしない、だから、
七、あなたの未来は苦くて寂しいものになると予測できる。
八、加えて、あなたの本には足りないものが一つある。それはユーモアだ。
あとから知ったことだけれど、日本文学の中で、あなたの作品には風刺と機知に富んだブリティッシュ・ジョークに近いものがあると考えている研究者がいて、私はうれしかった。

これよりももっとあとになって、アルマンド・マルティンス・ジャネイラが一九七九年に刊行した*Japanese and Western Literature: A Comparative Study*（『日本文学と西洋文学』未邦訳）という本を見つけた。著者は、あなたのことを日本人の日記作家の中でもっとも重要だと媚びるように言っているのに、つぎの文で早くも埃まみれの地下室へ戻そうとしている。「清少納言は自分のためだけに書いたと書き出しで述べている。これは明らかに真実ではない。なぜなら、私たちが信じてしまうほど彼女の文章はあまりにもわざとらしいからだ。ルソーの『告白』以来、日記作家の正直さは鵜呑みにしてはならないと知っている。男たちが真実を語っていないのに、どうして女を信じられよう?」。あなたの文章の「聡明さは女にしてはめずらしい」とまでこのオヤジは言った。

セイ、こんな頭の回転の遅いコイコイ人たちは放っておいて、わかってきたことがある。それは、数百年間で研究者たちが二手に別れたということ。あなたに苛立っている人とあなたに憧れている人。あなたに使われた形容詞は、たいていが生意気で自信家で才気がある、だと思う。もし、私の「頭がもうちょっと回って、ぼんやりして」いなかったら、何回あなたが生意気で冷た

いと呼ばれたか、それがあなたのユーモアセンスにどれくらい混ざっているか、数えて表にしてみせるのに。

さらに最近の訳者メレディス・マッキンニーは、私がとっくに気づいていたことについて書いている。あなたの作品は平安時代の古典とあわせていつも触れられるけれど、話はやがて『源氏物語』や、その他の女性たちのよりメランコリックでより型にはまった日記に向いてゆく。あなたは何というか扱いにくい。だからあなたを避けている。よく言われる「あなたの軽薄さ」があなたを隅に追いやったのだ、とマッキンニーは思っている。こういったお堅い研究者たちが感じている最大の反感要素は、実は「空っぽの」美学でも「ふざけた」勢いでもなく、あなたのイライラさせる個性。あなたが。あなたはムカつく女で彼らをイライラさせるって、セイ!

それでも、まったくイライラしない人たちもいる。あなたは彼らを笑わせ、うっとりさせ、感動させ、驚かせる。彼らはあなたに憧れて、あなたを理解する。彼らにとって、あなたは摘んだばかりのイチゴのように新鮮でみずみずしい。それなのにもちろんかなり機知に富んでいる。千年前にあなたのような女性がどこかで生きていたことが不思議。もっと不思議なのは、あなたと仲良くなれること。あなたのことを友人だと思うほど、彼らにとってあなたの声は今も息づいている。

［清少納言の言葉］

とりえのないもの

不細工で、しかも性格の悪い人。

列車の旅。

一週間、日本の主要四島の最南の島である九州へ一緒に行かないか、とセブに説き伏せられる。彼は、とある茶畑でボランティアの仕事をしているレイナに会いに行くところで、旅すがら他も少し見てみたいらしい。出発は明後日。計画は何も立てていない。下準備のない出発。いいよ、と答えた。自分がもうわからない。

つぎの日、銀行のATMでお金を引き出して、ジャパン・レールパスを引き換えてもらうため、京都駅まで行く。これで心ゆくまで七日間の旅ができる。それから、駅で明朝の広島行きの新幹線の座席を予約。夜に荷造り。小さめのバッグとデイリーリュックに荷物を小さくまとめることに成功――進歩した。これなら持ち運べる。じゃあね、セイ。一週間後に会おうね!

朝、六時に起床。八時に広島行きの新幹線に乗る。昨日は不安でいっぱいだった。旅行の準備をする日はいつもこうだ。でも、荷造りした鞄を持って、列車や飛行機にようやく乗ったとき、なんて素敵なんだろうと気づく。夜行バスに乗ってきたセブと宮島のフェリー乗り場近くのバックパッカーズホステルで落ちあう。ホステルでは私以外は皆ニット帽をかぶり、下着が見えるほどズボンをずり下げている。こういった場所に泊まるには私は年を取りすぎているようにも思ったけれど、セブはできるだけお金をかけずに旅をしたがった。ここの雰囲気はとにかくcool。壁にはグラフィティがあり、戸棚には「酔いたかったらどうぞ」とビールが置いてある。仲間たちはノートパソコンの前でリラックス。BGMはラガ。あーっ。

でも、宮島の聖なる島はすばらしかった。水中に立つ赤い大鳥居、水面下に建てられた神社[90]、能舞台。私はロープウェイで山[91]へ登る。セブは自力で登るつもりだ。内海へ開かれた景色に息を呑む。島々は水の青い霧の中に雲のように浮いている。展望台でお昼の弁当を味わった。さらに神社[92]まで歩いて登る。道は驚くほど険しくてつらい。ようやくたどり着いたときには私は汗びっしょりだった。セブはとっくに山頂に着いていて巨石の上に腰かけて待ちくたびれていた。

下でセブを待っているときに、島の名物である、紙をほしがる神聖な鹿に注意するようにとガイドに書いてあったことを失念する。サラリーマンがよそ見している間に、鞄から旅行パンフレットを盗んでいる鹿の写真を、ついさっき撮ったのに。隣に座っている女の子が鹿にティッシュペーパーをあげているのをちょうど目にしたばかりなのに。ピンとこなかった。鹿が私に近づいてきたとき、思わず弁当を脇へ移動させた。でも、鹿の目当てはたっぷり千ページはある厚

90　厳島神社。
91　弥山。
92　御山神社。

いガイドブック『ロンリープラネット』だということに気がつかなかった！　気づいたときには、ベンチに置いてあった本は盗られていて、激しい戦いの末、取り戻したけれど、表紙からシカの歯型分がごっそり欠けた。

日が沈む頃、陸に戻る。海岸近くにある中華料理屋で夕飯。私たちは酔っ払うことなく眠りについた。耳栓を突っ込んで、アイマスクをつけていたら、セブは私のことを『ルーニー・テューンズ』のグラニーおばあさんとこれから呼ぶことにすると告げ、本当にそう呼んだ。

朝になり、私たちは広島平和記念資料館へ向かう。どういうわけかいちばんショックを受けたのは、原子爆弾を広島に投下することに決めた理由が、近くに西洋の基地がなく、「一九四五年八月六日の朝はよく晴れていたから」ということだった。十四万人の命のあっけない最期は偶然が握っていた。

衝撃的な博物館には、被爆者の遺品が収められていた。ある母親は息子の黒焦げになった弁当箱だけを見つけた。ある人は灰で白くなった髪の毛を切って形見にとっていた。人影が階段の石に焼きついているものもあった。

私たちは、そのまま九州の南側にある孤島の屋久島へ行くことにした。ここは樹齢千年もの太古の原生林と杉で知られ、とりわけ『もののけ姫』のアニメーターにインスピレーションを与えたことでも有名だ。私たちは新幹線で鹿児島へ行き、屋久島行きのフェリーに乗るために鶏の鳴く時間に起きた。甲板から朝靄のかかった桜島の壮大な眺めが広がる。この四時間かかるフェリーには、休憩室の畳の上で居眠りしている作業員を除いてほとんど人が乗っていないのをみると、旅行客たちはあきらかに値段の高い高速船に乗っている。

屋久島では平内のユースホステルに泊まることにした。その近くにすばらしい自然温泉[93]がある からだ。ホステルのオヤジから自転車を借りて、日が暮れる頃、二キロ先の温泉のある海辺へ向かう。この岩間に湧きでる源泉には干潮時にしか入れない。今夜は六時から八時の間だ。

いわゆる混浴ということは知っていたけれど、それでも目にした光景にちょっと衝撃を受けた。場所はもっと広くて、こっそり着替えることもできて、どこか物陰からお湯に滑り込むことができると思っていたから。でも、実際は通常のバスタブよりも大きな岩穴で、そこに地元の五人の男性がくっつき合って浸かっていた。百円の入湯料は岩に備えつけられた箱の中に入れ、靴は土足禁止の線から出ないように脱いで（何でもない岩場にまで靴のマナーがあるとは、日本らしい！）、服は皆の見ている前で、まるで舞台に立ったみたいに岩の上で脱がなくてはならない。それからお湯に入る。女性はバスタオルを巻いて入ることができたらしいが、時すでに遅し――私のタオルは絶望的なほど小さくて、ないも同じ。年寄りのオヤジたちはさぞ満足のいった夜だっただろう。熱いお湯と海水に、私たちはかわるがわる入った。日が沈み、辺りはしだいに暗くなる。帰る頃には、どの岩に服を脱ぎ捨てたのか、なかなか見つけられなかった。

93　平内海中温泉。

翌日、セブは島の真ん中にそびえたつ山々へ登るために出発。二日ほど巨木の森に包まれながら野宿するらしい。私の膝と体調はそういった遠出に向いていない。だから、つぎの宿の永田のウミガメの浜までバスで向かった。

［清少納言の言葉］

十月の終わり、[94]長谷寺に詣で、とても簡素な宿に泊まった。あんまり疲れていたので、すぐに寝入ってしまった。夜遅くに目が覚めると、月の光が窓から漏れて、部屋にいる他の人たちの夜着の上で煌々と輝いていた。月のキラキラとした白い輝きが心にたいそう沁みた。こんなときに人々は歌を詠むのだ。

山々を縁どる黄色い砂浜、太平洋、その向こうには霧に包まれた堂々とした屋久島の山々がある。昨日は深淵からもくもくと噴煙を出していた、あの地平線の火山島が今日はわからない。浜には二人ほどの旅行客がちらほらいるくらいで、宿にはおそらく私以外誰もいない。オーナーから「ナンジ、バース？」と聞かれた。昨日と同じ六時にお風呂に行くことにした。

ここには昨日の午後に着いた。バスの運転手に、宿があるはずのいなか浜のバス停に着いたら教えてもらうようお願いした。運転手はちょっと親切すぎた人で、私は浜を見てくるだけだと思ったらしい。それで、宮之浦に戻るバス停を示しながら私を何もない反対側で降ろした。照りつける熱い太陽を浴びながら、しばらくセミの歌を聞いていたり、山々へ連なる山道を眺めたりしていた。どこにも誰もいない。道端にいるのは鞄をさげた私だけ。何かの映画みたいだ。どうしてこんなことになったんだろう、としばらく考え込んだ。そもそも宿なんてあるんだろうか。

浜の反対側におもしろい建物群を見つけた。若い男性がバルコニーから私の名前を叫んでいたので、そこが私の泊まる送陽邸だとわかった。男性は、彼の父親が自ら建てたという場所を親切に案内してくれた。黒っぽい、もしくは黒い武家屋敷風の木造家屋が山の斜面に乗っかっている。台風に備えて、大きくて丸い川の石で屋根は覆われていた。私の泊まる部屋は和室。小さな茶の間と海の見える広々としたテラスが付いている。海岸の岩には素朴な露天風呂が二つ作られていて、どちらからも波を眺めることができた。すべてがシンプルで清らかで美しかった――この木や滑らかな石や海に基づいた美学の中には、フィンランドの島と同じものがある。

海岸を歩いて、太陽が山々の向こうへ沈むのを待つ――海と潮騒はいつもそこにあるようにずっと変わらない。産卵期が七月から八月だったから、ウミガメの姿は一匹もない。でも、子どもたちが残していった白くてしっとりと柔らかい卵の殻を見つけた。黄昏れ時にお風呂に入る。灯りに照らされた岩風呂の向こうに暗くても岩に打ち寄せる波の光景が広がっているのがわかる。浴衣、体を洗う、黄色、不透明、肌を柔らかくする亜硫酸温泉、熱すぎない。湯船の縁に肘をつ

94　原典では九月二十日過ぎの頃。

いていると、海に浸かっているような気がした。

夕食は、昨日と同じ、岩肌に建てられたレストランになっているテラスで食べる。おかみさんが作ったおもてなしの献立はすごい。前菜は刺身、つぎに大きな桶一杯分の貝や巨大なエビや小魚やタコなど、いっさいがっさいが並んでいる――これらを自分でテーブルの上にある網に載せてガスで焼く。満腹になっても、さらにご飯と味噌汁がテーブルに現れた。味噌汁にはトビウオと、ちょっと物々しい感じの茶色の塊が浮かんでいる。おそらく五年は味噌に漬かった魚の一切れで、味にかかわらずめったにないほど体に良いとされているものだと思う。おかみさんは忙しなく立ち回り、その合間を縫って私のテーブルに寄り、おしゃべりをした。私はいつものように、「ハイ、アリガトウ、オイシイ」と答える――この十字余りの語彙でスムーズに事が運ぶことにいつだって驚いてしまう。それはそうと、茶色い塊は砂糖だった。

食事が済むと、オーナーが二人分の熱いトディ（日本のウィスキー！）を持って、私の席までやって来た。私たちは何とか話そうとするのだが、オーナーが英語をいっさい話さないのでなかなか難しい。彼はジェスチャーで自分は七十になると言い、私がいくつなのか知りたがった。私が紙に書くと、オーナーは喜んでおかみさんを呼び、本当に三十九歳だった、と勝ち誇ったように話している。おそらく私の年は大いなる憶測の的だったのだろう。最後に集合写真を撮って、ホットウィスキーに酔いながら部屋に戻った。

寝る前にもうしばらく自分の部屋のテラスの暗闇の中に座る。私の前には潮騒、後ろには滝の落ちる音、空には薄雲のかかった半月。私はぐっすり眠った。

朝食のために早起きする。テラスは強い風が吹いているから、とおかみさんが部屋に用意してくれていた。オーナーが手を握って暖かく見送ってくれ、おかみさんは道中の弁当に茶色い砂糖を一袋持たせてくれた。私たちはしんみりと別れた。

私は、宮之浦で登山靴を予約していた。これから白谷雲水峡へトレッキングするためだ。バスで三十分かけて山を登る。途中、ヤクザルやヤクシカを見かける。白谷雲水峡は土砂降りの雨だったけれど、それすらも気にならない。古代の原生林に息を吞む。それはまるで夢のようだ。景色は雨粒を湛えたエメラルドグリーンの苔にしっとりと覆われていた。森に連なる小道は、険しくて歩きづらく、雨に濡れて滑りやすい。そして、石だらけで、滑らかに磨かれた太古の木の根に覆われていた。苔に覆われた巨大な木々、丸々とした苔生した石、巨大な切り株、倒れて曲がった木の幹、小さな滝、樹皮に付着する地衣のサルオガセがいたる所にある。ありえないほど大きな杉の中へ歩いて入っていくことができた。このすべすべとした幹を、馬をポンポンと叩くように触っていたい。三千年以上も前の木々には精霊が宿っているに違いない。少なくともこれらの木々には特徴や名前がある。時折、静かにしばらく立ち止まっていると、ヤクシカが数頭そばに寄ってきた。

セイ、あなたが遠く平安京で筆と硯を手にしたとき、これらの木々は「二千年」もここに立っていた。人間の嘆きや努力などさらさら気にも留めずに。

あなたと私をわかつ年数が急に意味のないもののように感じられた。

［清少納言の言葉］
檳榔毛(びろう)の車はゆっくりと進ませるのがいい。網代車は走らせるのがいい。[95]

美容院にて。

宿に帰り着いたあと、エンマに勧められていた英語が通じる美容院の予約を取る。日本人の太い馬のたてがみに慣れている美容師が、こんな細くて薄い髪をどんなふうに扱ってくれるのかドキドキする。美容師は私を見たらきっと笑い死にすると思う。でも、意外にもカラーもカットもすごくよかった。私に京都で行きつけの美容院ができた！

美容院できれいにしてもらっている間、セイ、あなたのことを考えていた。いろんなことがここでもこまごまとしている――お茶出し用のお盆、耳につけるミニシャワーキャップ、熱いタオル、ひざ掛け毛布、カットとカラーリングで使いわける黒と白のケープ。面倒なことが何も起こらないようにするために様々な手順があるのだ――あなたの時代の髪のお手入れとは比較にならないけれど。

日本人女性はどんな時代も髪に対して異常なほどこだわりをもってきた。この町には、角を曲がるたびに美容院があり、朝早くから夜遅くまで毎日開いている。ドラッグストアにはヘアケア商品が充実していて、制汗剤や保湿剤を見つけるのがほとんど不可能なほど、付けまつげ製品と一緒に所狭しと並べられている（ドーリーウインク付けまつげシリーズ各種：ナチュラルドーリー、ベイビーキュート、ピュアスイート、フェミニンガール、ヴィヴィッドポップ、スイートキャット)。実際、女の子たちの髪は素敵だ。太い髪は黒く、絹のように滑らかな滝のよう。それが顔のあたりでさらさらと揺れていて触りたくなる。髪が乱れていないか彼女たちは小さな鏡でいつも確認している。

セイ、あなたの世界では髪は女性にとっていちばん大切な財産だった。髪は長くてまっすぐでなければならず、そのまま地面までいつも垂らしていなければならなかったし、その人の魅力を語りたいときにはいつも髪のことが話に上った（あなたの髪については、とびきりすばらしいコンディションではなく、付け毛[96]を使っていたことが知られている）。それに何もかもがどれほど面倒だったことか！　一・五メートルもの長い髪を洗うのは大掛かりな作業で、洗髪にふさわしい日が最悪な場合は二ヶ月に一度しかないこともあった。

髪への憧れは「髪」という意味の言葉が「カミ」と発音することにも関わっている。カミは神さまや命のことでもあり、紙のことでもある。人の命は髪に宿り、それがその人の生命力の源になる。だからいちばん重要な財産だと考えられていた。元女房が尼になるとき、彼女は髪をこの世界から身を引いた印として肩のあたりまで切り、官能世界の向こう側へ移る。セミロングになった髪を見て、人々は泣いた。

95　檳榔毛の車は高級車、網代車はカジュアル車。
96　髢。

自分の髪がさらに短くなってボリュームのない尼カットスタイルになった。美容師が、ホームページに掲載するために写真を撮らせてもらえないか、と言う。おそらく他の人たちへ注意喚起するためだろう。

バー。

私は、いつもバーに入り浸っているニノに、お勧めの場所に案内してもらおうと声をかけた。この町でバーを見つけるのはそう簡単にはいかない。おおかた上階にある名前のない扉の奥か、読めない看板が壁に何十枚もついた建物の中にあるからだ。バーはたいていこぢんまりとしていて、数人の客が入るくらいの部屋。通りに面した窓もテラスもない。これでは不案内な者はバーを探し当てられない。

ガイドの案内で私たちは——ニノの彼女のミロ、ソンヤ、ニノのイタリア人の友人ステファノ、たまたま道で会った日本人仲間が連れだった——まず雰囲気のある小さなカームバーに入る。そこには電話帳並みに分厚いドリンクメニューと、ウィスキーに詳しいマスターがいた。上階の窓のない場所の、自堕落でだらしなくて排他的な雰囲気が一気に好きになる。この雰囲気に呑まれてアヘンに身を投げ、現実世界に戻らずにいたくなったが、さらにここよりもっともっと小さな、私たちが入るといっぱいになってしまうようなバーに行く——ここでは町いちばんのドライマティーニが飲めるらしい。アポロという名前の居酒屋で食事をとる。私たちの煙たい席には、小さな器に盛られた刺身やウニや塩焼きの小魚や焼き鳥が、器が空になるたびに運ばれてきた。最後にニノが連れて行ってくれたのが、ゴミの散らかった細い路地の奥の鉄骨階段の上階にある名前のない真っ暗な小さなバー。ここの雰囲気はまるで爆弾が投下されたドイツの町のようだ。もう一度この場所を見つけることなんてできるだろうか？

カレリアパイ。

あくる日の朝、ニノの日本人仲間から聞いた妙なものを探しに出かけることにした。それというのも、京都にキートス[97]という名前のフィンランドのパン屋があるからだ。パン屋は大宮駅近くのどこかの路地裏にあるはずなのに、地図からは場所が特定できない。尋ねながらついに探し当てた。ある建物の裏窓から下りようとしているサンタクロースの飾りが見えたとき、きっとここだと思った。小さなパン屋の前には青と白[98]の看板が置いてある。店の中には年配の日本人男性がいて、フィンランド語が少しできた。彼は当時ヘルシンキから北へ百キロほどのラハティに住んでおり、そこでパン作りの奥義を習ったという。店で売られていたのは、ライ麦パン各種に、個包装されたカレリアパイが数個。義務感からどちらも買っておく。

97　フィンランド語で「ありがとう」の意味。
98　フィンランドを象徴する色。例えば国旗は白地に青十字。白は冬の雪、青は青い湖を表している。

宿に戻る途中、日本人旅行客から同じ日に二度も道を尋ねられる。カレリアパイにもかかわらず、私は郷に入ったのだろうか、と考えた。

苔庭。

日曜日に、西芳寺の苔庭へニノと行く。寺には事前に申し込んでおく必要があり、私は二度、寺に往復はがきを送っていた。往復はがきには、名前、年齢、国籍、職業を記入し、自分とマルコスとセブの参拝証を申請していた。九州の旅で最初の参拝をキャンセルすることになったため、今日にあらたまったのだ。マルコスは用があり、セブには三千円という冥加(みょうが)料は新幹線代を払ったあとだけに高かった。でも、ニノという連れができた。

話に聞く苔庭を拝観する前に、参拝客たちは写経に参加しなければならない。一人ひとりに畳の上に小さな机と硯と筆と紙が用意されていた。紙いっぱいに漢字で書かれたお経が薄く印刷されていて、それを参拝者はなぞりながら写しとらなければならない。最初は無理だと思ったが、しだいにすらすらと書けるようになったので驚いた。正しい書き順はもちろん知らない。でも、可能な限り左上から右下へ思うままに書く。私はだらだら書くタイプではない。だから、フローのような状態でいるように努めた。筆が紙の上で滑らかにすべり、私にとって不可解な文字を書く。そのときの感じをつかもうとした。気持ちよく心が落ち着いて、このままずっと続けられそうだった。ニノからは、こんな過酷なことはこれまでに経験したことがない、とあとになって報告を受けた。

セイ、足は正座でしびれたけれど、『枕草子』を書いたあなたにこんなに近づいたのは、今回の旅では後にも先にもこれきりだと思う。西芳寺の本堂に座り、柔らかな緑色の苔庭を渇望している旅行客たちに混じって、ひんやりと濡れた十月の日に、一人で横になっている自分を想像してみる。文机について、十二単を周りに広げ、髪を床まで垂らし、あなたのように墨を磨り、筆を墨につけ、筆が紙を滑るに任せる自分を。言葉と思いのほうが筆よりもいつだって速い。だから急がなくては……。もちろん何かが違う。セイ、私が今書いているみたいに、あなたは漢字で書かなかった。あなたが書いていたのは女性が使っていた仮名文字。だから、おそらくあなたの筆はこれよりももっと速かった。はっきり言えば、紙の上を上から下へ右から左へ走っていた。書いた文字はリズムよく波打ち、思いに沿った一本の線のようだったと思う。

あなたの手蹟――それすら何一つわかっていない。でも、間違いなく美しかった――はず。だって、手蹟が評価されていたのだから。もちろん大事なのは歌の才能と状況にふさわしい紙を選ぶセンス。あなたたちのセンスへの異様なまでのこだわりは、正直、バカバカしくなかったかと思うときがある。あなたとムラサキは、センスのない不憫な人たちを「そんなに」見下したり冷淡な態度をとったりする必要があったの？　世の中にはそれよりもっと大事なことがあるんじゃないの？

もっと踏み込んで考えたとき、私はまっ先に非難することはできないかもしれないと感じた。実を言うと、私自身、字が上手いか、すごく上手い男たちとだけ付き合ってきたからだ。彼らとは異常なほど頻繁に手紙をやりとりしてきた。字と文才はとくに重要なことだったのよ――パートナー選びに直接関わりはしないだろうけれど、長く付き合うことを考えると大きなプラス要因だった。胸に手をあてて考える。はたして私は、救いようのない文字を書き、自分のことを文章で表現できない——とんでもない——、または複合語間違いをするような男に恋をするだろうか。

今だって、これまでに付き合ってきたカレたちがどんな字だったかすぐに思い出せる。関係がどうだったかによらず、貴い記憶がなおも蘇ってくる。最初の彼は別の街に住んでいた。だから、この恋の話はまるまる手紙に基づいている（これは私にありがちで、手紙が作りだす空想から、現実と必ずしも関係のない想像の彼氏を膨らませてしまう）。二人目はとても美しい、わずかに女性っぽいとすら思える字を書いた。書かれたメッセージはいつだって優しかった、と少なくとも私はそう記憶している。三人目とはたくさん手紙をやりとりしたり、言いづらいようなことも——嘘日記まで！——書いたりした。どんなことを書いたのかまでは取り立てて思い出したくはないけれど、その正確な字が頭からこびりついて離れない。四人目は建築家の字で、とても美しくてコンパクトで角ばっていた。それで書かれた、もちろん完璧なまでに美しく配置された文章は希少価値のある書のようで、額装したいと思ったほどだ。

四人目と付き合っているとき、世界状況は進歩した。和歌で思いを贈りあった平安時代の交際にほぼ相当するショートメッセージで、たいていやりとりするまでになった。決められた拍に当たるメッセージは百六十字まで。そこに伝えたい情報を入れなければならないのだが、それでも形がいちばん重要。書き手の知性、機知、ユーモアのセンスを出して、スレッドの奥深さをもっと多義的なつぎのレベルにまで引き上げ、一方でより艶っぽくまとめ上げる感性がなくてはならない——これこそまさに和歌の意図するところよね？　なぜなら、ショートメッセージ／和歌は恋人関係においてちょうど前戯にあたり、それで波長の繋がりを頭と体のレベルで測るから。セイ、これこそが、ある月の明るい夜に「何でもない」とだけ書いてあった紅染めの手紙を使いがあなたに持ってきたときがそうなのよ。[99]つまり、男にはこれといって用事はなかったけれど、今夜の明るい月を楽しんでいるかどうか聞きたかった。彼が何を言っているのか、あなたはもちろんわかっていた。[100]セイ、こんなコミュニケーションが千ボルトにあたったみたいに私をビリビリとしびれさせる。

ところで、彼らの字だけじゃなく、自分自身の字にもいつも強い思い入れがあったし、メッセージを残す紙にもこだわったのは確か。このことは身内もおそらく気がついていたと思う。義妹は、私に会う前から、弟のアパートで目にした手作りのバースデーカードやいろいろなメッセージを見て、私の性格がよくわかったと話してくれた。「お姉さん」は、センスよく書けないボールペンではなくペン先が斜めになった万年筆を使って、はっきりと読みとれるように、気を遣って丁寧に、上質の手製の紙に書く人で、その紙の塊には乾燥した干し草みたいなものや金粉

99　「成信中将は、入道兵部卿宮の御子にて」の段。
100　男は「一緒に月を見ませんか、自分のことを好きになってくれませんか」とほのめかしている。

なんかを練り込んで、さらにぐるぐる巻きにして、きれいな紐で縛る人。

　確かに。彼女は私の字と選んだ紙を見て私の性格を判断したのだ。


　セイ、苔庭で書いた写経が、どうやら奇妙にもあなたをつかまえるのに成功したみたい。だって、つぎの週にとうとう目撃したのよ。あなたを！　パレードで、皆に囲まれたあなたを！

　時代祭。各時代の風俗の祭り。府警が道路を警備し、交通規制が敷かれ、道は紅白幕で縁どられていた。あなたをよく見るために何人かの年配の男たちがカメラを持って環状交差点を陣取り、腰の低い警官たちは帽子を取って彼らを道路の脇の人混みに丁重に移そうとしている。腰が痛い。あなたを待ってもう二時間は立ちっぱなし。その間に、江戸時代の侍、野菜売り、手ぬぐいを頭に巻いた大原女、飾り立てた温血種の馬に乗った立派な武士、牛車に乗った貴族が通りすぎた。牛車からこぼれ出た着物のオレンジや緑や紫や空色はきらきらと優しくさわやかに輝いていた。他にも様々な衣裳に身を包んだ何百という庶民が草履で通りすぎる――草履は履き心地が悪そうだ。どうやってすべての民がこれで生活できたのだろう。私なら最寄りのファミリーマートにすら歩いていけそうにないのに、これを履いてどうやって戦に勝ったのだろう。全然わからない。大きな馬の手綱を引いている少女たちは実際には地下足袋を履いていた――はたして何人がいなく馬の足に踏まれてしまうのか。

　あなたが到着する少し前に、目の前に立っていた見物客たちがいなくなって、最前列に出てこられた。あなたを見るか、写真を撮るか、私はあらかじめ考えていた。つまり隅々まで目に焼きつけることに集中するか、おぼつかない私の頭に記憶するのでなく他所に細部まで記録することに集中するか。ようやく牛車に乗ったあなたが紫式部と一緒にこちらに向かって滑りでたとき、ちょうど雲間から太陽が顔を出した。あなたたちのあとに、有名な歌人の小野小町や、紀貫之の娘が続く。十月二十二日十四時二十九分。そこにあなたが——ああ——京都御所から鴨川に向かって進んできて、川の向こうの平安神宮へ向かう。二千人のその他大勢に混じって、幾千人もが路上であなたに手を振る中で。

実際に、どうやって私はあなたを見わけられるのか？　あなたたちのどちらがどちらか、私にわかるの？（ああもう、どうして、あなたの名前が漢字でどう書くのか頭に入れてこなかったんだろう？）あなたはきっと堂々としているほうで、ムラサキは恥ずかしそうにしているほうだと思う（彼女こそ、こんなイベントに参加したり、注目されたりすることが大嫌いだったから。あなたと違って）。でも、あいにく、観光案内所でもらったパンフレットの一番目にあなたの同僚の名前が書いてあったと思う。だから、牛車の最前席にいるのが彼女（気にしないで、彼女の背後でもよく見えるから）。警官が大声で何か案内している。いったい何の騒ぎだろう。世界の終わりを告げていたとしても私にはわからない。人混みをかき分けて突進しようか。だってようやくあなたに会えたのだから。警官にはかまわず、あなたを触りに行ってみようか。あなたの髪を一本抜いて、サインをお願いしてみようか（それはそうと、どんな名前を書くの？　自分のことを清少納言だと思ってた？　墨と筆はある？　耐水性の墨はあるかしら？　私は絶対に手は洗わない！）。警官に取り押さえられるだろうか？　彼らは催涙ガスを持っていたりするだろうか？

それともここでこのまま何事もなく見ていようか？　少なくとも興奮で潰れた涙まじりの声で「アイラブユー、セイショウナゴン！」と叫ぶことはできる。ここではこれ以上は近寄れないから。

そうして、ずいぶん待ったあげくそれは一瞬で終わった。あなたは私の前を数秒で通りすぎた。あなたたち二人を見ていたけれど、どちらも人形のように動かず、長く艶やかな髪を地面まで垂らし、像になってしまったみたいに固まっていた。あなたはそこにいたの？　それともいなかった？

セイ、あなたがそれ以外の何者でないとしても、少なくとも名前は書いてあった。時代祭りの、一年に一日だけゆっくりと滑るように進んでいく牛車のはためく旗の中に。

夜は同居人たちと思い立って近くのレストランへ行く。驚いたことにマルコス以外の全員が揃う。暖かくて陽気な雰囲気。セイ、あなたについてサヤカと話したのよ。彼女は十代の頃に学校であなたの本を読んだ。サヤカによれば、とりわけあなたは恋人がたくさんいることで有名だった。セイ、これが現実。あなたのことで頭に浮かぶ最初のことは——そして唯一のことは——セックスなのよ。

サヤカはフランスでパリ症候群にかかった日本人女性たちのために働いていたことも話してくれた。あの話は本当だったのだ。つまり、日本人女性たちはパリを愛し、華麗なエッフェル塔を想像し、焼きたてのフランスパンやオートクチュールを愛し、現実が夢と違っていることにショックを受ける。パリは汚くて騒々しくて恐ろしく、トイレは薄汚れている！　あるサヤカの知人は、パリに来てもう数ヶ月も経っていたのに、明るい時間にしか外に出ることができなかった。どうやらノートルダム大聖堂の近くで、旅行客たちの非常事態を診ている日本人医師がいるらしい。

代わりに私は、アイロンをかけて、荷造りして、東京へ出発しなければならない。でもどうにも無理。やることがいっぱいで。東京滞在の日々を気楽に受け止めて、気ままに出かけるのはどうだろう？　東京では、大好きな友人で、フィンランド人デザイナーたちによる展覧会に参加しているリーアが待っている。リーアの他にも待っている人たちがいる。数人だけ挙げるなら、リーサ、トゥーラ、ヘレナ、その他の生け花の仲間たち。フィンランドすべてが何週間かの間に東京に集結したみたいだ。

でも、セイ、あなたはどうする？　一緒に来る？　まずはあなたがいったい何者なのか少し話すべきかしら？　東京ではあなたについて絶対に皆から聞かれるし、何も話せなかったら恥ずかしい。

「清少納言（一〇世紀の人）、エッセイスト、詩人。本名は不詳」。正確さで知られている参考図書 *Japanese Women Writers – A Bio-Critical Sourcebook*（『日本の女性作家たち――伝記的批評本』未邦訳）の冒頭にはがっかりした。生存年も、本当の名前すらもない。

セイ、私はすぐにも様々な憶測の底なし沼に踏み込んで、歴史の闇から差し出されるどんな小さな藁でもつかまなければならなくなった。事実は何もない。何かを信じるしかない。何かを想像するしかない。解けない問題におおよその答えを見つけようとする数学者たちのように数値を解析するしかない。

セイ、あなたについて「私たちが知っている」ことは、つぎの通り。

あなたが生まれたのはおそらく九六五年頃[101]——場所についてはわかっていない。あなたの母親についても何もわからない。でも、父親のほうは文学的に才能のある家系で、その歴史を紐解くと六〇〇年代まで遡ることができる。あなたの父親の清原元輔（九〇八〜九九〇）は、肥後の国などで下級の官職として勤めていたけれど、歌人として、漢文や『万葉集』に通じた人としても評価されていた。あなたの祖父（曾祖父である可能性のほうが高い）は清原深養父という歌人で、十七首が勅撰和歌集『古今和歌集』に入っている。勅撰和歌集には元輔の歌は全部で百六首、深養父は四十一首が入っており、一つの業績としてみなすべきだろう。

セイ、あなたはしばらくの間、橘則光という名前の役人と結婚していた可能性がある。あなたの父親が九八一年に則光と結婚させたと思っている人もいる。だとすると、そのときあなたは十六歳だった。あなた自身、則光のことを「兄」と呼んでいるけれど、夫のことをよくこう言ったのよね。このことから、あなたは彼の息子である則長（九八二〜一〇三四）の母親かもしれないと思っている人がいる。もしそうなら、あなたは息子を十七歳で産んだことになる。本の中では、則光は歌のことをまるでわかっていない無作法な人だと描写しているから、あなたのような女性にとって彼は伴侶としてはありえないように思うのだけれど、元輔は二人の結婚には他にメリットがあると思ったのかもしれない。もしあなたたちが結婚していたなら、あなたが宮仕えする前、遅くとも九九三年には破綻していたと思われている。

確かなのは、元輔は九九〇年の六月に肥後で八十二歳で亡くなったということ。この年に、もしくは遅くとも九九三年には――つまり、二十五歳か二十八歳であなたは中宮定子のもとに出仕したと言われている。父親の死と離婚はあなたがキャリアを積むうえで申し分のない理由だったはず。こんな状況下の三十路手前の女に残された選択肢は、新しい男を探すか、出家するか、宮仕えする以外になかった。定子のサロンに仕えていれば生活には困らないし、あなたみたいな教養のある歌人の家系の女性こそを宮廷がほしがっていた。おそらくあなたは代々受け継がれてきた和歌の辞書とか奥義とかを出仕するときに持って行った。そういった本は、宮廷での暮らしや定子に教えるときに役に立ったと思う。

あなた自身からは出仕に至った理由や経緯については何も語られていないけれど、初めて宮仕えしたときのことを印象的に書いているわよね。[102] あなたは宮仕えはちっとも性に合わないと思っていた（これはあなたの間違い）。あなたはありとあらゆる華やかさに気が引けて戸惑って、緊張からいつだって涙がこぼれそうになったり、滝のように汗を掻いたりしていた。定子の兄で、

101　九六六年頃とも。
102　「宮にはじめてまゐりたるころ」の段。

絶世の美男子である伊周（これちか）が几帳の陰に隠れているあなたに気づいていろんなことを聞いてきたとき――宮仕えする前から聞いていたあなたについての噂が本当なのかどうか――でもあなたはおろおろしながらも彼にすっかり見惚れてしまって、返事すらできなかった。ああ、セイ、私もちょうど知りたかったことを（どんな噂なのかを）伊周が尋ねている。あなたが何か言っているようにも見える。でもガラスの向こうにいるみたいで何も聞こえないのが悔しい。

　あなたは男たちや恋人たちについてたくさん書いてはいるけれど、あなたの夫とか彼氏であっただろう人たちの名前については一度も触れていない。研究者たちは、取り憑かれたと言ってもいいくらい執拗に調べ上げようとした。あなたが誰と一緒に「そうなった」のか知ることが――男たちの素性がわかってこそあなたに意味があるような――まずは重要なことであるみたい。研究者たちが調べ上げた一人の男、彼は歌人で正二位の藤原斉信（ただのぶ）（九六七〜一〇三五）。あなたは彼のことをよく取り上げている。おそらくあなたたちは宮廷時代は恋人関係だった――後に結婚したと考えている人すらいる。

　本当のところ、男たちよりも私の頭を悩ませているのは、あなたの本当の名前ですら確信が持てないこと。「清」は清原一族を指している。最初の文字である清は訓読みでキヨだ。宮廷では、中級の下のクラスの事務を表す「少納言」とあなたは呼ばれていた。女たちは父親か、兄弟か、夫の肩書きか、仮名で呼ばれていて、たいてい実名は残っていない。すぐれた同僚の作家たちは、「道綱母」とか「菅原孝標女」といった名前で知られている。それが平安時代の考え方なら、紫式部の名前だって「本当」ではないのだ。紫は『源氏物語』の女主人公の愛称にちなんだもので、式部は父親[103]が当時勤めていた式部省からきている。この時代の文学においては固有名詞はめったに使われていない。例えば、人々は肩書きか地位で呼ばれ、職位は通りの名前や荘園の名前が当てられることもあった（この名前の使い方で、あなたたちの時代では個人という考えがどれほど遠いものだったかがわかる。つまり、あなたたちは全体の一部としてのみ存在し、集団の一員でしか意味をなさなかった）。私で言い換えれば、私について語られる文章では「広告編集者」であり、私の姓は父親の昔の職場か肩書きか居住地であるかもしれない——この原稿の作者は「起業家カンキマキの娘」とか、「コトヤルヴィの広告編集者」であったかもしれないのだ。弟は「ベーシスト」で、私の友人たちは「作家」、「編集長」、「美術史家」、「デザイナー」、「不動産仲介業者」、「グラフィックデザイナー」などかもしれない。彼らの中には、あそこやあそこの通りの教授の娘や孫としても知られていたかもしれない。

セイ、それでもこの論理はあなたには通用しない。なぜなら、男性の近親者に中級クラスの下の事務である少納言は一人もいなかったから。どこからこの名前がついたのか私たちにはわからない。あなたのあまりに男性的な博識さが、こんな添え名を思いつかせたのだろうか、と考えずにはいられない。いずれにせよ、ここ最近のいくつかの研究によれば、あなたの本名は諾子（なぎこ）だったかもしれないとのこと。となると、本名は清原諾子だったのかもしれない。あー、何だかつま

103　藤原為時。

らない。そんな名前で歴史に名を残したかもしれないってこと？

清、諾子、少納言。いったいどの名前で私はあなたのことを呼んだらいい？　中級クラスの下の事務である少納言に分があるかも——だって、その名前のあなたが私を何年もかけて引っ張ってきたから。そしてついに、ある朝、清掃員が廊下に掃除機をかけている中（清掃員が見つかった！）、私は吉田山のゴキブリ洞窟のパソコンルームであなたについて書いているところまでやって来た。もちろん、ナギコはこんなふうに気の置けない間柄ならよさそうだけれど、それが本当の名前でないなら何だか自分がバカみたい。それにその名前はどうも険があって気に障る感じがする——つまりは多くの人があなたのことをまさにそんなふうに思っているような感じ。セイはある意味あなたの名字で、宮廷の他の少納言たちと区別するために与えられたもの——「あの清原の少納言」——、それに私は話をするときに名字で人を呼ぶのは好きじゃない。それなのに、今さら呼び名を変えることができないくらい、私はあなたのことをあまりにも長い間セイと呼んできたと思う——それがもともとあなたの名前だと思っていた。ともあれ私にとってあなたはセイなのよ。

セイ、あなたの宮仕えは一〇〇一年の初めに定子が亡くなったことで終わった。あなたはおよそ十年間、宮廷に仕えていたことになる。宮仕えを辞めたあとのことは何も知られていない。宮廷にいないあなたがどこでどんなふうに暮らしていたのか、いつどこで亡くなったのか、私たちは見当もつかない。本の一部は定子が亡くなったあとに書かれているから、どこかで社会生活を少なくともしばらくの間は送っていた。

この情報のなさと、あなたが姿をすっかり消してしまったことに、何百年もの間、私を含めて大勢が釈然としなかった。そんなわけで理論はあり余るほどある。

ある人たちは、あなたはまだしばらくは宮廷にいて、定子の妹で東宮の女御であった原子に引き続き仕えていたかもしれないという。もしそうなら、運はそう長くは続かなかったはず。原子は気が触れていたようで、一〇〇二年に二十二歳で亡くなったと言われている。となると、あなたはこの年を最後に宮廷を去ることになったはず。研究者たちの中には、道隆の四番目の娘や、彰子に仕えていたとすら推測している人もいるけれど、その証拠は一つもない。

ある口伝えによると、あなたは藤原棟世という名前の男と結婚し、彼が摂津守に任命されたので一緒について行ったという。そうしてあなたたちは小馬命婦という名前の娘を授かり、その娘は歌人になった。棟世が亡くなると、都に近い彼の山荘[104]に戻ったと考えている人もいる。このシナリオは何だかしっくりくる。

別の物語によれば、宮仕えを辞めたあと（もしくは、本当にあなたが結婚したなら夫の死後かも）、出家して、晩年は施しを乞いながら貧しく孤独に暮らしていた。つまり、あなたはあなたの行いによって裁かれた。

ある情報によれば、あなたについての最後の記述は、あなたが五十二歳だった一〇一七年。こ

104　月の輪山荘。

の歳があなたの没年だと書いているものもあるし、あなたが六十歳頃の一〇二四年だと推測しているものもある。[105]

これでわかるように、女たちについては、重要な人たちですら当時の歴史書には事実は何一つ残っていない。あなたの父親の没年は詳しく知られているのに、元輔よりもはるかに有名な娘であるあなたについては、名前ですら確かなものは知られていないということが、それをよく物語っている。あなたやあなたの人生についてのほぼすべての情報は、あなたの本から判断したことに基づくもの。しかもそれだって信頼できる情報源ではない。あなたについて書かれた唯一だと言っていい外部の情報は、同僚の紫式部の日記。これはおそらく一〇〇八年から一〇一〇年の間、つまり、多分あなたが宮仕えを辞めたあと数年経って書かれたもの。あなたについてのムラサキの描写は好意的ではないけれど、一つのことに関してはものすごく重要。だって、これこそがあなたが存在したという証拠だから。

セイ、もしかしてあなたは年の離れた父親にかわいがられたお父さんっ子だった？　父親から、歌と書くことへの情熱を受け継いでいるけれど、宮廷で会った男たちに果敢に挑んだり、漢学で気を引いたりした立派なプライドもそう？　それとも、父親はやっぱり心理的にも物理的にも遠い存在だった？　だから、他の男たちを通して父親に認めてもらうために頑張ったの？　つまり、男たちがあなたの知性、才気、知識、ユーモア、魅力を憧れの眼差しで認めることになったら、あなたの勝ちってこと。こんな精神分析はあなたの世界からはあまりにかけ離れていて、まっこうから笑っちゃうかしら？

セイ、これではあまりに中身がなさすぎる。だから、何とかして友だちノートを埋めてくれない？　それを証拠として東京で見せたい。あなたの言う通りに書くから、教えて。

名前：清少納言。可能性のある本名、清原諾子。
写真：ごめん、ないわ。
日付：菊月の頃。
電話番号：ないから手紙にして。
この本の持ち主との関係：アイドルとファンの関係。同僚。同志。
誕生日：九六五年頃。あなたより千六歳上。
私は今：死んでなければ千四十六歳。
トーテムアニマル：鶴（鶴について思っていることをすべて書き出すとなると、ひどく疲れると思う。天まで届く鳴き声を聞くのはどれほどすばらしいことか！）。
世界観：理論上は仏教と神道。
モットー：説経する人はイケメンであるべき。

105　一〇二五年頃とも。

住所：平安京の宮廷。たまに親戚や友人宅に身を寄せている。
家族：離婚してフリー。子どもがいるかもしれないけれど、一緒には住んでいない。
小さいときになりたかった職業：作家。
現在の職業：宮廷女房と作家。
仕事が好きな／嫌いな理由：宮の傍にいて執筆できる。宮廷の華やかさや洗練されたしきたりや人が大好き。女の人生が夫に仕えて家の奥で扇子と几帳に隠れることになってしまう主婦よりも自由なところもいい。
来世では：仏教徒の道徳家たちによると地獄にいる。
趣味：ありとあらゆる勝負。
特技：リストアップ。
できないこと：男に泣きすがること。自分の才能を隠すこと。
集めているもの：ファン。
長所：キレのいい頭。
夫／両親／セラピスト（中宮定子／同僚／読者）が思う最大の私の問題点：和歌に弱い。うぬぼれ。恋人が多すぎる。
憧れの女性／男性：書くスペースはどれくらいある？　完璧な恋人はこんなふうに振る舞うのよ。
若くて冒険好きな独身男性は、ロマンチックな夜を過ごしたあと、夜明けに帰宅。眠たそうな様子であるけれども、彼はすぐに墨を取りだして、丁寧に磨りおろすと、後朝の文を書きはじめる。彼はいいかげんに筆に任せているのではなく、全身全霊、気持ちを込めて書く。肌着をわずかにはだけて座り、一人くつろいでいる様子のなんて素敵なこと！　白い肌着はシンプルで裏地がない。その上に山吹や紅の衣を着ている。手紙を書き終えた彼は、白い肌着がまだ朝露に濡れていることに気づいて、しばらく優しく見つめている。

それから手紙を運んでもらう手配をする。身近く呼び寄せ、女房の誰かを呼ぶ代わりに、彼自らわざわざ立って、使いに似つかわしい童を選ぶ。身近く呼び寄せ、そっと指示を出し、手紙を渡す。童が女の家へ出発したあとも、姿が見えなくなるまで見つめている。彼はそこに座ったまま、しかるべきお経の一節をしのびやかに唱える。

彼の召使いの一人が、隣の棟で手水と朝のお粥の用意ができたことを知らせに来たので、そちらへ移動し、ほどなくして文机にもたれかかって漢詩に目をやり、とくに気に入ったものをたまにそらんじる――こういうのが素敵な眺めなのだ。

そうして手を洗って、袴は履かずに白い直衣（のうし）に着替える。着替えが済んだら、法華経の第六巻をそらんじる。本当に貴い男――と、思っている矢先に使いの童が戻ってくるだろう（家はそう遠くはないはず）。童が合図を送ると、男はお経を唱えるのをただちにやめて、慌てて――罪深いほど慌ててと思う人がいるかもしれない――彼女の返事に気をとられる。

人生のハイライト：自分が注目されているときはいつも。宮のところへ参上したとき、女房たちが隙き間なく座っていたら、私は宮の場所から少し離れた柱の下へ行く。そしたら、宮から「傍へ」とお呼び寄せをもらって、他の皆が場所を空けなければならないときのうれしさといったらない。

自分のやった一番変なこと‥汗の匂いが残っている衣にくるまって穏やかに昼寝をしたこと。

行きたいところ‥お参り。

すべてが上手くいく方法‥書く紙がたっぷりあればいつだって上手くいく。気が塞いでいるときに上質の紙が手に入ったら、それでもしばらくはまだ生きていたいと思える！

一日、自分が男／女だったら‥漢学の才能を見せつけていばりたい！　女には似つかわしくない振る舞いと非難されることなく、やっと漢語が書ける。

打ち明けるのは恥ずかしいけれど‥身分の低い者のことを卑しく蔑んだ感じで話したこと。いちばん恥じているのは、かつて火事で全財産を失ってしまった男をいじめたこと。彼にからかう内容の短冊を書いて渡してしまった。文字の読めないかわいそうな男は、それが米一回分と引き換えになるお墨付きだと思ってしまった。

もし自分が歴史上の人物ならどうありたい？‥どうってどういうこと？　意味不明。だって私は歴史的な人物よ。

もし自分が天気だとしたら、何？‥春は夜明け。夏は夜。秋は夕暮れ。冬は早朝。「セイ、それは天気じゃないよ。」まあね。

もし自分が漫画のヒーローなら、何？‥私よ、自分の本の漫画バージョンで。

今イチオシの本‥自分のノート。恋人の手紙。

今イチオシの映画／テレビ番組‥季節の宮中行事。

今イチオシの音楽：夜中に主上のお笛を聞くのがすごくいい。

この本の持ち主に言いたいこと：行事にみすぼらしく下手に飾りつけた車でやって来る人ほどムカつくものはないわね！

わかった、セイ。あなたに恥ずかしい思いをさせないように頑張る。いちばんきれいな服を着て、超モダンな新幹線で東京へ行ってくる。友よ、バイバイ！　それとも一緒に来る？　だったら、急いで着物を詰めて！

［清少納言の言葉］
馬に乗っている男が夜明けに歌を詠んでいるのは素敵。

Ⅶ　東京――京都。十一月

東京。

東京ではすべてが早送りだ。突然、千三百万の人々で溢れた、この巨大都市の片隅で、十人ほどの知り合いのフィンランド人と時と場所を問わず会っておかなければならない。人の流れに終わりはなく、京都とはありえないほど対照的――すべてが京都より速く、騒々しく、大きく、瞬間的。町の巨大さ、近さ、動きづらさ、地下鉄網の複雑さが、実感を伴ってわかった。このめまぐるしさと溢れる情報にどうやって二週間持ちこたえるか、初日から考えた。そう、京都は、たった百五十万しか住んでいない静寂の中に沈む奥地なのだ。

それでも私は心が奪われた。高層ビルにライトが点灯し、店やデパートやレストランやカラオケバーやガールズバーに何百万というネオンが点滅する新宿の夜を歩く。黒髪の人だかりで広場はごった返している。ここにいると、自分が東京にいる、と実感する。もしくは映画の『ブレードランナー』に。

リーアの展覧会の準備、オープニング、展覧会にちなんだパークタワーでのパーティー、新宿の煙たい居酒屋、パークハイアットの夜景が見えるバー、六本木、渋谷と原宿の物の地獄を散歩(「ハラジュク、ハラジュク」――山手線の駅のアナウンスの何とも優しく囁くような言い方が大好き)、浅草の仲見世通り、現代美術の展覧会、本のために情報をかき集めようと試みた博物館、それから、生け花教室、リーサとヘレナも参加した銀座髙島屋で開催された草月流生け花展、とこんな感じで東京での日々が過ぎていった。

ハロウィンの日に(台風の日でもあった)、私たちは六本木ヒルズ森タワーの五十二階にあるバーへ行く。そこではデザインパーティーが開かれていて、フィンランド人のDJやバンドがフィンランドの映画やデザイン業界のエリートたちを楽しませていた。ありえない。もっとありえないのは、看護師、吸血鬼、ダイバー、ダース・ベイダー、くまのプーさんなど、その場に紛れ込んだ隣のバーのハロウィンパーティーの参加者たちだ。私が気に入ったのは燕。どんな人が自らすすんで燕の衣裳を着るんだろう?

もし十七階の部屋の窓に面したベッドから、夜の暗闇に輝く光の街の圧倒的な眺めを見たり、朝になると金に縁どられた富士山を見たりして、部屋から一歩も出たくないと思ったら、これは東京症候群に罹っているということだろうか?

セイ、この場所ではあなたはまるで別の世界にいるかのようにとても遠い。あなたの同僚のムラサキの日記を一緒に持ってはきたけれど、それをこの巨大なネオン街で読むのは似つかわしくないように思う。静けさ、月、歌の一節に思いをいたすことは、ここではありえない考えのように感じられる。でも、それは多分、私が慣れていないだけなのかもしれない。だって、平安京自体、あなたたちの時代では実際にはイベントの絶えない大都会だったし、行事があると車で通りが混んで、ファッションの最先端をゆく貴族たちは華やかな衣裳で競って注目を集めるような、あらゆる中心だったでしょう？　あなたたちの（十万に満たない人口の！）町が人口過剰だと感じていた？　イベントが多すぎてとてもじゃないけどすべてには参加できそうにないと思っていた？　あらゆることが多すぎて、あらゆることが速すぎた？　虚しさ、何もなさ、完全な静寂、静止、空白――寝床から起き上がらず、髪もまる一日洗わず、誰にも会わず、誰とも話さず、家の中をあてもなくうろつくような空間を、心は恋しがった？（宮仕え時代にそんな機会があったとは、もちろん思えないけれど）。

ここでは、ほんの少しの余白もなく出来事が起こる。この余白こそが全体のいちばんおもしろいところなのに。生け花みたいに緊張が生まれるところ。ピアニストが鍵盤から指を離して、つぎの旋律に指がおりていく前の一秒の何分の一かの無音の楽しみを引き留めておくところ。「間」。すべてが起こるところ。

二日後には、私は多忙で句読点までも見失ってしまった。こんなふうに。親愛なるセイ私はくたくたこの大都会に元気を吸いとられてしまった移動地下鉄の駅や出入り口の延々と続く列出口の文字と番号視覚障碍者ブロックにつまずきながら同じような建物や名前のない通りのジャングルの中での位置確認道路や地下や陸橋に流れる黒服を纏った人々数週間一人で考えに耽った私いきなり友人たちやその友人たちや先生たちやそれほど付き合いのない知り合いたちや十年前に会った同僚たちの集中攻撃ショートメッセージがぞくぞく届くどこで会う今飯田橋の出口C3にいる私はA1それじゃあ庭園の門で待ち合わせしようぃやちょっとそこで待ってて今五方向に走る通りが見える青い陸橋にいるここから手を振るかこのままパークハイアットで会おういやその前に品川に寄るんだった急がなくていいよ私はもう着いてるから待ってようかじゃあ電車で目黒に来てよ十五分後に着くから了解明日はどうする今決めなきゃショートメッセージが送信されない脳は東京の地下鉄路線図みたいまっすぐなルートがどこにもない疲れはてて夜になってやっとホテルの部屋に帰る白いバスローブと白いシーツの輝きの中でほっと息をつくこの平和は長く持たないとわかっている要するにここではやることが多すぎるリーアエスコインニアヌサンットゥエミリアリーサヘレナトゥーラフィンランドデザイン生け花博物館ショップ場所ランチ酒待ち合わせショートメッセージメールホテルの部屋にかかってきた電話展覧会洗濯物地図お金写真充電器ホテル代で揉める数週間私は誰とも会っていないうれしい少しずつなら大丈夫疲れた眠れない声が嗄れた自分がどこにいるのか思い出せないことすらたまにある幾度となく同じルートを通っているのに乗る地下鉄や歩く通りを間違えはじめる精根尽きはじめる言葉を失うクレジットカードの暗証番号を忘れる手帳に書いた京都の同居人たちの名前を見る誰だったっけとしばらく頭が真っ白になるそれでもセイこれがこの町の鼓動でも私のはもっとゆっくりゆ・っ・く・りそして朝目覚めると窓から雪をかぶった富士山が見える

セイ、東京国立博物館は素敵なところだけど、私の研究という観点からは残念なものだった。

あなたたちの時代のものは本当に何も展示されておらず、巻子本が二軸と手箱と盥(たらい)のようなものが一つずつあるだけ。でも、おもしろかったのは、あなたたちが使っていた紙はどうやらとても装飾的なものだったらしいこと。高価な紙だったことはもちろん知ってはいたけれど、様々な色に染めたり、雲母の金粉や雲紙で装飾を施したり――なんて繊細でロマンチック。それにひきかえ中世ヨーロッパのテキストの複雑でごてごてした原色の装飾ときたら。あなたたちの美学は軽やかで儚くて淡い。紙は高価なのにテキストにゆとりを与えているのは、余白の価値がはかりしれないものだったから。セイ、あなたがもらい受けて使っていたたくさんの紙はもちろんこういうのではなかったけれど――高級で高価な紙ではあった。真っ白な陸奥紙だったと思う。

セイ、あなたの同僚のムラサキの足跡がせっかくわかったので、また追いかけます。怒らないよね――あなたのためを思ってするんだから。『源氏物語』の手を借りれば、あなたたち二人が生きていた世界について何かわかると思う。東京の五島美術館には、初期の『源氏物語絵巻』が展示されている。それらは一一〇〇年代のもので国宝に指定されている。絶対に見ておかなければならない。当然、展示の説明はすべて日本語のみで、絵巻についてわかることはあまりない。でも、どうしてもという気持ちがある。あとになって、このこだわりはまだ序の口だったということに気づく。

薄暗い展示室を列になって進む。ぼんやりと照らされた展示ケースが壁を巡り、その中にあの貴重品が憩っていた。絵巻の隣にはコンピュータが設置されており、当時の色を分析している。

茶色やベージュやローズレッドの色合いが、今、銀と金を背景に、目もあやな強烈な青やベンガラや緑青や胡粉や黒になっている。平安時代の世界は見たところ色で溢れていた。あなたたちが衣裳のことをよく描写しているけれど、それもそのはず。だって色が輝きを放っているんだから。

絵はとても細かい。楓の葉は細かいところまで描かれ、同じく馬上で射る矢と弓、牛の引く車、雄々しい馬、屏風に描かれた景色、秋草、簀子の外にある花、装飾的な絹布で縁どられたうっすら透けている御簾、はらはらと落ちる桜、満月、霧、楽器、念珠、見事に柄が描かれた着物。人物たちは皆、目を閉じている、もしくは、あの奥ゆかしい伏し目がそう見えるだけなのだろうか。女たちは十二単を着ている。男たちが双六をしたり、広々とした間で語らったりしているとき、彼女たちは袖で顔を隠し、几帳に隠れて寄り集まって座っている。その女たちの着物が波打っているところが彼女たちの広いプライベート空間となり、自分の場所となる。絵から所在ない雰囲気が伝わってくる——あなたたち宮廷女房は結局、交際の他にこれといってすることがなかったのだと思う。毎日、昼も夜も人と付き合うのはなんとつらいことだろう——こういったことがすでに私にはきつい。

詞書は、茶色がかった黒に変色してしまった金箔で装飾された紙に書かれている。流れるような、溶けるような、なびくような手蹟——雲のような詞書は、語り手の鈴のような声みたいに儚くて軽やかでふわふわと浮いている……。文章と絵で埋め尽くされたページは金属板に貼られていた。そうでもしないと、紙があまりに薄くて脆いので、どこかに行ってしまいかねない。実際に、これらの紙が残っていること自体、驚きだ。これらはどこでどんなふうに保存されてきたのだろう——その一方で、他の紙はどんなふうに紛失してしまったのか、あるいは消失してしまったのか。原因はおそらく火事、戦、地震だろう。それもあっけなく、容赦なく。文章は、いつかは人が——忘れられたようにそっと朽ちて、どんどん薄く、どんどん小さくなりながら、言葉は褪せて消えながら、最後にはもはや土となっていくように——消えてゆくのかもしれない。それでも言葉は、色褪せた影であっても、つぎの世代へ移っていくことができない人より、長く残ってゆく。金属板にくっつけなくとも。

あとからわかったのは、『源氏物語絵巻』の断簡は、通常は五島美術館の他に東京国立博物館と名古屋の徳川美術館と様々な個人のコレクションに所蔵されているということだった。つまり、私は全部が揃ったためったにない展覧会にお目にかかることができたというわけだ。絵巻の大部分は失われてしまっているけれど、絵は『源氏物語』の全五十四帖が揃っていたと信じられている。全巻に、物語の一部を語る詞書と絵が含まれている。

おそらく絵巻の作者は一人ではなく、一一五〇年頃に宮廷の画所に勤めていた絵師、書家、料紙職人が全体を制作していた可能性が高い。画所の作業は、各分野のプロが分担して完成させる映画制作に似ていた。長官たちが物語の中からもっとも面白くて詩的な場面を選び、リーダーが下絵を描く。その白黒の下絵に、絵師がまばゆい顔料で着物の柄や家紋やその他細部にいたるまで細やかに色づけしていった。詞書は五人の手によるもので、現存する『源氏物語』の詞書の中で最も古いということからも貴重だ。とくに重要なのは、各場面の詞書に合わせて紙を制作した職人たちの仕事だった。紙はザクロの果汁や藍などで染められ、その表面に雲母の金粉、金箔、剃刀のように細い切箔、「野毛」と呼ばれる銀箔、すぐに酸化して黒灰色になる銀の砂子が振りまかれた。紙の装飾は、章のテーマや雰囲気を強調するために入念に考案された。これらの作業は、映画のサウンドトラックみたいだ。

これらのことを知ったあと、詞書のページをもう一度うっとりと見ているうちに、何となくわかりはじめた。踊る文字、あちこちに振りまかれた金や銀の塊、極細の線の模様、嵐雲のようにそこここに黒ずんだ銀の箇所を見てみる。不意に映画音楽が背景から聞こえてきた。詞書が、紙の装飾がリズムを刻み、テンポをとり、強弱をつけたリズミカルなダンスのような、三次元で繰り広げられるドラマのように見え出した――それは文章パフォーマンスのようで、その表現方法はとてつもなく広い。それに比べると、西洋の黒い文字のフォントでは読んだときに得られる意味はほんのわずかだ（グラフィックデザイナーの皆さん、ごめんなさい）。

セイ、こんなようなものが絵巻なの？　これをあなたたちは宮廷で眺めていたの？　一人が文を読み、他の人たちは絵を眺めていた？　こういうものすごいショーがあなたの文章にもあったの？

帰りに渋谷に寄る。ここはとても忙しない。人と音楽と騒音で溢れ、息が詰まりそうだ。癲癇の発作が起きそうな気がした――音と光と人がちょっと多すぎる。

それでもざっとファッションチェックができた。どうやら皆、冬服にというか冬のファッションに移行している。ファーブーツ、ファーかウールニット帽はマストアイテム。それなのに、それと合わせるのがマイクロミニ丈のスカートと素足。確かにここは寒くはない。こんなふうに秋になったことをアピールしているのだろう。

夜、ホテルの十七階の部屋で書いているとき、生まれて初めて地震を感じる。ほんのごく小さな揺れ——椅子が下から突き上げられ、部屋の隅から軋む音が聞こえる。窓から外を見ると、窓枠がわずかに横にずれた。なぜだかわからないけれど、私は怖くはなかった。むしろうれしかった。小さな地震が挨拶しに来てくれたように感じたのだ。

それよりも怖かったのは、クレジットカードの暗証番号を急に思い出せなくなってしまったこと。少なくとも十年は同じ番号を使ってきたのに、それが今、頭からスコーンと抜けてしまった。おそらくたった四桁の番号すら入らないほど、私のキャパシティはいっぱいなのだろう。

例えば職場の名前を私の記憶から消去すれば、VISAの番号が戻ってくるし、もっと空きができる、と友人のヨハンナが使える提案をしてくれた。


リーサとトゥーラと髙島屋の中華料理店でランチデートをする。トゥーラに私のプロジェクトについて説明した。「どういうタイトルで出すの」とトゥーラ。「まったく考えてないし、出るかどうかすらわからない」と私。「『リーサとヘレナとトゥーラと行く東京』はどう?」とリーサ。考えつく中でもそれが現実にいちばん近かった。

リーサは『枕草子』の英訳をアイノから借りたらしい。でも、「あまりにつまらなさすぎて」全然進まないのだそうだ。ははは! 面と向かって言ったのが、他の誰でもない生け花の先生だなんて！　先生は「あれは荒れ野みたいにおもしろくも何ともない！」と言った。確かにその通りでもある！　ああ、セイ、あなたは所々わかりづらいのよ。あいにく本の前半はとくに――誰も読む気になれないし、私だって必要に迫られる前まではそんな気になれなかった。広告文を書くときのルールと同じで、導入は親しみやすくて引き込まれるようなものにしなきゃいけないって、誰もあなたに教えてくれなかった？　そこに、世界中の文学研究者たちが千年経った今でも、その意味について議論するような文は入れるべきじゃないし、活気のない何かのイベントについて何ページにもわたって延々と説明をつけるべきでもない。始めに惹きつける人間関係リストか何かを入れたらよかったのに。例えば良い恋人の特徴とか書いていたら、あなたの本はきっとフィンランド語に訳されていたはず。いいえ、やっぱりおいしいところは、あの難解で退屈な奥底に隠しておかなきゃ。そうしないと、あなたが本当はどんなにおもしろくて現代的な人か、それを証明する私の立場がなくなってしまう。

夜は、トゥーラと有楽町駅界隈をぶらぶらして、ガード下で食べる。あー、念願のガード下！　高架下にある昔からの大衆食堂はまさにブレードランナートーキョーだった。湯気のたつ焼き鳥カウンター、薄暗い裏通り、荒廃したロマンス、上を走り去る電車の走行音。こんなに暗くて廃れたトンネルの中を、女ふたりが、ギャングや麻薬中毒者や密売人やポン引きを怖がることなくぶらつける大都市が他にあるだろうか。ここにはある。安くて質素で濃密な雰囲気とおいしい匂いを漂わせる居酒屋では、世界中のキャビンアテンダントとイケバニストたちがお腹いっぱいになるまで食べることができるのだ。

日文研塹壕。

京都へ戻った私は、ようやく本気で仕事に取り掛かる。あと数週間しかない。帰国のことを考えるとパニックに陥りそうだ――つまりどうしても私は帰りたくないのだ。帰りの便を延期することはできないか調べてみたけれど、フィンランド航空では変更手数料が六百ユーロかかることがわかった。空席が十分あるにもかかわらず。最初から一年の予定でここに来ればよかった、と自分を呪った――三ヶ月なんておかしいくらいに短い――でも、こんなにもこの町に熱を上げて、こんなにたくさんの友だちができ、自分が今いる場所も時間も間違っていないと、ここに来て感じるとは思ってもみなかった。ここ吉田山の小高い丘の上で、何年かぶりに子どものように眠れそうだと思えるほど、自分の気持ちは「間違っていない」、落ち着いている、と感じるなんて。

残り数週間は、ついに利用許可が下りた日文研図書館で過ごすために向かう。

国際日本文化研究センターは、京都の真反対の桂にある。まず自転車で中心街まで行って、それから電車で町の西端まで行く。そこからさらにバスでセンターまで三十分近くかかる。着いた場所には何もない。ぽつぽつと紅葉が始まった山々が取り囲む大きくていかついコンクリート施設があるだけ。ここを、捨てられた戦場である日文研塹壕として印をつけた。というのも雰囲気が妙なのだ。中に入ると、そこは凍えるほど寒く、がらんとしており、人っ子ひとりいない。妙な気分になったのは、このワクワクする冒険に興奮して朝の四時から起きていたせいもある。このアカデミックな日本学の聖地に押し入るにあたり、有能で信頼の置ける研究者に見えるように、いつもより大人っぽい服装でやってきたものの、取り越し苦労に終わった。ここには私がやることに口を突っ込む人は誰もいない。

いつもなら日本文学を扱っている英語の書物は図書館のM3にある。ところが、そこは来年の春まで改装中だった。本棚を調べたかったのにできない。手あたり次第に検索用語を入れてデータベースから二十冊探し出す。かわいそうな職員はその冊数におののきながら探しに出ていくと、ついにカートにずっしりと積まれた本の山がやってきた。上着をはおり、手袋をはめ、おしりが冷たくなりながら、それらを一日中調べた。「ニット帽忘れるべからず」とメモ帳の一ページ目に書いた。

駅で弁当を買っていたが、あまりに冷えてしまった。こんな冷めたランチを冷え冷えとした廊下で食べることは考えられない。少しは暖かいカフェに行って、湯気のたつパスタを食べよう。陰気なレストランには、私と、妙にかん高い声でしゃべるウェイターの他に誰もいない。用はないが、何かを探しているみたいに長い廊下を進む。でも、本当にどこにも人の気配はなく、青い服を着た作業員一人とすれ違っただけだった。

ようやく図書館が閉まったとき、私は吐きそうなほど疲れきっていた。町をゾンビのようにさまよい帰っているとき、目は一点を見据えたように凝り固まっていた。気が滅入る——ダメだ、こんなんじゃ本にならない。本の山を調べながら、平安時代の文学全体についてとか、なかでも紫式部についてならたっぷりと研究されているのに、セイ、あなたについては、これといって何もない。あなたが負け組のように感じる。『源氏物語』と日記文学かどこかの間に落ちたおかしな鳥のよう。あなたはいつも言及される程度で、本来の研究対象のための逸話や参考文献どまり。ムラサキ、ムラサキ、いつだってムラサキばかり。あとになって裏づけられたことだけれど、セイ、あなたについて書かれていたのは短い英語の研究記事でたった五本程度だった。それしかない。日本語の本にどんな情報がどれくらいたくさんあるのか、私は知ることすらできない。自分が無力に感じた。

中心街で、お土産を買うことでこの苦しみを和らげる。明日、フィンランドに一箱分の荷物を送ろう――郵便局で売られているいちばん大きな箱を。陸路だと小包はフィンランドまで二ヶ月かかる。クリスマスまでに間に合わないことに、急に気づく。箱はクリスマスプレゼントでいっぱいだった。

［清少納言の言葉］

がっかりするもの

牛が死んでいる牛飼い。昼間に吠える犬。三、四月に着る紅梅の着物。

起きてすぐに浴びる湯は、がっかりするどころか、それこそ機嫌が悪くなる。

いたたまれないもの

ある人を家に呼んで会おうとしたら、自分が呼ばれたと思って顔を出してくる者。ましてプレゼントを持ってきていようものなら、とてもいたたまれない。

うらやましい人々
病気で寝ていると、何の心配事もなさそうに大きな声で笑って何か言い、通り過ぎる
人々――まったくうらやましい！

自信家、したり顔、不遜、冷淡。セイ、あなたについてめったに言及されていなくても、半ばよく考えずに出された定義に何度も出くわす。つまり、あなたは口が悪くて自分のことしか頭になく、セックスに明け暮れ、批判的な意見を述べることに奔走した女。私は自分のことのように傷ついたし、あなたが言葉通りの人だとはとうてい思えない。あなたは思いやりがあって、活力があって、ユーモアセンスのある人だと、私はいつも思ってきた。もちろん、目ざとくて、はっきりと物を言う人ではあるけれど。ここには何か誤解があるはず。こういったすべては一体どこから湧いて出てきたんだろう？

それで私の中に疑いが芽生えはじめた。もし本当にあなたが嫌なヤツだったら？　実生活で私が耐えられないような人だったら？　聞く耳を持たず、自分さえよければいい自己中心的な人で、私みたいなおとなしめの人には目も留めない。頭ごなしで、早口で、他人が口を挟めないようなコメントで他の人たちの活力を吸いとる人。人間のいちばん重要な特徴が「揺るぎない意見」だと思っている人。

セイ、私たちの間には根本的な違いがあったことに気づいた。一つは明白。あなたは「揺るぎ

ない意見」を持っている人だということ。これはいろんな箇所に十分に表れている。あなたの意見では、牛の額は小さくあるべきで、馬は決まった色をしていなければならない。猫は背中が黒でそれ以外は白がいい。牛飼いは大柄で、白髪は赤みがかって、さらには才気がありそうなのがいい。小さい子どもや乳飲み子はふっくらしているのがいい。受領や各地へ行った人たちも。そうでないと不機嫌そうに見える。袖の幅が揃っていない女や女房に会いにきて食事をする男には耐えられない。

セイ、あなたは意見を通して世界を把握している。好きか嫌いかに区別しながら。私は違う。好きか嫌いか問い詰められたら、私は苦しんでしまう。いいかげん早く教えてよ、黒い猫それとも白？　映画は良かった？　悪かった？　好きなの？　嫌いなの？　どっちなの！　自分に意見がないわけじゃない——私はいろんなことに同時にいくつもの意見を持っている——でもそれは世界を把握する第一手段でないだけ。自分の審判を公表したくない。ただ——十分すぎるくらいに——物事をいろんな角度から理解したいだけ。そうかといって、物事を「理解することについての」はてしない物語を誰が読む気になるだろう——あなたの挑発的な意見のほうがずっとおもしろいということは認めざるをえない。「説経する人は顔のきれいな人がいい」とあなたは書いた。あなたのことを大好きな人もいるけれど、あなたの表面的なところを非難する人もいる。

私はあなたの文章をちゃんと読んだのだろうか。バイアスがかかっていなかっただろうか。清少納言は辛辣で非情で自己中心的な嫌なヤツだと他の人たちにはわかっていることを、自分は見落としていたのではないか。

そういう目であなたの本を読み直してみた。いくつかの人物描写は素晴らしいの一言。あなたを非難するなんてできない。恋人たちの欠点についてのキレのある分析は現実的だし、おもしろいと私は思う。庶民についてのいくつかの差別的なコメントは当然やりすぎ（平安時代の特徴ではあったけれど）。翌朝にでも削除してしまえばよかったのに。でも、あなたを激しく非難するほどのことかしら？

セイ、あなたは、平安時代や、私を含めたそれ以外の時代の他の女たちのように恋人たちの後を追ってめそめそ泣かなかった。ただそれだけで、いまいましくて冷たい人だと思われたの？それがここでは問題なの？　あなたが男たちに――男みたいな――態度をとったから？それとも、今日になっても、このすべてのバイアスの元凶となっている、あなたのことが書かれた紫式部の日記のせい？

セイ、いつもきまって目にするのは、平安時代の政治について――宮廷の権力と后をめぐるライバルについて――語られるとき、清少納言と紫式部という作家同士の競争についての言及もあるということ。これまで私は政治を疫病のように避けてきたけれど、もう避けてはいられない。宮廷の悲劇的な事件は何だったのか？　このことについて、セイ、あなたは何も語っていない。宮廷の政治と「組織改革」はどんなふうにあなたの人生に影響を及ぼしたのか？　ムラサキはあなたやあなたの悪評とどんなふうに関わっているのか？

政治よ、セイ、政治。「をかし」と叫ぶ読者の声が聞こえてくる。

天皇はあなたたちの世界の統治者ではあるけれど、実質的な権力は持っていない。執務は主に、宮廷を中心とした祭祀と貴族文化と芸術に関わるものだった。政治的な権力を持たないので、歴代の天皇には特徴がなく、年代記ではとくに何も語られていない。九八六年から在位に就いた一条天皇は、セイ、あなたの描写によれば優しくて繊細な青年で、歌と音楽に興味を持ち、笛の演奏が大好きだった。

実権を握っていたのは藤原氏だった。彼らは九六七年[106]から少なくとも百年間、武力を使わずに統治することに成功している。藤原氏の武器は政略結婚。彼らは娘たちを東宮や天皇と結婚させ、彼女たちが男の子を産んだら、藤原の氏長は少なくとも天皇の義父か祖父という立場になる。平安時代で最も権力のあった藤原の統治者に昇りつめた道長は、四人の娘を天皇と結婚させた。彼女たちが三人の天皇を産むと、道長は統治期間中に二人の天皇の義父となり、三人目の祖父、四人目の祖父と曾祖父、五人目の祖父と義父となった。

天皇が子どものときに即位し——一条天皇は六歳だった——早期退位を促せば、藤原氏の思うままとなる。例えば、宮廷が火事で焼失すると、天皇を自分の荘園に住まわせた。このとき天皇は義父の世話になるわけだが、こういった仕方で藤原氏は権力を振るった。システムは非常にうまく機能した。藤原氏は自分の息子を天皇に就かせたり、反抗的な天皇や東宮に暴力を行使したりする必要が一切なかったからだ。権力は当然のように彼らが握っていた。

宮廷での生活は厳密な階級に沿っていた。藤原氏の様々な分家やその他の貴族はベルトコンベアに乗った人形のように位階に乗って進んでいった。昇進は、家柄や統治者である藤原氏と良好な関係かどうかで決まることが多かった。五位をいただいて昇殿を許された一条天皇の猫もそうだろう。生活のあらゆる領域は身分に応じていた。例えば、殿上人の衣裳は、扇の薄板の枚数にいたるまで決められており、三位は二十五枚、四位と五位は二十三枚、六位以下は十二枚といった具合だ。

位は、よき人、つまり生まれの良い人であることを示すもので、セイ、あなたやムラサキが描写した人たちは皆、このエリート集団に属していた。世紀の変わり目の日本の人口はおそらく五百万人程度。平安京には七万人ほどが住んでいて、そのうち貴族は五千人くらいいたかもしれない。都の五千人のよき人があなたたちの世界であり、あなたたちにとって「地方」は禁句だった。水田のある地方は国で唯一の生産どころではあるけれど、さびれて遅れた場所だとみなされ、その場所のことはできるだけ考えないようにするのがいちばんいいとされていた。遠くの受領に任命されることとほど恐ろしいものはなく、それはある種の国外追放のようなものだった。男が一度そうなって評判を落とすと、都のポストに戻るのはもう難しかった。平安京から追い出されることは、あなたたちに起こりうる最悪のことだった。

106　摂関政治は、藤原良房に始まるが、藤原実頼が冷泉天皇の関白になった九六七年に確立。道長の頃に最盛期を迎える。

セイ、あなたは父親が亡くなった九九〇年、二十五歳くらいのときに宮仕えしたということになっている。この年、一条天皇は十歳で元服式を行った。同じ年に一族の長であり関白である藤原道隆は十四歳になる娘の定子を一条天皇の伴侶として結婚させた。定子と宮廷に上がったのが、選び抜かれた宮廷女房一行で、セイ、あなたもその一人だった。

道隆の統治時代の歳月は流れ、定子はティーンエイジャーに近づきつつある一条天皇との結婚生活を楽しんでいるとき、セイ、あなたは自分よりも十歳以上は若い定子のお気に入りとして立場を固めていた。九九四年の秋に、定子の兄で見目麗しくカリスマ性のある伊周という若者が内大臣になり、妹に真新しい紙を大量に贈っている。これこそ私たちにとって何よりも重要なこと。この紙を定子はあなたに贈り、セイ、あなたは書きはじめたのだから。

でも、ちょうどこのとき幸せな時代は終わろうとしていた。九九四年の終わりに、定子の父である藤原道隆が病にかかり、半年後に亡くなったからだ。

ここから定子にとって、そして定子とともに、セイ、あなたにとっても年を追うごとに悪化していく地獄が始まった。野心に燃え、皆から親しまれている二十一歳の伊周は自分が父親の後を継ぐものだと思っていたのだと思う。でも、彼の叔父であり、道隆の弟である三十歳の道長はそうは思っていなかった。道長は自分が藤原一族の長になるよううまく画策したのだ。伊周と道長は口論になり、ある偶然の事件[107]のあとに、伊周は弟と恐ろしい辺境地へと左遷されてしまった。

若い定子にとって、この一年はとてつもなく苦しかった。父親が亡くなり、二人の兄は地方に左遷され、兄弟の一人が亡くなり[108]、定子自身は身重で（第一子[109]を出産）、年の終わりには母親までも亡くした。そのうえ権力欲の強い道長は無情にも姪の立場を弱めようと動きだした。後宮に三角関係を仕掛けて、定子とその一行が殿上人たちから不評を買うよう手を尽くした。優しくて控えめなかわいそうな定子はきっと孤独と孤立を感じていたに違いない。

セイ、あなたは書きつづけたけれど、女房たちとともに定子が受けたたくさんの屈辱については一言も触れていない。むしろ、後宮には笑いが響きわたり、宮廷生活は変わらず素晴らしく魅力的なところとして、あなたは書いている。あなたの文章を読んで苦しみを和らげた人たちもいた。源経房（つねふさ）という殿上人はこの頃すでに登場していたと思う。彼が九九六年にあなたのノートを手にして、回覧。あなたは、五、六月に、白くてきれいな紙は元気のないときに（この頃、よく気落ちしていたと思う）生きた心地にしてくれる、と定子に言うと、定子は紙を二十包み贈ってくれて、それであなたはすぐに書きはじめた。

九九九年、セイ、あなたが宮仕えしておよそ十年。この年に定子は中宮として決定的な暗転を

107　花山法皇が伊周の女の家に通っていると勘違いした伊周が、弟である隆家とともに法皇の袖を射抜いた事件。

108　藤原道頼（九七一～九九五）。定子の異母兄。道隆は高階家を重んじていたので、道頼は伊周より低くみられていた。妻の貴子が天皇の后候補となる娘たちを産んでいたということもある。道頼は祖父である兼家の養子に迎えられ、その六男になった。

109　脩子内親王。

迎える。道長の長女である彰子が十一歳になり、父親が熱く待ち望んでいた婚期が近づいてきた。不遜な道長は、正妻であり中宮という立場から定子を退かせようと目論みはじめ、定子への嫌がらせを増やしていく。あなたたち女房はこの状況に気が気ではなかったはず。なぜなら、定子の没落はあなたたちにとっても暗い未来を意味していたから。この状況から抜け出す道を探していたと思う。自分たちのこれからについてくらいは考えていたはず。セイ、この頃、あなたと道長の良好な関係があやしい[110]と囁かれていた。道長の周囲に漂う栄華の雰囲気に感じ入ったとあなたは話していたでしょ。敵の陣地に鞍替えしようと考えていたの？　疑われて傷ついた、と書いてはいるけれど。

九九九年の夏に定子はふたたび懐妊。物忌みのために定子一行は天皇から離れたところに移り住むことになる。道長は、たいして偉くもない役人の平生昌（なりまさ）[111]の屋敷に泊まらせ、屋敷で一行を出迎える高官を一人もつけず、定子の体面を傷つけた。その間に、道長の娘の彰子は入内。彰子は、定子が第二子の男の子[112]を出産した年の終わりに、第二后になった。

道長を称えるために書かれたフィクション混じりの『栄華物語』には、彰子の贅を尽くした華やかな入内の様子が描かれている。道長は成り行きに任せなかった。この光景に、セイ、定子とあなたはどんなに気を揉んだことか！　十二歳の彰子とともに宮中に上がったのは、四十人の女房、六人の女童、六人の召使い。彼女の側仕えたちは念には念を入れて選ばれていた。「候補者がきれいな顔立ちと穏やかな性格というだけでは物足りなかった。彼女の父親が四位や五位の貴族であったとしても、交際下手だったり、感じの悪い振る舞いだったりすると、望みはなかった。

なぜなら、とりわけ洗練さと優美さの際立つ人たちが合格したからだ。彰子は非常に魅力的な人だということは読者に語るまでもないが、彼女の髪については触れておかねばならない。長さは床まであり、さらに十センチ余り地面を引きずっていた。若いのに決して子どもっぽくなかった——その品の良さと優雅さは筆舌に尽くしがたい。彼女の成熟は、こんな若さで天皇の伴侶になれるはずもないと思いながら出仕した人たちを驚かせた」

定子は天皇のお気に入りの先妻だった。だから、道長は自分の娘の魅力を確実にするための労を惜しまなかった。「彰子は藤壺に居を構えた。調度品のきらびやかさは貴重な宝石のきらめきとでも言おうか。宝石はしっかりと磨いていなければ輝きは弱いが、藤壺は息を呑むほど美しいきらめきを放っていた。中途半端に教養を身につけた女房は一人としてそのような状況にあずかって主人に仕えることはできなかっただろう。御簾や几帳の枠など木製のどの調度品にも、蒔絵や螺鈿が施されていた。彰子が纏うものすべて、たとえどんなに短い時間であろうとも、品のいい色と素晴らしく薫きしめたもので、見る者をうっとりとさせ、傑作と言わしめるようだった」

110　「故殿などがおはしまさで、世ノ中に事出で来」の段で、清少納言が道長のスパイだと疑われた。
111　中宮職の三番目に偉い大進。
112　敦康親王。

語り手は圧巻のクライマックスで幕を閉じる。「彰子は夜の御殿を毎晩訪れた」と。

東宮を出産した定子が一〇〇〇年の初冬に宮廷へ戻ると、道長はかねてから目論んでいた二后並立を進めた。定子は「皇后」に、彰子は「中宮」になった。前代未聞だ。しかしながら、定子は時を置かずふたたび懐妊。道長はまたも彼女を生昌の屋敷へ追いやり、そこで出産を迎えることになる。一〇〇一年一月十二日に定子は女の子[113]を出産。翌日、二十四歳で産褥死した。

二人の后の競争は終わった。セイ、あなたはそのとき三十六歳。無職。

花崗岩城での十年間の勤め、ではなく平安京での宮仕えで、あなたはメダルすらもらっていない。でも、あなたはどこへでも行けた――どこへ？　わからない。私と同じように自由が滴る幸せを噛みしめたりした？　それとも底なしの恐怖と絶望しか感じなかった？

［清少納言の言葉］

がっかりするもの

大晦日の長雨。

ムラサキの場合はどうだったんだろう？　セイ、定子と彰子が宮廷で競い合っていたかもしれないという印象が安直にも与えられている――あなたとムラサキはセイレーンだったかもしれない。お互いにこのうえなく美しく歌いながら一条天皇をそれぞれの主人のもとへ夜毎かわるがわるおびき寄せようとするように。なんとも好奇心をそそられる構図だけれど、残念ながらありえない。もし彰子のところに誰かライバルとなる詠み手があなたの宮仕え時代にいたとしたら、それは少なくともムラサキじゃない。

つまり状況はこうなのよ。二人の后が競いはじめたのは九九九年から一〇〇一年の間。ムラサキはその頃、宮廷の近くにすらいなかった。それどころか、家にいてまったく別のことをしていた。彼女は夫の宣孝（のぶたか）と結婚したばかりで、娘の出産を控えていた。その時にはもう『源氏物語』のことが頭にあって、書いていたかもしれないけれど、それほど広くは知られていなかった。ムラサキが宮中に上がったのは一〇〇六年頃。定子が亡くなり、あなたが仕事を失ってから五年後だった。

つまり、あなたたちは競い合っていなかった。絶対に会ってすらいなかった。世間はもちろん狭くて、ほとんど全員が何らかの形でお互い血が繋がっているから、お互いのことはきっと知ってはいたと思う。『源氏物語』を読めば、ムラサキがあなたの本も読んでいたことがわかる。ムラサキはあなたのことを日記で少し手厳しく書いているし、あなたの本以外であなたについての記述が残っているたった一つと言っていい証拠だということもあって、後の世の人々の目には永遠のライバルとして、つまり嫌なヤツとして映ったのね。

113　媄子内親王。

セイ、あなたがムラサキのことをどう思っていたのかについては何もわかっていない。その代わり、私たちには、この千年の間、研究者や読者が彼女についてどう思ってきたのかについての情報は山のようにある。セイ、聞きたい？

紫式部の本名も生存年もあなたと同じようにわかっていない。おそらく生まれたのは九七〇年から九七八年の間。つまり、あなたより十歳若い。ムラサキも文学的に有能な家系だった。父親の藤原為時は五位下の役人で、祖先の兼輔の歌は勅撰和歌集に入首。道綱母として知られている『蜻蛉日記』の作者はムラサキの大おばだった。ムラサキ自身は小さい頃から漢文や漢詩を勉強することができた。兄の勉強を傍で聞きながら兄よりも早く文字を覚え、ムラサキが男に生まれなかったことを為時は嘆いたという。

九九七年か九九八年に、ムラサキは遠縁の藤原宣孝と結婚。そのときムラサキは二十五歳。当時としては晩婚だった。漢学ができるということで評判を落とした読書の虫には、そうそう結婚話が持ち上がらなかったのかもしれない。夫は彼女よりもずいぶん年上で、すでに妻や子どもが何人もいた。まもなくしてムラサキに娘が生まれたものの、夫は平安京で猛威をふるった流行病で一〇〇一年に亡くなってしまう。わずか二年の結婚生活のあと、ムラサキは未亡人になった。

おそらくこの時期にムラサキは『源氏物語』を書きはじめたのだろう。女友だちに読ませていたのだろうが、彼女たちがそれを書き写して広めるようになる。そうして源氏はしだいに有名になり、評判を呼ぶようになると、ムラサキは彰子の女房として召し出された。亡くなった定子のサロンには文学的なスターたち（セイ、あなたのことよ）がいて、権力に陶酔していた道長は娘の彰子にもそういった人々をつけたがった。ムラサキが彰子の傍でおもしろい『源氏物語』を読んであげれば、天皇も頻繁に訪ねてきたがるだろうと、道長は踏んだのだ。

そんなわけでムラサキは一〇〇六年頃に宮中へ上った。彰子は十八歳、ムラサキは三十を超えていた。セイ、ずいぶん年を取ってからあなたが宮仕えしたといつも書かれるけれど、その理由が私にはわからない。ムラサキはあなたよりも年がいって宮中に上った。はっきり言ってもう若くなかった。後にムラサキの娘も出仕して、つぎの天皇[114]の乳母として立派な地位につき、歌人として名声を上げていることを考えれば、宮廷には何か引かれるものがあったのね。

ムラサキがどれくらい宮仕えしていたのか知られていない。彼女の亡くなった年も、一〇一四年から一〇三一年の間ということ以外にわかっていない。それでも、宮廷時代に彼女が三冊の作品を書き残したことはわかっている。つまり、和歌集『紫式部集』、『紫式部日記』、『源氏物語』だ。

『源氏物語』は、およそ二十年かけて書かれたものだと思う。その結果、でき上がった作品は歴史的価値のあるものになった。これは、光源氏とその孫の世代の人生、人間関係、恋愛、平安時代の宮廷生活、価値、雰囲気、ムラサキと、セイ、あなたが生きた世界全体についての信じられ

114　後冷泉天皇。

ないほど多様で心理的に深く織りなされた作品。五十四帖の物語は英語にすると千百ページ。これは世界でいちばん長い長編小説の一冊だ。『ドン・キホーテ』や『戦争と平和』や『カラマーゾフの兄弟』よりも二倍長く、プルーストの『失われた時を求めて』の三分の二。物語の時間は七十五年、四代にわたる。登場人物はおよそ四百三十人で、そこには使い、召使い、その他の名もない下人たちはカウントされていない。作品には時間や人物関係においてミスが一つも見つからないほど、ムラサキは異なる時間領域において交差する物語の糸をうまく操っている。

そんなわけで『源氏物語』は日本文学の誰もが認めるもっとも偉大な古典となり、いちばん研究されている。その地位は神聖なものとすら言ってもいい。『源氏物語』の研究は早くから特定の貴族たちが占有していた。各家は、軍事機密のように守られた原本の様々な写本を所有しており、秘蔵の注釈やテキストを聖遺物のように後世へ受け継いできた。『源氏物語』については、一万点を超える本が書かれており、エッセイ、研究論文、入門書が数限りなくある。おまけにいくつもの源氏辞典や参考図書もある。平安時代の儀式や音楽を扱った研究書などで出典として使われた作品は何百にものぼる。注釈書の底本は[115]一二〇〇年代のもので五十四帖について書かれているが、残っているのは二帖のみ。池田亀鑑の『源氏物語事典』は千二百ページにわたってぎっしりと書かれた大事典で、以前の諸注釈書にそのうちのおよそ百ページを割いている。これほど徹底的に研究された小説は世界でこれだけかもしれない。研究だけでなく、源氏は信じられないほど多くの小説、詩、劇、映画、漫画を生み出した。もっともよく知られた能や歌舞伎や文楽の多くが『源氏物語』の筋に基づいている。セイ、源氏は宗教になったのよ。

セイ、あなたが「書き集めたノート」は、この大作の影にどうやっても隠れざるをえなくなってしまった。研究書では、あなたはいつもムラサキのつぎ。彼女の比較や対照として、脚注で逸話として言及されるだけ。あなたを対象にした研究書の数は、ムラサキのほんの一部にも及ばない（例えば一九九五年の日本語研究書の図書目録であなたの本を取り扱ったのは六冊。セイ、『源氏物語』に至っては百十！）。それに加えて、日本では昔からあなたたちの性格が比べられてきた。つまり、あなたたちを女性として比較し、正反対の二人として線引きをしたがった。極端に言ってみるなら、マドンナと娼婦。

ムラサキの性格は内気、穏やか、塞ぎがち、引っ込み思案、内向的、付き合い下手。女房たちがよくしていた噂話やイジメには興味がなかった。彼女はしとやかで奥ゆかしいとされていた。ムラサキは自分のことをちゃんとわかってもらっていないと確信していた。自分の鋭い洞察力は作品の中で使うためにひた隠した。ムラサキは、片隅でそっと聞き耳を立て、誰の注目も浴びることなく静かに過ごせるよう願いながら座っている人だった。

セイ、彼女はあなたとは正反対。あなたは自信家で出しゃばりで積極的。軽快な言葉のやりとりがことのほか好きで、自分の知識を見せつけたり、あなたの嫌みの槍玉に挙げられたどうしよ

115　『奥入』。藤原定家による注釈書。

うもない殿上人をいじめることができるとあれば、なおさらそうだった。あなたは、感性と感情と怒りをはっきりと表に出した。そしてそれらを包み隠さず確信をもって書いた。あなたは、無理にでも出来事の中心にいた。

日本人は、ムラサキは白い雪を割って最初に咲き誇る汚れのない純粋無垢な梅の花だと思っている。それは（男の研究者たちによる）完璧な妻の理想像。セイ、あなたは桜の花。梅よりも華やかで、それほど清らかではない。セイ、あなたの噂されている男関係、女には似つかわしくない振る舞い、ずけずけと物を言う口、知識をひけらかす恥知らずな態度——あなたのこの不適切さすべてがあなたを汚れた者にした。清らかでありえない者に。

セイ、いきなり悪寒が走った。ムラサキの性格描写を読みながら、まるで自分のことを見ているように感じたから。もちろん自分が純粋だとも無垢だとも思っていない。ほど遠いくらいだ。でも、「内気で、穏やかで、塞ぎがちで、引っ込み思案で、内向的で、付き合い下手……」。まさにこの売れない文句を出会い系サイトのプロフィールみたいなものに書くかもしれない。

セイ、もし本当に私が「彼女」だったら……だからこそ私はあなたに憧れているの？

セイ、これだけははっきりしている。つまり、あなたの評判を考えるうえで最悪なのはムラサキの日記だということ。私のようにあなたに憧れて妬んだ聖ムラサキがこっぴどくあなたを批判したという事実。これは庇（かば）いようがないよね？

ムラサキの日記の現存している部分は、一〇〇八年から一〇一〇年までの宮廷生活を扱っている。ムラサキは、宮仕えを夢見る娘に向けた手引き書として書いたのかもしれない。日記は彰子の第一子敦成（あつひら）親王の誕生を事細かに描写しており、それに関わる儀式や祝宴や列席者たちの装束や行動も記述している。ムラサキは、周りの人たちは自分のことをすっかり間違って解釈していると嘆いてもいる。これにおそらく腹を立てて、張り合っていた作家たちの人物像に毒舌をふるったのだろう。後世の日本でもっとも評価の高い女流歌人の一人とみなされている和泉式部は、ムラサキにとってつまらない振る舞いをする人で、そうでなくてもたいした歌人でも何でもないという。セイ、あなたへの評価も彼女とたいして変わらない。

> たとえば、清少納言は本当に自分のことしか頭にない人。利口ぶって漢字を書き散らしている——でも、よく調べてみると、十分でない点が多い。他人と違って自分のほうがよくできると思っている人たちは、必ず苦しむことになり、惨めな終わりが待っているもの。たいしたことでもないのに見逃さないようにして、どんな状況にも、しみじみとさも感動しているようにふるまう様子は、当然、間抜けで中身のない人のように見えてくる。そんな人たちの成れの果てが良いわけがない。

　セイ、ムラサキの文章の動機や意味や影響はこれから詳しく調べてみることもできる。もちろん、この文章はあなたが存在していた証。あなたの本以外であなたについて書き残された唯一の文章と言っていい。でも、セイ、あなたは日記が書かれた頃は「得意顔で」宮廷から八年か十年前には去っていた。いずれにしろ、ムラサキが出仕するおよそ六年前には姿を消していた。あなたたちはライバルという立場でも何でもなく、会ったことすらなかったと思う。

いったいどうしてムラサキはわざわざあなたについて書いたのだろう？　ずいぶん前に仕事を辞めさせられ、（口伝えによると）地方で忘れ去られて貧しい暮らしをしていた人について？　私の頭にまず浮かんだのは、セイ、やっぱりあなたはまだ宮廷にいたということ。

ここで自分に置き換えて考えてみた。私が一九九九年に花崗岩城に上ったとして、その時点で、十年前に解雇させられ、一度も会ったことがなく、当時は羨ましいほど優秀で、今はどこか遠くの町で飲み潰れてしまっているかもしれない広告編集者について、わざわざ（意地悪く）書くだろうか？　書いたとしたら、それはなぜ？　おそらく、何年経ってもその文章が優れた見本として社内で広まっていて、女房や殿上人たち、じゃなくて、出版社の社員たちが、その人がどんな状況で何を言ったり書いたりしたのか、いつも思い出していたといった場合だろう。でも、これはどれくらい現実味があるだろう？　どんな仕事仲間たちが「十」年も前にいなくなった人をいつまでも思い出す気になるだろう？　それに、その人について日記に書くほど嫉妬する人はいるだろうか？

いない。当人がまだ生きている場合を除いては。私の説はこうよ。セイ、あなたは一〇〇八年から一〇一〇年の間に宮廷にいて彰子に仕えていた（ほとんどありえないけれど）かもしれない。「もしくは」あなたはムカつくほど元気で生き生きとしていて自信に満ちた様子で、どこか宮廷の近くで、なおも「よき人たち」の世界に影響を及ぼしていた。ムラサキは悪い人なんかじゃなかった。あなたが施しを乞う哀れな尼の乞食に落ちぶれていたとしたら、彼女があんなに意地悪くあなたのことを中傷する理由なんてあるかしら？　あなたの行く末は不幸だというムラサキの予言が本当だったとは私は思わない。これこそ妬みからくる陰口で、これをモラリストたちは人を呪わば穴二つの根拠にした。

おまけに、セイ、ムラサキは、あなたが彼女の夫と親族について書いた内容に頭にきていた。宣孝の偉そうな身なりを嫌みったらしく取り上げて、ムラサキの従兄である信経の間抜けさに章段をまるまる一つ割いている。[116]　夫の服装を冷やかされて誰が黙っていられるだろう！　ムラサキは仕返しに日記であなたと友人の斉信と他に二人の殿上人の友だちに噛みついた。

セイ、ムラサキがあなたのことを知っていたかどうかも、あなたが彼女の時代に宮廷にいたのかいなかったのかも、私たちには知るよしもない。でも、一つだけ確かなことは、あなたは生きたレジェンドになったということ。あなたには名声があった。でも、その名声は前から悪かったの？　それとも、ムラサキは最初から文学のライバルの名声に泥を塗るつもりだったのだろうか？

少なくともムラサキの計略は上手くいった。彼女の言葉は、高くついた販促キャンペーンのよ

116　「あはれなるもの」の段。

うにさらにあなたの評判を落とした。雪だるまのごとく年を追うごとに大きくなって、溶かすことができないくらいにまでなった。ムラサキの言葉は、信頼できる当時の証人が正直に書いた、あなたのリアルな人物像になった。あなたの本には、ユーモアセンスも、愛情も、繊細さも、友だちへの思いやりも、自然愛も、心からの生きる喜びもたくさん読みとれるのに、文学史はムラサキの言葉を猿みたいに繰り返している。なぜなら、それが「唯一」残っているあなたについての記述だから。それがバイアスとなり、それを通してあなたは読まれ、あなたの晩年について憶測が飛び交っているのだ。

聖ムラサキの言葉は真実になってしまった。あなたは自分のことしか考えない人「だった」。安っぽくて、おかしくて、薄っぺらな人「だった」。あなたは偉そう「だった」。だからあなたの終わりは惨め「だった」。しかもあなたは自分が言うほど漢語はそんなにできなかった。

文章をじっくりと読めば、セイ、ムラサキがあなたの言葉を引用し、あなたへ敬意を表していたということがわかるのに、誰も気づいていない。

おまけに、あなたとムラサキが争っていたと言われているけれど、それは女同士の嫉妬とは違うまったく別のことが争点だったということもありえる。セイ、私ね、ある研究者の髪の毛が逆立つような理論に遭遇したのよ。それによると、それは「政治的な権力争い」だったかもしれず、あなたたち二人は美しく着飾った操り人形にすぎなかったということ。

つまり舞台裏では中宮たちの父親である藤原兄弟の道隆と道長が影響力を持っていた。道長が定子を退け、自分の娘の彰子を中宮へのし上げると、芸術や文化において以前の統治者よりも自分が優れていることをさらに示す必要があった。「こちらの」書き手の女房たちのほうが「そちら」よりも優れていることを見せつけなければならなかった。ムラサキはその計略の一部だった。

おそらくムラサキは命じられて日記を書いたのだと思う。セイ、の文学タレントで、道隆と中宮定子の華やかな世界について書いた。あなたの作品は平安京の読書サロンのセンセーションだった。ムラサキの『源氏物語』はもちろん有名だったけれど、悪いことにそこには、道長の偉大さは一切描かれていなかった。つまり、宮廷の称賛が必要だった！　東宮の誕生についての長い描写が！　もう宮廷にはいない昔のライバルたちのこき下ろしが！

まさにそういうものが——依頼されて——ムラサキの日記にはある。

セイ、あなたの評判を落とすことが道長の意志で、その計画がどんなにうまく行ったか知ったなら、彼は腹の底から満足したはず。女房たちの「争い」は、女としても作家としても、あなたとムラサキの評価に何百年間も影響を及ぼしてきた。ムラサキについては、膨大な量のありとあらゆる研究がある。「惨めな終わり」というムラサキの言葉が呪いとなり、それが千年経ってもなおあなたに纏わりついている。セイ、あなたの時代ではあなたは注目の的だった。あなたの声は宮廷サロンに圧倒的に、揺るぎなく、他を押しのけて響き渡っていた。ところが、今日、スポットライトを浴びているのは誰？　ムラサキ、ムラサキ、ムラサキだけなのよ。

道長さん、もしこれがあなたの狙いだったとしたら、お祝いするしかないわね。軍配はあなたのチームに上がったのだから。

セイ、あなたたちがそんなにも違っているなんて妙じゃない？　二人は似た者同士だったかもしれないのに。あなたたちの生い立ちはすごく似ていた。父親は受領で、親族には文学的な素養のある人がたくさんいた。どちらも私生活に不満だった（片方はおそらく離婚、もう片方の夫は死亡）、どちらも後見人を亡くしている（片方は父親を、もう片方は夫を）。どちらも漢語ができ、漢詩に精通していた。どちらも文学的に才能があり孤独だった。あなたたちは二人とも通常よりも年齢がいってから宮中へ上がった。宮仕えに呼ばれたのは、どちらも上流階級の出身だったからではなく、文才があったから。二人には大きな期待が寄せられていた――ムラサキは有名な前任者であるあなたの輝かしい評判を超えなければならなかった。どちらも大活躍した。それでも、あなたたちの物語がどんなふうに終わったのか、私たちにはわからない。

セイとムラサキ。セイとミア。セイと私。あなたと、セイ、私、ムラサキ。物語を続けましょう。

［清少納言の言葉］

比べられないもの

夏と冬。夜と昼。雨が降るのと日が照るの。若さと老い。人が笑うのと怒るの。黒と白。愛と憎しみ。雨と霧。

人を愛するのをやめたとき、本人は以前と変わらないのに、別人になったかのように感
　　じられること。

ヴォーグ。

数日間、紅葉狩りをして、爽やかな秋晴れと寺の庭園の燃えるように赤く色づいた楓の葉を楽しむ。

一日目。伏見稲荷大社の千本鳥居と石の狐たちが守っている山へとうとう登る。オレンジ色に輝く鳥居の通路に囲まれて、汗を掻いて息を切らしながらひと休みするために立ち止まる。そのわきを、腰の曲がったお年寄りのおばあちゃんたちがオコジョのように颯爽と私を追い抜き、若い女の子たちは額に一粒の汗も浮かべずにハイヒールとミニスカートで登っていく。セイ、千年前、この同じ山で泣きそうなほどくたくたになっているあなたを追い抜いていくやけに元気な女の人を羨ましがったあなたを思った。

二日目。大阪の生け花教室へ行って、駅界隈のごちゃごちゃした未来的なブレードランナーの雰囲気にくらくらする。点滅するネオン、蒸気の上がる食堂、ガールズバー、カラオケルーム、耳を聾するほどうるさいパチンコ店（予期せぬ情熱の的。それはガード下の店）。生け花教室でめちゃくちゃ典型的なマナー違反をした。尊敬すべき先生に、ミアさん、と名乗った——たとえ周りからいつもそう呼ばれているとはいえ、自分の名前をさん付けすることは決して「決して」ない——授業中はずっと恥ずかしくて、自分を殴りたかった。

冬が近づきつつある。冷え込む部屋で重ね着をしてニット帽をかぶって眠る。毎朝の冷蔵庫が暖かく感じる。そこで指を暖めたいくらいだ。

最終日。日文研塹壕へ行く。帰国まであと数日。山積みの本の中にはまだ調べるものがある。

セイ、私はまだムラサキから離れられない。借りた最後の本をめくっていると、鳥肌が立つほどすごい情報に出会った。ヴァージニア・ウルフが、一九二五年にアーサー・ウェイリーの英訳『源氏物語』を称賛する書評を『ヴォーグ』に書いて、紫式部を西洋の女性たちに周知したという。

ヴァージニア・ウルフが。紫式部について。『ヴォーグ』に。

刺激的な連想の繋がり。そこから湧くイメージ。ここに、この三つの言葉に女性の人生のすべてが凝縮されている。

セイ、できるならあなたの名前を紫式部の名前と取り替えたい——あなたを読めばヴァージニア・ウルフは絶対にもっと興奮していたはず！　あなたたちの出会いはみなぎる潜在力に溢れていたはず。自分ひとりの部屋。女性の権利。女性の悦び。キャリアウーマンの権利を擁護して、少なくとも恋愛生活と教養に関しては、男の自由を自分のものにしたあなたは、フェミニストの先駆けのようなものだった？

そもそもあなたの本の最初の英訳はいつ世に出たの？　セイ、ヴァージニア・ウルフはあなたのことを知っていた？　もし、あなたたちが知り合っていたら、お互いにどう思い、どんな会話をしていただろう？　一九二五年に刊行された『ヴォーグ』はどんな雑誌だったのだろう？　ロンドンのジャズ時代の女性たちが千年前に生きた日本の女性作家（ムラサキ！）について大いなるフェミニストの眼差しで読んだ『ヴォーグ』とは？　どんな世界の――どんな女性の世界の――平安時代の女性たちにヴァージニア・ウルフは感心したのだろう？

これをロンドンまで行って明らかにしなければならない、これをはっきりさせることが、急にとてつもなく大事なことのように感じた。

〔清少納言の言葉〕

　早く結果が知りたいもの

女が子どもを生んだら、男の子なのか女の子なのか早く聞きたい。女が身分の高い人なら、なおのこと気になる。でも、召使いやつまらない身分にいる人の場合でさえ知りたいもの。

愛する人からの手紙。

Ⅷ　フィンランド——ロンドン。冬

フィンランドへ戻る機内。私はもの悲しい疲れに浸っていた。皆が幾晩も私のために送別会を開いてくれたから。ある晩は、同居人たちと近くの居酒屋に集まって感傷的な夜を過ごした。そこは——そのとき知ったのだが——マルコスの空手の先生の店だった。最後の夜はセブとレイナと一緒に中心街にある老舗の一保堂の喫茶室でお茶に酔いしれた。私たちはテーブル席でストップウォッチを見ながら正しくお茶を淹れた。お茶が勢いよく回って酔ってきた。小さな器で三杯飲んだあと、私たちは震えたり、クスクス笑ったり、目が冴えたりした。高ぶった気持ちのまま宿まで自転車を漕ぎながら、今日は一睡もしないな、と思った。

宿に戻ると、同居人たちがテレビ部屋にぽつぽつと集まってきた。ドアを閉めて、暖房をつけ、いろんな話をし、誰かがギターを弾いた。午前零時を回り、私は部屋に戻って布団に横になった。四時半に鳴る目覚まし時計とその少しあとに到着するリムジンタクシーを待ちながら、四時間、起きていた。考えと感情が「くそったれ」の蜘蛛の巣のように矛盾しながら弱々しく飛び交っていた。

一、フィンランドに戻りたくない。

二、セイ、あなたをこの旅に連れてこようと決めたとき、自分がどんなことに足を突っ込んだのかまるでわかっていなかった。吐息のようにふうわりと軽く、澄みきった本を書くんだと思っていた。どのページにもあなたと私の対話からひと息つける余白のある本を。呼吸するみたいに読むような本を。読者は日曜日の午後に、手にした本をおろし、陽光に輝く雪景色を見て、少しだけ立派になったような、心が洗われたような、生まれ変わったような、それを称えて一杯のお茶を淹れるような本を。

はあ。

私は、泥沼にはまり込んでしまった。八方に交差する策略と謎の混乱の中でずぶ濡れになってあがいている。汗に塗れて、落胆している。どうして私は状況をこんなに見誤ってしまったんだろう？

セイ、あなたがこんなにも謎と見解だらけの人で、そのすべてを一冊にまとめられないことを、私はどうやって知ることができただろう？　あなたが書いたもののすべてが、実はまったく別の何かかもしれないということを。

例えばあなたのものづくしリストのように。これこそが、何よりも先に私に何年もインスピレーションを与えてくれたものだった。あなたの本を読んだとき、自分の人生物語をものづくしで列挙して、でき上がったものに『三十代のためのノート』と名前をつけた。私たちのリストはとてもおもしろかったと思う。機内に座っている今でも、例えば自分の今の状況をものづくしで挙げてみてもいい。「シートベルト。窓。シートポケット。座席テーブル。レッグルーム。翼。

ビープ音。雲」。あるいはこうかも。「恋しく思うもの。名前のないもの。胸が張り裂けそうなもの」。リストというのは、おもしろくて、機知に富んでいて、機転が速くて、わかりやすい——そう思っていた。

でも、今、わかったのは、セイ、あなたの置かれた状況ははるかに複雑だったということ。あなたのリストというのは、つまり、ただの何でもないリストではなく、思っているほど少なくとも単純でもない。その多くが変わっているので、訳本では翻訳されずに取り除かれているほど。研究者たちは、あなたのリストが何を意味しているのか、なぜあなたは列挙したのか、どこから着想したのかについて議論を交わしている——こういったリストは日本文学であなたの前にも後にもない。あなたは芸術的それとも科学的な見解から書いたの？　これは何らかの詩か、現代の読者にはわからない超天才的な言葉遊びではないかと言う人もいる。一方で、あなたたちの世界の一つひとつの要素を百科事典のように網羅することが目的だという人もいる。おまけにリストは、あなたの本は何であって、なぜ書かれたのか、というもっとも大いなる問題を解く鍵であるかもしれない。セイ、このリスト作業は「重要に」なってきた。

ものづくしリストはあなたの本の中でいちばんおもしろくてあなたらしい特徴であることは明らか。三百段あるうちのほぼ半分を占めている。は型（七十七段）は単なる単語を列挙したもので、つまらなかったり、変わっていたりするために訳されないことが多い（シートベルト、窓、シートポケット）。代わって、もの型（七十八段）はもう少し広い記述を伴っていて、私や他の多くの人たちがとにかく熱烈に気に入っているもの（恋しく思うもの）。

セイ、研究者たちは疲れを知らず一生懸命にリストに入れ込んできた。彼らはそれぞれが良いと思う方法で、数えたり、表にしたり、分析したり、解釈したりしてきた。数値で結果を出す人たちもいれば、論理的思考の限界に挑んで、少なくとも読む楽しみを台なしにする哲学的な結果を出す人たちもいる。(私のような)ものづくしフリークたちは、あなたのリストに鼓舞されてリストを作ってきた。ある日本人男性はあなたの本の「は型」をこんなふうに分類している。

一、自然現象を扱っているもの(七段):四季、風、雨、太陽、月、星、雲。
二、地理学や自然地理学を扱っているもの(二十三段)。
三、人間の作った建築物を扱っているもの(五段):橋、家、宿、小屋。
四、動物や植物を扱っているもの(九段):花の咲く木、花の咲かない木、鳥。
五、信仰を扱っているもの(八段)。
六、官位を扱っているもの(七段)。
七、芸術や娯楽を扱っているもの(十一段)。
八、衣裳や個人的な持ち物を扱っているもの(六段)
九、その他:身体的な病を扱っているもの(一段)。

あのね、セイ。プラスチック製スプーンを手に持って飛行機のシートポケットを証人として今ここで尋ねるけど、誰が山のリストを読みたいと思う?「小倉山、鹿背山、御笠山、木の暗山、入立の山、忘れずの山」。さらにあと十二座も！　誰がおもしろがる？

どうやら何人かにとってはおもしろいようで、あなたのリストのルーツは歌枕だと彼らは考えている。歌枕というのは、あなたたち宮廷女房にとってとても身近なもので、ほのめかしを含んだ和歌の用語のこと。例えば歌枕が何百年間も和歌に詠まれた地名だったのは、言葉遊びにとくに好都合だったから。これまで詠まれてきた古歌がもたらした言外の意味も含めると、ほんの小さな言葉がとてつもなく大きな伝統を背負い、入り混じる言及、暗示、連想のネットワーク、平安宮廷の和歌を詠むうえで知っておくべき全世界を担っていたのかもしれない。小倉山が何を意味しているのか理解するためには、歌の辞書を引いたり、膨大な量の古歌を暗記したりしなければならなかった（確かに、シートポケットやレッグルームには、そういった意味はまだ積み上げられていないと思う）。

そんなわけで、セイ、あなたのリストも、宮廷女房たちのために有名な歌枕をリストアップするという実践的な必要性がきっかけだったのかもしれない、と考えている人もいる。だってあなたは言葉遊びや語呂合わせが「大好きだった」し、例えば「山は」の段は、まさに歌枕が可能にしたあなたの知識と機知の素晴らしいスタンドプレーだったのかもしれない。あなたは山を一つひとつ列挙しながら、それがどの和歌を指しているのか読者に当てさせようとしている。さらに踏み込んで、ある研究者の解釈では、あなたの山は対話形式になっていて、山の名前が一つの文章に読めたり、名前に小さな愛の物語までも隠されていたりする――物語や意味のどんな世界がものづくしに捧げた人に広がることだろう！　「五幡山――ああ、いつまた？　帰山――帰る？

後瀬山──また逢える……」

　このおもしろくない「山は」は、本当はあなたの読者にとってはおもしろいものだった。伝統的な歌の暗号をよく知っている人たちは、今はもういない。遊べる人もいない。あなたの才気溢れる物語を理解できる人は誰もいない。

　でも、セイ、飛行機ワードのことは忘れても、歌枕はどこかに消えてしまうことはない。それはパスワードとか、仲のいい友人たちや老夫婦たちの間で生まれる文章とか、その人たちだけがわかっている共通の歴史の意味の世界を会話の中に蘇らせることができるようなものに少し似ている。

　飛行機が平安京からどんどん遠くへ私を連れ去ってゆく間、私は小ぶりの窓からはてしなく続く日の出を見つめる。私だって言葉遊びは好きよ、セイ。

「Ci sei?」。これはイタリア語。意味は「あなたはそこにいる?」よ。

［清少納言の言葉］

　　とても気に入った歌をノートに書きつけていたのに、ある召使いに見られて歌をへたくそにうたわれた。ふさわしい感情もなくうたわれるのは、ひどくいやなものだ。

　フィンランドは寒くて雪が降っている。飛行場で金髪のビジネスマンたちの集団を見る。みんな妙に背が高く見える。両親が迎えに来てくれている──デジャヴュ──すべてが一瞬で逆になってしまったかのように感じる。車の中で、父の運転について両親が言い合っているのを聞く。本当に私はいなかったのだろうか。

時差ボケは恐ろしい。何日も偏頭痛に悩まされた。

三ヶ月の間にフィンランドで変わっていたこと。私の字、ストックマン、[117]以上。十二月六日の独立記念日のあと、大統領官邸で行われた恒例の祝賀パーティーで踊ったゲイカップルがフィンランドで話題になった。雪はかなり降り積もり、この奇妙な気象現象の原因をタブロイド紙『イルタレヘティ』が語る予定。人々は中心街の通りを雪だるまになって歩き、交通は乱れ、クリスマスソングは鳴り響き、極右政党「真のフィンランド人」は支持率を上げる。ストックマンにはどうやら寿司バーができたらしい。カウンターには三種類の握りが並んでいる。わずかに水分が抜けているように私には見える。

花崗岩城で本を買い求め、同僚たちとお昼を食べ、友人たちの家で幾晩にもわたって赤ワインを飲む。忘年会とホットワインパーティー[118]に行って、呼ばれたらどこへでも顔を出す。姪っ子たちと遊んだり、ジンジャークッキーを一緒に焼いておばのいたらない腕前を披露したりする。帰宅後、クッキーの飾りつけは焼いたあとだと弟に言われた。ヴィヒティの両親の家に身を寄せるか、ヘルシンキのクルーヌンハカ地区[119]の弟家族の家にやっかいになるか決めかねたので、この二つを行き来する。ヘルシンキ北部のパキラに住む友人ハンナの家の留守番役も二週間請け負っているし、エスポーのアライグマの世話も必要であればすると申し出た（セイ、あなたも里下りしたときはこんなふうに親戚や友人の家に身を寄せて過ごしていたのよね）。驚いたことに、自分の家や荷物はちっとも恋しく思わなかった。むしろ実家の屋根裏部屋に置いてあるわずかな荷物が煩わしいと感じた。荷物が鞄一つに収まれば、生きるのはもっと楽になる。つまり、選ぶのも、洗うのも、掃除をするのも減るのだ。

幸いにも私にはロンドン行きのチケットがある。

ロンドンへ、イージージェット航空会社のバスのような飛行体験とともに夜遅くに到着。哲学者アラン・ド・ボトンの考えによれば、航空会社の至高の取り組みは死から最も遠い場所にいると伝えることだという。イージージェットでは、ルールブックのこの箇所は飛ばされていた。飛行体験から贅沢さを示すあらゆるものが排除され、質素な実態をあえて隠そうとはしていなかった。カーテンで仕切られた密やかで贅沢な上級客室。この客室の存在ほど何も悪いことは起こらないことを伝えるものはない――おいしい食事を待ちながらマティーニグラスを手に機内のシートに横になるなんて、ここではありえない。無料の飲み物も、ホイルに包まれた楽しみの食事もない。座席に丁寧に配られた毛布も、アイマスクも、歯ブラシもない。個別のエンターテイメン

117　一九三〇年創業のヘルシンキに本店を構える老舗百貨店。
118　クリスマスシーズンに飲む。アーモンド、レーズン、クローブ、シナモン、ジンジャーを入れて温めた赤ワイン。
119　ヘルシンキ大聖堂の北側にある地区。

トモニターも、リクライニング可能な座席も、座席番号すらない。日刊紙は選べるほど豊富でなく、各言語で搭乗歓迎をアナウンスする客室乗務員もいない。そもそもきれいにメイクアップした、いい香りのする、手袋をはめた客室乗務員はいない。ここにいるのは、太った普通のイギリス人女性（もちろん親切だが）が一人と、クスクス笑っているひょろっとした男性の客室乗務員が一人。どんな状況においても、この二人に自分の命を預けたくはない。どちらも派手なオレンジ色のシャツを着ていた。突如、安全のしおりをじっくり読んでおきたい気持ちに駆られた。

ガトウィック空港から友人リーアの家に近いウェスト・ブロンプトン駅まではバスで行ける。地下鉄の駅にスーツケースとともに午前零時半に降り立った。改札は動かない。改札機に誰かの切符が詰まっている。どこにも誰もいない。構内にはクラシック音楽が流れている。私はロンドンにいた。

大英図書館。情報に飢えた者たちを優しく受け入れるすべての図書館の母——事情聴取のような面接にうまく合格すればの話。閲覧室に入るためには図書館の閲覧証を申請しなければならない。水曜の朝に本館であるセント・パンクラス館の壮大な建物と閲覧登録室に行くので、運良くあらかじめオンラインで申請を済ませておいた。「誤って」自分の名前にあるウムラウトを使ってしまったので（「ドイツ語の名前ですか?」と係員）[120]、当然、私の申請書は見つからない。ようやく係員による個人面接まできた。署名の確認のためにパスポートを、住所の確認のためにクレジットカードの明細書を提示しなければならない。職員から、図書館で何をするつもりなのか聞かれ、閲覧したい本のリストを見たいと言われた。私は大学の研究者ではないため、閲覧する資格があることを証明する名刺のようなものも求められたので、前の職場の名刺を見せた。職場は何ら関わりがないけれど、おかげさまで説明せずに済んだ。係員が私の写真を撮る（「ちょっとにっこりしたほうがいいですよ！」）。まもなくして、三年間使える自分の名前の入った顔写真付きの閲覧証が手もとに来た。ぽかんとした自分の顔の上部に「世界の知識の研究」と書かれていた。

閲覧室には最低限のものしか持ち込めない。ロッカーに、コートと弁当と鞄とペンとカメラを置いていかなければならない――人が必要としているものはほぼすべて。持ち込めるものは、閲覧証、鉛筆（もちろん持ってきていない）、ノートパソコン、作業に必要な紙のみ。特記しておくと、手はきれいに拭いておくべし。こんなふうに見張られている雰囲気では手が汗ばんでしまう。持ち物は透明のビニール袋に入れていく。閲覧室から退室するときに警備員が中身をよく調べるためだ。

書庫にある本をパソコンで請求する。七十分後にカウンターから受け取り、そのときに本を閲覧する座席番号を報告しなければならない。パソコンから遠い私の座席番号は長い数字の羅列で、

120　著者の姓はKankimäkiと書く。äにウムラウト（文字の上の点々）がついている。ウムラウトはドイツ語やスウェーデン語にもある。

鉛筆を持っていなかった私はメモができず、報告できない。同じ理由で、電子カタログを閲覧しながらメモができない。それでもどうにかこうにか本をどっさり請求することができた。地下の本屋で六十ペンスの大英図書館鉛筆と消しゴムを買いに退室（閲覧室の係員のカウンターの端に大昔の手動の鉛筆削りがネジで取り付けてあるように見えたから、鉛筆削りは不要だろう）。そのあとの六十八分は図書館のレストランでお昼をとりながら過ごした。

ロンドンへ出発する前に、実家の屋根裏部屋でこれまで調べたものや書いたものを文章にしようとしたけれど、その間テンションは下がりっぱなしだった。ダメだ、セイ、私は、数々の疑いを通り越して高らかに笑いながら突き進むあなたとは違う――私は不確かさとそれに伴う不調にはまっている。

でも、そんな中、たまたまヴァージニア・ウルフの『自分ひとりの部屋』を手にしたら、自分だけじゃないことに気づいた。作品は――女性のことだけでなく――書くことについて、その難しさについて、私の気持ちにぴったり寄り添うような方法で語りかけたのだ。

ウルフのよく知られた女性と文学についてのテーゼは、女性が書こうと思うならお金と自分ひとりの部屋を持たねばならないというもの。年収五百ポンドは物事を考察できることを、ドアに鍵のかかる部屋を持つことは自立して考えることができることを意味している。そうよ。セイ、あなたにはお金（紙）があり、自分ひとりの部屋（中宮定子のサロン）があった。私には助成金と文字通り実家の屋根裏部屋に自分の部屋があり、自分のすべての時間を書くことに使える自由がある。でも、そこへ行く前に、ウルフが彼女らしくまず女性たちの歴史に踏み込んで語ってくれたのがうれしかった。

女たちが男たちよりも貧しい理由を調べるために、ウルフ（もしくは架空のオルター・エゴであるメアリー・ビートン）は大英図書館へ行って調べものをする。彼女は、延々と続くかと思われるカタログから該当するテーマの本を探し、一ダースばかりの本を適当に書き出すと、用紙を金網のトレーに置いて、「真理の精油を追い求めている他のひとたち同様[121]」自分の席で待つことにした。ウルフは朝からノートと鉛筆を持ち昼までには真理をノートに引き写せるだろうと思っていたけれど、作業量の膨大さに気づいてパニックに陥る。「このすべてに目を通すためには、わたしは一群の象にならないといけない、一群の蜘蛛にならないといけないと、いちばんの長寿と言われる動物といちばん眼の数が多いと言われる動物の名前を懸命に探しながら、わたしは思いました。鋼鉄の鉤爪と真鍮のくちばしも必要だ。そうじゃないと外皮すら突き破れない。この大量の紙束から真理の粒を拾い出すなんて、どうやったらできるんだろうか？[122]」

ウルフは自分が科学的な研究には向いていないとも感じていた。「これはまったく理解不

121　ヴァージニア・ウルフ『自分ひとりの部屋』（片山亜紀訳、平凡社、二〇一五）五〇頁。
122　ヴァージニア・ウルフ『自分ひとりの部屋』（片山亜紀訳、平凡社、二〇一五）四八～四九頁。

能――とわたしは結論づけ、隣席で勉強しているひとを見て妬ましくなりました。わたしのノートときたら矛盾だらけのメモの殴り書きでいっぱいなのに、そのひとはすっきりした要約を書いて、A、B、Cと見出しをつけて整理しています。まったく気が滅入ってしまいます。困ったこと、恥ずべきことです。（……）W（簡略化のために私は女性(woman)をこう呼ぶようになっていました）についての真理はわたしの指からこぼれ落ちてしまいました」[123]

まさにあの日文研塹壕の日々の私はこんなふうに感じていたのだ。Sについての（簡略化のために彼女をこう呼ぶようになっていた）目ざましい手がかりを見つけると思っていたのに、まったく別のことを扱った耐えきれないほど理論的な研究の数々を読むはめになり、それは石鹸のように手から滑り落ちた（どんなこと？　何を探しているのか自分でわかってる？）。学術的な研究者たちと並んで、情報とやり方の点から自分のいたらなさを痛感した。

ウルフのパロディーの真意はもちろん研究の経験不足にあるわけではなく、歴史の流れの中で女性たちが受けてきた曖昧さと不在にある。つまり、私の場合も自分が調べている女性について何も知らないという事実にあるのだ。男たちの当時の出来事は非常に細かく漢語の年代記に記録されている――女たちについては彼女たちの本名すら知られていない。

驚いたのは、平安時代の女性作家たちの作品がこれほどたくさん残っているということ。それ以上に驚いたのは、そもそもそれらが存在しているということ。例えば、一五〇〇年代のイギリスの女性たちは詩を書いていない。なぜ書いていないのか、そのことがウルフの頭に引っかかった。どんな状況に女性たちは置かれていたのか？　どんな教育を受けていたのか？　読み書きは教えられたのか？　自分ひとりの部屋を持っていたのか？　彼女たちは朝八時から夜八時まで何をしていたのだろう？　どれくらいの若さで子どもを生んだのか？（ジョージ・エリオット、エミリーとシャーロット・ブロンテ、ジェイン・オースティン、そしてヴァージニア・ウルフのように、歴史的に子どものいないことは女性が作家であることの最低条件のようだ）。どんな状況であれ、彼女たちはシェイクスピアのような劇は書かなかった。もしシェイクスピアに驚くほど才能のある妹ジュディスがいたらどうなっていただろう、とウルフは想像してみる（シェイクスピアには実際に妹がいたらしい）。ウィリアムが勉強し、旅行し、読み書きをしていたとき、妹は実家に留まっていた。彼女は学校に通わせてもらえず、文法を学ぶこともなければホラティウスを読むこともなかった。数ページ読むことはあっても、靴下を繕いなさい、クリームシチューをかき混ぜなさい、本や紙で空想に耽るのはやめなさい、と両親から言われた。彼女は隠れて数ページは書いたかもしれない。でも、用心してしまい込んでおくか燃やしてしまうかだった。両親は彼女を羊毛商人の息子と結婚させようとするけれど、ロンドンへ逃げて、劇場のドアを叩いた。彼女が作家になりたいと言うと、笑われてしまった。ロンドンで彼女が唯一なれたのは、やがて子どもを身ごもったこと（孕ませたのは劇場経営者）。彼女は恐ろしくなって自ら命を絶ち、

123　ヴァージニア・ウルフ『自分ひとりの部屋』（片山亜紀訳、平凡社、二〇一五）五五、五六頁を基に、フィンランド語訳の語順に合わせて改訳。

宿屋エレファント・アンド・キャッスルのあたり、現在はバス停のある陰気な十字路に埋葬された。

でも、平安時代の日本では、まさに女たちがシェイクスピアのような劇を書いていた。セイ、あなたやムラサキのような受領の娘たちは、こっそり漢詩を勉強できたし、読み書きもできた。あなたたちは和歌を詠むことも美しい手蹟で書くこともできると「思われて」すらいた――少なくとも本物の作家たち、つまり漢語で詩を書く男たちの感情を害さない限りは。それどころか、あなたたちは自分たちの仮名文字で日記や手紙や創作物語を作っていた。あなたたちの置かれた状況は限られていたけれど、存在していた。

セイ、考えすぎかもしれないけれど、文学的な教養のあるあなたたちの父親は自分たちの秘められた知識を、娘たちにこそ「意図的に」伝えていたのかもしれないと思ってしまうときがある。その極意をもとにまったく新しい何かを生みだす非凡な可能性を――漢語に縛られた息子たちにはなかった可能性を――持っていたあなたたちに。もしかしたら平安時代の文学的奇跡の背景には父と娘の陰謀のようなものがあったとか？　少なくとも統計的に見ても、父親と娘は家族の中でも近しい間柄で、いちばん長く一緒に住むのはこの二人。なぜなら、息子は妻のもとへ移り住み、母親は産褥で若くして亡くなってしまうけれど、娘は結婚しても親と一緒に実家に住んでいたから。つまり家には父と娘しかいなかったのかもしれない。そこであなたたちはシェイクスピアのような劇を稽古していたの？

でも、あなたたちの名前を知っている人は誰もいない。

本の完成、書くことの難しさ、助成金、曖昧な仕事環境に私は希望が持てなくなってきた。ちゃんと形になるだろうか？　これに意味はあるだろうか？　おもしろいと思ってくれる人はいるだろうか？　ウルフはこれらのことも経験している。一冊の本として生まれ出てくるのは奇跡だとウルフは思っている。「あらゆることが、作家の精神から作品がまるごと生まれてくる可能性を妨害します。概して、物質的な状況は敵対的です。犬は吠え、他人は邪魔します。お金だって稼がないといけませんし、健康を害するかもしれません。さらに、こうした困難をいっそうつらく耐えがたいものにするのが、世間の無関心という悪名高い代物です。世間は詩や小説や歴史を書いてくださいなどと頼んできたりしません。必要と思っていないのです。（……）当然、欲しいと思っていないものにお金は出しません[124]」

もちろん、二〇〇〇年代の女性として自分に書く権利がないとは感じていない。でも、その代わりに、なぜだか書いてはいけない諸々の理由が私の頭の中で渦巻いている。なぜ私は書いてはいけないのか。私が出版業界にいるから——都市伝説によると、私みたいな人は皆、ひそかに本を書きたいと夢見ている。だから、そういう夢を実現することはまったくもってバカげている。

124　ヴァージニア・ウルフ『自分ひとりの部屋』（片山亜紀訳、平凡社、二〇一五）九一〜九二頁。

なぜ私は書いてはいけないのか。自分が気取っているように見えるから。せめてピューリッツァー賞レベルの作品くらいでなければ、少なくとも私は書いてはいけないだろう。なぜなら、ほとんどの本が二ヶ月程度の販売シーズンが終わるとセール在庫に回され、汚れた有害廃棄物になるからだ。だからゴミが溜まらないように私はわかっていないといけない。なぜ私は研究してはいけないのか。私はちゃんとした研究者ではないし、大昔に書いた修士論文時代のことくらいしか頭に残っておらず、学術研究のしきたりに精通していないから。日本人の作家についての研究はなおのこと。なぜなら、私は日本研究家でもないし、日本語ができるわけでもないから。ああ、なんてこと。なぜ自分のことについて書いてはいけないのか。女性はいつも自分のことについて書いていると思われていることを改めることができないから。少なくとも感情的な爆発や人間関係の事情の中でかき回されながら書いてはいけないだろう。もし自分のことについて書くなら、ヴァージニア・ウルフのように高尚な詩とか小説とかの形まで高めないといけない。もし自分のことについて書くなら、せめてペトリ・タンミネン[125]でないといけない。つまり男でないといけないのだ。

ところが、ウルフが（ヴァージニア大好き！）一九二九年に『自分ひとりの部屋』の終盤で高らかに声を上げた。書くことが恥ずかしくて病んでパソコンの前でしゃがみ込んだ私の口に、暴れたり怖じ気づいたりする執筆不安症の私に、他の誰でもないウルフが最高の特効薬を計量スプーンで優しく入れてくれた。「みなさんには（女性たちには[126]）あらゆる本を書いてほしい、些細なテーマであれ遠大なテーマであれ、ためらわず取り組んでほしいと申し上げたいのです。／

みなさんには、何としてでもお金を手に入れてほしいとわたしは願っています。そのお金で旅行をしたり、余暇を過ごしたり、世界の未来ないし過去に思いを馳せたり、本を読んで夢想したり、街角をぶらついたり、思索の糸を流れに深く垂らしてみてほしいのです」[127]

　ヴァージニア・ウルフ、ありがとう。

　そんなわけで、些細なのか偉大なのか解明できないテーマを研究するために何とかして手に入れたお金でまずは京都へ、そしてここロンドンまで旅してきた。ロンドンには、セイ、あなたを探しに来たのだけれど、『ヴォーグ』の耳寄りのムラサキのヒントを追ってやって来た。ごめんね、セイ――世界文学史ではあなたはいつも端役になる。このことがあなたはどんなに嫌でたま

125　（一九六六～）。奥深くてユーモアのある簡潔な文体の短編小説の書き手として高い評価を得ている。「男らしい」物語を得意とする作家。『人生いろいろ（Elämiä）』（一九九四）、『男の憂鬱（Miehen ikävä）』（一九九七）、『かくれんぼうの国（Piiloutujan maa）』（二〇〇二）、『おじの教え（Enon opetukset）』（二〇〇六）、『海物語（Meriromaani）』（二〇一五）など、いずれの作品にも洗練されたミニマリズムの手法が際立っている。

126　（　）内の補足は著者によるもの。

127　ヴァージニア・ウルフ『自分ひとりの部屋』（片山亜紀訳、平凡社、二〇一五）一八八頁。

らないことだろう。

ヴァージニア・ウルフはどういった生活状況でアーサー・ウェイリーが訳した『源氏物語』を読んで、有名な書評を『ヴォーグ』に書いたのか。そのことについて何かつかみたくて、私は大英図書館で彼女の日記を読む（雑誌社にメールを送ったけれど返事はないし、図書館で該当の雑誌は見つからない。だから、手にとってどんな記事や広告や写真が載っていたのか見ることもできない。残念。その当時の流行は――少なくとも、セイ、あなたの関心を引いたはず！）。

一九二五年、ヴァージニア・ウルフが『源氏物語』に夢中になったとき、彼女は四十三歳だった。ヴァージニアはブルームズベリー地区にあるタヴィストック広場に住んでいた。私が今座っている大英図書館の席から目と鼻の先（隣の席に座っている真面目そうな男子学生がずっと咳をしている。彼はヴァージニアが『自分ひとりの部屋』を書いているときに隣にいた人物と同じ人物で「ありうる」わけはないと何度も自分に言い聞かせる）。ヴァージニアはレナード・ウルフと結婚していたけれど、ヴィタ・サックヴィル＝ウェストと熱愛関係にあった。記事を書いたり、家の地下でホガース・プレスという出版社を夫と経営したりしていた。そこで手間ひまかけてエリオットの『荒地』などの活字を刷版に一字一字一行一行拾い、レナードに二ページごとに印刷するよう渡すと、組版を解いて、黒い文字をはめ込み、最初から始めた。彼らにはこれ以上の文字を用意する余裕がなかったからだ。その当時、ヴァージニアは『船出』（一九一五）、『夜と昼』（一九一九）、『ジェイコブの部屋』（一九二二）を刊行していたけれど、一九二五年四月に世に出た

『ダロウェイ夫人』で、彼女は一躍有名になった。ただ、多くの人にはヴァージニアの実験的な手法のせいであまりにも難解な「言葉の霧」の本だと思われたけれど。同じ年の少し前にはエッセイ集『一般読者』[128]を出している。その後、続々と彼女の代表作が世に出た。一九二七年に『灯台へ』、一九二八年にヴァージニアの名を不動のものにした『オーランドー』、一九二九年に『自分ひとりの部屋』、そして一九三一年に『波』。

　ヴァージニアは『ヴォーグ』の書評で支払われたまとまった報酬を高く評価しているが、『源氏物語』を読んでいる頃、瀕死の人なら誰もがそうであるように彼女は何もしていない状態に苦しんでいた。

「[一九二五年]六月十四日日曜日。恥ずかしい告白――日曜の朝十時を少し回っている。私がここで書いているのは小説でも書評でもなく日記。自分の気持ち以外に何の言い訳もない。二冊を書き終えたあと[『ダロウェイ夫人』と『一般読者』]、ただ新しい作品に向き合う集中力がないだけ。それから手紙、人々の話、書評といったいろんなことで頭がいっぱいだ。気持ちを落ち着けることも、何かにかかずらうことも、その外側へ自分を締め出すこともできない。(……)さて、ジェラルド・ブレナンに返事をして、ゲンジを読まなくては。明日にはヴォーグから半分の二十ポンドがもらえる」

128　原題は *The Common Reader*。未邦訳。

「六月十六日火曜日。朝のゲンジの仕事の終わりの部分ができた。少しスラスラとペンが走りすぎて、短くまとめるか減らすかしないと。心配していた通り、ジェイコブもそうだったけれど、ダロウェイは読者の頑迷な壁に頭をぶつけてしまった。この三日間、一冊も売れていない」

知られているところによれば、ヴァージニア・ウルフは、アーサー・ウェイリー訳の『源氏物語』を通して西洋ではない文学に関心を持った。彼女が熱中した理由は、セイ、私があなたに影響を受けた理由とまったく同じ。一〇〇〇年代に生きた繊細な女性がいて、その女性が何百年という時を超えて九〇〇年後の似たような女性にまっすぐ話しかけてきたことが、ヴァージニアにとって驚きだった。『ヴォーグ』の書評で、ヨーロッパは野蛮な状況でイギリスが領土争いをしていた頃、地球の反対側ではレディ・ムラサキは庭を見て「葉の間からもの思いに耽ってほほ笑む唇のように白い花弁が今にも咲こうとしている」ことに目を留めているというのに魅せられたとヴァージニアは語っている。

紫式部の『源氏物語』はヴァージニア・ウルフの日記全五巻でたった二回しか出てこない。セイ、あなたにいたっては一度も。その代わりに、あなたたち二人を訳したアーサー・ウェイリーには何度も言及している――ヴァージニアとアーサーは昔からの知り合いで、キャロライン・クラブの集いでときどき会っていたことがわかった。一九二五年五月、『源氏物語』を読む少し前、ヴァージニアはアーサーも出席していた夕食会に参加した。そのときにはもうアーサー・ウェイリーは中国や日本の文学をたくさん翻訳していたけれど、まだ大英博物館で働いていた（ここブルームズベリー地区の世間は狭い）。彼の『枕草子』[129]の英訳は三年後の一九二八年の終わりに、ヴァージニア・ウルフの『自分ひとりの部屋』の少し前に刊行されている。『自分ひとりの部屋』でヴァージニアは物を書く女性像についてレディ・ムラサキを挙げているけれど、セイ、あなたのことには触れていない。一九二九年三月、ヴァージニアはアーサーがお茶に訪れると書いている。そのときにはウェイリーの翻訳は出ていたから、少なくともヴァージニアの耳に入っていたことは確かだ。謎に包まれているのは、ヴァージニアが作家として脂が乗り、精力的な執筆プロジェクトに取り掛かっているときに本を読む時間があっただろうかということ——彼女はちょうどそのとき渾身の力作『波』に取り組んでいた。日記からはわからない。

セイ、あなたの終わりが不幸だったかどうかについては私たちにはわからないけれど、ヴァージニア・ウルフの最期についてはわかる。一九四一年三月二十八日、彼女はコートのポケットに石を詰めて入水自殺をした。五十九歳だった。躁鬱病に苦しんでいたヴァージニアは、自分がふたたびおかしくなっていくと思った。夫に宛てた遺書には、「あのひどい時期」をもう乗り切れないし、もう治らないと思うと書いていた。ヴァージニア・ウルフの伝記を書いたナイジェル・ニコルソンは、ヴァージニアはこの十日前には自殺を図っていたと判断している。その日、彼女は全身ずぶ濡れになって帰宅し、うっかり溝に落ちてしまったと夫に話していたのだ。彼女の日記の最後の文章は、死の四日前に書かれていた。「L（レナード）がシャクナゲを生ける」

花。セイ、あなたも花について触れていたら。

ここ何日かは無我夢中で過ぎていった。私は大英図書館の虜になった。朝、目を覚まし、他の通勤者たちと八時半のラッシュの地下鉄へ向かう。アールズ・コート駅で乗り換えて、慣れたようにキングス・クロス駅まで行き、そこから歩いて仕事場の大英図書館まで行く。もし早く着きすぎたら、扉が開くのを並んで待って、それから前の人のあとについてロッカーへ進む。そこに折り畳んだコート、弁当、鞄を入れ、透明のビニール袋に入る分だけの仕事道具を詰めて持ち込む。図書閲覧室の警備員に閲覧証をちらりと見せ、半分埋まった閲覧室から居心地のいい端の席を選び、読書灯を点け、私の名前で前日から棚に保管しておいた本をカウンターから取ってくる。パソコンと本を開き、私は仕事に取り掛かる。

［清少納言の言葉］

わたしが家にいて、夫に忠実に仕える女の一人だったらどうだろう——ワクワクするような将来の見込みが一つもなく、それでも自分が幸せだと思っている女だったら——バカみたいだと思う。そういう女はたいてい宮仕えに出られるくらいの身分なのに、世間のいろいろなものを見聞きする機会がない。できたら、女房などになって、こういった生活がどんな喜びをもたらすのか実際に見て、少しは宮廷で暮らすことができたらいいのに。

宮仕えしている女は軽薄で失礼な振る舞いをすると思っている男には頭がくる。そう思うのももちろんわかるけれど。お仕えする主上（その名前を挙げることなんて畏れ多くてできない）から始まって、上達部や殿上人、四位、五位はいうまでもなく、私たち女を見ない男は少ないことだろう。女の召使い、一緒に宮中に上がった従者、女中頭、トイレ掃除の女、物の数にも入らない者から恥ずかしがって几帳や扇に隠れている女の話なんて聞いたことはあっただろうか？（……）
宮仕えをしたことのある女が結婚すると、奥ゆかしくないと思われているのもわかる。でも、宮仕えした者らしく宮廷の祝賀パレードに参列するよう招待を受けるのも晴れがましいことではないか！　宮仕えを終えて家庭に引っ込んでいるのは、もっといい。たまたま受領の妻になって、娘が五節の舞姫[130]に選ばれたら、田舎くさく知らないことを人に尋ねて恥ずかしい思いをする必要はないのだから。

大英図書館の本の山を調べながら気づいたのは、セイ、あなたは二〇〇〇年代に刊行された多くの女性研究の百科事典やアンソロジーで触れられているということ。そうよ、セイ、もしあなたが研究書でこきおろされたり見くびられたりするとしたら、それはあなたの中にあるもう一面

130　朝廷の儀式の一つである十一月の収穫感謝の大嘗会で踊る舞姫のこと。

なのよ。平安時代の唯一のドライな袖（目）で女性の自由と権利を擁護した一面。女権運動の使者の先駆け、イプセンのノラ[131]やヘッダ[132]に例えられた新しい女性のモデル、一九〇〇年代の日本の女性解放運動紙で熱心に取り上げられた人。この一面をヴァージニア・ウルフも誇りに思っただろうし、あなたについて、女性の権利に千年も前に触れていた女性について、『自分ひとりの部屋』で熱く語るべきだったのに！

セイ、あなたや平安時代の他の女性作家たちは、総じて一九九〇年代のフェミニズムの文学研究にもてはやされていた。あなたたちが書いたものについてジェンダー解釈がされたり、平安文学研究と今日のジェンダー研究の間で実りのある対話をつくりだす方法が考察されたりした。研究書は、性、欲、他者、眼差し、窃視症、性別のテキスト解釈、性差による主語のポストモダン批判といった表現でごった返している――いちじるしく知的で理論的なアプローチがいたる所で目立つ。時折、研究書に引き込まれ、複雑な文章構造の入り組んだ推論の繋がりが理解できたようにも思った。私の目の前に理解の仄暗い雲が漂っている。それはあと少しでつかめそうなほど近くにあるのに、明快なフィンランド語の文章に解こうとすると、ふたたび壊れて手に落ちて、別の概念や文章のメタレベルのごちゃごちゃした山になる。

それでも私はそういったすべてのことに感謝している。一般的に女性の日記、自伝、回想、手紙は、以前は研究で取り上げられなかった分野で、一九七〇年代以降はフェミニズム研究を奮いたたせてきたものだ。自分について書くことは以前は表に出なかったけれど、今や研究者たちは秘密の花園のような平安時代の女性文学を見つけたのだ。その豊かで洗練された文章、文学、愛、恋人、家族関係、性についての複雑な見解に、フェミニズム研究者たちは有頂天になって鼻歌を歌った。平安文化全体が女性であることを讃えるお祭りなのだ。

セイ、大英図書館で女性たちを取り上げている本であなたを発見。なかにはあなたのことを政治思想家として扱っているものまであった。*Women's Political and Social Thought*（『女性たちの政治的および社会的思考』未邦訳）というタイトルの本では、歴史の文書で日の目を見なかった女性たちが取り上げられており、セイ、そこにあなたがいた。サッポー、メアリ・ウルストンクラフト[133]、ローザ・ルクセンブルク[134]、シモーヌ・ヴェイユ、ヴァージニア・ウルフと肩を並べて。

歴史を通して、女性たちには勉強したり学術的な研究をしたりする機会に恵まれないことが多かったので、正しい政治的な文章を学んだり発表したりする場がなかった。そんなわけで、彼女たちの見解はそれ以外のところから、つまり、エッセイ、手紙、日記、自伝、スピーチ、パンフレット、手引書、詩、小説、児童書から、探さなければならない。女性たちの文章は男性たちが書いたものよりもたいてい親密で個人的で現実的だ。彼女たちの書くものは身近なもので、女性

131　『人形の家』（一八七九）の主人公。一人の人間として夫の人形であることから逃れようとする。
132　『ヘッダ・ガーブレル』（一八九一）の主人公。美しく勝気で自由奔放。
133　イギリスの社会思想家。フェミニズムの先駆け。
134　ポーランドのマルクス主義の政治理論家。

たちの関心をとくに引いた。セイ、あなたは政治思想家だと言えるだろうか？　あなたは政治的で社会的な機構や階級や男女の間柄について書いてはいるけれど、それだけでそうだと簡単には決められない。あなたには男とも女とも自由に付き合う機会があったから。少なくとも男と同等であり、宮廷生活を謳歌しているとあなたは断言している。有名なキャリアウーマン擁護論[135]では女性の自立と自由と仕事のためにズバッと言っているしね。

　あなたの政治的側面が注目されないことを不審に思っている人もいる。それは、あなたの書いたものが、例えばビュフォンが一七五三年に発表した良い文章の定義を満たしていないからだ、と思っている人もいる。ビュフォンによると、良い文章というのは、途切れず、一貫しており、的確で、まとまっていて、無駄がなく、筋が通っている。あるいは、あなたは女らしくて哲学的ではない印象を作品に与える言葉（女性の仮名文字！）と形式（日記）を使っているから。もしくは、あなたの文章は徹底して抽象的でも制度的でもなく、むしろ実際的で日常的だから。原因の一つはあなたが書いたものづくしリストだと思う。なぜなら、リストはありふれていて、私たちの誰もが列挙することができるから——これよりも親しみやすくて、それほど危険でもない形式はなかなか思いつけない！　それでも、セイ、あなたはこのおかげで政治的な意見すらも表すことに成功した。その意見は公的かつ私的、具体的かつ抽象的。そしてそれらが関係のないように見える考えや出来事と、意表を突くように挑発的に結び付いている。

　例えば、アリストテレスの『政治学』とプラトンの『国家』の権力論と、「権威を失ったもの」についての章段とを比べてみると、「まじめな理論家が取ろうとする」形式からかなり離れていることがわかる。正直、みっともなさについては、アリストテレスやプラトンよりも詳しいと思う。

〔清少納言の言葉〕

みっともないもの

かもじを取りはずして、残りの短い髪を梳いている女。

嵐で倒れて、根を上に向けて転がっている大きな木。

負けた相撲取りの引っ込む後ろ姿。

つまらないことで夫に怒って、家出をしてどこかに隠れている女。女は夫が必ず追いかけて探しにきてくれると思っているが、夫はそんな素振りを見せるどころか、いまいましいほど気にもかけていないように見える。女はいつまでも留守にしているわけにもいかないので、プライドを呑んで家に帰ってくる。


セイ、ヴァージニア・ウルフがあなたの文章を読んだか読んでいないかという考えが、いまだ

135「生いさきなく、まめやかに」の段。

に頭をよぎる。もしこういったことすべてを彼女が知っていたら、あなたのことをどう思っただろう？　あなたたちはお互いにとてもよく似ている――アーサー・ウェイリーが一九二九年にヴァージニアの家へお茶に呼ばれた十一月、あなたも一緒に来ていたはず――でもあなたは彼女の視界からずり落ちたのだと思う。ナイトテーブルに積まれていく「すぐに読まなければならない」本の山に埋もれてしまった？　どこかの文学の夕べで主催者の玄関に雨傘と一緒に忘れられてしまった？　それほど親しくない知り合いに借りられたまま返却されずじまい？　ヴァージニアはやっぱり読んでいたけれど、『自分ひとりの部屋』はもう校了してしまって、新しいヒロインを追加するのが間に合わなかった？

私がヴァージニアのナイトテーブルにあったウェイリーの訳をついに読み終えたとき、恐ろしい事実に突然、気づいた。セイ、ウェイリーはあなたの文章を省略していた。

ウェイリーは自分でも言っているように、「退屈なところ」、「意味が不明なところ」、繰り返し、例えが込みいっていて広範な説明なしにはわからないところは省略した。事実、セイ、あなたの原文の「四分の三が省略」されてしまった。女性の自由についてのスピーチは省かれてしまった。有名なキャリアウーマン擁護論は、ウェイリーには退屈なものだったか意味不明だったか、広範な説明なしには理解できなかった。だから彼は訳さなかった。

セイ、ヴァージニアは知らなかった。

ヴァージニアは「知らなかった」のよ。

［清少納言の言葉］

　がっかりするもの

わざわざできるだけ見た目もよく書き上げた手紙の返事を今か今かと待っているとき——使いが戻ってきているはずではないかと考えているとき——まさにさっきの手紙を持って帰ってきて、おいでになりませんでした、とか、お受け取りになりませんでした、とか言う。

ほんとにがっかりする！

　ウェイリーの件でようやくひどく悶々としていたことに着手する気になった。つまり、訳書の問題に。原本の不在と様々な伝本に頭を悩ませるなら、訳書を読むことは——それを考え出すと——もっと悩ましい。いや、私は古語は読めないし、様々な伝本のジャングルの中で結論を出すこともつまりはできない。私はウェイリーとその他の訳者たちの思うままにあって、実際には、セイ、あなたが何を書いたのか確かな情報は何もわからない。私は、ヴァージニア・ウルフとまったく同じでついていてない。あなたが発信したメッセージを受け取れなかったのだから。

　アーサー・ウェイリーは訳者としてはもちろん特別なケースでかなり個性的な人だった。彼の訳した本は多くの人が原書とまるで似ていないと思うほど自由なものだった。後に彼は英語の詩を高めたことで賞賛されたけれど、その広範囲にわたる破壊行為を批判されもした（翻訳について書かれたある記事のタイトルは Why I Hate Arthur Waley「私がアーサー・ウェイリーを嫌う理由」)。セイ、あなたはそれでも(抄訳されたにもかかわらず)ウェイリーのお気に入りだった。多くの人が一九二八年に刊行されたウェイリーの英訳を彼の代表作だと思っている。あなたについてのウェイリー版は、彼による説明や解説がつけられたある種ちょっとしたベストコレクションだった。おそらくウェイリーにも使命感があったのだ。それは、セイ、あなたを地下鉄で通勤する人たちに楽しんで読んでもらえるような、感じがよくて親しみやすい形にする——すべて載せるかどうかなんて気にせずに。

日本語はこの千年の間にあまりに変わってしまって、平安時代の日本語は現代の読者にはもう理解できない。セイ、これがあなたを訳すきっかけなのよ。古語で書かれた文章は悪夢のようにわかりづらい。つまり、それは句読点も主語もない言葉の羅列で、過去も現在も、主張も疑問も、単数も複数も区別のつかない文章だということ。セイ、あなたの作品には文章もしくは段の区切りすらなく、私たちの手もとにあるのは、言葉の慣用法についてさっぱりわからない時代に書かれ、今ではもう話されていない言葉で書かれたひと続きの文字の塊。冒頭の文章の意味についてだけでも何十年と議論が交わされているし、それぞれ違った解釈による翻訳版も出されている。実際に、日本人自身も現代語訳されたものを進んで読んでいるし、英訳を読んでいる人すらいる。もっとも過激な現代日本語訳では、あなたは東京の原宿で見かけるようなちゃらちゃらしたティーンエイジャーに変身している。あなたの有名な書き出しは原宿ガールの口にはおおよそこんな感じになる——「春ってさあ、マジで朝!!!」

そんなわけで、セイ、西洋の世界はあなたの本をいろいろなバージョンで知ることになった。その翻訳方法は、時代、歴史的な気風、翻訳した時点であなたの世界についてどれほど知られていたかで決まってくる。翻訳作品の内容は、どの伝本を使用したのか、作品は完訳なのか、抄訳なのか、（ウェイリーのように）独自の芸術的な解釈で編集したものなのか、文章は自由に翻訳されたのか、逐語訳されたのか、といったことでも変わってくる。翻訳家たちの最大のジレンマの一つは、現代の日記のようにあなたの声がまっすぐ親密に届くように今風にするか、それともできるだけ忠実に古風な宮廷スタイルで表すか、ということ。

アーサー・ウェイリーが一九二八年に抄訳を刊行したあと、一九六七年にアイヴァン・モリスが最初の英語の完訳を成し遂げた。一九七一年に刊行された（私が読んだ）ペンギン・ブックスはその抄訳版だ。ある研究者によると、ここ百三十年の間に、完訳であれ部分訳であれ西洋の言語に訳された『枕草子』は四十六あるそうだ。最古は一八七五年にアウグスト・プフィッツマイアーの部分的で「科学的な」逐語訳のドイツ語版が、最新は二〇〇六年にメレディス・マッキンニーの英語版が出ている。

セイ、あなたに向かって手を伸ばしながら、あなたの原本が残っていないことが最大の問題ではないということに気がついた。最大の問題は、「翻訳の過程で大切な意味が失われている」ということ。あなたは翻訳家が想像したただの構造物。それは一体どれくらい現実から離れているんだろう。四十六バージョンが世界中に散らばっていて、そのどれが正しいものにもっとも近いのか私にはわからない。ここに意味があるんだろうか？　私はあなたに恋をしたのよね？　それとも、清少納言という名前に隠れている誰かに今は恋してる？　この歳月をかけて一緒に旅してきたアイヴァン・アイラ・エスメ・モリスという名のイギリスの日本学者であり翻訳家に？　彼の声が私の耳に木霊してるの？　こういった女たちに関わることで六〇年代に影響を与えた中年の大学教員のオヤジが――私のイメージでは、厚底眼鏡をかけて、ハゲ頭に髪をのせた、茶色のツイードのスーツとパイプをふかしている――私のソウルメイト？

私はアイヴァン・モリスについての情報を夢中になって探しはじめた――私が探すのは彼であって、セイ、あなたじゃなかった！　アイヴァン・モリスは一九二五年に生まれて、一九七六年に亡くなっている。母親はスウェーデン人の貧しい家の娘で（後に作家と政治活動家になる）、父親はアメリカ人の金持ちの息子だった。家族は父方から贈られたフランスの城に住んでいた（二人の息子がどうやってイギリス人になったのか、その経緯についてはわからない）。とくに私が知りたかったのは彼の容姿。私の愛する人の姿。そしてついにインターネットで画像を見つけた――セイ、あなたの画像はないけれど、彼のはあったわ。五十代の男。眼鏡なし。額からわずかに後退した髪は黒くてカールしている。太い眉毛といたずらっぽい笑顔。チェックのシャツに柄のネクタイを締めている。なるほど、アイヴァン、何かについて何かわかっていそうな男。好印象。あなたの憧れの人は絶対お母さんでしょ。

セイ、あなたと私とツィード・モリスだけの旅。これじゃダメだ。行きましょう。

私は休日をとって大英博物館へ行くことにした。そこでは恐ろしいエジプト熱にいつもかかるという危険を冒すことを承知で。日本と中国とエジプト部門をうろついて、本屋に入り浸り、アフタヌーンティーをグレートコートの下で飲む。博物館からチャリングクロス街まで歩き、ヴァージニアの家のあったブルームズベリー地区のヴィクトリア朝の雰囲気を体に吸い込んだ。フォイルズと二軒ほど心を引きつけられるアンティークショップを回って、ようやくリーアが住んでいるフラムブロードウェイへ戻る。通りはサッカーファンたちで溢れ返っていた。チェルシースタジアムでチェルシー対リヴァプールの試合がこれから始まるからだ。ヘルメットを装備した騎馬警官たちが通りをパトロールしている。青に身を包んだ何千というファンたちがアリーナへなだれ込む。声援が寝室まで聞こえてきた。試合後の通りの雰囲気が弾んでいる。チェルシーが勝ったのだろう。

ほぼ毎晩のように、リーアが作ってくれた夕飯を食べる。仕事の話をしたり、人類にとってミュージカルは重要かどうか少し議論したりした（いずれにしろ二本は観に行くつもり）。リーアの仕事部屋には、様々な金属片、素描、仕事道具、アイデアボックス、未完成の作品がある。それらに囲まれて石のように私は眠った。

ロンドンのものづくし。

ミニチュアのような家。大理石の柱のあるファサードと茶色いレンガ造りの暗い背景。ダーリンと言う店員。アール・デコ調の地下鉄の駅。インド料理。お湯と水で蛇口が分かれている永遠の謎。ビールジョッキ片手におしゃべりしながら気軽に観に行くお芝居。懐中電灯を持った映画館の案内係。無料の博物館。ナショナル・ギャラリーの素敵に埋もれる赤いレザーベンチ。「シリアスリーストロングチェダー」。茶党が変な目で見られないということ。オックスフォード・ストリート。つまり、行かないほうがいい場所。決まりきっていること。それは、最寄りの回転寿司と地下鉄間は歩いてせいぜい十分以内だということ。慇懃なイギリス人と酔っ払ったフーリガンのギャップ――「Please, don't mind the gap」。ネコのミイラ。ワニのミイラ。タカのミイラ。では、ハエのミイラは？　生け花ミイラは？　*anyone*？

驚嘆すべきもの。

私は赤信号で立ち止まる町で唯一の歩行者だ。フラムロードで信号が変わるのを待っていたら、年配の男性が私のところへ杖をつきながらやって来た。「Dear, you can go, it's clear!」と彼は車の走っていない道路を指差した。この町では、赤信号に向かって人生を歩む方法をお年寄りが示すのだ。

脱線つまり大英図書館のデータベースに「pillow book」で検索して出てきた本。

The Pillow Book of Erotica.
The Lesbian Pillow Book.
The Tantric Pillow Book: 101 Nights of Sexual Ecstasy.
From Bed to Verse: An Unshamed Pillow Book.

Charlotte Webb's Pillow Book. (*Erotic Print Society*)
Dee McDonald's Purple Pillow Book. (*Erotic Print Society*)
The Pillow Book. 一冊は枕について、もう一冊はエロチシズムについて扱っている。
The Ultimate Pillow Book.（テーマは枕カバー）
Curious Pillow Book.
A Spiritual Pillow Book.
My Pillow Prayer Book.

セイ、枕とセックスと宗教があなたの名前で出てくる本の聖なる三位一体みたい。それでも、データベースには何とかあなたに関連するものがあった。

ジャン・ブレンスドルフの小説 *My name is Sei Shōnagon*（『私の名前は清少納言』未邦訳、二〇〇三）は現代の東京が舞台で、九〇〇年代の日本をかすめもしない。アン・ゴリックの処女詩集 *Kyotologic – The Pillow Book Poems*（『京都学的——枕草子詩集』未邦訳）は背表紙の紹介によると「日本人娼婦」（原文のまま！）である清少納言の文章を新しく作り変えるらしい。ルース・オゼキの素晴らしい小説『イヤー・オブ・ミート』（一九九八）[136]では章の初めにあなたが引用されてい

136　佐竹史子訳で一九九九年にアーティストハウスより刊行。

るけれど、引用を削除しても本編に問題はないほどかけ離れている。ライザ・ダルビーの小説『紫式部物語』（二〇〇〇）[137]ではありのままのあなたが登場している。アリソン・フェルの官能小説 *The Pillow Boy of the Lady Onogoro*（『レディ・オノゴロの男』未邦訳、一九九七）でもあなたらしく宮廷女房たちを話で楽しませている。

検索機に「pillow book」と入力すると、アダルトサイトにたどり着く。セイ、そこではあなたは芸者としてちらりと姿を見せている。平安時代には存在しなかった浮世絵や歌舞伎や刀と一緒くたにしている人もいる。あなたと紫式部を救いようもなく取り違えている人は多く、マルティーヌ・ベレンは詩集の背表紙に「レディ・ムラサキの枕草子」にインスピレーションを得たと書いていた。

驚くほど多くの西洋の詩人、エッセイスト、短編小説家、長編小説家、芸人、映画製作者、作曲家、ミュージシャンたちが、あなたを自分たちの作品に取り入れてきた。一九五八年、ベルギーの作曲家はあなたの本をもとにヴェーベルンとフランスの印象主義とストラヴィンスキーの表現主義を融合した室内オーケストラのための作品を書いた。アメリカのパフォーマーはあなたを『神曲』や広島の生存者たちの証言やサラエボ人記者の恐ろしい光景と結び付けた。

当然、ムラサキの『源氏物語』はさらに踏み込んでいて、ビール、ポップバンド、歯ブラシ、トイレットペーパーホルダーカバーまである。

あなたとゆるく結び付いたもっともよく知られた作品は——セイ、実際には唯一の作品で、この名前を言えば聞き手はなるほどといった表情になるだろう――ピーター・グリーナウェイの映画『ピーター・グリーナウェイの枕草子』だ。これは周知された唯一の枕の本のように思う。セイ、今あなたに寄せられている関心の大部分が、この一九九六年に製作された映画にあるとさえ思われる。フィクションにもかかわらず、多くの人の原書についての印象に影響を与えた。最近ではヴィヴィアン・ウーとユアン・マクレガーのエロチシズム滴る写真がカバーになった『枕草子』版までも出ている――カバーが作りだすイメージは現実とはほど遠く、かわいそうな読者はセックスの一滴すら見えない宮中儀式を読みはじめたとき、ひどくびっくりすることだろう。

セイ、ピーター・グリーナウェイは映画本であなたに魅せられたと話している。思いつくまま列挙するあなたのやり方に（リストマニアにはマニアがわかるのね）。映画はあなたの本から引用したものもいくつかあって、あなたの官能美と美意識について何かしらはうまくつかめている。

セイ、ヘルシンキのムセオ通りのモンド映画館で公開後すぐに観たときは、もちろん私自身も映画に興奮した。映画を観る一年か二年前からあなたのことは知っていた。それが今、私の大好きなものづくしリストとあなたの手蹟がスクリーンの映像の上を滑るように映し出されたのだ。これは映画においてはまったく新しい見せ方で、私は失禁しそうになった。文章と美学の同盟がこれほど完璧だったことはない。映画の、東と西、異なる時間と文化が融合している多層的な美

137　岡田好恵訳で二〇〇〇年に光文社より刊行。

に心が奪われた。墨、筆、それらが描く美しい文字に。書に覆われた体に。ユアン・マクレガーが映画の半分は裸だったことは、言うに及ばない。でも、いちばん心を奪われたのは清少納言だった。千年前に和歌を詠んだ、あのおかしな顔をした平安時代の女性。グリーナウェイは私のためだけに映画を作ってくれたかのように感じた。そして、セイ、今私が考えているのは、複数の並行する映像と、その上を流れる文章を使う監督のやり方が、あなたの書き方とあまりに同じだということ。あなたたちの文章と絵は重なったり、並んだり、補い合ったり、多層的に貫き合ったりしながら、成りゆきに任せてお互いを追随した。

香港と京都が舞台の映画は、今日の清少納言らしきものについて語っていた。彼女は、男たちに（恋人たちに）自分の体に文字を書かせることに取り憑かれている。映画の主人公の名前は、セイ、あなたの本名かもしれなかった清原諾子。彼女は、あなたの町である京都の出身。あなたもそうであるように、諾子は言葉や書くことや作家たち——文才のある男たちに対して情熱的だった。

小さかった頃の諾子の誕生日は、京都で二つの儀式に則って祝われた。おばが彼女に、セイ、あなたの本を読んで、父親が幸運を祈る文字を彼女の顔に書いた。そうして大人になった諾子は、父、清少納言、書の悦びを思い出させる恋人を探し求める。彼女に文字を書いてくれる恋人たちを。暗闇の中でしか文字が書けない内気な書道家。子どもが書くような文字しか書けない若い男。文章を直してばかりの、舌で間違いを消す年上の寡夫。諾子の体を算数の計算で覆い、引き算を左の胸に、足し算を右の胸に書く会計士。血まみれのグラフィティを引っ掻く残忍な客。見えない墨を使うシャイな男。映画では字と文才が平安時代と同じくらい重要な役割を果たしていた。男たちが書けないと諾子は怒った――悪筆家に用はない。

　そうして諾子は作家になろうと決心すると、自分の文章をイギリス人の恋人ジェロームの体に書いて出版社に送るようになる。つまり使いはもはや美しく折り畳んだ紙で言葉を運ぶのではなく、メッセージよりも大事な自分の肉体で運ぶのだ。ジェロームが自死すると――清少納言の『枕草子』で陰部を覆っただけの格好でベッドで死んでいた――諾子は恋人の死体に最後のメッセージを書く。結末はグリーナウェイらしい。ジェロームを愛していた出版社が死んだジェロームの皮膚を剝ぎ、それを本に仕立て上げる。愛人は、唇で作られた二十八ページ目に指を挟んで、枕の本の隣で眠る。

　セイ、グリーナウェイは「人生には信頼できるものが二つある」とあなたが言っていると思っている。「肉体の悦楽と文学の悦楽。その両方を享受できた私はラッキーだった」と。

　グリーナウェイの映画は、日本の（どうやらお粗末な）二つのポルノ映画を除けば、『枕草子』を基に作られた最初で唯一の映画か、ある種の大いなる改作のように見えるから不思議だ。二〇〇八年に『源氏物語』の千年祭が大々的に祝われたとき、新作の源氏映画がほぼ毎年上映された。セイ、あなたの記念日を映画という形で祝ったのはグリーナウェイしかいなかった。逆説的だけど、この独特の空間を持つアート映画を作るイギリス人監督の映画が監督自身最大のヒット作となり、あなたの最大の広告塔となった。

［清少納言の言葉］

うれしいもの

何かの折に詠んだ歌とか、誰かに返事として書いた歌が、広く評判になったり、備忘録に書き留められたりすること。わたしはまだ経験していないことだけれど、うれしいに違いないと思う。

それでも「脱線トップ五。あなたを探しているときに出会った変なもの」リストの上位を狙っているのは、これ。

私は大英図書館のカタログで見つけた作品を予約していた。それを音楽と希少本の閲覧室から受け取る。係員が、目の前に持ってきた一冊に綴じられた茶色い表紙の厚い本の中には楽譜が入っている。本の中間にそれはあった。スコットランド人のアマチュア作曲家の自然と船を扱った歌のあとに。ジェラルド・バリー[138]が作曲した「Things that gain by being painted」（描きまさりするもの）。ソプラノ、語り手、チェロ、ピアノへの演出指示がついている。

作品は一九七八年にダブリンで初演されたようだ。そのときは作曲家自身が語り手として演じている。演奏時間は二十分とされ、舞台は二×二メートルのスクリーン、小さなテーブル、本が二冊、スポットライトが三本あれば十分、とある。テキストはアイヴァン・モリスの英訳に基づいていた。

楽譜は二十五枚だが、あいにく私には音楽の天才たちが持っているような技能はない。でも、譜面を読みながら頭の中で音楽を聞くことはできる。出だしを頭の中でハミングしようとしたが、無言のハミングはとりわけ絶対音感がないとかなり難しいと言わざるをえない。私はテキストと演出指示で満足することにした。

「親が愛する息子を僧侶にしようと心に決めているのは本当に気の毒だ」。歌い手の声は、初めは誘うようだったが、やがて威圧的な独裁者のように変わっていく。「正月一日と三月三日は日が照っているのがいい」。そして口さがなく「ある日、わたしが一人でいたら、あの人がわたしのもとへやって来てこう言った。『恐れ入りますが、耳にしたことですぐにもお話ししなければならないことがあります』『何でしょう?』と、わたし」。上の空で「見ていて恥ずかしい人にまさに今言おうとしていたことを、この人に先に言われてしまった――本当におかしなこと」。スクリーンの光が点いて、徐々に明るくなり、語り手のシルエットが現れてくる。語り手「かわいらしいもの」。歌い手「尼のように髪を削いでいる子ども」。語り手「がっかりするもの」。歌の部分で風情のない帰り方をする恋人についての長い描写が続く。語り手「大きいほうがいいもの(僧侶)。似あわないもの(庶民の家に雪が降っているの、とくに月が差し込んでいるの)。胸が

138　アイルランドの作曲家。

ときめくもの」。歌い手がささやく「来るのを待つ人がある夜」。語り手「さまにならないもの。木。みじめな感じのするもの。鳥。高貴なもの（雁の卵）。暑苦しそうなもの（ひどく太った人で髪の毛が多いの）」。歌い手はイライラしながら「行事にみすぼらしく下手に飾りつけた車でやって来る人ほどムカつくものはない」。怒髪天を突きながら（叫んで）「一体あとどれくらいみすぼらしい車で旅をする人に目くじらを立てなきゃいけないの！」狂ったように「自分の母を敬うみたいに、主人がきれいに飾り立てて座っているのを見るのは誇らしく、これ以上に立派なものなんてあるだろうか。それを見ていると涙が流れて、化粧がダメになる。きっとわたしはひどい顔をしていると思う」。歌い手は顔を両手で覆って、本を乱暴に舞台へ投げる。そして、観客に横顔が見えるように左を向いて、口紅をつけたばかりのように口をつんと尖らせる。歌い手は髪が乱れていないか確かめるように撫でる。観客に背を向けて、ヘアピンを一本ずつゆっくりと外し、テーブルの上に置いていく。髪を両手でほぐし、服を整えながら腰かける。机の上からもう一冊の本を取り、ページをめくる。語り手「汚らしいもの（ネズミのすみか）。女が一人で住んでいる家は、ひどく荒れ果てて、土塀は崩れかけているだろう、もし池があるなら、それは水草に覆われているはず」。語り手「描き劣りするもの」。セイ、そのあと語り手は紫式部のあなたについてのお世辞とはほど遠い描写を引用する。歌い手は何も言わない。語り手「見苦しいもの。みにくい女たちが単衣を着ているのを見たくない理由の一つは、透けて見えるへそを見たくないからだと思う」。歌い手が舞台の端へゆっくりと歩いていく。語り手「むさ苦しいもの」。歌い手は屈託なく顔だけ観客に向けて最後の文を何でもないように投げる「猫の耳の中」。暗転。

セイ、私たちはあなたをいいように使っている。私たちはあなたに触発されている。あなたの真似をして、取り入れて、解釈している。あなたから様式と形式を借りたり、名前だけ借りたりするときもある。おもしろいと思ったことなら何でも一緒くたにして混ぜる。私たちはあなたをエキゾチックでエロチックな人にした。私たちは人種差別主義者であり性差別主義者だ。私たちはあなたを現代に連れてきた。あなたの歴史的事実には目を向けない。あなたが置かれた状況も気にしない。私たちはあなたのものづくしリストに自分たちの物語を読む。あなたを自分たちの文化を通して、自分たちの誤った東洋学者たちの理解を通して読む。私たちにとって遠い文化と身近な世界の間で遊ぶのはおもしろい。私たちは自分たちがほしいものを取り、おもしろいと思うところへあなたを置く。私たちはあなたを利用している。

セイ、私はあなたを利用している。

ごめんなさい。

でも、とにかく古いものを嫌っていたあなたなら、はっきり言ってこういったアップデートが好きかもしれない。こういった世界のパフォーマンスアーティストやレズビアン研究者たちの熱狂、フィンランド人女性たちのバカげた共有感覚が。不出来なもの――としか言えなくても――千年経っても私たちがあなたの文章から普遍的な意味を見つけられるほどあなたが生き生きと書いたことを証明しているこういったすべてのことが、あなたは好きかもしれない。

最後に大英図書館であなたを見かけたのは巨大事典『カラーペディア英文日本大事典』[139]の一三三八ページ。

あなたのプロフィール写真は小さなカラーイラストとしてページの上端に印刷されていた。一六〇〇年代に描かれた絵の中で、あなたは御簾に半分隠れて座っていて、顔はぼんやりと見えるだけ。穏やかな丸い顔を縁どっているのは腰まで垂れた髪。茶緑色の秋の着物の袖は鮮やかな赤で縁どられている。あなたは私のほうを見ていない。私もあなたを見ないでおくね。ましてや、少なくとも十キロはあるこの巨塊を、コピー機まで持って行く勇気は私にはない。こんなイメージをコピーするなんて。

これで終わり？　これがすべて。情報が集まれば集まるほど、言葉の周りに引用符をつけたくなる。

確かなものは何もない。事実は何もない。真実は何もない。大英図書館の高名で厳重に守られたアジア部門の閲覧室の棚にある事典にすらない。

ここではこういった嘘を守っているのだろうか？

親愛なるセイ、私の頭の中は調査データや科学的な分析や懐疑者たちの憶測で溢れていて、じきにあなたをごく普通に楽しんで読むことができなくなってしまう。世紀を超えて影響を与えてきた何百という研究者たちが私の頭の中で話している。彼らの声があなたをさらい、あなたをバラバラに刻み、あなたの言葉を何か別のものに見えるように仕立て、薄暗いほうが落ち着くはずの隅っこをギラギラと照らし出す。

あなたの原本は残っていない。

あなたの翻訳はそこいら中にある。

あなたのものづくしリストについては、それが何なのかわからない。少なくとも見たままの通りではない。何だかさらに悪いことが起きそうな予感がする。

セイ、あなたとよりを戻したい――ねえ、また、あなたと私の関係になりましょう。二人だけの関係に。私たちが気づいたもの、私たちが好きなもの、私たちが嫌いなものをリストアップして、月明かりのもと涼しいベランダに静かに座って、おかしかったら声に出して笑いましょう。

「あなたの詩的なカタログが古典の和歌にもたらした側面」のことは考えないでおきましょう。お願いだから、「あなたの覗き趣味によって、女性が受け身で官能的だと思われているタブーが問題視され、二極化した性や階級制度を解体」できたかどうか考察しないでおきましょう。セイ、あなたと私でいましょう。ちょっとお酒でも飲んで、酔っ払って、まずは朝までしゃべったら着物を着たまま眠りましょう。

［清少納言の言葉］

恋人と会うには夏はぴったりの季節。夜は短くて朝は一睡もできないまま明けてしまうけれど。どこも開けたままにしているので、朝の涼しいなかで横になっていられるし、庭を眺めることができる。彼が帰る前に、もう少し睦言を交わして、恋人同士がお互いに受け答えしているちょうどそのとき、いきなり高く鳴かれて、見透かされていたような気がしたものの、その声は庭を飛びたつカラスの鳴き声だった。

冬のひどく寒いときに恋人のやさしい言葉を聞きながら着物をかぶったまま寝ていると、寺の鐘の音がまるで深い井戸の底から鳴っているみたいに聞こえるのはうれしい。鶏の鳴き声も、はじめは翼の下に首を突っ込んだまま鳴くので、妙にこもったように聞こえる。それからつぎつぎに鳴きはじめ、ますます声が近く聞こえてくるのも何とも心地いい。

Ⅸ　男たちと恋人たち

私は寒くて雪の降るフィンランドの実家の屋根裏部屋へ戻ってきた。旅ばかりしてきたから、またここにいるのがおかしな感じ。ずっとここにいたようにも思うのに、頭の中ではすべてが変わっていた。

ある日、助成金のための申請書をまた一つ書く。自分の生まれた年を一〇七一年と書いていたことに最後まで気がつかなかった。

ふと気づけば長期休暇が残り半分になっている。取得した助成金で特別休暇をすぐにも追加申請することに決めた。アパートを売ることも検討しはじめよう。長期休暇が終わって馴染みの職場と家に戻れば、この一年がなかったことになってしまうように感じる。このおかしな「悟り」(私のこの状況を同僚はこう呼んでいる)が消えてしまえば、職場や家があってありがたいと思うかもしれないが。

三ヶ月滞在予定で三月初めの京都までのフライトチケットを買う。そうか、私はこんなふうにいつも生きていきたかったのだ。旅をして、書いて、研究する。私は探検家でありたい。

その日を待ちつづけながら、私はヴィヒティに立てこもり、真剣に仕事に取り組んだ。来る日も来る日も代わり映えせずあっという間に過ぎていく。午後は森の道を散歩したり、一面の眩しい雪に覆われた畑をスキーで滑ったりした。夜は母の作った夕食に誘われて下へおりる。私が付き合っているのは、セイ、あなただけ。

夜、怖い夢を見て起きることがある。そんなとき一つのことが頭にぱっと浮かぶ。私はそろそろ四十になるというのに、実家の屋根裏部屋に住んでいる、ということ。

親愛なるセイ、何から始めよう？　この物語を、本当にあった真実を？「彼女に私の心はつかまれ、野生の夢の中へ、これまでにない激しい感情の中へ、彼女で魂はすっかり満たされ……どこへ行っても、私は一人じゃない……」[140]

週末に、アライグマのシッターツアーのため元カレの家へ出発。私に託されたのは、アライグマの給餌と手入れ、テラリウム二台分のトカゲたち（そのうち半分は私が飼っているもので、ここで世話をしてもらっている）とプレーリードッグ。この小さな齧歯類たちの脳は昔の親友である私のことを忘れてしまっていた。とにかく家の中はアクアリウムとパルダリウムだらけ。とくにパルダリウムは、一日中、地獄みたいに鳴っている水やポンプの音の中で眠ることになるのを気にしさえしなければ、息を呑むほど美しい熱帯のミニチュア世界だ。眺めているととても気持ちが落ち着いてくる。アクアリウムには元カレから今カノへの指示が貼られていた。どうやらたまに世話をしに来ているらしい（アライグマは私になついているけれど、アクアリウムが信頼しているのは彼女だけなのだろう）。なかでもいちばん興奮したのはこれ。「閉鎖生態系。給餌不要」

本部へ到着すると、まず撤去作業に取り掛かった。ベッドにもなっている居間のソファまでの通路を確保するため、掃除機をかけ、食器を洗い、洗濯機に残っている洗濯物を乾かし、自分の食事を冷蔵庫へ入れる。前回来ていたおかげで、冷凍庫の何段目の引き出しを開ければ冷凍ネズミの入った透明な袋が出てこないかわかっていた。

アライグマは再会を喜んでくれたけれど、多分ヒートのせいでいつも以上に変化にイライラしていた。小屋から下へおりてくると、唸りながら場所を調べたり私の荷物を漁ったりしてうろつき回った。この声はよく知っている。こんな声を出すときは、どんな仕返しをしようか考えているときだ。

そこでアライグマをもてなして喜ばせることにした。バスタブに水を張ったら、すぐによじ登ってきた。水に浸かって、端から端まで腹ばいで二往復すると、ラバー・ダックをこきおろし、両手で水を飛ばし散らす。そして、疑わしいほど見覚えのある踏ん張る体勢に入った。茶色いペーストがお粥のようににょろりと水の中に広がりはじめる。私は慌てて栓を抜き、アライグマをバスタブからおびき出そうとした。濡れてつかみづらい状態でどうやったらいちばん楽に逃げられるかわかれば、出てはくる。私の化粧品がところ狭しと置かれた洗濯機の上からか、脇に私の歯ブラシが置かれた洗面台を通るか、このときのためにバスタブの前に置いておいた踏み台を

140　映画『ある愛の詩』のフィンランド語歌詞。

伝うか。やっぱり最後の選択肢が選ばれた。アライグマは毛についた薄茶色の水滴を主張するように床に振り落とし、私に後片付けをさせたまま姿を消した。

夜、キッチンに置いてあるヘビの棲むテラリウムの中に大きめの死んだネズミがじっと立ちつくしていることに気がついた。元カレにショートメッセージを送ると、「あれ、それじゃああいつは食べなかったんだ」と返事が返ってきた。キッチンにはつまり、死んだネズミが目につく場所で寝ている。でも、この「噛みつく」毒ヘビの（シロクチニシキヘビらしい）テラリウムのガラスを開けるつもりは毛頭ないので、私は取り除くことができない。キッチンが臭い。ネズミはじきに乾くから、と応援メッセージがあった。

アライグマの手入れの合間に、暇つぶしに「pillow book」で本をアマゾンで検索してみると、ボーイフレンド枕という名前の商品がヒットした。それは腕の形をした枕で、水色のニットとワイシャツを身につけた「男の」腕に優しく抱かれながら顔を埋めることができる。今なら枕は二四・九五ドルでお得に買える。

セイ、よく言われているけれど、「あなた自身の広い経験」をもとに、あなたは男について言いたいことがたくさんあるのよね。あなたは完璧な恋人の立ち居振る舞いについてよく描写しているし、好みのルールはロマンチックな出会いにも及んでいる。夜明けの風情のない帰り方はほんとに憎らしかった！

もちろん男と恋愛関係は他の女性作家たちの文章でも人気のテーマだった。和泉式部は日記に東宮との報われない関係を描き、藤原道綱母は夫の不在がもたらした苦悩にもがいているように見える（夫には養っている妻が他に七人いた）。もっとも壮大な人間関係オペラと言えば、やはり紫式部で、理想の男性である源氏と、彼の数々の女性関係について、千ページを超える作品の中で情熱を込めて描いた。

平安の男たちがどんな容姿だったのか今知りたいなら、何かしらの行事がある頃、日本の神社に行くだけで事足りる。宮司たちの白いマント[141]と、男性の生殖器の形をしたトサカのついた黒くて漆を縫った帽子[142]は、平安の殿上人たちの装束と同じだからだ。一般的に男の美の理想は、色白の丸顔、小さな口、顎に生えている髭で、これらが男らしさを語っていた。セイ、あなたの考えでは、男の目は大きいほうがよく、縦長だと女っぽく見えて――大きすぎるとそれはそれで恐ろしく見える。

現代の観点からすると、あなたたちの美の理想はそれこそ女らしく聞こえる。『源氏物語』では、最高にハンサムな男たちについて、女たちと同じくらい美しいと書いているけれど、これは陰陽のバランスが整っているということなんだと思う。源氏のモデルとして考えられている平安

141　袍。
142　烏帽子。

の美男子、中宮定子の兄の伊周は、色白の完璧な丸顔だと書かれている。男たちも化粧をする。化粧がうまく乗っていない男の顔は雪がむらになっている黒土を思わせる、と赤裸々に描写している。女たちがするように男たちも着物や髪を薫きしめたり、歯を黒くしたりする。理想の男は穏やかな性格で、芸術的な才能を備え、繊細さに価値を置いている。つまり、平安時代の理想的な紳士は、恋人と別れるとき、素晴らしい日の出を見るとき、誰かの孤独を思うときに泣くのだ。

セイ、顔に化粧をして、マントに匂いをつけて、和歌を詠んだり泣いたりする以外、何もしないでうろうろする男たちをあなたは本当に魅力的だと思っていたの？　源氏とその仲間たちは、匂宮とか薫とか呼ばれていただけに、その匂いはおそらく眩むほどだった。私には、過剰なアフターシェービングローションは、匂いが強力であればあるほどうまくメスを惹きつけると思っている原始的な昆虫を思わせる。でも、あなたたちはそれがきっと好きだったのよね。というか、多分、汗の匂いが残っている洗っていない着物の匂い「より」は好きだったのかもしれない。

ムラサキは源氏について、風刺しているのかと思うほど、これ見よがしにこんなふうに書いている。

「源氏の顔をちらっと見ただけの人でも立ち止まらない人はいない。情趣を解さない男でも桜の咲く木陰で休むくらいだ」

「源氏は病で弱った震える手で返事を書いた——それなのに手蹟は素晴らしい」

「源氏の香を薫きしめた着物の匂いは、後宮に隠れている女たちの胸を騒がせた」

「源氏が涙を片手で拭くと、白い手のひらと念珠の黒い珠が繊細な女らしさとなって映え、男たちが都で待っている恋人のことを忘れるほどだった」

「手蹟の美しさは今回も触れずにはおれない。紙のさりげない畳み方が、盛りを過ぎた尼君の目にもうっとりと映った」

「源氏が心を込めて見事に描いた絵はたとえようがなく、蛍宮も他の者も皆、涙を流した」

「入り方の月がとても明るいので、源氏の姿が実際よりももっと魅力的に見えた。その物思いに沈んだ様子に虎や狼でさえも泣くに違いない」


セイ、あなたはムラサキと違って男に対して大げさに褒めることはない。

［清少納言の言葉］
　にくたらしいもの

なんてことない男が何でも知っているみたいにあれこれとしゃべっているの。

とんでもない場所に寝かせておいた男が、いびきを掻きはじめるのはにくたらしい。

男がお忍びで来たとき、誰にも見られたくないのに、丈の長い漆塗りの長烏帽子をかぶって来た。あまりに慌てて出ようとするので、帽子が何かにぶつかって音を立てる。

ほんとににくたらしい！　御簾をくぐるときに頭に当たってものすごい音が鳴るのもイライラする。

こういう気の利かないのは許せない。

昔の恋人たちを褒める男。

でも、口やかましく言う一方で、良い恋人の振る舞いについて親切で役立つヒントも与えている。

［清少納言の言葉］

にくたらしいもの

明け方に帰るときに扇やふところ紙を探そうとする恋人。暗いので、探しあてようと手探りし、家具にぶつかり、いったいどこに置いたのだろうとつぶやく。やっと探しだして、ざわざわと音を立てながら懐に紙を入れて、扇をパンと広げて慌ててあおぐ。これでようやく帰る支度が整った。「にくたらしい」どころか、ひどくしらける振る舞いだ。まだ夜の明けないうちに帰る男が烏帽子の紐を結ぶのに必死になっているのもイライラする。結ぶ必要なんてない。結ばないままでもいいはずだろう。それにどうして直衣や狩衣を時間をかけて整える必要があろう？　こんな時間に誰かに見られて、だらしない格好をそしられるとでも本当に思っているのだろうか？

明け方であってもそうでなくても、良い恋人は風流に振る舞うもの。しぶしぶ起きにくそうにしている男を、女がその気になるように仕向ける。「ほら、あなた、もうじき明るくなりますよ。見られたくないんでしょう」。男は、夜はとうてい短すぎて帰るのがつらいと言わんばかりにため息をつく。体を起こしても、すぐに指貫を履こうとはしない。代わりに、女のもとにさし寄って、夜に言いそびれたことなどをささやく。そうして着替えたものの、帯を結ぶような振りをしながらぐずぐずしている。やっと格子を押し上げて、妻戸の所で一緒に立ち、男は別れている昼がやって来るのを不安な思いで待っていると言い、そっと出ていく。女は彼の後ろ姿を見送り、この別れのときが忘れられない思い出の一つになる。まさしく、女の男への愛情は男の風情ある去り方にかかっているのだ。男がさっと飛び起きて、部屋をあちこち立ち動き、指貫の腰を強く引き結び、直衣や袍や狩衣の袖をまくり上げ、自分の持ち物を懐に押し込んで、帯をしっかりと結ぶ――こういう男は本当ににくたらしくなる。

セイ、本当に打ち明けにくいことなんだけれど、夜を一緒に過ごす男がいなくなって私はずいぶんと久しい。本当に「すごく久しい」とはいえ千年前にまで遡る必要はない。でも、それに近い。恋人たちの長所や短所について喜んであなたと話し合ったり、男たちに関する経験を比べ合ったりしたかった。それができなくて残念。もちろん私にも多少はあるけれど、ここで過去の男たちの思い出を語るのはどうも気が進まない。最近の調査資料が手もとにあれば、もっと力が入るのに。

セイ、このことも助成金申請書の研究計画に最初から書き込んでおくべきだった。つまり、

「恋人をたくさん作り、夜に忍んで会い、夜が明ける前に帰らせて、後朝の文をじっと待ちつつもりです」と。実際、吉田山の共同住居で本物のムードを作るのは簡単ではなかったと思う。だって、絶対に同居人に相手を見られたくないなら、それこそ恋人たちはこっそりと出入りしなければならなかっただろうから。そうでなくても、紙も同然の壁のせいで、すべてを静かに行わなければならなかっただろう。耐えきれない暑さのために庭に面した障子を開け放し、蟬の声を聞きながら、あなたと同じように私たちは畳の上で寝ていただろうし、冬は、寒さのために布団や何枚も重ねた服に包まりながら、あなたと同じように寝ていただろう。恋人が到着するとき満月が宿の玄関を照らし、恋人が帰るとき朝日が山の端を赤く染めただろう。

朝、私は眠れないまま後朝のショートメッセージを布団から出ずに待っていただろう。メッセージがかなり早く届いて、夜が楽しかったなら、私は頰を上気させただろう。そして、髪はべたついたまま、一日中、布団の中で男と夜の情事をいちいち思い出していただろう。ショートメッセージが来なかったら、メッセージが一つもどこにも来ていないことを信じることができずに、一日中、パソコン（メール／フェイスブック）と電話（ショートメッセージ）とキッチン（ワイン）とポーチ（郵便受け）の間を、不安に駆られて小走りしていただろう。メッセージが来たことをすぐに知る必要があるので、一日中、私はアパートから出られなかっただろう。夜になってもメッセージがまだ来ていなかったら、朝の二時まで電話とパソコンに張り付いていただろう。二時を過ぎたら、苦しくて悲しい夢を見ると知っていても、無理に眠ろうとしただろう。夜が明けてもメッセージが届いていなかったら、私は完全におかしくなっていただろう。

あなたが挙げた数々の振る舞いや何か他のことが原因で恋人に失望したら、そのときの状況にもよるけれど、つぎの日は一日中、恥じたり、悔やんだり、自己憐憫に陥ったり、腹が立ったりと、私は打ち震えていたかもしれない。こういったことであなたは苦しんだことはあるのかしら。あなたは恋人のすばらしさや惨めさを冷静に述べることができたような気がする。そして、状況が変わっても自分が悪いとは一瞬たりとも考えずに、このことを打ち捨てられたと思う。もし本当にそうなら、あなたの爪の垢を煎じて飲みたい。

でも、前から言っているように、自分の研究はこんなふうにすら進んでいない。今のところ私は恋人たちについて夢見ているだけ――これはあなたがしなかったこと。あなたは夢見る必要はなかった。あなたにはずばりそれが途切れることなく十分に「あった」と思う。

セイ、これからは気を引き締めると誓って言います。私とあなたの間の相違点と共通点についての科学的な研究を夜の男たちにまで広げると誓って言います。こういった夜を重ねて、数百年の間で変化したことがあったか研究するのは必至。世界は知る必要がある。

セイ、これを書きながら自分が遠い昔の元カレのベッドに寝ているということも言っておきます。一人きりで。肝心の男は出かけていて、私は彼の動物たちの世話係。何で今さらこんなことが頭に浮かんだんだろう。

セイ、他のすべての研究者たちと同じように、実は私もまたあなたの男たちに興味を持っている。あなたは恋人たちや男女の関係についてたくさん書いているけれど、その男たちの中にあなたが情熱を注いだ相手がいるのかどうか、私たちは決して知ることができない。あなたは自分を男が求める対象として描いたり、当時の他の女性作家たちのように男がいなくて寂しがったりしていない。ある研究者も言っているように、あなたの作品からは、男の愛を欲するヒロインという伝統的な女性像が完全に欠けている。これに読者たちは不満を募らせてきたけれど、へこたれなかった。セイ、あなたがおきまりのロマンチックな筋書きを提供してくれなくても、私たちがそういう話にして読むのよ。

それにしてもなぜあなたは恋人だったかもしれない人について書かないの？　政治的な策略と同じ理由で、恋愛に関しても検閲をかけていたのだろうと言っている人たちもいる——誰が誰と寝たのかという問題は平安宮廷では政治的な問題だったという前提で。ときには、そういった筋書きを立て、あなたが書かなかったことを研究することによって作品を解釈しようとした。中宮定子の悪化する立場に触れないでおくことにしたのなら、なぜ同じ理屈からあなたの恋人たちにまつわる嘆きも書かないでおこうとしなかったのか——雰囲気を盛り上げておかなくてはいけなかったから。あなたには恋愛運がなかったと結論づけた人たちもいる。ある研究者によれば、あなたの大恋愛の相手は登場回数がいちばん少ない男だろうと考えている。この研究者が数えたところ、藤原斉信が八回、藤原行成が五回、元夫かもしれない橘則光は三回だった。いちばん登場回数が少なかったのは、九九八年に亡くなった高名な詩人で殿上人の藤原実方（さねかた）。彼は三回登場しているけれど、そのうち二回はたった一行か二行程度しか登場していない。さらには悲劇的なキャリア[143]があなたにふさわしいとして恋人候補に挙がったのかもしれない。

それでは見てみることにしましょうか。

藤原行成についてあなたはたくさん取り上げているけれど、彼はあなたの友人のようね。優れた書家として知られた行成は少し変わった人物で、必ずしも女性にモテたわけではなかった。でも、あなたたちは馬が合った――多分、行成はあなたにちょっと憧れてもいた。他の皆もそうだったように、あなたが和歌ではなく散文を書いているのを気に入っていた。行成から顔を見せてくれてもいいのにと言われたとき、醜い女は好きになれないとおっしゃったでしょ、とあなたは言って断った。あなたは冗談で言ったのに、それを本気にした行成に驚いた。

橘則光は元夫だったかもしれない。今はあなたたちの仲は良くなったけれど、あくまでも友人としての間柄。則光は信頼の置ける友人で、彼には里下りしたときに住む場所なんかも話す仲だった（あなたはいつだって皆に知られたくなかった。そうでなくても殿上人たちが訪ねてくると、宮廷で噂を立てられたり、怒りを買ったりしただろうから）。こういったことがあなたたちの絶交に絡んでいる。則光は和歌のことを理解していないか、評価していなかったことで知られていた。和歌を送ってくるような人は友人じゃない、と彼は宣言していた。あなたは則光に自分の居場所を斉信に言わないでほしいと頼んだとき、あなたは気の利いた和歌の言葉遊びの誘惑に

143　陸奥守として下向し、その地で亡くなった。

勝てなかった。[144] 則光は冗談がわからなくて、あなたたちの仲はそれきりになってしまった。

源経房については、あなたはよく触れている。彼もあなたが信頼している友人の一人だったけれど、どうもロマンチックな匂いは漂ってこない。源済政も、里下りのときに居場所を打ち明けた近しい友人の一人。

源成信は少なくともあなたのファンだった――彼が雨のひどく降る日にあなたを訪ねてきたのに、あなたは部屋に通さなかった。このことで他の女たちがあなたをなじった。あなたにとって雨は男の誠実さを証明するものではなかったから。日ごろ訪れない男はとくにそう。そういう男にはおそらく本妻や他にたくさん通っている女たちがいるのだろう。毎晩、あなたのもとに通ってきていて、ひどい雨の日でも来ていたなら、男は一晩だって離れ離れになるのが耐えられなかった、とあなたは確信することができたのよね。

源宣方もあなたのファンで、あなたと斉信だけしかわからない冗談に嫉妬していた。

藤原斉信は言うまでもなく限りなく黒に近い恋人候補。彼の記述がいちばん多いから。斉信は教養も詩才もあることで知られた、この世のものでない香りのする超美男子――ある日の斉信がどんなにいい匂いがしたか、その描写にあなたは一章を割いている。[145] あなたたちは明らかに親しい間柄で、例えば、人間関係について話すときは碁の用語を使って二人にしかわからない隠語で話していた。斉信がしばらく経ってからも二人が話したことを忘れないでいてくれたことに、あなたは喜んだ――覚えていたのはあなただけじゃなかった。でも、自分の居場所を斉信に教えるなと則光に言ったり、夜、あなたを訪ねてきた斉信を受け入れなかったりして、どこかであなたたちの関係にひびが入ってしまった。斉信に表立ってお付き合いはできないと言ったこともあった。付き合ってしまうと彼のことを皆の前で褒めることができなくなるから——恋人を褒めたり、誰かに少しでも悪くいわれると怒ったりするような人は、あなたは我慢できないのよね。救いようのないケースだね、と言った斉信のひと言に、あなたはとてもウケた。

初めは二人の関係はギクシャクしていた。というのも、斉信があなたについて「根も葉もない」噂を耳にして、真に受けたから。どうしてあなたを一人前の人間だと思ったのだろうと驚きながら、あなたのことをひどくけなしはじめた。あなたのそばを通りすぎるとき斉信は全然あなたを見ようともしなかった。そうしているうちに、斉信は絶交している状況を悔やみはじめ、試しに一通送ってみることにした。あなたは機転の利いた返事を送り、斉信の抱いていた疑いはすべて晴れた。[146] 実際にあなたの返事はとても素晴らしかったので、夜のうちに宮廷に噂が広まって、

144　「里にまかでたるに」の段で、斉信から、妻（かもしれない）セイの居場所を教えろとしつこく迫られている則光に、絶対に言うな！という意味を込めて、「めくばせ」のつもりで、セイはワカメの和歌（かづきするあまのすみかはそこなりとゆめいふなとやめを食はせけむ）を送った。

145　「心にくきもの」の段。

146　「頭中将のそぞろまるそら言にて」の段で、斉信の送ってきた白楽天の漢詩の一句「蘭省の花の時の錦の帳のもと」に対し、清少納言はその続きの句にある「草庵」を使いつつ、漢詩に対して和歌で藤原公任の連歌の下の句「草の庵をたれかたづねむ」を拝借して書き送った。

夜が明けるまでには殿上人たちが皆、あなたの才知ある句を扇に書きつけていた。

斉信について、あなたは自虐的にこうも書いている。

［清少納言の言葉］

彼は素晴らしい姿でやって来た。（……）片足を簀子の縁から下におろして、簾にわずかに体を寄せ、狭い簀子に座っている様子は、絵か何かの華やかな人物か、物語の中のロマンチックなヒーローのように見えた。（……）几帳越しに答える女が、物語にあるように、髪が美しく滑らかで、体にそって麗しく波打っているような若い子であったならもっとおもしろいのに。でも、そこにいるのは、盛りを過ぎた年増の女の私。髪ですら地毛じゃなく、縮れてところどころが乱れ、着物だって素敵な色合いの着物とはかけ離れた［道隆が亡くなったため[147]］喪服[148]を着ているのだ……。

それから、セイ、あなたには中宮定子の兄である神々しい伊周とも関係があったという噂もある。無論、伊周はあなたの恋人としてはあまりに身分が違いすぎる。でも、あなたが出仕してきてすぐ伊周はあなたとよく話をするようになり、いつだってとても親切に振る舞い、例のあなたが本を書きはじめるきっかけとなった多量の料紙までくれた。当然、私の頭の中を駆け巡っているのは、彼が朝まで主上に漢詩文について教えたあと、あなたを部屋まで送っていこうとついに親切に申し出たあの夜のこと……。

でも、きっと本命は――もしくは、宮廷の権力交代後に余生を過ごしたあなたの相手は――これまでに挙げた人の誰でもない。その人については、あなたは一度も触れなかったかもしれない、あなただけが知っていることにしておきたかったのかもしれない。正直、私はそう思っている。

セイ、私の初恋は幼稚園で六歳のときだった。親友リーッカと私にはトケとアッロという名前の彼氏がいた。どちらがどちらの彼氏だったかまでは覚えていない。それ以降、およそ三十年間、ほんのつい最近まで、私はつねにときめいているか、恋をしてきた。相手と付き合ったり、ときめいて熱を上げたり、恋に落ちたり、相手のことを考えたり、相手を求めたり、恋しく思ったり、待ちつづけたりすることに信じられないほどたくさんエネルギーを使ってきた――はたして男を待つのに使った時間で論文が何本書けただろう。数年前、いきなりフルタイムの仕事がなくなり、急に考えるゆとりができた。セイ、そのときからあなたのことを考えはじめた。

セイ、あなたは私にもよくわかる男事情について書いている。月の明るい夜に、十日、二十日、ひと月、一年、まして七、八年も通ってこなかった男が、月明かりで昔の逢瀬を思い出して訪れた。そういう男を迎え入れるのは素敵だ、とあなたは書いている。

147　著者による補足。
148　薄い鈍色の表着。

風の強い夜に男が来てくれるとあなたはうれしい。男が真剣に思ってくれていると感じるから。とくに素敵なのは、雪の降る日に男が来てくれること――まして人目を忍んで来てくれるのは趣がある――男がやって来たとき、着物が雪で冷たくなって濡れているから。

セイ、うっとりするような匂いがするもの。それは、雪のついた冬の着物を入り口で抱きしめること。

それから、セイ、似た者同士の私たちだから、彼氏も似ていたかも、とふと思った。実際に、あなたが誰と付き合ってきたか、私はよく知っているかもしれない。

セイ、最初の彼とあなたは十四歳のときに機内で知り合った。彼はあなたに（ポータブルオーディオプレーヤーから）レッド・ツェッペリンをくれた。最初の彼は別の町に住んでいたけれど、手紙をやりとりしながら何年も付き合った。たまにデートしたけれど、いつも少し変な感じだった。実際の彼は手紙の中の彼と同じとは言えなかった。少なくとも二年前に送られてきた写真とは違っていた。最終的に二人は別れてしまった。あなたは高校へ進学し、彼は車の修理をしたかったから。彼は涙を流しながら、こういう関係は続かないと言った。

二番目の彼は高校のクラスメイトだった。あなたたちは仲のいい友人同士で、学校が終わると彼の家のレザーソファで横になり、あなたたち二人にしかわからない延々と続く言葉遊びに何時間もお腹を抱えて笑っていた。あなたたちが両思いだということを誰かに言われて、そこで初めて二人は自分たちの気持ちに気がついた。二番目の彼はあなたに幸せな青春をくれた。彼といると、あなたはいつだって暢気でいられた。車の免許を取ったばかりのあなたたちが（あなたはミニスカートを履いて赤いマニキュアをして）彼の父親のどぎつい緑色の七〇年代のポルシェを運転して授業に遅刻した朝。同じ車で過ごした夏フェスの夜。親が留守中の家で何日間も開いたパーティー。プロム[149]、高校三年生のお祭り[150]、高校卒業式。ベルリンへ一緒に留学する計画。そして、兵舎[151]での面会と密やかな午後の自由時間[152]。最初のワンルーム同棲。最初の真剣な別れ。

三番目の彼からあなたは日本文化を知った。あなたは二十歳。陸軍士官学校に通う彼はものすごくダンスがうまかった。彼は、侍、忍者、刀にも興味を持っていて、彼の寝室には祖先を祀った祭壇があった。あなたたちは毎晩、浴衣を着て、ある日本人の主婦が出した料理本で彼は食事を作ってくれた。それからバーに行って、テーブルの上で踊り、深夜に帰宅しても踊りつづけた。でも、あまりにも激しく火がつきすぎて、愛と憎しみが混ざり合い、いつも多分そうなってしまうように、あなたたちは書いて、泣いて、書いた。

149　高校二年生が高学年になるお祝いのダンスパーティー。
150　授業が終了するお祝い。このあと高校三年生たちは大学資格試験に突入する。
151　フィンランドは徴兵制を採用しており、十八歳になると半年から一年の兵役が課される。
152　週末の午後は兵舎を出る許可が出る。

四番目の彼は長髪で、手先が器用だった。彼があなたにくれたのは、アライグマ、プレーリードッグ、尖った尻尾の小さなトカゲといった動物たち。終わりのないショートメッセージの機転の利いたやりとり。深夜の慌ただしいデート。そのあと、あなたは寝不足でふらふらしながら出勤。自分で考える暇がなかったとき、代わりに持って行ったのは彼が思いついた広告キャンペーンのスローガン。船旅。変わったオーナーのいる海辺の古い木造の家。相手が同じ世界にいるとわかっていると、世界が少しだけよく見えてくる感じ。同じ世界にいるとわかっているだけで事足りるようになると、会う必要すらなくなってくる感じ。そうなると別れてもいいと思えてくる感じ。

セイ、これが文章に長けた手蹟の美しいあなたの男たち。でも、五番目の彼は？　宮仕えを辞めたあと、一緒に暮らした人は？　彼のことは私は何も知らない。

［清少納言の言葉］

かわいらしいもの

二つくらいの子どもが急いで這ってきて、小さいゴミなどを目ざとく見つけて、小さなかわいらしい指でつまんで、大人に見せにいくの。

かわいらしい赤ちゃんをしばらく抱いて――かわいがるうちにすがりついて寝入ってしまうの。

がっかりするもの
赤ちゃんの乳母が出ていって、赤ちゃんが泣きはじめるの。どうにかこうにかあやそうとしたり、乳母に早く帰ってくるように言い送ったりしたのに、今夜は帰れそうにありません、と返事を寄こしてくるの。これはがっかりを通り越して、にくらしい。

セイ、男たちの話で頭をかすめたのは、私の友人たちや弟の子どもたちを見ていて、自分はもうすぐ四十歳になるのに、子作りにしっかり向き合ってこなかったということ。どうしてこんなことになったんだろう？　わからない。姪っ子たちの存在はこの上ない幸せなことだけれど、私自身、子どもがほしいと思ったこともないし、子どもを作るような状況になったことがなかった。最初と二番目と三番目の彼のときは、自分はまだ早すぎると思ったし、四番目は子どもをほしがらなかった。

セイ、あなたはどうだった？　あなたには子どもはいた？　それともいなかった？　いちばん重要なことなのに情報がつかめないのは耐えられない。これについてもっとも正確な情報によれば、あなたには「少なくとも子どもが一人」いたと「当時のいくつかの作品に触れられていた」。でも、あなたが何も書かないから、確かなことはわからない。

セイ、あのバカな則光と結婚するはめになって、息子を産んだなんてどうやっても信じたくないけれど、信じるしかなさそう。十七から二十五まであなたは結婚して「いなくて」、小さな子どもの母親で「なかった」ら、あなたは何をしていたんだろう？　あなたは救いようのないハイミスだったかもしれない。物の怪に取り憑かれているに違いなかった本の虫の変わった乙女。セイ、全然あなたらしく聞こえない。

もし則光との間に息子がいたなら、その子はあなたが宮仕えするときには八歳か十一歳――つまりほぼ結婚適齢期だった。息子の世話は誰に任せたの？　宮仕えを終えて、噂に聞くように、藤原棟世との間に娘をもうけていたなら、そのときあなたはもう四十近かった――当時としては本当に高齢出産で、まさに「似あわないものの段」で列挙した「年をとった女が妊娠して、息を切らしながら歩いていた」わけね。

宮廷時代のあなたの性生活が、世間で言われているように盛んだったなら、ほぼ十年間子どもが一度もできずにいることはありうるだろうかということも考えた。当時の避妊や中絶方法について書かれたものを目にしたことはないけれど、少なくとも効果的ではなかったような気がする。宮仕えしている間にあなたが子どもを産んだ可能性はあるだろうか？　中宮定子が何とかしてあなたが帰ってくるように頼んだ長めの里下りのとき、もしかして出産が絡んでいた？　それとも、セイ、子どもを授かることはなかったのかもしれない――そうだとしたら、あなたが他の人たちよりも自由に暮らしていた説明がつく。

でも、あなたが子どもたちについても何度も書いているのを見ると、状況や心境みたいなものは千年経っても同じだということだけはわかる。

ヴィヒティに戻って、京都へ発つ準備をする。降り積もった雪が太陽の光を浴びて輝く初春を迎えたけれど、京都では梅の花がもう咲いている。セイ、今回は真面目にすぐに仕事に取り掛かって、助成金審査委員に約束したことを実現するつもり。つまり、十二単を着て、月明かりのもとで和歌を詠んで、あなたの本の意義を究める。セイ、この旅はあなたに捧げます。

発つ前に、祖母に会いに行く。自分が長い旅に出るからというのもあるし、いつ九十三歳の祖母がもっと長い旅に出るかわからないから。ある晩、祖母から両親へ電話があり、祖父のもとへ行きたいかキリストが訪ねてきたと言った。祖母は、喜んで行きたいけれど、その前に身内に了解を得なければならないと答えた。自分が旅立ったらひどく悲しいか、と祖母が夜に電話をかけて聞いていた。

祖母の家の玄関を開けるとき、私が十一歳のときに渡されたピンクのプラスチックがついたこの鍵が、三十年近く変わらず身につけていた唯一のものだということに気がついた。その間に、私の全細胞、肉体（まず成長し、そして衰えた）、髪、服、持ち物、住居、愛、思考、すべてが変化した。中学生になり、高校へ進み、コーラスや演劇クラブやダンスレッスンに通った。犬を飼うことが夢で（後にアライグマを飼った）、ピアノを弾くのをやめ、大学生になり、実家を出て、バーではしゃいで、修士号を取得し、様々な仕事に就いた（使い走り、コールセンターの受付、アクセサリー販売員、本屋の店員、タブロイド紙のテレビ番組情報の翻訳、出版広告編集者）。男たちと同棲したり別れたり、婚約したり（ベルリンで一度。それともミュンヘンのビアガーデンだったっけ）、いろんな国を旅して、夢見て、泣いて、苦労して、愛されて、振られて、慰められた。この汚れたピンクの小さなプラスチック片がついた鍵だけが、私の鞄の中でこれらのすべての経験をともにしながら変わらず旅をしてきたのだ。

落ち着いて向き合うと決めたのに、祖母の家に来るといつも気が滅入る。今日こそは祖母をありのまま受け入れたい、祖母を理解できたらいいのに、と思うのに、老いは先を行っていて、会話は堂々巡りになる。

「あんたはとうとう結婚という船出に踏み出さなかったねえ。あたしは追い風のときも向かい風のときも愛すると誓ったし、そうしてきた。誓いは誓いだからねえ。男たちのあとを追っていったなんて思われないように、あたしはどこにも行かなかった。男たちは嫉妬深いからねえ。いつもあたしが他の男たちに目を奪われてるって思うんだものねえ。自分の夫について行くのが一番。でも、あんたは自分の気持ちについて行くんだろ。若い頃はあたしもイスラエルに行ったよ。世界を見たかったからねえ。結婚もしないで、子どもも作らなかったあんたが羨ましいよ。あんたはいつまでも少女のままでいられる。幸せかい？　仕事さえできればいいんだ。それがいちばん大事なこと。「子どもの道は大地の森の中に」[153]は歌えるかい？　一緒に歌おうか？　で、あんたは誰だっけ？」

セイ、男たち。いつの時代も、いくつになっても、幼稚園から百歳まで私たちは男たちについて話している。彼らはどういう男たちで、一緒に暮らすとどんな感じで、私たちの人生にどんな影響を及ぼすのか。男たちについての思い出や、経験したり経験せずに終わったりしたことが、他のことはすべて忘れたのに、衰えた脳の中でなおも最後まで活発に動き回る。

［清少納言の言葉］

あまりのことにあきれてしまうもの

刺櫛（さしぐし）を磨くうちに、物に突き当たって折れたの。

牛車がひっくり返ったの。これほどどっしりと大きなものはそのままずっとあるだろうと思っていた。すべてが夢のような感じで――あきれてわけがわからない。

賭弓で、射る前に震えながら長い時間かかって弓を張り、ようやく放った矢が別の方向へ行ってしまうの。

153　フィンランドの賛美歌。子どもを守る守護天使について歌う『守護天使』より。インミ・ヘッレーン作詞、P．J．ハンニカイネン作曲。

X　津波——タイ

時差ボケとデジャヴュ——玄関に椿が咲いている。セイ、京都では、すべてが以前のまま。私の素敵な新しい部屋は、以前はニノが使っていた。この部屋が宿でいちばん美しいと思う。この部屋は、床の間と、障子の向こうに庭が見渡せる引き戸のついた小さな木の縁側があるぶん、他の部屋よりも少しだけ広い。部屋のローテーブルを見ていると、今すぐにでも仕事に取り掛かりたい気持ちになる。

セブとマルコスはまだここにいた。セブの部屋でお茶を飲んで、お互いの近況を話す。マルコスとはバスルームでおしゃべりして、梅の花見に最高の場所をいくつか教えてもらう。新しい同居人のフランス人のヤニックは、見たところ幼稚なプレイボーイだ。セブの証言では、私の隣の部屋にバーから連れ込んだフィリピン人の女の子たちが泊まっているらしい。おかしなことに自分がここにいなかった気がしない。

八時に時差ボケで抗いがたい睡魔に襲われる。宿は夏の住みやすさを考えて作られているため、私の部屋はまったくおかしいくらいに寒い。シルクのショーツを履いて、竹のシャツを着て、膝下のウールソックスと厚手のカレッジパンツを履く。さらにタオル地のパーカーを羽織って、ニット帽をかぶる。電気カーペットで暖かくなった布団に入って毛布を鼻まで引きずり上げる。

ここは京都。これが私の人生、と私はニット帽をかぶって満ち足りた気持ちで横になりながら思った。

時差ボケ回復期を、出町柳界隈にある商店街までサイクリングをして過ごす。おばあちゃんたちのブティックで肌色のアンゴラ下着の上下を買う。防寒肌着セットは、身に堪える三月初めの気候では昼夜を問わず最重要な装身具のように見えたし、一揃えしか持ってきていなかったから。肌着は試着できない。宿で着てみたら、裾と袖の長さが全然足りないと気づく。

中心街でも買い物しようと自転車で向かう。ここでは英語を日本人風に発音するだけで言葉が通じやすかったことをふたたび思い出す。「フットクリーム？」と私が尋ねると、店員はしばらく考え込んだあと、表情を明るくして、「ああ、ふっとくりいむ、はい！」と答えた。大きなレジ袋を持って百ユーロ貧しくなってジュンク堂を出る。今回こそは、買うものはすべて後回しにしないで最初のうちに済ませようと決めたのだ。

それから、梅が咲いている京都御苑へ自転車を漕ぐ。外は寒くて風が骨身に沁みる。梅の花が咲く木陰のベンチに座り、キンキンに冷えたお昼の弁当を味わっていると、みぞれが降りはじめた。ベンチの脇にある駒札には、この場所には当時、藤原基経（もとつね）の枇杷殿があり、一〇〇二年以降、藤原道長とその娘妍子（けんし）が住んでいたとある。宮廷が炎上したとき、天皇がここを里内裏として使っていた。そして、一〇〇九年にはここには紫式部と『枕草子』という名前の和歌集を書いた清少納言」を伴った一条天皇が住んでいた、とも。私は自分の目を疑った。まず『枕草子』は和歌集でないことは明らかだろう。つぎに、私が読んだものに間違いがなければ、セイ、あなたは一〇〇九年にはもう宮仕えを辞していた。[154] ましてや、紫式部と中宮彰子に仕えてなどいなかった。日本人自身ですら、あなたについて知っていることはこの程度なの？

　それでも、セイ、あなたがこの辺りを歩いていたのだと思うとうれしい。ここに座ったこともあるかもしれない。自信たっぷりの眼光鋭いカラスが私のお昼を狙っている。なぜだかわからないけれど、セイ、カラスはあなたかもしれないと一瞬思った。業で（仏僧によるとそういうことばかりなのよね）あなたがカラスとして生まれ変わったのだと。もっとも厳しい科学的根拠にはまるで乏しいと思うけれど、このことをメモしておくね。

　夜になると気温は零度近くまで下がる。宿の冷えきったキッチンで夕食をとる。寒い中、しっかりのぼせることにした。自分を芯から冷やして、それから温まるために銭湯へ行く。冷えきった体でお風呂セットを携えて近くの銭湯まで歩いた。銭湯が作られた理由を尋ねる質問がフェイスブックに来たら、凍えるほど寒い家に住んでいる哀れな人にもせめて自分を温める場所を持たせるためだと答えようと考えながら。近くまで来て、明かりがついていないのがわかった。銭湯は閉まっていた。

　そんなわけで、あるだけの服を着込んで、ニット帽をかぶって、手袋をつけて、十度の部屋に座ってこれを書いていると、突然、目がチクチクした。私は、身につけたおばあちゃんたちのアンゴラ防寒着アレルギーだったのだ。

セイ、私の本がいつか完成したら何が起こるだろう、と日記をつけながら初めて考える。自分のみっともなさを私は本当に皆に読んでもらいたいのか？　どうして自分のことについて洗いざらい暴露したいのか？

セイ、私はあなたに書いていると自分では思っているけれど、これからこれを読む人の中には、私の両親、祖母、同僚、元カレたちもいるかもしれない。私のことを自分勝手でナイーブで出来が悪いと早々に決めつけるような知らない人たちも当然いるだろう。そんなことをたびたび思う。私は誰のことを傷つけるのか？　私はどんな印象を持たれるのか？　自分を――これまで隠すことにたくさん時間を使ってしまった自分を――さらけ出して、これからどうなるのかわからない。

セイ、どうしてあなたは書いたの？　結局、『枕草子』とは何だったの？　秘密の日記なの？　あなたは最後の章段で、中宮定子からたまたま料紙をたくさんもらったから書きはじめたと綴っている。人に見せるためではなく自分のために書いたのだと。ところが九九六年にこんなことになった。

［清少納言の言葉］

左の中将［源経房］[155]がまだ伊勢の守だった頃、私の家を訪ねてきたことがあった。端に

154　一〇〇一年に皇后定子が亡くなり、清少納言は一〇〇一年頃に宮仕えを辞去。
155　著者の補足。

あった薄縁（うすべり）の畳に座ってもらおうと、私のノートがたまたまその上に載っていたことに気づかずに押し出してしまった。気づかれないように本をこちらへ取り返そうとしたけれど、彼に持っていかれて、だいぶん経ってから手もとに返ってきた。宮廷で流布しはじめたのはそれ以降だと思う。

あとから聞くと、この事件は何だか滑稽じみているように聞こえる。でも、本当のところは私にはわからない。ムラサキも日記で同じような状況[156]について書いており、そのために執筆中の『源氏物語』が広まることになったのだ。

セイ、私たちは二人とも、この永遠に続く秘密の日記の因習にとらわれてしまった。私的に綴ったものと、それを公開することの矛盾した網に。これは平安時代の女たちから現代のブロガーたちにいたるまで（後者においては、結局、見せたいという気持ちが秘密にしておく必要性に勝っていると思う）、いつだって作家たちを悩ませてきた。誰かの「秘密の」日記を読むことに何かとても特別なものがある。そういったものを手にしたときにとらわれる恍惚感、見てはいけないものといいものとの境、こっそり覗き見る興奮、個人的なものが公開されること、共感するチャンス——まさにたいていは見ることができない舞台裏のちょっと恥ずかしい考えに共感すること……。セイ、あなたの本に惹かれるのはこういったことが要因でないとしたら、他に何がある？　だから経房はあなたのノートを盗んだんじゃないの？

セイ、それでも何か引っかかる。多くの研究者が、あなたがたまたま紙をたくさん手にしたから書きはじめたとすっかり信じ込んでいる。でも、すばらしい紙は絹のように貴重なものだった——それを私的な落書きに費やしたなんてどうやったら信じられるだろう？　人の目にさらすつもりすらない最高級の紙をあんなにたくさん？

正直に言って、セイ、あなたが自分の文章を読まれたくなかったというのは、私にはとても信じがたい——つまり私があなたの性格を熟知している限りにおいて。あなたは頭がよくて、才能があって、言いたいことも十分にあった。だから、絶対に他の人に自分のことを見聞きしてほしかったはず。実際に、史上最高の立派な文学作品を書くという計画を実現したかったから、何とかして多量の紙を手に入れようとしたんじゃないの？

まったく、セイ、騙されないわよ。

京都滞在四日目。時差ボケ、寒さ、信頼できない宮廷女房たちの他にも、私は問題を抱え込むことになる。

私はお昼にBizouの焼きそばをお腹いっぱいになるまで食べて、そこでおばちゃんから梅干しと赤じそ漬けの日本語による細かい説明を聞いたあと、ハンディクラフトセンター五階の書籍コーナーを見ようと自転車で向かった。『日本絵とき事典（飲食編）』を立ち読みしていたら（そ

156　紫式部が中宮彰子に仕えている間に、部屋に置いてあった手稿を持って行かれた事件。

の後、購入。さっきの梅干しと赤じそについて知ることができたから)、変な感じがしてきた。最初はめまいかと思ったけれど、それにしてもなぜ私は揺れているんだろう? それから、天井に吊り下げられた会計の看板がぶらぶら揺れ、店全体が船のように揺れているのがわかった。レジの店員たちは看板を押さえているのに、店内にいたアメリカ人旅行客たちは気がついてすらいない。十五秒後に揺れは収まった。

時刻は十四時四十六分だったと、あとから知った。二〇一一年三月十一日。日本は史上最悪の地震に見舞われた。マグニチュード九の震源地は、京都からおよそ六百キロ離れた仙台付近。地震よりも大きな被害をもたらしたのは、地震に伴って発生した十メートルの津波だった。

でも、書籍コーナーに立っていた私はこのことをまだ知らない。一時間後、地震に気づいたか、と父からショートメッセージが届き、地方の小規模な揺れなんかではないかもしれないと疑いはじめた。京都市国際交流会館のホールにあるテレビには、水没した飛行場が映し出されている。それでもまだ事の重大さが私はわからなかった。

宿でBBCのネットニュースを見はじめたとき、レイナが東京の北部に住んでいる両親と連絡が取れないと泣きじゃくりながらやって来た。テレビをつけようとしたけれど、私たちは二人ともパニックに陥って、三つあるリモコンのうち、どのボタンを押せばいいのか思い出せなかった。やっとテレビはついたものの、恐ろしい映像にレイナはなりふりかまわず泣いた。私にできたことは、彼女に毛布を持ってきて、お茶を淹れて、ソファに座って日本語放送を何も理解できないままじっと見つめていることだけだった。

フィンランドから、ショートメール、メール、フェイスブック、チャットのメッセージが雨のように降ってくる。私は三つのチャットで同時に安全を報告。メッセージを送ってきたのは少なくとも三十人はいた。面識のない人たちからも寄せられ、心配してくれている人の多さにとても心が動かされた。キムからもメールがあり、フィンランドと連絡を取るように、とある。キムは宿で余っている毛布を取りにこちらに向かっている。被災地に送るためだ。

燃えている原子力発電所のリスクについて取り乱したショートメッセージを両親が送ってこなければ、私はべつに恐れることはなかった。もし発電所のどれかが爆発したら、私はどう行動したらいいのかまったくわからない。自分で地面を掘ってもぐる？　韓国まで泳ぐ？　神経衰弱に今にもなりそうな母親を気の毒に思う。こういった状況は、自分が安全だとわかっていて現地で普通に暮らしているよりも、テレビのニュースで恐ろしい映像を観ているほうがいつだって恐ろしく感じるものだ。私は、テレビが見せる映像から六百キロ離れたところにいる。BBCの災害報道をキッチンで見ながらフルーツサラダを一皿分作っている私は常識に欠けているのか？　他にどうしたらいいかわからない。でも、とりあえずは食べなくては。

つぎの日の朝、電話とメールは新しいメッセージで溢れていた。外務省から緊急の問い合わせが来ている。質問はどうとも解釈できるものなので、回答も複数送ることにした。メッセージにはつぎのように回答するように、とある。A無事です、B連絡を希望します、Cその区域にいません、Dスウェーデン語で。最初はAとCと答えた。「区域」が被災区域を指していると思ったからだ。でも、これだと私が日本にいないという印象を与えるのではないか、そのために情報リストから除外されてしまうかもしれない、と考えはじめた。私は京都にいて可能な公報がほしい、というメッセージを続けて送る。ところが、自動電話情報サービスはA、B、C、Dしか回答として受け入れてくれない。返信メッセージには「もし連絡を希望するならAと回答してください」とあり、連絡希望はBだった最初のメッセージと矛盾している。それでも、Aと回答して再送した。外務省に電話して、自分の状況を説明するべきだろうか、と考えたけれど、本当に困っている人たちがいるのに負担をかけたくない。

明け方の四時に、日本の西海岸の新潟で二回目の壊滅的な地震があった。今現在、確認された死者数は五百人。とくに多くの列車と船が行方不明になっている。福島にある二基の原子力発電所から冷却水が漏れており、爆発を防ぐために冷やそうとしている。十キロメートル圏内で避難指示が出された。東京で停電の恐れ。東京のテレビ放送の記者たちはヘルメットをかぶって出演していた。余震がまだ続くからだ。地震は想定していた、と地震専門家は言う。でも、これほどの大惨事は想像しえなかっただろう。この地震は、世界でも五番目の規模だと推定された。

世界でもっとも万全に破壊的な災害に備えている日本で地震が起きたのは運が良かった、と多くの人たちからインターネットにコメントが寄せられた。被害の大部分は物質的なもので、被災者数は開発途上国に比べたらおそらく少ないだろうとも。はたして日本人自身も同じように考えているのだろうか。これらの人たちは、あらゆる自然災害は開発途上国ではなくてフィンランドで起こるほうが最善だと実際に思っているのだろうか。フィンランドもインフラはかなり整っているし、損傷を修繕する備えがあるからだ。

　朝いちばんに私はレイナと一緒に居間でテレビを観る。地震はアメリカの陰謀によるものだと信じている人が多い、とレイナが言った。レイナから役立つ情報ももらった。つまり、アメリカには地震兵器があって、それで日本経済を潰そうとしている、と。レイナから役立つ情報ももらった。地震が発生したときは窓を開けて、テーブルの下へ避難しなければならない。建物が崩壊したときに外へ逃げ出せるよう、窓を開けておくのは大事なこと。外へ出られないときのために、水の入ったペットボトルも近くに置いておくほうがいい。外では、古い建物や、そこから飛び散ってくる屋根瓦に気をつけなければならない。日本には、地震のときは竹やぶに逃げろ、ということわざがある。竹はしっかりと深く根を張っているからだ。嵐山の竹林の小径が恋しい――伝説的な風情のある場所で悪いことなんてまさか起きたりしないだろう。

　一日中、ニュースに張り付いて過ごすべきだろうか、それとも、もともとしようと思っていたことをするために出かけるべきだろうか、と私たちは考えた。テレビのチャンネルを変えても、この話からは逃げられない。別のチャンネルでミュージックビデオが流れていても、下隅に小さく映った日本地図の地震の規模を示す赤色や黄色の区域が絶えず点滅しているからだ。北野天満宮の梅の花を見に行くことに違和感を覚えながらも、私たちは後者を選んで通常の生活を送ることにした。

　北野天満宮の梅苑まで自転車で三十分。曇っていたが、風もなく気持ちがいい。梅苑の入場料で一杯の梅茶と紅白の梅のかたちをした茶菓をいただく。お茶が塩辛かったのには驚いた。胸の奥底から「コレハナンデスカ」という日本語の文が出てきたおかげで、お茶の中身がわかった。歩きながら白やピンクや赤紫色の梅の花を愛でる。これらの上品な花は、歴史的に桜よりもたくさん褒められてきた。例えば、日本最古の和歌集『万葉集』では梅のほうが桜より多く詠まれている。紫式部は雪を割って汚れなく清らかに立ち上がる梅の花のイメージにぴったりだ。

帰り道、紫式部の墓を探すことにした。秋にタケシからもらった道順のおかげで簡単にたどり着く。墓が二つ入るほどの墓地は、車通りの激しい道沿いのコンクリート塀の小さな隙間にあった。そこの大きな木の陰に紫式部が眠っている、かもしれない。というのも、様々な憶測によってここに墓が作られたからだ。セイ、あなたの墓地は憶測ですら建てられていないのに。二つある墓の片方に十円玉を置く。どうかこの墓で合っていますように。誰の墓であれ、ムラサキの名前をそっと口にした。

宿に帰ったあと、大混乱が起きた。福島の原子力発電所で爆発が起きた、と父からメッセージがあったのだ。被害の規模はまだわからない。でも、フィンランドではチェルノブイリ原発事故より深刻だと言われているらしい。これは私の両親の勝手な解釈なのか、正式な事実なのか、私にはわからない。二人から、つぎのフライトで帰国するように言われた。

私はチャンネルを総動員してニュースを見はじめる、

日本語で

英語で

フィンランド語で
放射線防護語で
テレビ
インターネット
ツイッター
チャット
フェイスブック
ショートメッセージ
スカイプ
二十三キロのスーツケースのことを考え、さらに
＋十一キロの手荷物
＋おととい買った本の山
＋日本円で三ヶ月分の生活費
＋暴落したばかりの為替
＋もう少しで実現しそうだった私の桜の夢（墓石に刻む一例「桜の下にて被曝死」）
＋明日のために買っていた歌舞伎公演チケット（一枚八十ユーロ）
＋食料と水
私は恐怖を感じているのだろうか、

まだわからない、

ヨウ素剤を買えと父が言う、でも、

薬局ではわかってもらえない、

ここにはヨウ化カリウムは手に入らない、昆布で代用
できるだろう、とインターネットで声高に叫ばれている、

ここに渡航するのは控えるように、

とフィンランド外務省、でも、ここを出ろ、とは言わない、
外気と水道を避けてください、と言われる
でも、そこだけの話なのか、ここでもなのか、

天気には恵まれた、風は福島から海に向かって吹いている、
宿に水を入れる容器を二つほど運ぶ、地震で
日本が二メートルずれて
地軸が十メートル傾いた、と知る

ありえない、

避難してきた人たちが、
ここに留まりたいと思うのはありえない話だろうか、

交通機関は正常だろうか、水は足りているだろうか、食料は　電気は、
ああ、でも!

フィンランド大使が東京へ来ようとしている
　　スーツケースに
ヨウ素剤を詰め込んで、ヘモネスを入れたドクターバッグがフィンランド人たちを救う、
　　睡眠導入剤のせいで私はクスクス笑っている、
　でも、怖くて震えて歯がカタカタ鳴って
朝、目が覚める
帰るように言われたら大混乱が起こる何百万人もの人々のパニック何も機能しない私は飛行場へ着けるだろうかどの飛行機に乗るのか福島第一原子力発電所はまだいいが他は緊急事態で政府はすべてを話さない歌舞伎を観に行く他に思いつかないから川岸でこの上なくいい天気ゆったりとランチをとるランナーたちが笑っている犬たち川の石の上へ歩いていく恋人たちフィンランドからヨウ素剤が底を突く（念のために飲んでください）でも歌舞伎役者たちの見得は魔法だ宿で電話が鳴り出すスカイプで両親弟家族弟の義母が心配して苦しんでいる帰るべきか私は尋ねる誰か心臓発作を起こしてしまうだろうか帰ってきなさい何が大事か自分で考えて決めなさい私たちに何ができるかもし桜がおまえにとって命より大事だというならおまえの好きなようにしなさい外務省に言われるまで私はどこにも行かないと決めた、いや決めてない、決めた、いや——

地震から三日後。
夜、夢を見る。私はAにミュージックビデオのスターに担ぎ上げられていた。スウェーデン船

のフェリーで撮影が始まろうとしていて（オリエンタル風のベッドの上で色っぽくもがくという設定）、自分が演じる曲を最後まで聞いていないことをわかってもらおうとしている。でも口の中は缶詰のパサパサしたツナでいっぱいで、話すことができない。

朝、父が夜に送ってきたメッセージを読む。タイトルは「帰ってこい」。原子力発電所ではつぎつぎに問題が起きている。風向きは南に変わりつつあり、政府は近く七十パーセントの確率で大きな地震が起こると見ている。東京の飛行場は混乱していた。動ける外国人が出国しようとしているからだ。フィンランドのニュースでは、死者数がすでに八万人に上ったと報道され、日本の政府は原子力発電所の状況について真実を語る勇気はないだろうとの見通し。アメリカによると、今起きているのは史上最悪の原発事故らしい。

大使館のサイトでは地震や津波警報や東京の停電についてのニュースをアップしていた。大使館の蛇口からは茶色の水しか出なくなったらしい。それなのに誰もまだ区域から出ていくように言わない。本当のところ、私は電話が鳴って出国命令が出るのを今か今かと待っている。でも、鳴らない。

私はパニックに陥った。念のためにフィンランド航空に電話をかけることにした。スタッフから私のチケットは変更できないと言われる。私の帰りの便が、フィンランド航空の提示した三月十四日から二十三日ではなかったからだ。この期間であれば手数料なしで変更できたのに。大阪からヘルシンキまでの便に最初の空席が出た。およそ一週間後の土曜日。片道が千五百ユーロ。往復で六百八十ユーロだったことを考えれば、法外な運賃だ。インターネットで他のフライトも見てみるが、近々ヘルシンキへ飛ぶ便は見つからない。週末に、千五百から三千ユーロのフライトがあったけれど、平均して所要時間が二十五時間かかる。どうしたらいいのか、私はいまだにわからない。水が茶色になる前に、荷物を整理して、洗濯して、シャワーを浴びた。

バズから、出国を検討したほうがいいとメッセージが送られてきた。それと同時に記録をたくさん取っておくようにとも。長期休暇中に何か大地がひっくり返るようなことが起こるといいと思ってはいたけれど、まさかこんなことは思ってもいなかった。

セイ、あなたならどうする？　おそらくあなたは災害が起きても知ることすらなかったと思う。もし六百キロメートル離れた場所で何かが起こったとしても、それについての情報が平安京まで到達するまで何週間もしくは何ヶ月もかかる。あなたは津波警報を知らないだろうし、知っていたとしても、もたもた進む牛車ではそれほど遠くまで逃げられないだろう。停電については心配する必要はない。水道水や原発事故についてもしかり。昼夜を分かたず恐ろしい映像を各チャンネルで見ることもないし、地球の反対側にいる人々とのショートメッセージのやりとりもないだろう。

あなたたちは、これはこの世に定められた罰だと信じ、お詫びに天皇とか将軍に死後に称号を授けるだろう。祭司は夢占いをして、僧侶は御経を読んで悪霊を追い払う加持祈禱をするだろう。ここでは白い服を着た男たちが放射線測定器で線量を測っている。お詫びに原子力発電所所長を解雇する。これが度を越してエネルギーを消費したことによるこの世に定められた罰だと、私たちは皆、知っている。

動物として頭が痛い。

地震から四日後。

睡眠薬でよく眠れるが、朝になるとお腹が痛い。ニュースは不穏だ。福島の原子力発電所の一基がふたたび爆発。環境中の放射線量が数値限度を超えた。電力会社は、爆発によってメルトダウンが起きた可能性があると認めた。それが何を意味するのかはわからないけれど、風向きが変わらなければ、放射性物質は十時間後に東京に到達すると予想されている。

外務省は渡航勧告を見直し、危険区域と東京への渡航を避け、子どものいる家族には「民間航空機で」区域から退去することを検討するように、と勧告した。つまり、一人当たりの運賃が千五百から三千ユーロかかる航空機で、ということだ。「区域」が災害区域だけを指しているのか、それとも日本全土なのか、私にはよくわからなかった。

つらい。無理にでも自分自身を外へ連れ出し、近くの知恩院手づくり市へ向かった。外ではいつもと変わらない生活が続いているのか確かめるためもある。どうやら続いているようだ。市は以前と同じような混み具合だった。それでも頭から一瞬たりとも一連のことが離れない。気分は悪いけれど、お昼を食べに行く——食べないでいると事態を悪化させるだけ。私だってだてに年を取っているわけじゃない。

キムは終日どこかで行事に参加しているから、今日は状況を把握できないと言ってきた。大使館のフェイスブックで、成田飛行場では香港行きのEscape the Earthquake片道チケットが安く売られているという書き込みがあった。今、誰かにチケットを渡されたら出発してもいい。でも、一人で決めて調整するのは難しいと感じた。Ｈｘならどうするかショートメッセージで尋ねてみる。マルコスの決断もちょっと待っている――誰かと一緒に揃って出発するほうが何となく気分がいいかもしれない。もちろん決めづらいのは運賃が高いせいもある。念のために荷造りをしておこうか。いつもの自分の決断力のなさに打ち勝てない。

居間では間抜けな同居人がニット帽をかぶってニンテンドーをガンガン打っている。私には、爆発する前に原子力発電所を冷やそうとしている現実生活のゲームで十分だ。私たちにはあといくつ命が残っているんだろう？　私たちはつぎのステージへ行けるのか？

両親と話す。ほとんど喧嘩腰で。ヨンナから帰ってこいとショートメッセージが届く。私の意見バロメーターであるＨｘは唯一、反対意見だ。メッセージには、自分だったらここに残って狂ったように書くだろう、とあった。

私はトイレに行って、気がついたら泣いていた。疲れ果ててしまったのかもしれない。

マルコスが宿に戻り、帰ることに決めたと告げた。

もうすぐ午前零時になる。マルコスとセブとヤンと一緒に急ごしらえの送別会を開くことにした。気がついたら自分自身も出国することに決めていた。ヤンは月曜日にフランスへ、マルコスは木曜日に二週間ほどニュージーランドへ、セブはレイナが行きたがらないからここに残る予定だ。男子たちはそれぞれ家から食料の調達があり、逃げる前にすべて食べきらなくてはならない。

テーブルの上にスペイン産とフランス産のチーズ、ソーセージ、干し魚、干し子、スペインオムレツが山のように積まれた。ヤンはシャンパンを二本持っており、そのうち一本を私たちで空ける——一本は私たちが戻ってくる日のために宿に置いていくつもりだ。宿での最後の晩餐には、私と男子たちが参加した。セブがパソコンでビートルズを流す——悲しすぎず、陽気すぎない曲。皆、桜を見られないことに猛烈に腹を立てた。マルコスは来日したときからずっと楽しみにしていたのだ。ヤンとようやく話ができた——昨夜のカタリナは彼が連れ込んだのではなく、急な出国に備えて飛行場の近くにいたくて北から逃げて来た新しい同居人だったということもあって、彼は今、とても感じがいい。ヤンは日本人の彼女も一緒に連れてパリへ行くつもりだが、あとから聞いた話だと、彼女は家族を置いていきたくないのでやっぱり一緒に行かないことになった。カタリナも同じことを言っていた。家族、友人、同居人。置いていきたくない誰かがいる。だから、出国したい日本人はいない。集団はつねに自分よりも大事だ。もし皆が行かないなら、誰も行かない。レイナの親戚は東京から南へ来たがったけれど、列車も動いていないし、ガソリンも手に入らない（Hxの理論によれば、政府はヒステリックに集団で脱出するのを防ぐためにガソリンはないと言っている）。もしどこかからガソリンが十分に手に入れば、車を借りて彼らを迎えに行こうとセブは計画している。レイナは機嫌が悪い。二人はおそらく喧嘩でもしたのだろう。

最後の晩餐は明るくて和気あいあいとしているのに、これまでに経験した中でいちばん妙な雰囲気だった。明日の朝、私は荷物をまとめて出発する。どこかへ。

地震から五日後。

朝、私はなぜだか心が落ち着いていた。心が決まって、列車のごとく固い決意で必要な予約と手続きをネットですべて済ませた。私は状況が落ち着くまでタイへ行くことにした。明日、大韓航空で大阪からソウル経由でプーケットまで行く手配をする。片道運賃は「たったの」九百五十ユーロ。プーケットの小さなファミリーホテルに十泊で予約を入れる。ネット上の評価は良さそうだ。午前中には発つので、エアポートタクシーでは間に合わない。だから、飛行場には今日行くことにして、今夜泊まる空港ホテルの部屋を予約した。

荷物は三つに分ける。持って行くもの。ここに置いていって必要になったらキムにフィンランドまで送ってもらう冬服と本。ここに置いていく生活用品と送らないほうがいいもの。ダンボール箱を買いに郵便局へ行く。この箱に送ることになりそうなものを詰めて、ラベルを貼っておく。タイの三十二度の暑さでは役に立たないとは思いながらも、それでも大半の荷物は持って行く。私の自転車はお使い用にマルコスに貸すことにした――彼の自転車は昨日に限って無断駐輪で警察署へ持って行かれてしまったのだ。天気は黙示録さながらに、急に零度近くまで下がり、風は強く激しく吹いて、日が照ったりみぞれが降ったりしている。世界の終わりが始まっているように感じた。

四時くらいには出発の支度は整っていた。ヤンが進んで私のスーツケースを宿に続く階段下まで持って行ってくれる。結局は彼はとてもいい子だった。別れるとき、ヤンは目に涙を浮かべていたと誓ってもいい。私たちが頭でわかっている以上に、この状況に皆は疲れ恐れているのだ。

京都駅までタクシーを拾って、そこから飛行場まで列車で行く。車中から友人たちにショートメッセージを送る。皆は私の決断に満足していた。ここでふと、スーツケースに冬服を詰めてタイへ行こうとしていることに気がついた。まるで、私が子どもの頃に大好きだったフィンランド映画『バカンス』[157]みたいだ。フィンランドのコメディーのハイライトは、主演のアンッティ・リトゥヤがニット帽で海水パンツを自分のために作るシーン。彼が海から上がると、ニット帽のポンポンが水で濡れて股にだらんとぶら下がっている。このシーンにいつも私は笑い死にしそうになる。でも、まさか自分も同じ状況になる日が来るなんて思わなかった。原発事故から逃げた私はターコイズブルーの海で足首まで垂れ下がったニット帽ビキニをつけて隠れている。足りないのはスキー板だけ。

桜の京都とプーケットの真っ赤に日焼けして太った西洋人の世界を比べてみても、それほど大差はないかもしれないとも思った。セイ、あなたはこの旅に一緒に来ないよね。

空港ホテルの五十階にある部屋からすばらしい眺めが二方向へ広がっている。大阪の中心街と海に浮かぶ関西国際空港だ。それでも眺めは楽しめない。自分が精魂尽き果てているのがわかった。一日中、体も心も余震で揺れていた。

曇った窓ガラスに「サヨナラ」と書いて、そのまま眠りに就いた。

［清少納言の言葉］

日は

入り日。日が沈みきったとき、山の端になおも留まっている光が赤く見えているところに、淡黄色に染まった雲がたなびいているのを見ると、心が揺さぶられる。

月は

有明の月。東の山の空に細く出ているのは、とてもじんとくる。

雲は

白いの、紫、黒いのも素敵。風が吹くときの雨雲。夜明けに、空が白みはじめると、黒い雲がだんだん消えてゆくのを見るのも素敵。

プーケットは蒸し風呂のように暑く、湿っている。初日の朝食はホテルのヤシの木陰のテラス席で楽しんだ。タイ休暇中に何か案が浮かぶだろうか。朝食の部屋にはネットに繋がったパソコンが二台ある。でも、先週、ずっと張り付いて見ていたYLE[158]や、ヘルシンギン・サノマット

157　一九七六年に公開されたフィンランドのコメディ映画。銀行員のアイモ・ニエミは休暇でスキーをしにアルプス山脈へ行くつもりが、うっかり飛行機を乗り間違えてギリシャのロードス島へやって来た。もちろん持って来たスキー板や冬服はまるで役に立たない。一九七六年の興行ランキング一位を記録した。

158　フィンランド国営放送。

紙[159]や、在フィンランド日本大使館のサイトには何があっても近づきたくない。考えるだけでも気分が悪くなる。この「感情」を何とかして「取り扱う」べきなのか、これを「拒むこと」で何かまずいことになるのか、私にはわからない。でも、どうでもいい。

小さいけれど居心地のいいホテルはプーケットのパトンビーチ沿いにある。そこに、日焼けした非の打ち所のない美男美女の若いスウェーデン人夫婦たちがいる。この人たちと私は違う、と思った。でも、プールで暢気にパシャパシャ泳いだり、冷えたビールをあおったりしているスウェーデン人たちを眺めていると、この状況において、これが実際、最善のセラピーになっている気がしてきた。この世界は原発事故や地震からこれでもかというくらい離れているのだ。

ホテルはアットホームな雰囲気だった。どの人も知り合いのようで、受付の女の子たちは宿泊客がくつろいでいるときはベビーシッターをしている。スタッフは、それはそれは親切だった。私がどこから来て、なぜここにいるのか、尋ねた人全員に、というかその他の人たちにも話した。自分がかわいそうな避難民のように見られたくなかったのだ。でも、私が何かおかしな行動を取りはじめたときに備えて、知らせておいたほうがいいと思った。もっと静かな島にでも行ったほうがいい、と受付の女の子は言う。パトンビーチはただ飲んだり騒いだりするのには向いている。おそらく私はそのどちらも望んでいないように見えたのだろう。ただ、涼しい服は今すぐほしかったので、彼女から服が買える良い場所も教えてもらうことになった。

お昼を食べたあと、海沿いを散歩しに行く。目に見える光景がとくに気に入ったとは言えない。他の状況でもこの場所を旅先に選ぶことはなかったと思う。三キロ続くビーチには西洋の旅行客たちがずらりと並んでいて、痩せた人、太った人、赤や黄褐色に日焼けした人がいる。繁華街の雰囲気はすさんでおり、幸いにもホテルはビーチからいちばん離れた端の静かな路地にあった。

夜、受付の親切な女の子が話しかけてきて、どうして私が一人でここに来たのか、と不思議がった。明らかに彼女は私のことを不憫に思っている。タイ人はすべての一人旅の旅行者のことをかわいそうに思っているとガイドブックでちょうど読んでいてよかった。彼女は、一人でバングラ通りに行かないほうがいい、と言う。そこではタイのニューハーフたちに財布をすっからかんにさせられてしまうらしい。別の従業員でタイで生まれたスウェーデン人男性は、むしろ私はバングラ通りでちょっと楽しんでくるべきだと思っている。きっと私はしばらく楽しんでいなかったような顔をしていたに違いない。

友人たちからのメールには、今すぐにプーケットから出て行くように、とある。ここはどうやら精神衛生上危険な場所らしい。行くならもっと小さな島がいい、というのが多くの意見だった。スーツケースは預けて、リュックで気の向くままに巡るのがいいらしい。

状況は普通と違う。私は計画から逸れて急遽タイへたどり着いた。私は自分のしたいようにできるし、タイムリミットもない。ここに残ってもいいし、出発してもいい。どこに行ってもいいし、いたいだけいていいのだ。なぜなら、私には片道切符しかないのだから。一方で、私の心は

159　北欧最大の発行部数を誇るフィンランドの新聞。

京都にあって、ここに二十三キロの冬服と平安時代の日本に関する本をたくさん持ってきている。他にパソコンと、日本円で三ヶ月分の生活費も——リュック一つでタイを旅するのに好都合な装備はとくにしていない。こういうのに私はからっきし向いていない。タイについて何も知らないし、これまでに世界のこの部分に来たこともない。この場所は私のプロジェクトに役立つのか？ここで一〇〇〇年代の日本やどこかのおかしな宮廷女房について書いている自分を想像できるだろうか？　この時期のフィンランドの悪天候にかんがみれば、状況は間違いなく理想的だが、私のようにゆっくりと現地に馴染んで、なかなか決心がつかないタイプには、これは決まりきっていたことだと思うしかない。先週の月曜日に京都へ出発したとき、自分が今、プーケットのビーチで休暇を過ごしていようとは思ってもいなかった。

プールで日光浴をしながら馴染んでいくことにした。ソウルの空港で買った日焼け止めを体に塗る。防護効果は五十。タイは暑季に差し掛かり、朝十時にはもう死ぬほど暑い。青ざめた肌がまずはせめて太陽に慣れるよう、横になって日に当たることにした。目標は十五分。でも、熱中症になりかけて十一分で早くも諦め、本を読むためにパラソルへ移る。

午後は部屋で涼んで、ルース・オゼキの『イヤー・オブ・ミート』を読み終えた。本はまさに今の私の魂の慰め。セイ、あなたも物語の一部なのよ。章の初めに『枕草子』の引用があったから。食肉産業を調べているアメリカ人のドキュメンタリー映像作家のジェーン・リトル・タカギはあなたに憧れている。かたや日本人のアキコ・ウエノは自分の枕の本を書こうとしていた。

「少納言よりもなかなかうまく書けないから、厄介だ」と言ったアキコは正しい。

翌朝、私はビーチへ行って、パラソルの下のデッキチェアに引きこもる。天気は申し分ない。でも、午前から暑さが壁のように立ちはだかる。私は合間に花の蜜[160]のようにあたたかいターコイズブルーの海の中で体を冷やす。海水客の頭が、遊泳区域を示すネットの浮標のように波に揺られて浮いたり沈んだりしていた。

デッキチェアは私の王国だ。スタッフが、フィンランドでは自転車の荷台に使われるゴムバンドで私のタオルを椅子に取り付けてくれる。テーブルにハンガーが運ばれてきた。私はそこに服をかけてパラソルの下で風を通す。見えない手によって砂を入れた竹の灰皿がテーブルの下へさっと差し出される。足もとの椅子に溜まった砂を掃くためにスタッフがやって来る。彼は、私のエリアが、私の敷地が、私の海辺の家が一日を通して日陰になるように、太陽を見ながら二本のパラソルを頼まずとも動かしてくれた。

椅子から立ち上がることなく、通り過ぎる行商人から必要なものならどんなものでも買うことができた。彼らが売っているのは、飲み物、アイスクリーム、果物、食事だ。その他に、ワンピース、スカーフ、サロン布、髪飾り、アクセサリー、サングラス、時計、管楽器、木彫りのオ

160　海や湖の水があたたかいとき、フィンランドではネクターと表現する。

ブジェ、ハンモック、フルーツボウル、爪のお手入れ道具も売っている。マッサージ、フットケア、ヘナタトゥー、日焼けした肌につけるフレッシュなアロエも手に入る。

こうしている間も福島の原子力発電所では戦いが続いていた。風向きが東京のほうへ変わると予想される。駐日フィンランド大使館は大使館機能を東京から広島に移していた。NATOはリビアに空爆を開始。狂乱状態の中、抵抗するカダフィ大佐の政権を打倒しようとしている。私はプーケットで横になっている。気が抜けたように、汗を掻き、何も考えずに。

この観光地の単調さはウイルスのごとく人に伝染する。突如として、世界にはもはや、くつろいで、本を読んで、食べて、泳ぐことの他に意味のあるものは何もなくなった。私の関心を引くのは、日焼け止めの防御指数と部屋に入って来る砂と体液バランスを維持することくらい。真実はこれだけ。他に数値はない。戦争も、地震も、原子力発電所もない。平安宮廷で暮らした作家についてのプロジェクトもない。あるのは冷たい飲み物と日焼けレベルのみ。私の部屋にあるテレビすらつかない。これは啓示に違いない。

それでも私の体は地震の感覚を記憶していた。私は揺れをずっと感じている。ソウルの空港やプーケットの空港ホテルで大地が揺れているのを感じた。ビーチや私の部屋で震動しているのを感じる。私は世界一正確な人間の姿をした地震バロメーターになったのか、それとも近くで発掘工事が間断なく行われているのか、私にはわからない。

毎日が、同じビーチで、同じ海辺のレストランで、同じように過ぎていく。前日とまったく同じ場所にまったく同じ夫婦が席についている。当然だ。だって、パラソルに守られた砂浜の席で獲れたての海の幸を一皿三ユーロ以下で味わうことができるなら、場所を変える必要などない。ちょっと周辺を旅してみるのも何だかおっくうになってきた――多分、明日、もしくは明後日……何もしないことに貪欲になってくる。考えは、どこかの意識の淵でちらついたり、ふたたび消えたり、信じられないほどすべてを呑み込む単調さの裂け目に沈んだりして、考えることが難しくなってきた。

セイ、あなたは本当にここにいない。あなたの世界の痕跡はここにはない。白や赤や茶色に日焼けした人間の体の中にあなたは息づいていない。汗まじりの日焼け止めを塗った、痩せた人、太った人、胸をさらけ出している人、胸が大きかったり垂れ下がったりしている人の中には。ビーチの控えめな津波避難路看板を目にして、ようやくあなたを思い出すくらい――傍注に縮小された事実の中に、儚さや偶然や運命についてのすべてを思い出す。でも、選ばなければならないとしたら、京都の桜とピンク色に染まった山を最後に目にしたいだろうか、それとも快楽への欲望がまだ消えずにちらついているしびれを選ぶのだろうか?

［清少納言の言葉］

［――ピー――チー――ピー］［ザワザワ］［シーン］[161]

161　ここは著者の想像するセイの言葉。何とかセイの声の波長をとらえようとするけれど、遠く離れたタイの現実の中ではノイズのようにしか聞こえない。

セイ、もちろん平安京のあなたのところにいたいけれど、こんな状況だから、あなたのほうがここに来るというのは何とか考えられないかしら？　私と同じ部屋に泊まればいい。ベッドは半分空いているし、部屋は涼しくて快適だし、静かな庭に囲まれている。ベッドまで食事を運んでもらえば、あなたは必ずしも部屋から出る必要はない。ほんの束の間でいいから、あなたのことを忘れないために来てくれない？　そうでないと、ここにいたらあなたのことを忘れてしまいそうだから。

セイ、あなたの返事が聞こえない。

午後、受付の女の子に、パトンビーチの反対側にあるショッピングモールまでの行き方を尋ねる。私が出かけようとすると、女の子が入り口でモペッドと一緒に待っていて、乗っていきますか、と言う。私は生まれて初めてモペッドに飛び乗った。彼女のお香の匂いのする髪が風に吹かれて口の中に入ってくる。私は町を駆け抜け、乗っている間中、笑っていた。

ショッピングモールははてしなく広い。どの階もどの別館も未来派の時限爆弾か何かのように延々と広がっている。買いたいものはないけれど、見ていたい。ここはエアコンが効いているから。ビキニの品揃えがこんなにいい場所は他に見たことがない。だから、自分用にむりやり二組買った。

本屋で本を二冊見つける。読んではみたいが、絶対に支払いたくない。*My Thai Girl and I – How I found a new life in Thailand* は、六十代の教授が、プーケットで自分より年が半分も下の果物売りの女性に恋をして人生が変わった話。*So many Girls! So Little Time! – Your Guide to Romantic Adventures in Thailand* はタイの恋愛事情ガイドブック。例えば、タイの女性と結婚しても、他の女性とデートし続けたい場合（そういう人は本当に多い）、どんな問題に直面するか、といったことを解説している。タイの女性が水鉄砲をこちらに向けている写真がよく物語っている。本では、結婚と独身でいることのメリットとデメリットについていろいろと書いてあった。ちなみに、結婚する人の未来には年老いてスカーフを頭に巻いた肥満で歯のないタイ人女性が描かれ、独身の未来はいつも若くて美しい女の子たちがひっきりなしに現れていた。

不意にこの現象にのめり込みたくなった。ここでは冗談ではなく本当なのだ。あらゆる年齢層の人が驚くほど若いタイ人の女の子を連れているのをいたる所で見かける。その多くは年配でお腹の出た西洋の男たちだが、彼らは通りを歩いたり、ビーチで過ごしたりしている。ビーチでは女性が手作りランチをデッキチェアに用意してもてなしている。女性のほうは見たところごく普通の人で、子どもを連れていることすらある。この男たちは何者だろう？　とくに彼女たちは？

夜になり、ショッピングモールにうるさいだけの音楽が流れはじめると、人々がだらだらとレストランへなだれ込む。私はピザと赤ワインで食事をとった。

トゥクトゥクをとらずに、歩いてホテルまで帰ることにした。歩きながら夜の町の様子をかいま見ることができる。バングラ通りのバー地獄を通り抜け、羽毛の襟巻きをつけたドラァグクイーンらしき女装した有名なニューハーフたちを見かける。ホテルが近くなるにつれ、この上なく静かな楽園に私は泊まっているんだと思った。

朝食のあと、日焼け止めを塗って、ビーチバッグに荷物を詰めたところで、雨が降りだした。計画B？　私は本とベッドに横になる。

午後、お昼を食べに外に出ようとしたら、またバケツをひっくり返したような雨が降りだした。私はホテルでお昼をとる。

夜にかけて本格的に雷雨になり、隣のシーフードレストランへ行って夕食をとる。海の見えるテラス席は雨のせいでハエがたかっていたので、しかたなく店内に座ることにした。テラスでは、バンドがベサメムーチョを歌い、西洋のぽっちゃりした女性がテーブル席の間を情感を込めながら踊っている。バターとガーリックで炒めたブーケットロブスターを五百グラムと白ワインを一杯、注文する。

雨の夜、ホテルのバーでは昔のジャズが流れていた。赤紫色のヘンヨウボクが今を盛りと咲いていた。

朝、ビーチへ出かけたけれど、午後にはふたたびザーザー降りになった。デッキチェアから雨漏りするレンタルパラソルの下へ逃げ込んで、雨が止むのを待つ。

夜にふたたび雨になる。それでホテルで食事をとった。今や雨は蒸し風呂のように熱い湿気をみなぎらせている。すべてが湿った薄い膜で覆われ、汗なのか、空気が凝縮した湿気なのかわからない。バーには社交的な一行がいた。アイルランド人女性はひっきりなしにしゃべり、ワインをどんどん注文している。スウェーデン人女性は彼女の連れで、ニュージーランド人ゲイカップルは陽気だった。

日本政府は地震と津波の死者が九千人にのぼると発表した。行方不明者は依然として一万二千六百人を超えている。東部と北部には三十五万人以上が避難所で暮らしており、そこでは食料と水が不足していた。五月に東京で行う予定だった国際生け花展が中止になったとリーサから聞く。

翌日の朝も雨。私は何かすることを見つけるために近くの旅行会社へ行くことにした。「象乗り」は雰囲気があってよさそうだ。ターコイズに染まるアンダマン海が見える場所に立ち、鳥の鳴き声と湿った空気の中、山のジャングルで使い捨てのレインコートを着て象の背中に乗っている自分を想像する。

私の想像は外れた。

私たちはジープのオープンカーに乗せられ、各ホテルで旅行者がピックアップされる。一時間後、観光者たちのアトラクションセンターに到着。そこで分刻みのスケジュールで九種類もの様々なアトラクションを手短に体験する。象乗りとエレファントショーの他に、牛車乗り、モンキーショー、フィッシュスパ、水牛乗り、タイクッキングショー、ムエタイショー、水田見学、ゴム採取体験、蘭の庭園があった。私はぎょっとしたけれど、何でもない風を装ってついて行く。予約していた象乗りは、象の背中に一時間座りつづけるものだった。象はセンターに作られた村のあたりで緑をむさぼりながら立ち止まることが多かった。乗っている姿は写真に収められた。

あまりにありえない状況なので、一枚買うことにする。同じようなシチュエーションの写真は、およそ三十五年前にイビサ島にあるウェスタン村で撮った。そのとき私はポニーに乗っていた。雰囲気はだいたい同じだが、そのときのほうが私はちょっとは乗り気だったと思う。

象乗りのあとは、エレファントショーを観る。観客は私一人。二頭の象が後ろ足で立ち、つぎに前足で立ち、最後に座って、司会者の言葉どおり、トップモデルさながら微笑む。一頭がバスケットボールをシュートすると、もう一頭はサッカーでゴールを決める。それから二頭は演奏したり踊ったりした。一頭はハーモニカを、一頭はフラフープを持って。かわいそうな二頭が傷つかないように、一つひとつの演技に私は素直に拍手を送った。最後はエレファントマッサージが待っていた。言われた通りにマットの上に横になると、小さいほうの象が足で私の背中をマッサージしてくれた。

ガイドがくれたバナナを食べて、蘭の庭園をちらっと見て、ジープを飛ばしてホテルに帰る。足に痒みをともなった赤い斑点ができていた。アスファルトから出るべきじゃない。

夜、とても疲れていたのでホテルで食事をとることにした。アイルランド人女性のベヴとしゃべろうとバーカウンターに腰を落ち着ける。カウンターには最後の夜を過ごしているオーストリア人夫婦もいる。皆が私についてあれこれ知っていることが判明。私の心境やここに一人でいる理由を毎晩のように推し量っていたという。オーストリア人女性は、私が寂しい思いをしているから何とかして助けてあげるべきだと思っていた。アイルランド人女性は私が一人でいたい気持ちをわかってあげるべきだと思っていた。オーストリア人のバイクに乗っているタトゥーを入れた男性は、「何か本を読むために」夜の九時から部屋に帰るのではなく、バーへ向かうべきだという。彼は、自分も奥さんが到着するまでここに二週間ほど「一人で」いて、時間を本当に有効活用した、とにやにやしながら話した。スウェーデン人のホテル支配人は、平安時代の日本の代わりに、タイで爆発的に増加しているＨＩＶ問題やマフィアや売春ツアーのような何かおもしろいテーマについて書いたらどうかと提案してきた。私がどうすべきか、あるいはせざるべきか、皆には考えがあるようだった。周りに押されて白ワインをグラスで二杯飲んで、頭が痛くなった。

ふいに京都であれほどくつろいでいた理由がわかった。京都では、自分が別人——もっと明るくて、もっとおしゃべりで、もっとパーティー好きで、もっとエネルギッシュで、もっと酒飲み——であるべきだと誰も思っていない。私が暗くて、引っ込み思案で、元気がなくても、誰もかまわない。むしろ、ありのままの私でいい。それでも、自分のことをわかってもらえていると感じる。

「あなたの意見を共有してくれる人がいない場所に亡命してきてしまったときは最悪」と、ライザ・ダルビーの小説でムラサキは書いている。プーケットに来た私はまさにこんな気持ちだ。

気分が晴れない。頭が痛くて目が覚める。パイヴィから、四月に予定していた日本を巡る旅は取り止めにしたほうがいいとメールがあった。しかたがないし、私もそう思う。高野山、宿坊、高山の茅葺きの白川郷、北アルプス、温泉、松本城、木曽谷の江戸時代の宿場——しばらくのお預けだ。

東京では二十五の大使館が福島の事故で業務を休止していた。東京の水道水は子どもが飲むには適さず、かといって、店のペットボトルの水は、一人が買える量を四リットルにしているにもかかわらず、在庫がない。フィンランド大使館は長引く状況のためにヨウ素剤を追加注文した。福島第一原子力発電所の温度がふたたび危険な数値にまで上昇。多くの国が日本の食品に輸入規制を敷いた。フィンランドへ飛んだフィンランド航空の機内で微量の放射線が検出された。日本の自然災害被害実態総額は最高額に位置づけられた。その震災復興予算として二千二百億ユーロが見積もられた。

プーケットでは雨が降っている。雨と雷はこれから十日間は続くと予想された。こんな天気でビーチ休暇を過ごす意味があるのかわからない。ベッドメーキングされたばかりのベッドの上で私はしばらく考え込んだ。


そしてやっと私は素敵なことを見つけた。これから極上のツアーに参加する。これは、何の計画も立てずにタイへ来てしまい、もといた場所へ帰りたくて何をしたらいいのかわからないあなたたち皆に向けたプロモーション。大冒険を体験しに姿を消してしまった普通の人たちとは違うあなたたちに。八日目に、ジョングレイシーカヌー社のホン・バイ・スターライトツアーがあなたたちを救ってくれます。

驚いたことに、その日の朝、雨は降らなかった。車に乗って一時間、ツアーの船が出る桟橋に着く。途中、船上でビュッフェランチをとり、まもなくしてホン島の前までやってくると、二人乗りのゴム製ボートへ移動した。高く切りたつ石灰岩の岸壁にボートをつける。岸壁の下端にはトンネルのような鍾乳洞が形成されていた。潮の満ち引きのタイミングが合ったとき、ぎりぎり通れるくらいの信じられないほど狭くて低いトンネルをカヌーで抜けた。ガイドに言われて私たちはカヌーの上に寝転がり、仰向けで狭い洞窟を抜けられるよう、さらにガイドがボートの縁から空気を少し抜く。顔は石の天井に今にもつきそうだ。そのまま私たちはトンネルを抜けた先の島の内部にある閉ざされたラグーンを目指す。ラグーンには別世界が広がっていた。切りたった壁は高さが二百五十メートルにも及び、底にはマングローブの森が広がっていた。虫が耳を聾するほど鳴いている。虫の声の他は、ひっそりと静まっていた。侵入者である私たちが言葉を発することすら憚(はばか)られる気がした。何もない――島まで泳いでいく猿の姿すらない。満月で潮が満ちており、猿たちは泥に棲んでいるご馳走のザリガニを食べに行くことができないのだ。

私たちは船でパナク島へ進んだ。そこでもまた船から降りてカヌーに乗る（一行の老いも若きも裸足に水着と濡れたTシャツ姿で一緒にうろついている様子は、何だかものすごく居心地がいい）。長くて狭い洞窟を抜けるとき、私は懐中電灯で真っ暗闇の道を照らした。洞窟の壁には幾千ものダイヤモンドがきらめいている。反対側から見るととうてい抜けられそうにないほど狭くて小さな穴を抜け、ついに私たちは島の内部にあるラグーンに出た。ジョン・グレイがこの岩穴に初めて踏み込んで、誰もあると思ってもみなかった秘密のラグーンをそこに見つけたとき、彼はどんなふうに感じただろう。

「ジュラシックパークへようこそ」と、ガイドが言う。まさに、そんな畏れ多い静けさが、この壮大な古代の奇跡を前にした私たちの中に広がってゆく。マングローブで足のある魚を見た。日が暮れてくると、何百ものオオコウモリが物思いに耽っているかのように、ゆったりと威厳に満ちた様子で天井の丸い穴から陸へ向かって滑空飛行していった。

夕食後、日が沈む頃に私たちはさらに大きな洞窟に向かってボートを漕ぐ。洞窟の入り口からすでに強烈な匂いがする。天井は小さめのコウモリで溢れていて、懐中電灯に苛立って飛び回っている。私たちは暗闇の中を進み、水の神をなだめるためにバナナの皮と蘭で作った灯籠を流す。パドルが水に当たって飛沫を上げると、光るプランクトンが小さなクリスタルのように星の雨を降らした。

つぎの日はまた土砂降りの雨になった。こういう雨がつまり熱帯の雨なのだ。暖かく、ほとばしり、飛び散って、溢れ返り、覆いつくす。受付の女の子によれば、豪雨はまだ五日間は続く。この時期はいつもなら雨はいっさい降らないらしい。京都でも変な天気だと聞いた。気象現象と地震には何か繋がりがあるのだろうかと考えずにはいられない。もし地球全体の向きが変わってしまったなら、天気だって乱れてもおかしくはない。

桜が咲く前に京都に戻りたいと真剣に夢見るようになった。見頃は四月に入って最初の二週間だと予想されている。福島の状況に進展は見られないし、放射性物質の流出はまだ止めることができていない。爆発の可能性も依然としてある。福島の海で計測した放射線量は基準値の千倍だ。

でも、京都は福島から六百キロ離れている。

友人たちは、私にしたほうがいいこととやすべきことを提案してきた。どうやら日本のことは忘れて、小さな島へ行って、タイ、ベトナム、カンボジアを巡り、インド、バリ、フランス、ネパール、ハノイ、アンコールワットへ行くべきだという。「どうしてまだプーケットにいるわけ？」と、セブ（出発する気になれないから）。これが「中年の西洋人の型にはまった」女の人生における一生に一度のチャンスだということはわかっている。でも、京都へ戻る機会を待ちたいだけだったら？　この土砂降りの雨の中、リュックを背負って旅に出る気になれないとしたら？　ここでもまた――決められずに機が熟すのをただ待つとしたら？

夜、スカイプで姪っ子のアウロラの一歳の誕生日会に参加する。もう一人の姪っ子の誕生日会ではパジャマ姿だった前回から学んで、今回はメイクをして、ブローをして、華やかなリゾートワンピースを着ていた。ようやくスカイプが繫がったとき、接続が途切れ途切れになり、私の姿が誰にもわからないほど画像が悪くなった。


思ったとおり、雨。映画を観にショッピングセンターへ出かけることにした。近くでタクシーを拾い、運転手のレッドから護衛として映画館までついて行ってもいいと申し出があった。私は丁重に断ったが、六十代のタイ人ドライバーと一緒に映画を観るのはどんなに楽しいだろうかと考えた。私の夫はフィンランドで待っているのか、とレッドが尋ねるので、そうだ、と答えた。彼は同情し、どうやらチップはもらわずにガソリン代だけで行きたい観光地へ案内してくれるという。

映画を観たあと、バングラの裏通りにある食べ物が並んでいる暗くて細くて汗臭い路地を当たる。シンプル、はっきり言うと粗末な、ビニールで覆われたテーブルが並んでいる。屋台の前には今日の海鮮が大きな容器に入っている。グリルした大きなエビを一皿平らげ、続けてニンニクでカリカリに炒めたタコを注文。最高においしい。最後の一口を飲み込むと、辛いディップソースでしびれて唇の感覚がなくなっていることに気づいた。出前係がひっきりなしに注文をとり、料理をプラスチック容器に詰め、客のところへ急いでいる。キャンディーを食べている若いウェイターは私に終始微笑んでいた。彼にはたっぷりチップをあげた。

ゆっくりとホテルへ向かって歩いていると、本屋とアンティークショップを見つける。アンティークショップでは、あらゆる言語の中古の本が売られており、フィンランド語もあった。こんな騒然とした場所にも妙に愛着が湧いてきていることに気づく。十日間で魔法が効いてくるみたいに、体は慣れてくるのだ。

がっかりするもの。私の国籍を当てようとする町の行商人たち。彼らは九九パーセントの確率で一回目で当てる。たった一度、ロシア人だと言われたが、例えばスウェーデン人と言われたことは一度もない。スウェーデン人たちは、間違えようがないほど、それこそはるかに美しくて、センスがよくて、日焼けしているのだろう。

ホテルに戻って、もはや異常な雨量にまでなったことをネットニュースで知る。タイ南部の五県が、五日間続いた豪雨がもたらした洪水のせいで災害区域宣言を出した。プーケットに続く道は通行止めになり、死者も出た。フィンランド人の旅行客は洪水から避難するために南部からクラビへ移動。ナコーンシータンマラート空港は閉鎖。タサラの病院は浸水し、ワニが三四、洪水に乗じて動物園から逃げ出した。同時に他の四十七県は干ばつ災害区域宣言を出した。

聞くところによると、プーケットでは水位はおそらく上がらないらしい。でも、ここに続く道は通行止めになっている。ここでもまた水と食料を買いだめしておくべきだろうか？

原発災害から洪水災害区域へ逃げてきたなんて、どうにも信じられない。

東京では桜の開花が始まったと正式に発表された。

つぎの日も雨。これまで以上に激しく降りつづいている。災害区域はさらに増え、非常事態宣言が出された。プーケットの多くの区域でも洪水と土砂崩れの恐れがある。タイの小さめの島では人々が足止めを食らっていた。海上の波の高さは四メートル。受付の女の子の友人は多くの漁船が転覆して沈没するのを見たという。陸軍の大型船が、小さな島にいる旅行客たちの救助を始めた。シュノーケリング楽園のシミラン諸島には、日帰りツアーで行った旅行客たちが、食べ物も飲み物も避難場所もないまま五日間、取り残されていた。

ホテルで昼食をとって、近くのスーパーへ行こうとしたけれど、海岸通りは浸水していた。受付の女の子たちはビーチタオルに身を包んで震えている。気温が二十四度まで下がっているからだ。ホテルに泊まっているチェコ人たちはシンガポールへ逃げる支度をしていたけれど、聞けばそこでも雨が降っているらしい。デンマーク人によると、悪天候は東南アジア全体に広がっており、避難場所はない。

セイ、洪水で動けないときあなたならどうする？　きっとあなたはホテルの滞在者たちと陽気で気分が盛り上がる歌合を開催したり、古今集の和歌を諳んじてみたり、状況に合った終わりの句を自分で作ってみたりするんでしょうね。

今日は物を書くにはいい日になるような気がする。少なくとも他のことをするには向いていない。

朝、混乱した状況で目が覚める。どこかの旅行会社から助成金が下りた夢を見た。そんなところに申請した覚えはなかったけれど。助成金が下りてもモチベーションが上がるどころか、煩わしく感じた。申請したプロジェクトの名前まで間違って書かれていた。夢の中で、会社をクビになっていたことも知った。長い間おいおい泣いた。辞めたいとずっと思っていたのに、何だか不当に感じたのだ。すべてが間違っている気がした。

インターネットが繋がらない。まもなく繋がると受付の女の子は言っていたけれど、私はそうは思わない。洪水と土砂崩れで通信が切れてしまったのだと思う。

午後にバズから、こっちはどんな状況かと尋ねるショートメッセージが届く。弟もどんな様子か聞いてきた。おそらくフィンランドのニュースでは、タイの洪水は悪化する一方だと報道されているのだろう。テレビでは、腰まで茶色い水に浸かって歩いている人々が映った恐ろしい映像を流しているのだ。大使館からの連絡を私は今か今かと待っている。A無事です、B連絡を希望します、Cその区域にいません、Dスウェーデン語で。私はあまりに疲れていて、泣きそうだった。この長期休暇にどんな意味があるのだろう？　もしくは、どこぞの忌々しい宮廷女房の捜索に？　なぜ、この夢の一年がこんなふうになってしまったのか？　私は世界中を逃げ回っている。いつも間違った場所にいて、一体つぎはどこへ行ったらいいのかわからない。

あとになって、一階のインターネットが繋がり、メールをチェックした。パイヴィから、バリではテロの恐れがあり、さらに狂犬病が流行していると連絡があった――つまりそこは私に向いていないということだ。京都は安全だと思うけどリスボンにおいでよ、とニノは言う。リスボンの彼の新居にはゲストルームがあるらしい。フィンランド大使館は東京に戻ってきた。フィンランド人たちが都心に戻りはじめたからだ。外務省も、日本の南部とくに大阪の区域は安全性が確認されたと渡航勧告を見直した。フライトをグーグルでチェックする。四月最初の週のフライトは適正価格のようだ。そろそろ自分の荷物をまとめよう。

心が決まってほっとした。私は京都へ戻る。興奮して一睡もできない。

つぎの日の朝は天気になり、一日中、ビーチで過ごした。ずっとこんなふうだったらいいのに。海辺のレストランでエビとタコとカニの炒め物を一皿食べる。最高。

福島の原子力発電所の流出場所が見つかり、セメントを注入することで穴を埋めようとしている。どんな運命になろうとも、私は京都へ戻ることに決めた。パイヴィが、フィンランドの放射線・原子力安全局へ電話をかけた、とメールしてきた。どうやらフィンランドでもいちばん厳しい機関が、京都の放射線量はフィンランドの通常の環境放射線量よりも低いと言っていたという。ニノから来たもう一通のメールには、なぜ京都が最悪のケースでも何の危険もないのか、その根拠をわかりやすく示してくれていた。彼の言うことを私は信じている。でも、それがフィンランドのメディアのヒステリックな情報と矛盾していて、はたして世界の物理学者たちというのは原子力を広めるように利用されているのか、真実は結局、両極端の間にあるのか、と考えてしまう。

夜、アイルランド人のベヴから最後だから一緒に過ごしてほしい、と言われた。私の送別会もしてくれるらしい。ちょっと不安はあるが、行くことにした。というのも、ベヴはとてもとてもおしゃべりで、彼女の隣にいると私は耳の聞こえないトーテムポールみたいに見えるからだ。トゥクトゥクでお気に入りのレストラン「ザ・ポート」まで向かったが、まずはベヴがティファニーの偽造ジュエリーと偽造ハンドバッグを買うというので商店街に立ち寄る。ベヴは馴染みのジュエリー販売員に私を紹介すると、私が買う気になったときは、自分と同じようにまけてあげてほしいと頼み込んだ。「ねえ、この人ね、私の友だちなのよ。フィンランドから来たの。すごく頭がいいのよ」とベヴは言うと、見るからに浮かない顔をした私を指差した。ベヴがピンクのスウォッチのコピー品を（姪っ子に）買うように勧めてくる。まさかたった一つしか買わないつもりなのか、とベヴは驚いている。彼女はすでに七つ買っていた。

ベヴは信じられないほどの差別主義者だ。でも、地元の人々のことが大好きだった。どんなに気後れした行商人とも握手をしたし、どんな人とも話をした。ロシア人のことはとても嫌っている。「KGBよ、気をつけて!」と、ロシア語が近くで聞こえてくるたびに大声で言っていた。ベヴはアイルランドへ移って来たロシア人、エストニア人、ラトビア人、リトアニア人のことが大嫌いだった。職場の玄関ホールのリトアニア人警備員のことも憎んでいる。上司に告げ口され、彼女は大変な目に遭ったからだ。ベヴはダブリンの法律事務所の受付で働いており、上司と喧嘩になった。ベヴは(リトアニア人以外の)全員とうまくやっていけるのに、仕事の仕方に少し自分勝手なところがあり、これが上司の悩みだった。上司は、ベヴを精神科にまで行かせて、自分の行動をあらためる必要がある、さもなくばクビだ、と告げた。ベヴは中指を立てて「うせろ!」と言ってやりたかったのだが、クレジットカードの支払いを済ませることが先決だった。彼女は以前、客室乗務員として働いており、バーレーンに住んでいた。パリにも住んでいたことがあり、そこでは化粧品会社のコンサルタントの仕事をしていた。それから何かが起こって、夢の職業からダブリンに戻り、法律事務所の受付カウンターでモンスター上司にひどい扱いを受けることになったのだった。

　ベヴは毎晩ホテルのバーカウンターに座って、白ワインをグラスでつぎつぎに注文している。バーのステレオでジャズのレコードを流し、さらにもう少し音量を上げに行ったり、白ワインをソーダと氷で割った水滴のついたグラスでもう一杯「お願い」と注文したりしている。ベヴは受付の女の子たちとおしゃべりし、通行人を見かけると声をかけ、ちょっと一杯飲んで行かない?、と聞く。もう一杯飲んで行ったら? 私も飲むから。寝る前にもう一杯飲みましょうよ、まだこんな時間よ! 「いいでしょ、ミア、お金はパーッと使いましょうよ!」。ベヴはずっとしゃべって笑っているけれど、一人になると、物思いに沈んで、疲れて悲しそうに見える。「私の言ってることがわかるわよね、ねえ、ミア?」

ベヴ、あなたを思うと寂しくなる。あなたの世界がいちばんセイからかけ離れていることが寂しい。セイを探しに京都へ行って、あなたを見つけるために私はタイへたどり着いた。


朝、私は飛行機のチケットを買う。火曜の夜にクアラルンプール経由で大阪へ飛ぶ。大阪には水曜の早朝に着く。三週間ぶりだ。京都の桜の見頃は水曜日に始まると予想されていた。絶妙のタイミングで私は着くのだ。

キムにメールをして、部屋の鍵を開けておいてもらうように頼んだ。一袋分の洗濯物を集めて、洗いに出す。京都の気温はここより十五度から三十五度も低い。これで防寒肌着がまた役に立つ。

福島の原子力発電所の流出箇所を埋める作業は難航していた。流れが強すぎてコンクリートが固まらないのだ。最初からこうなるだろうとは思っていた。

プーケットでの滞在はまだ二日ある。天気は良好。ビーチに行こう。

［清少納言の言葉］
秋の台風の翌日はすべてがとてもしみじみと感じられる。

XI　京都。四月

日本に帰ってきた。京都は、朝八時にはもうかなり暖かくて日も照っている。だから桜も咲いている。タクシーで吉田山の麓へ向かい、もう一度、荷を解き、部屋を整える。ニュージーランドから戻ってきていたマルコスが、自分で作成した桜の名所と見頃がわかるエクセル表を、目にも留まらぬ速さで紹介した。

機内の睡眠時間がたった二時間だったので疲れていたが、桜は待ってくれない。お昼もそこそこに済ませ、マルコスの花見プログラムにある最初の名所に取り掛かる。京都御苑まで自転車を漕いだ。ここの桜はもう満開だった。御苑の北側の桜は圧巻で、たくさんの花の白やピンクの雲がもくもくと立ち上っている。桜の木々の下は何十組ものピクニック客たちで埋まっていた。多くの人々が着物を着て、皆、シャッターを切っている。でも、人出はほどほどだった。たいていい愛する桜を見るために日本中が京都へ押し寄せてくるけれど、これは津波花見。多分ここ数十年間でいちばん静かな花見の時期だ。私は他の一行に混じって座り、桜を愛でた。

よいこと。福島の原子力発電所の流出箇所が塞がり、汚染水が海へ流れ出すのが止まった。残念なこと。原子力発電所から海へ一万千五百トンの汚染水が流出してしまった。付近の海水の放射線量は法令の濃度限度の七百五十万倍以上。漁獲量に新基準値が設定された。

ここでは何が食べられるのか考えた。

私は浴びるほど幸せな花見の真っただ中にいる。ああ、木々の枝に雲が見える。ああ、ピンク色の雪が降る。

桜で有名な醍醐寺へ行く。桜並木が砂利道を縁どり、寺域の参道に白いアーチをかけている。境内には、竹の棒で支えられた、カメラに収まりきらないほど巨大な老齢の桜がたくさんあった。なかにはとても大きな木々があり、それらの花の雲は青い空を背に見上げるほど高く、白い花は枝にずっしりと積もった雪のように広がっている。しだれ柳に似た種類の垂れ下がった桜は、枝から飛沫を上げる滝のように流れ落ち、地面を引きずっている。ピンク色の種類の花の中には何重もの花弁があった。そのふっくらと噴き出した様子は現実離れしており、えげつないほど大げさだ。時折、やわらかい白い花の雨の中に立つと、花が髪や服にくっついた。

地下鉄で南禅寺のあたりまで戻り、高台寺まで自転車で向かう。そこはあっという間に私の好きな場所になった。この江戸時代初期の様式が私は大好きだ。黒い木、茅葺き屋根、鄙びたシンプルさ、かすかに光る金の壁画、黒漆の蒔絵、石庭。夜のライトアップでさらに美しく見えるもの。高台寺の竹林、黒光りする鏡のように滑らかな池の水面、ピンク色の桜、円窓のある茅葺き屋根の茶室。

祇園まで歩く。そこは行灯で照らされた桜が白川にかかり、人々は着物姿でぶらぶらと歩きながら雰囲気を楽しんでいる。円山公園は日が沈むとメーデー[162]の賑わいだ。桜の花の下に敷いたブルーシートは、陽気に騒ぐ花見の酔客たちでひしめいていた。黒いスーツ姿のサラリーマンたち、空を仰いで寝ている夫婦たち、オーナーの名前が背中に刺繍された同じようなトレーニングジャケットを着たスポーツクラブの若者たち。シートの隅で居眠りしている人たちもいる。シートの端は靴が多かれ少なかれ整然と並べられていた。

円山公園でありえない光景にも出くわした。桜の花の屋根の下に設けられた、行灯に照らされたテラス席に三十人ばかりの先斗町の芸妓と舞妓が客をもてなしている。皆、白塗り顔に、飾りをつけた髪結い、桜を添えた簪（かんざし）を挿し、皆が皆ふっくらした帯を締めた華やかな着物を着ていた。客たちと一緒に小さなカップで酒を飲んでいる人や、スーツ姿の男たちに買ってもらったピンクの綿菓子を指でつまんで食べている人もいる。夜になると、彼女たちは小さな舞台に集まって三味線の伴奏で伝統的な舞踊を披露するのだろう。私の目は彼女たちの手の動きに釘付けになった。この世のものとは思えないほど洗練されていて、愛らしい。マメヅル、コモモ、コスズ、マメヒロ、マメチズ、マメリョウ、タカヅル、マメフク、フミカズ、マキコ、ユカコ、ミホコ、マメユリ、マメハナ、マメハル、モモカズ……彼女たちはいったい誰なんだろう。

162　フィンランドでは、メーデーに大学生が学期末を祝い、働いている人たちが春の訪れを祝う。一年の締めくくりと、ヨーロッパの五月祭に由来する夏の豊穣を祝うお祭りだ。中心地へ賑やかに繰り出したり、公園でピクニックしたり、街は風船や紙テープで彩られ、華やかな雰囲気になる。

つぎの日は雨が降ったので、雨の花見に哲学の道へ行く。銀閣寺へ続く疏水は桜の花で覆われていた。この哲学の道の華やかな輝きは一キロにわたってずっと続いている。パステルカラーの丸い雨傘が、白やピンクに染められた景色に点々と差されていく。

哲学の道は花見に関しては京都の一番の名所。でも、京都で桜を探す必要なんてない。桜はいたる所にあるのだ。道沿い、公園、疏水沿い、住宅の小さな庭、寺の塀越しにも見える——目を向けたところに桜が咲いている。日本には二百種の桜があり、それぞれの特徴が熱心に比較されている。ことのほか早く咲く桜もあれば、とても遅く咲くものもある。原種の桜の多くが白いヤブイチゲに似た五弁の花をつけているけれど、ピンク色の花もある(花によっては開花中に白からピンクへ変わるものもある)。シンプルな花から大輪でバラのように何重にもフリルをつけたものもある。

京都の人々は桜に取り憑かれているように思う。誰の桜がいちばん大きくて、いちばん古くて、いちばん高くて、いちばん花をつけて、いちばん広がって枝垂れているか。誰の桜がいちばんに咲いて、いちばんピンクで、いちばん儚げで、いちばん見事なアーチをつくり、いちばん上品にライトアップされて、いちばん眺めのいい景色をバックに咲いているか、競い合っているのだ。重要なのは桜だけではなく、花見をする場所と写真に収めるフレームも大事だからだ。とくに人気なのは、千年の古刹や城を背景に咲く桜、風情のある川や疏水に映る桜、庭や石や砂で作り上げられた禅の庭の美の一部として咲く桜、山(富士山が望ましい)や湖や歌に詠まれた鏡のように滑らかな水面に花を映す池を背景に咲く桜だ。桜はハローキティのようなもので、様々な背景と関連づけられることで、ますます魅せられて「すごい」と言わせ、そのすごい写真はバッジを収集するように撮り集められる。桜を撮ったり、桜の下で撮ったり、三脚を使っても使わなくても花だけをクローズアップして何十枚、何百枚、何千枚と撮ったりする。枝についている桜も撮るが、花だけ摘んで手のひらに載せたものや、石や苔の上に落ちているのや、門扉の上に置かれたものも撮っている。疎水や池に浮かんでいる花びら、地面に舞い落ちた花びら、ため息のようにふうわりとした花筏（はないかだ）、花びらの雨滴も。

舞い散る桜も舞い散った桜も（他の花もすべてそうだが）、少なくともまだ散らずに咲いている桜と同じくらいたくさんの称賛を浴びている。法然院（ちなみにここに谷崎潤一郎が埋葬されている）の入り口の階段に落下した椿の花は、寺院の千年の歴史の中でとくに愛でられている。つまり、階段の脇に茂る椿の木に咲いている花ではなく、赤紫色の絨毯のように階段に散り落ちてしまった花を愛でるのだ。これらは生と美の儚さを象徴し、動きや変化の流れが、不変の繁栄よりも意味のあるものだということを表している。花が今にも咲きそうな蕾の瞬間、咲き終えそうな瞬間、散り落ちた花の一瞬の美、萎れて死ぬ前に熟れてわずかに硬化が始まった火照りの瞬間は、もっとおもしろい。

もちろん花見はお祭りでもある。桜の葉で包んだ甘くてもちもちしてしょっぱい桜餅、ピンク色の桜の形をした練り切り、桜茶、スターバックスの桜フレーバーの桜ラテ。桜グッズは、ポストカードから茶碗、バッグ、スカーフ、扇子まである。花見定食、花見クルーズ、花見ピクニック、花見特別ライトアップ、桜トンネルを抜ける鉄道旅。桜の下のブルーシート、公園の酒盛り、酔っ払い、歌。寺では、特別拝観時間があり、特別茶会や特別伝統行事が行われ、着物で来れば多くの寺に無料で拝観できる。花見の時期だけ宝庫を一般公開している寺も多い。テレビの桜ニュースやネットのサイトで日本各地や京都各所の開花状況が報告されているのは、各寺の微気候や木の種類によって開花時期が異なるからだ。印刷された京都の桜マップには主だった名所が掲載されており、著名な作家たちの桜にちなんだ引用も添えられている。桜で有名な寺に行きたいなら、地下鉄の駅でどちらの方向に行けばいいのか考える必要はない。人の流れについて行ったり、地下鉄の入り口で待っているシャトルバスに乗ったりするだけでいい。

それでも今年は津波花見だ。数十年の間で唯一、何万人もの旅行客の集団が道を塞ぐことなく京都の人々だけで愛でる花見。

昨晩、仙台で津波以降、最大の余震が起こった。今年の春の桜のメッセージはこれまで以上に深い意味を持つだろう。

［清少納言の言葉］

桜の美しく咲いている長い枝を一本折って、大きな瓶に挿してあるのを見るのはとても楽しい。そばにおしゃべりする人が座っているなら、ことさら喜ばしい。

セイ、あなたと桜の花を生けながらおしゃべりできたら、もちろんどんなに「をかし」だろう！　そうしたいけれど、私にはできない。セブとレイナに花見のときに生け花をしたいと夢を語ったら、二人ともあきれ返った叫び声を上げたので、自分が残忍な死刑執行人のように感じてしまった。二人に黙ってまであのすばらしい枝を折るなんて、罪悪感から私にはできない。それに生け花会館のどこに隠せばいいのか？　いずれにしろ私はつかまってしまうだろう。

平安神宮でバイオリンコンサートがあるとレイナが聞きつけてきたので、私たちはそこに向かうことにした。コンサートの夕べは魔法にかかったようだった。平安神宮のピンク色の桜の森がライトアップされ、もう一つの本当のおとぎの国のように光り輝いている。赤い雲が鏡のように滑らかな黒い池に映る。どこから現実でどこから鏡像なのかわからない。人々は黙って庭をあてどもなく歩いている。その間ずっとバイオリンコンサートが背景で流れていた。津波のことを考えずにはいられない——それでも、暗い空をバックに光り輝いている枝が慰めてくれた。これだけで十分だと思った。

それなのに、つぎの日もまた平安神宮へ行く。日の光に照らされたピンクの桜を見たかったから。ついでに庭の木陰にある小さな茶室の茶会に参加する。私は着物を着た女性たちに混じって畳に座った。作法にのっとって茶が点てられる。床の間の掛け軸や、たった一本の小さな枝と一輪の花がシンプルに生けられた生け花に見とれ、桜の花の形をした餡の入ったお菓子を食べる。茶碗が回されると、客が畳に手をついてお辞儀する。客は茶碗を右斜め前の畳に置いて、手をついて前に飲んだ客にお辞儀すると、客もそれに応える。同じことを左側の客も繰り返し、茶碗を口に運び、数回で飲み終える。飲み終わったら、茶碗を様々な角度から拝見した。

茶会が終わり、英語を話す着物姿の女性が近寄ってきて、この中で唯一の西洋人である私に、茶はお気に召しましたか、と尋ねてきた。彼女は慣例に従って、茶は熱すぎたし苦すぎましたでしょう、申し訳ありません、と謝り、私は芸術のルールにのっとって、そして実際に感じたまま、いえまったく、たいへんおいしくいただきました、と答えた。彼女は、茶会のときに他の客たちが日本語で話していた茶道具について教えてくれた。抹茶を掬って茶碗に入れた茶杓は、茶室の入り口の目の前に立っている桜の木で作られたものだった。

セイ、朝、あなたのことをまた考えた。だから、平安様式で行われる歌合[163]を見るために上賀茂神社へ行くことにした。宮廷であなたたちがいったいどんなことをしていたのか見るために。汗を掻きながら自転車を漕いでようやくたどり着いたとき、行事が取り止めになったことを知った。おそらく津波のために開催されないイベントもあるのだ——この歌合に関わっている象徴的な酒宴がふさわしくないとされたのかもしれない。

それでも舞台は整っていた。苔生した森の中を小川が曲がりくねり、その川縁に野点傘が立てられている。傘の下には、ござと座布団と硯と筆が和歌を詠むために用意されていた。盃とそれを小川で運ぶ羽觴（うしょう）[164]が石の上で控えている。セイ、歌合はあなたの時代ならこんなふうに運んだかもしれない。まず盃が小川を流れてきたら、歌人は和歌を詠まなくてはならなかった。詠んだら酒を飲むことができた。つぎに当たる歌人は、盃を口に運ぶ前にその和歌に合った続きを詠まなくてはならなかった。セイ、あなたはこの歌合で皆の舌をすっかり巻いたと思う。稲妻のように速くあなたは機転を利かせ、確実に最後の盃まで残ったはず。あなたは間違いなく酒にも強かったし、絶対に二日酔いするタイプでもなかった。

ところで今日はどうやら花見をするにはもってこいの日曜日。夏のような天気で、公園や川岸は桜の下でピクニックをしている連れで溢れ返っている。雰囲気は、風船や酔っ払いのいないフィンランドのメーデーのよう。川岸に座りながら私はこの町をどんなに愛しているか考えた。この驚くべき美に飽き足りることがない。サギが魚を狙ってじっと待っている鴨川沿いも、まるで別の静かな世界が広がる町屋の並ぶ小さな路地も、いくらでも自転車で漕いでいける。桜は麻薬みたいなもので、それが今散ってゆくことが悲しい。でも、悲しんではいけない。それこそが桜の教え。桜の美はほんの束の間なのだ。

清水寺では夜のライトアップが華やかに行われているというので、そこにも自転車で向かうことにした。寺に通じる勾配のある参道は混んでいて、人で溢れ返っている。でも、皆がこの場所を愛している理由がようやくわかった。以前、ここに来たときは寺まで登って、そこからの眺めに見入っただけで、拝観料を払ってもっと奥まで行きたいとは思わなかった。私は吉田兼好が描写していた不幸な僧侶みたいだった。この僧侶は石清水八幡宮を拝みに行ったのに、山の麓の二

163　賀茂曲水宴。
164　雀の形をした杯。

つの寺社を拝んだだけで帰ってしまった。[165]他の皆はなぜ山に登っているのだろう、山の上で何か特別なことでもあるのだろうか、と僧侶は不思議に思っていた。「少しのことにも、案内者は持ちたいものである」[166]と、兼好は冷ややかに言っている。本殿は山頂にあったからだ。

今回、私は中へ入って腑に落ちた。寺の巨大な木造の舞台は山の斜面に沿ってせり出している。先へ行けば行くほど、はらはらするような眺めになる。舞台から京都が一望できたが、本当の驚きは舞台の真下に溢れるように広がっている桜と紅葉の眺めだった。下からライトアップされた木々は、ふわふわと浮いた不思議なほどやわらかい葉っぱの雲のようで、はてしなく続いているような錯覚をもたらす。なぜ清水寺が自殺名所だったときがあったのか、わかった気がする。羽毛のように軽やかな葉っぱの雲にどうしようもなく引き寄せられてしまうのだ。この柔らかい桜の綿帽子に乗って漂ったらどんなにか素敵だろう……。

ある日は吉野のピンク色の山へ出かけ、二日目はレイナと京都の西山の原谷苑まで自転車で行く。三日目になると近場の岡崎疏水までしか行けなかった。疏水の両岸には桜が信じられないほど美しく水面にかかるように咲きこぼれている。花を散らす桜の木の下でお昼を食べる。私の弁当箱は花びらで覆われ、これも食べるべきか考えた。この魔法の時間は終わりつつある。

最初の日々はこの楽園のような現象がじきに過ぎ去ってしまうことを早くも悲しんだ。今は、それが幸いにも一週間しか続かない、と思うようになった。人間はこれほど美しいものにこれ以上長くは耐えられないからだ。日本人がヨーロッパでかかるパリ症候群のことを考える。今、自分の体は、京都症候群がどんなものか証明していると思う。この溢れる美に窒息しそうな感じ。これがそうなのだ。この美しさは言葉では言い表せないし、カメラで捉えることもできない（量ではない、美は「いたる所に」あるのだ）。見ることをやめることもできないし、同時にもう一瞬でも見ることができない感じもする。夜になると見たものに酔いしれて眠ることができない。これは麻薬のようなもの。実際には過剰摂取しているのに、体内に取り入れたいと思う。もしこれが一週間とあと一分でも長く続いたら、暗い布団の中にもぐり込んで、過剰な美を体から出そうとして汗を掻き、震えながら眠らなければならないだろう。

もうこれ以上は無理だけど、頑張らなければ。それは――桜、生――まもなく終わる。その前に思いきり楽しまなければ。

歩いて銀閣寺へ向かう。風が吹いて、あたりは白い花びらで包まれた。まるで雪片のようだ。花びらが疎水に流れ、疎水は白い斑点で覆われた（よく見る生地の模様。桜の花びらが水面に散っている柄だと今わかった）。風に吹かれて舞っている花びらが道に沿って走っていく。花びらは私の髪や服や肌にくっついたり、口の中に入り込んだり、密航者として桜模様のバッグの中に集まってきたりした。花吹雪、それがこの祝宴の最後の映像だ。

165　石清水八幡宮の本殿は山の上にあるのに、僧侶は山の下にある末寺の極楽寺と末社の高良社を参拝して帰った。

166　吉田兼好『徒然草（二）』（三木紀人訳、講談社、二〇〇一）四七頁。

私はくたびれて気分もすぐれずに布団に横になる。それでも、自分があきらかにもののあはれに疲れてしまったと気づきたくなかった。

この数年間、私はこの用語をはぐらかしていた。日本の美学において、平安時代の文学において、この文化全体において私が共感するものなのに、それが何かつかめておらず、それが何を意味しているのか本当に理解していないと知りながら。それはもちろん私だけじゃない。この用語にはちゃんとした英語も、ましてやフィンランド語の訳もない。それを描写するには言葉の長い列が必要で、それらは的確な核心をつかめないまま周りをぐるぐると回っている。簡単に言うと、もののあはれはこの世の美とその儚さに触れて感じる心であり、ものの漠然とした、でも圧倒的な哀しみのこと。源氏の世界ではあはれに敏感であることが人のもっとも重要な特徴だった。このかすかにメランコリックな雰囲気がこの時代の文学のほぼすべてに浸透している。もちろん、セイ、あなたを除いて。

多分、私はもののあはれをおぼろげながら感じとったのだと思う。それはきっとまさにこの桜のこの世のものではない美しさのことであり、美は一瞬しか持たないという情報のことであり、それはすぐに過ぎ去ってしまうことなのだ。でも、過ぎ去ってしまう前にそれを体験すると（同時にその儚さに気づくと）、胸が張り裂けてしまう。感じとった心をどうやっても正確につかめずに、魂の深淵から「ああ」と叫ぶしか表しようがないから。多分この儚さに敏感であることこそが、筆舌に尽くしがたいことこそが、他の何よりもこの文化において私が共感するところなのだと思う。

あとになってカズオ・イシグロの『日の名残り』を読んだとき、小説一冊分のもののあはれを感じた。物語全体に、言葉にできない哀愁、生命の美しさがもたらす哀しみ、終わりの気配、「何かを」十分に手に入れられなかった予感が漂っている。心を動かすものは何なのかはっきりとはつかめないけれど、目の奥や喉や鼻腔にのしかかってくる――それは涙になって溢れることはないが、体全体を支配する。それにどう対処すればいいのか、それとどうやって付き合えばいいのかわからない。でも、何か抑えきれないものが、耐えきれないものが、心を動かす。あはれはそれと同じ言葉にできない感情で、夏の夜に穏やかな湖の向こうへ沈む太陽を見たり、四月の晩にクロウタドリの歌を聞いたりする[167]ととらわれる感情なのだ。そこには完全な美、切なさの一端、絶望の予感、このすべてを存分に楽しむことはできないという感情が関わっている。なぜなら、それはつかまえることも、連れていくことも、所有することも、それにすべてを委ねることもできないから。それにすっかり包まれているのに、いつだって少し手の届かないところに留まっているから。抑えきれなくて、素敵で、そして長くは続かない感情。走り去って、疼く体がもはや何も感じなくなるまで、息が絶えるまで全力で走り去れば、きっとそれから解放されると思う。多分それこそが、言葉にできず抑えきれないあはれなのだ。それは、人を走らせ、登らせ、

167　クロウタドリはやわらかいフルートのように鳴く。黄昏時の歌は心に沁みる。

踊らせ、もっとたくさん、もっと強く、もっと速くと背中を押し、酒を飲ませ、薬物を打たせ、私たちが知りたくない生と死の真実について忘れさせようとするのだ。

もののあはれにとらわれて横になりながら——どうも風邪まで引いたらしい——しばらく脱線して、兼好の『徒然草』を読むことにした。実際には脱線でも何でもない。だって、セイ、兼好はあなたの大ファンだったのだから。兼好はあなたのことに何度も触れている。彼は平安時代の女性たちのおかげをこうむっていると打ち明けており、なかでも清少納言と紫式部がすでにこういったあらゆる物事についてはるかにうまく書いていたと言っている。セイ、あなたと兼好は正式に随筆という同じ形式で書いており、あなたたちは「筆のおもむくままに」(だったら私はキーボードのおもむくままに?)書いていた。もちろん書いていたときは、随筆を書いているとはあなたたちは知らなかった。随筆という名前はずいぶん後になってつけられたから。

『徒然草』のページを開いて、歌人であり僧侶であり遁世者である兼好(一二八三~一三五二)は卜部一族の生まれだということをまず知った。卜部氏は吉田神社の神職を代々務めてきており、そのために吉田兼好とも呼ばれている。

一瞬、頭の中が真っ白になった。吉田神社とはこの「私の」吉田のこと? 私が滞在しているこの吉田山のことで、数十メートル先のすぐ近くにある古い神社のこと? 私は知らずにまさにここにずっと滞在していたの? ここで日本文学の中でももっとも愛読されている古典の一つが生まれたの? (これはこの町のいちばん信じられないこと。だって、今、ここに、はかりしれない文化史がいたる所にあるのだから）。私は兼好の近くに住んでいる。私は兼好の隣人なのだ。私と兼好は吉田山の者で、ここ吉田の丘でセイにつねに憧れて、ちょっと同じようなスタイルで物を書いている。

兼好、せっかく隣人だとわかったのだから、あなたが書いたものを読みます。だから少し話しましょう。なぜあなたの本が私の本棚で何年も読まれないままじっくり寝かされていたのか、なぜここで、吉田山のゴキブリ洞窟で本を開くことになったのか、その訳がとうとうわかった。兼好、あなたが言っているように、「所在なさにまかせて、終日、硯に向って、心に浮んでは消えてゆくとりとめのないことを、気ままに書きつけていると、ふしぎに物狂おしくなる[168]……」。

［吉田兼好の言葉］

何冊かで一部になっている草子などについて、各冊の体裁がそろっていなければ、それを見苦しいというのが普通だが、弘融僧都（こうゆうそうず）が、「物をかならず完全にそろえようとするのは、つまらない者がすることだ。ふぞろいなのがよいのだ」と言った。それにも感心させられた。

「すべて何でもそうだが、物事が整然としているのはよくないことだ。し残したのをそ

168　吉田兼好『徒然草（一）』（三木紀人訳、講談社、一九九三）二七頁。

のままにしておくのは、かえっておもしろく、心が安まるものである。内裏が造られるときにも、かならず未完成な所を残すことだ」と、ある人が申した。そういえば、昔の賢人が書いた内典・外典の類にも、章段が欠けている例が実に多い。[169]

「親愛なる兼好、この引用がとても好きです。不完全、未完成、不揃いの美——それは、私に教えられたことと逆のこと。まるで渓流の水のように、気持ちが楽になり、爽やかで、新鮮で、世界がふたたびおもしろくなる。つぎの角を曲がって覗いてみたくなる。それは深みと意味を与えてくれる——物事はこんなにシンプルなのだと」

夕暮れ時には、道路に添って立ち並んでいた車も、すき間もないほどに並んでいた人々も、どこに行ってしまったのか、まもなくまばらになる。車の混雑も解消するころには、簾や畳も取り払い、見る見るうちにさびしげな風景になってゆくのは、この世のはかなさを見る心地がして、しみじみとした味わいがある。このような大路のさまを見るのが、祭[170]を見るということなのである。[171]

「喉を締めつけるほど切ないこと。メーデーの夜。日が沈むと、道路には、空き瓶、紙テープ、あちらこちらに逃げたり割れたりした風船だけになる。祭を祝う最後の客たちも家路に着く。もしくは四月の明るい夜。道路にはまだ砂利が残っているのに、[172]自転車とスニーカーを出したとき――クロウタドリが歌う。そのとき、実際にはすべてがまさに始まろうとしているのに、何かが決定的に終わってしまったような気がする」

神仏にも、人が参詣しない日に、夜参るのが最上である。[173]

［なぜ孤独な経験は、ときに最も強力なのだろう。なぜ、それを分かち合えないと、何も感じないときがあるのだろう］

小野小町の事蹟は、きわめて不分明である。[174]

169　吉田兼好『徒然草（二）』（三木紀人訳、講談社、二〇〇二）一六九〜一七〇頁。
170　賀茂祭のこと。
171　吉田兼好『徒然草（三）』（三木紀人訳、講談社、一九八六）一四八頁。
172　フィンランドでは、雪で足もとが滑らないように路面に砂利を撒いており、それが雪が溶けたあとも道路にしばらく残っている。
173　吉田兼好『徒然草（四）』（三木紀人訳、講談社、一九九〇）六七頁。
174　吉田兼好『徒然草（三）』（三木紀人訳、講談社、一九八六）二八九頁。

「その通り。信頼できる誰かが何か書き残していないのだろうか？　セイについて囁かれている、かなり疑わしい噂に、あなたは気づいていた？　例えば、晩年、通りがかりの人たちに骨を売ろうとしていた噂とか[175]。不分明だと、私は言います！」

旅で気づくこと。

旅の本はシチュエーションに合ったものでなければならない。フィンランド語の本を読みたければ、日本では「レイ・シムラ」シリーズのスジャータ・マッシーのミステリー、村上春樹、兼好の『徒然草』がある。フィンランドの戦時中が舞台で、フィンランド東部のサヴォ地方の方言[176]で書かれた作品が、どんなに素晴らしくて賞を受けていたとしても、まったくふさわしくないし、スーツケースに詰めるだけムダ。ノルウェーのミステリーもまた厄介。話に引き込まれて、本を読んでしまわないといけなくなるから。三日間はどこにも行けない。この花見の時期はとくによくない。この時期こそ外に出ていかなければならないのに。桜はノルウェーのミステリーを完読するまで待ってくれない。もし、フィンランド語でテーマに合った読み物が終わってしまったら、サヴォ地方の文学に雰囲気を壊されたり、ノルウェーのミステリーで旅がダメになったりするより、英語で書かれたふさわしいテーマの文学を買いに行くほうがいい。

おかしなこと。

津波がもたらした太平洋に浮かんでいる巨大な漂流物。漂流物の島は長さ百十メートル。津波が一緒にさらっていった家屋、車、船、その他の廃棄物で形成されている。漂流物の中でも最大のものは二十万平方メートルある。これが海流に乗ってアメリカ西海岸に向かって流され、ハワイには二〇一三年に到着すると予想されている。

とはいえ、津波の影響はもちろん終わっていない。春の間に、被災地でボランティア活動をしていた人にたくさん会う――おもに若い男性ばかりなのは、生殖年齢の女性たちは放射線の高い地域の近くへ入れないから。冬に、自分を鍛えるために氷点下でも素足にサンダルを履いて歩いている少年に会う。電力会社の行動への抗議として、暖房を使わずに冬を乗りきるつもりだ。多くの人が、食べ物は安全かどうか考えている。パスタやイタリア産のトマトの缶詰やチリ産のスモークサーモンといった外国から輸入された食料だけを食べて乗りきっている人たちもいる。いずれにしろ、私のように日本語が読めない者は、近所のスーパーのリンゴが福島の近くでとれたものなのかどうか調べることができない。だから、考えないことにした。情報は苦しみを増す。私の墓碑にそう書いてもいい。

175　駿馬は骨になっても価値があるという中国の故事に由来したセリフを清少納言が言ったとか、言わなかったとか。

176　母音の独特な回し方が特徴的。

思いがけず気づいたこと。

「診察でガムを嚙んでいる医者に何だかすごくがっかり」と友人のヨンナがフェイスブックで公表した。セイっぽい一文。


桜がとうとう散ってしまうと、私はふたたび本来の仕事に集中できた。日文研塹壕へ行ったら、英語の書籍がある部門のリフォームが終わっていた。ようやくがらんとした書庫へ入って、棚を閲覧することができる。電動式移動棚の音だけが、ここの凄まじい静寂を破っていた。

セイ、ここで探さなければいけないのはもちろんあなた。でも、いつものように、最後はムラサキのところに行き着いてしまう。閲覧リストの一冊目は謎の『源氏物語絵巻』で、私はこの本を世界中の図書館で必死になって探しつづけていた。ここにはあるはず。でも、秋に来たときは、職員に何度探してもらっても見つからなかった。図書館業界の専門家ですら自分が勤める図書館で見つけられない。私は、この本が存在するのかどうかあやしいと思いはじめた。私の研究の観点からは、この作品に意味なんて何もないかもしれない。でも、どういうわけか、それがなくてはすべてが「台無しに」なってしまう聖杯か何かみたいに、それを見つけることは絶対に必要なことのように感じはじめていた。まるでカルロス・ルイス・サフォンの小説の不幸な主人公のように、私はひたすら研究することに没頭した。この主人公は、世界のどこの図書館の棚にもない、どこか別の次元へ不可解に消えてしまった本を探している。舞台がバルセロナから京都とロンドンに変わっただけ……。

そして今、日文研塹壕の人気のない図書館の広すぎる外書部門Ｇ２をくまなく探して、ＹＱ／11／Ｍｏ棚の一番下に忘れられたように横たわっている埃をかぶった大きな箱をやっと見つけたとき、私は声を上げて笑い、気が狂った人のようににんまりと微笑んだ。あった！　全然関係ないけれど、ずっと探していたあの謎の本が！

でも、この一一〇〇年代に書かれた『源氏物語』の絵巻の中には、何か言葉にできない方法で私を夢中にさせるものがある。とてつもなく大きくて、高価で、美しく仕上げられ、エディションナンバー（私の生まれた年）の入った『源氏物語絵巻』には、東京の展覧会で見た絵や詞書が英訳と注釈とともに、すべてが保存されているのだ。私が何を見たのか、ようやくわかった。『源氏物語』を特徴づけるもののあはれの雰囲気が絵の中に激しく渦巻いている。ゆっくりと右から左に、巻物がそう見るように意図されているように絵を見ていると、くられるごとに絵がちょっとずつ現れて、詞書と挿絵が一つの続いた物語に溶け合う。セイ、このような絵巻があなたたちの時代では映画の代わりだった。あなたはこのことについて触れていた――上手に描いてある絵に詞書がおもしろくつけてある――のを読んでいると気持ちがよくなる。私が絵巻を追いかけてきた理由は多分ここにある。

それからセイ、机の上の巨大な源氏本の隣に置かれたペンギン・ブックスのあなたの本に私の目が留まった。まるで初めて目にしたかのように。

その表紙カバーは、私が何も知らずに世界を回って追いかけてきた、まさにこの同じ国宝の『源氏物語』の絵巻の部分だった。アイヴァン・モリスが英訳した『枕草子』の表紙には、横笛を吹いている殿上人の見慣れた絵がある。大きな本を夢中になって調べながら読んでいくと、ちょうどさっき調べた「鈴虫（二）」段の絵を見つけた。光源氏と上皇が暗澹とした表情で対座し、その周りに六人の殿上人が絶妙に配置されている。横笛を吹いているのは光源氏の息子の夕霧で、空に輝く銀色の月が場面に穏やかでノスタルジックであはれな雰囲気を醸し出している。

メレディス・マッキンニーが訳した本も取り出してみる。確かにこの本の表紙も『源氏物語』の終わりのほうの挿絵からとられたものだ。多分、この絵に描かれているのは光源氏自身と、その妻の紫の上だろう。

自分が目にしたものがとうてい信じられない。これらの絵はあなたたちの世界を典型的に表したもので、絵の人物が誰であっても関係がないように見える。清少納言の本の表紙に紫式部の源氏——誰がそこまで気づくだろう！（少なくとも私は気づいていなかった）。やられた！セイ、あなたはすべてにおいてあなたの同僚より下に見られている。だって、あなた自身についてはもはや何も残っていないのよ！それでも私はムラサキの源氏があなたに代わって本の顔になってくれたことに感謝すべきかもしれない。

あとから聞いた話では、あなたの本も実際に絵巻が作られていた。一三〇〇年代に作られた宝の名前は『枕草子絵詞』で、残っているのは一枚だけ。長さは二十五センチ。本番前の下図のように見えるほど、モノクロで描かれたとてもとても白っぽい絵だ。

たった一枚！セイ、『源氏物語』は何百年もの間、数えきれないほど描かれてきた。それなのに、あなたの『枕草子』はこの気の毒な挿絵の端くれ一枚しか残っていない（そうね、それは気の毒なものじゃない。非常に洗練された技術で描かれた作品で、こういったタイプの絵のことを白画とか余白を残した絵と呼ばれているのよね）。それは『源氏物語絵巻』ほども知られていないように思う。たった一つ、絵について確信をもって言えるのは、髪が重要な地位を占めているということ。セイ、髪よ。『枕草子絵詞』では、神が宿る髪がすべてを決める。それ以外に何もないから。

［清少納言の言葉］

　絵に描いて見劣りするもの
なでしこ、菖蒲、桜。物語で美しさを称えられている人物たち。

　絵に描いて見映えがするもの
松。秋の野。山里。山路。鶴。鹿。ひどく寒い冬景色――言葉にできない暑い夏景色。

　つぎの日、図書館はまるで霧がかかったみたいに源氏絵巻のメランコリックな雰囲気に包まれているように感じた。外は雨が降り、室内は凍えるように寒く、人っ子ひとりいない。食事に立ったとき、受付に座っている女の子がイヤホンをつけたまま目に手をあてて泣いていた。悩ましいよそ者の私が彼女のプライベートな瞬間を邪魔することのないよう、私は足音を忍ばせてさっと部屋を出た。

寂しい棟で、外書の棚と本気で取り組んだけれど、希望はすぐに落胆に変わった。『源氏物語』の様々な訳書や研究書はずらりと棚に並んでいる。吉田兼好については棚一列分だ。でも、セイ、あなたについてはさっと目を通せるほどで、数冊しかない。棚にあるのは、フランス語訳が二種類、ドイツ語訳が三冊、昔の英訳が二冊、それからスペイン語とロシア語が一冊ずつ。

一日中、腰を落ち着けて別のことをしていると、つまり源氏を読んでいると（とくに、千二百ページの物語が三百ページに見事に凝縮されている『源氏物語』の漫画に感心した）、自分が本当はどんなに幸せ者かようやくわかった。源氏文学の数の多さは疲れてしまうほどあり、何十とも何百ともつかない関連作品にこれからかかずり合って、それから自分で何か書こうとしなければならないと考えるだけでも、とうてい無理。セイ、あなたを研究することはなんてラッキーなのだろう。あなたの言葉は棚のほんのわずかなスペース程度。それに昔の訳が二冊と英語の記事が数点。西洋の言語であなたについて書かれているものはない。私の目の前には未開の地が、未踏の雪原が、未開封のシャンパンがあるのだ。

これが何を意味するのか理解するまで、しばらく私の頭の中で時計がカチカチと鳴っていた。セイ、私が知っている限り、あなたについて西洋の言語で書かれたものは「一冊も」ない。平安時代に生きた清少納言という名の宮廷女房をテーマにした本を「誰も」書いていない。ぞくっとした。

セイ、何か言った？

セイ、あなたのことは何も知られていないけれど、私は十分にわかったような気がしてきた。図書館をうろつくのはもうやめて、そろそろ本腰を入れるときがきた。しっかり向き合うときがきた。何か他に急ぎの用——生活、観光、帰国、地震、タイ旅行——でもない限り、ここに来てしようと思っていたことをするときが。

私の計画に十二単を纏うことが入っていることは話した？　あなたたちはそれを着て、顔を白く塗り固めて月明かりのもとで和歌を詠んでいた。今ならその計画は上手くいく——絹織物工場で一万円を払うことになるけどね。想像できる？——ただ、月の光に霊感をもらうために着物を着たまま行くことはできない。つまり、歌詠みはそれとは別に実行しなければならない。

セイ、本当を言うと、着ているものが何であれ、私は歌を詠むことにちっとも乗り気じゃない。どういうわけでこんな考えが頭に浮かんだんだろう？　何週間もこのことは考えないようにしてきた。それくらいおっくうに感じていた。でも今ははっきりとわかった。あなたも気が乗らなかったのに、どうして私もそうならなきゃいけないの！　それはあなたの得意分野じゃなかった。歌を詠むために幾晩もあなたは起きていなかった！

なぜなのか。このことについてはいろいろと憶測が飛びかってきた。あなたの時代は、歌を詠むことは不可欠な技能で、冴えた歌を美しい手蹟で書くことができないと、一人の女も男も虜にはできなかった。それに歌は宮廷生活と切り離せない一部だった。歌合では古典の詩聖の句にその場にふさわしい続きを思いつかなければならなかったし、どんな殿上人も宮廷女房も、天皇や后に命じられれば、月明かりやホトトギスの鳴き声について歌を詠むことができなければならなかった。
歌を詠むために必要な背景や教養があなたに欠けていたかもしれないとは言いきれない。あなたの父親も曾祖父も歌人で、詩的なセンスの識者であり、歌に関するルールを作る人ですらあった。父である元輔の歌は勅撰和歌集に百六首、曾祖父である深養父の歌は四十一首入っている。しかも元輔は古典の和歌集『万葉集』の研究に従事する作業チームの一人だった。あなたは三十近くになって宮仕えした。ということは、歌の伝統に詳しくなる時間がたっぷりあったということ。歌にまつわる手引書があったなら、あなたはそれに詳しかったはず。だって、あなたのものづくしリストにそれがすばらしく表れているもの。満を持して宮仕えしてから十年間、あなたは歌でやりとりする中心となった。セイ、あなたには、人気も歌作数も誇る歌人の一人になるあらゆる条件が揃っていた。

でも、そうならなかった。なぜなら、あなたは気の毒なほどわずかな歌しか残していないうえに、それらは何やら変わったものばかりだったから。セイ、あなたの歌は、『枕草子』に入っている歌も数えると、全部で五十三首残っている。そのうち勅撰和歌集に入ったのはたった十五首。セイ、十五首！　十五なんてとるに足らない数よ！　あなたの父親は百六首で、曾祖父は四十一、紫式部は六十、和泉式部は二百二十六！　ムラサキの『源氏物語』にはさらに八百首近い歌が入っていて、和泉式部の歌は全部で千四百首もある！　あなたが詠んだのは五十三！

セイ、あなたには悲しいほど有名な賀茂神社の方面に出向いたホトトギス探訪の話がある。[177] でも、あなたは帰るまでに一首も詠めなかった。歌を詠むことがまさに探訪の目的だったのに。

まったく、どうして詠めなかったの？（セイ、私ですら、オノマトペ的に名づけられたホトトギスはホトト……と鳴くということを今では知っている――この鳴き声から、何か一首、浮かんでこなかった？）。探訪を終えて、中宮定子は宮廷女房たちの――あなたの――だらしのなさに不機嫌になった。あなたは、父が有名な歌人なので腰が引けると言い訳をした。

［清少納言の言葉］

わたしは、歌はいっさい詠まないことに決めました。歌を詠んだり、歌を詠めとお命じになったりする場ではいつも逃げだしたい気持ちになります。歌の字数を知らないとか、春に冬の歌を詠むとか、秋に梅の花を詠むとか、そんなことはありませんが、名のある歌人たちの子孫ですし、少しは人並み以上に思われたいものです。歌を詠んだら、「これこそこの場にふさわしい歌で、さすが有名な歌人の娘の歌だ」と言われたいのです。特別にこれといったところもなく、下手な歌を詠もうものなら、亡き父を傷つけてしまうように感じています。

セイ、本当にそんなに下手な歌人だと自分のことを思っていたの？　もしそうなら、どうして

177　「五月の御精進のほど、職に」の段。

また皆に話す必要があったの——本からこの話を削除することだってできたのに。有名な祖先を挙げて自慢したかったの？　それとも、ある研究者が発案しているように、あなたの文学的才能についてのしるしはまったく別のところにあるとそれとなく言っているの？　セイ、このことを私もひそかに考えてきた。あなたが歌を詠まないと決めたのは、伝統的な歌を詠むことにあなたはもう興味がなかったからだと思う。あなたは自分の才能を使いたかった。その才能はまったく別の方面にきわめて秀でていることをあなたは自分でわかっていたのだと思う。多分あなたは詩的言語の因習から自由になって詠みたかった。多分あなたは目新しい方法で物事を率直に言いたかった。そして、それを誰よりもうまくやりたかった。

セイ、私の時代では、詩を作る才能に、より広い社会的な意味はない。詩がとくべつ私の心に響いたことがこれまでになかったかというと私にはわからない。私は詩が好きじゃないだけ。文学者としての私はこの側面をいつも恥ずかしく思っていたし、秘密にすらしてきた。もしかして他の人よりもバカなんじゃないかと思ったりもした。（またも）本質的なことを、私は理解できずにいるんじゃないか？　だいたいこんな人間が文学について何かわかっていると言いきれるのか？

詩と受けとめられている伝統的な文が心に響かない人もいる。そういった人々には散文は心に響くのだろうか？　もちろん、私は簡潔なものが好きだ。少ない言葉で多くの意味と重要な何かを表しているような文がいい——それがただ散文だったというだけ（だから私は広告文を書くことが好きなのだと思う）。まさにそういうのがあなたのリストだった。その鮮やかさが心に響いた。その描写世界、言葉の選び方、言い表せないものをまとめる力、小さくて具体的な細部に向けた大きな感情が。

あなたは散文の服を纏って歌を詠んでいる。こんなふうに考えているのは私だけじゃない。あなたの訳者であるアーサー・ウェイリーは、あなたは間違いなくあなたの時代の最高の歌人だが、それは（下手な）あなたの歌においてではなく、散文において表れてくるものだ、と当時、挑発的に言ってのけた。ウェイリーにとっては、例えば、「月のとても明るい夜に川を渡れば、牛の歩くのにつれて、水が、キラキラと輝く水晶のように飛び散るのに心を奪われずにはいられない」[178]、という一節だけで十分だった。この清々しい美しさが滴る文は、詩的なコードを経由して物事を処理したり、文学的な専門家に意味を解明してもらったりすることなしに、じかに伝わってくる。セイ、私たちはわかっている（このことを詩のモダニストたちも九百年後にようやくわかったのだろう）。

あなたの時代の他のすべての散文に歌がいちいち挿入された。あなたにとっては、歌を入れなかったこと、あるいはきわめてわずかだったことが好都合だったのだと思う。ムラサキの長編小説と和泉式部の日記は歌で溢れている。もっとも盛り上がったところで歌が詠まれるが、これはミュージカルで歌われるのに少し似ている。ミュージカルが嫌いな人にとっては、こういった作

178　「月のいと明き夜」の段。

品もきっと嫌いだろう。

それに、セイ、結局あなたは下手な歌人だったのかどうか、私たちはどうやって知ることができるだろう。歌は宮廷で披露される芸術で、もちろんあなたからも才気ある歌がこぼれ出たはず。殿上人たちを魅了することにかかれば、あなたは絶対にショートメッセージを、もとい歌を返さなかったはずはない。気の利いたことが浮かばなかったからじゃない。でも、誰も聞いていないところで歌を詠むのはあなたにとってはつまらないことだったと思う。

セイ、もし私がここで、あなたのように散文を書くことで、和歌の筆記テストの代わりにしたら、もっと受かりづらくなるに決まっている。だから、もともとの計画どおり、吉田山で月明かりを浴びながら、下手でも気乗りがしなくても、歌をいくつか絞り出してみるほうがいい。誰にも邪魔されずに歌を作れば、誰にも知られないで済む。それに、私の身内には名を汚すような詩人は一人もいない。明日の晩、この詩のわからない者がこっそりと人気のない丘へ登り、救いようのない哀れな変貌を何とかして遂げ、夜明けに筆を着物の下に隠し、丸めた紙をポケットに入れ、しまりのないだらだらと続く散文を書くために宿に帰ろう。

セイ、そんなわけで歌を詠むために吉田山の丘へ行った。夜でも夕方でもない。だって今は満月ではないし、真っ暗だし——暗い山道に迷い込んだり、石だらけの道につまずいたり、吉田山にはかなり出るといわれているお化けか何かに遭遇したりするのが怖かったから。だから私は昼間に行った。

歌は三つのテーマで書くことに決めていた。一、山（山に対してあなたのように気持ちがとらわれはじめたから）、二、あなたへの愛（あなたに対して気持ちがとらわれているから）、三、現在の私の状況（このことに気持ちがとらわれて悩んでいるから）。気持ちがとらわれていることは、むりやり歌を詠むには生産的なきっかけになるかもしれないと思ったのに、手に負えなくなった。それで、思い浮かんだことを手当たりしだいに書くことになった。

まず、あなたたちのところで和歌が何を意味しているのか調べた。どうやら日本語の詩というものは、よく詠まれていた漢詩とは対照的なものらしい。和歌にはたくさんの形式があって、それぞれに名前がつけられている。短歌は文字通り短い詩、長歌は長い詩、旋頭歌は唱える詩、片歌は詩の断片。あなたの時代でこのうち三つが使われなくなり、和歌といえば短歌のみを意味するようになった。短歌は西洋風に音節を区切って訳すと五・七・五・七・七となる。

私はこのことを頭に入れながら、吉田山の茂庵の列に並んで人生初の短歌をさっそく書いた。金曜の午後二時。セイ、それがこれ。

この山に
われら三人
町の音
湯気立つお茶を
わけあって飲む

最初の一首を乗り切ると、驚いたことにつぎの歌も作りたくなった。私の秘密の和歌の箱はおそらく開いてしまったのだ。吉田山の道を上ったり下ったりするステップに合わせて頭の中でリズムを刻んだ。

ついに今日
あなたを思う
鮮やかに
あなたの笑いが
私の耳に

あるいは「皆が見るほど　よく通る声」
もしくはこれ？「髪をなびかせ」
それとも「聞こえちゃった？」

歌詠みは
パズルみたいに
思わない？

一緒に詠もう
異なる言葉で

ふるさとで
Sei was here & Mii too
と二人は書いた
この都では
皆顔見しり

どの歌も
リズムがあって
おもしろい
これから和歌で
話してみようか？

知りたいな
これでいけるか？
職なしか？

歌でお金を
稼いでいける？

この本は
短歌の本と
言えるかも
余計な文を
少し詰めなきゃ

さて連歌
あなたの番よ
指図拒否
わかっているけど
私のために

11111（五）
1111111（七）
11111（五）

1111111（七）
1111111（七）

セイの歌は
薄くて見えない
三十一文字
どれほど下手か
わからず残念

吉田山にて兼好へ。

あのときも
この細道は
通れたの？
落ち葉の絨毯
裸足で駆けた？

赤い鳥居

守っていたのは
あなたなの？
曲がった木の根に
護衛は不要

白服に
紫スカート
血縁者？
尋ねられない
もしや兼好？

和歌テスト
証明終了
結果はGuilty
ねえ、どう思う？
帰ってもいい？

［清少納言の言葉］

ふさわしい紙を取り忘れてしまったので、紫色の蓮の花びらに返歌を書いた。

XII　京都。五月

四月最後の夜を、セブとレイナと一緒に大原の里山で過ごす。日が沈むと、庭園が夜のライトアップを浴びる。ここは樹齢七百年の老松で有名で、新緑の楓の向こうに竹林と大原の谷が覗く。僧侶たちが声明コンサートに集まっている。背景では蛙の大合唱が響く。あちこちに小さな花が生けられ、竹筒から手水鉢に水が流れている。手水鉢は、落下した椿の花で満たされていた。他の人たちが帰ったあとも、私たちはしばらく畳に座っていた。フィンランドのメーデー前日とは正反対だ。

メーデーの朝、目覚まし時計が四時半に鳴る。私は坐禅に参加するために詩仙堂へ自転車を漕いだ。当然、雨が降った——詩仙堂に出かけるときはいつもそうだ。マクドナルドは開いていない。あるサイトで注意を促していたように、坐禅がただの夢で終わらないために、私は前回より知恵をつけて坐禅についての情報を読み、作法を頭に詰め込んだ（セイ、これはずいぶん前にあなたと一緒に夢で終わったのよね。そろそろどこかの訓練所か警策を持った僧侶が先導してくれないとダメ）。詩仙堂で待っている尼僧が、電話（と言ったと思う）で申し込んだかどうか聞いてきた。私は申し込んでいなかった。でも、参加することができた。尼僧が本堂の畳に置いた小さな座蒲（ざふ）へ案内して、手順を見せる。尼僧はまず様々な方向へ頭を下げ、つぎに決まった順番で座蒲を裏返し、最後に神々しい庭園に顔を向けて座る。坐禅会には全部で八名が参加。六時ちょうどに坐禅開始の鈴が鳴った。

最初の四十分はそこそこ上手くいった。初心者は最初の十年くらいは背筋を伸ばすことと呼吸を数えることに集中するのがいいらしい。呼吸を数えることで頭の中で飛び交う雑念が追い払われるはずなのだが、呼吸を数えながらとてもたくさんのことをしっかりと考えることができた（救済策を思いついたのは、一度にたくさんのことを考えられないようなシングルタスクだと思う）。それでも、私は断固として座りつづけ、坐禅の終わりを告げる鈴が鳴ったときには、足が麻痺して、転ばずに立ち上がることはできなかった。

つぎに堂内を瞑想しながら歩く。あらたな坐禅の開始を知らせる鈴が鳴る。どうしよう——さらにあと四十分も座っていないといけないのか？

第二部は始めから終わりまで地獄だった。その場にじっと座っていられない。足や背中が痛い。自分の足が切断されたみたいに感覚を失うのではないかと思った。呼吸を数える気力はない。目を覚ましていることすら困難だった。ついには体をよじったり、庭を見たり、おそらく恥ずかしさの頂点の極みに鈴にすら目をやったりした。幸いにも、ここには警策を持って巡回する僧侶がいない。尼僧がついに立ち上がったとき、もうすぐ鈴が鳴るとわかった。残りの時間は型通りにやり抜こうと踏んばった。

私たちは須弥壇の前へ移動して、僧侶の声明に唱和する。ここにきて自分の手もとに配られた紙に声明が西洋のアルファベットに音訳してあることに気がついた。この単調で単一で、リズミカルな歌に加わることはなぜだか心を満たしてくれる気がする。まるで宇宙の音の一部になったみたいだ。

最後に皆で集まってお茶を飲み、庭園を歩く。英語を話す日本人男性が、坐禅をしに、ここに十年通っていると話してくれた。私のことをいろいろと尋ねてきたので答えると、彼はいちいち盛大に笑った。清少納言――ブワッハッハ。紫式部のほうが好きなんじゃなくて？　ブワッハッハ。清少納言はとても斜に構えた嫌味な人ですよ――ブワッハッハ。フィンランドの大学で詩仙堂について勉強した？　ブワッハッハ。ここが世界でいちばん美しい場所だと思っていた？　ブワッハッハ。

私は笑顔で宿まで自転車を漕ぐ。二日酔いにも似た疲れは、あとから襲ってくるだろう。でも、今、私は幸せで軽やかで明るい。

午後に、ライ麦パンの匂いのする小包が届く。失神しそうな料金――父なら、航空便で百十ユーロ、と目くじらをたてて教えてくれるだろう――を気にしなければ、最高の名前[179]の日の贈り物だ。

セブがイギリス人指圧師のブリジットのことを褒めちぎるので、試しに受けてみようと行くことにした。ブリジットの診療所は詩仙堂の脇にあり、小さな畳部屋は静かにそよぐ竹林に面していた。指圧で体はリラックスしたが、それよりもブリジット自身のことで私は興奮していた。京都に住んで二十年になるブリジットは舞踏家で、伝統的な舞踊の達人でもあることがわかったからだ。ブリジットは桂勘(かつらかん)に舞踏を師事していた。私はすぐに彼らのグループの来週の公演チケットを予約した。

実をいうと、私は町で見つけた舞踏公演すべてを観に行っている。全身白塗り、もじゃもじゃに毛を逆立てた無表情の顔、赤く縁どられた凝視する目、古い着物や帯や他の伝統的な衣裳の一部で上手に作られた淡く光る金と銀の吐息のように軽やかな衣裳。これらに私は虜になっている。機械仕掛けのような妙に引っかかる動きが好きだ。身体的に極めてつらいものであるはずなのに、動きは力も筋肉もまったく使わずに生まれてきているように見える。ふだん私たちが他の人に見られたくない人間性の側面を、舞踏家たちは表しているのではないか。醜さ、孤独、恐怖、虚偽がこんなにも美しい何かでありうるということをよく引き出していると私は思う（あとになってブリジットの舞踏ワークショップに参加したとき、私にはハンカチを使って踊る素質があるということがわかった）。

ある白塗りの裸も同然の舞踏家が、演技が終わってお辞儀をして微笑んだとき、彼の黒く塗った歯が見えた。セイ、この白い顔の中心に、サーモン色の歯茎が恐ろしく覗いている宇宙のブラックホールがあなたには美しく見えたのだろうけれど、私にはそうは見えない。舞踏家は心を

179 聖名祝日。カレンダーの日にちにそれぞれの名前が割り当てられており、自分の名前の日が来たら祝ってもらえる。著者の名前（Mia）の日は四月三十日。

込めて笑っていた。でも、私にはしかめっ面した異様で怖ろしい死しか見えなかった。

オリヴィアに誘われて散歩に出かける。銀閣寺の裏手にそびえる大文字山へ登った。山肌には大という漢字が皆伐(かいばつ)で書かれている。これはいつも八月に行われる儀式で燃やされ、町のどこからでもうっとりと眺めることができる。オリヴィアは、ここから琵琶湖まで歩いていくことになる友人を連れてくるという。それを聞いて少し驚いた——琵琶湖は私にとってかなり遠い——けれど、友人は歩くことが好きだから、とオリヴィアはいう。町に妙な霞がかかっていることを除けば、天気は良好だ。あとになって、大文字山の頂上から汗にまみれてくたびれた状態で眺望を覆う霞を見たとき、実は霞は中国から京都にやってきた砂嵐だとわかった。

オリヴィアの友人アントワーヌは本当に歩くことが好きだということがわかった。アントワーヌは、日本の主要四島の最南の島である九州から京都へ歩いてきたばかりで、ここに来るまでひと月かかっていた。一昨日、彼女は大阪から京都まで歩いており、四十五キロメートル歩くのに九時間かかっている。今日は、京都市内を歩いたり、大文字山へ登ったりすることで「体を休め」、明日、北に向かって旅を続ける。二ヶ月後には、日本の最北端の北海道へ徒歩で到着する予定だ。

私は自分の耳を疑った。彼女はごく普通のメガネをかけた学生で、ひょろっとして少しオタクっぽく見える。他の国でも端から端までよく歩いているのか尋ねたが、そんなことはないらしい。今回が初の徒歩旅行だという。ただ日本を端から端まで歩くということが頭に浮かんで、それが頭から離れなかった（この国に関しては、人々はいろんなこだわりを持つものだ――長距離ウォーキングとか昔の宮廷女房とか）。

アントワーヌにとって歩くことは楽しい。歩きながらいろいろと考えたり、目にしたりすることができるからだという。彼女がビニール袋、衣類、捨てられた冷蔵庫といったゴミだらけの山道を歩いていたとき、ゴミで禅の庭を作りたいと思ったらしい。

旅の荷物はそれほど多くなさそうね、とアントワーヌに聞いてみた。どうやらそんなことはなく、多すぎるという。目標は五キロで旅に出ることだが、実際は十キロ。その中には一度も使ったことのないテントが含まれている。寝る場所は、ある晩はホテルで、ある晩は車中だった――それ以外は旅先で出会った地元の人に泊めてもらった。彼女が出会った人々の話はワクワクするほどおもしろい。ある晩は障碍者の娘さんのいる家族の家に泊まった。彼女は道で出会った人に泊めてもらえないか尋ねたのだが、断られてしまった。その話を通りすがりに耳にして、声をかけてくれたのが障碍者の娘さんの父親だった。娘さんは家にいるのに、家族は娘さんのことに少しも触れないどころか、まるで娘さんがいないかのように振る舞った――それほど、娘さんがいるためによその人が気まずくなるかもしれないことがいたたまれなかったのだ。それでアントワーヌが娘さんの名前なんかを尋ねたり、翌朝、娘さんにお別れの挨拶をしたがったりしたとき、母親は感じ入って涙ぐんだ。

日本人は実際には親切ではない、親切そうに見せているだけらしい、だから気をつけて、とアントワーヌは事前に言われていた。でも、彼女はそうは思わない。彼女が受けたもてなしが芝居でしかなかったとは思えない。このあと、私自身も田舎へ行くことになるが、誰かに助けてもらったり、車に乗せてもらったり、お茶を出してもらったりした。そういったことなしに先へ進むことはできない。だから、アントワーヌの言っていることはよくわかる。

アントワーヌは元気そうに見えるが、少し疲れていると言う。つぎからつぎへと新しい人に出会うのはきついらしい。片方の足の感覚はなくなったが、問題ないそうだ。明日までには調子は戻り、北海道に向かって歩きつづけられるようになると断言した。

アントワーヌを琵琶湖まで見送ったあと、私たちは三条大橋脇にあるオリヴィアの新しい職場のフレンチレストランに立ち寄る。シェフから洋梨のタルトをご馳走になり、オリヴィアからは新しい彼氏でレストランの調理師を紹介された。私たちはタルトを食べて、レストランの九階の窓からさっき登ったばかりの大文字山の「大」を見る。時刻は午後二時半。ウサマ・ビン・ラディンが殺害されたとシェフが言った。

セブとレイナがチーズパーティーを開く。小規模だったパーティーは、フェスティバル並みに大きくなったように感じた。レイナは熱心に料理をしていて、セブと彼の友人のシリルはワインを買いに行っている。冷蔵庫にはシリルがフランスから持参した四キロのチーズが待っていた。パーティーには竹笛奏者が一人と他に伝統楽器奏者たちが来る予定だ。レイナは、馴染みの吉田山までの夜の道を行灯(あんどん)でライトアップし、音楽遠足を計画していた。

ついにパーティーが始まると、レイナのこぢんまりした畳部屋は大皿やカップや皿でいっぱいになった。レイナは小皿料理を何十も用意してくれていた。チーズとサラミはスライスして木のまな板に並べられた。パーティーには日本人が二人と、見た目が森林生活者のようなフランス人男性が三人集まった。全員、顔が黒く日焼けしていて、ニット帽をかぶっている。帽子は食事中ですら脱がない。なかでもいちばん変わっていた一人はコルシカ島（フランスとは言わなかった）出身で、独特の雰囲気を持っていた。男たちは畳に座って自分たちで巻いたタバコを勝手に吸い、パーティーの間は自分たちの言葉であるフランス語でばかり会話していた。

その中の一人デイヴィッドは今日が誕生日の主役。そのお祝いにサプライズパーティーを計画していた。デイヴィッドは有機農業者で、新しい輪作のような方法を大原の畑で行っている。もう一人は元カメラマン。パリやバンクーバーでライフワークである映画の仕事をしていたが、ついこの間京都に移ってきて、今は日本人の奥さんに養ってもらっている無職の主夫だ（男性が日本人のケースはありえない。それにしても、こういった外国人たちと一緒にいる日本人たちはまったくもって別格だとわかった）。コルシカ人については、一年の半分をインドで過ごしていること以外はよくわからない。日が暮れて、皆で吉田山へ登ったとき、コルシカ人がポケットから妙に変わったティンホイッスルや打楽器をつぎつぎに取り出した。そして目を閉じると、葉巻をくわえたまま、それらの楽器から何とも素敵な曲を演奏した。

見た目がノルウェー人のようなブライアンは（後に彼が南アフリカ出身だと知った）京都に住んで三年になる。彼はジーンズと伝統的な地下足袋を履いて、オーストラリアの金管楽器ディジュリドゥを持ち歩いている。この国には「よくある理由で」つまり好きな文化と女性を追いかけてやって来たという。それから結婚。今は日本の伝統楽器を勉強し、ここにいる多くの人がそうであるように頭を締めつける社会のルールや自分が期待していたものとは違うことに挟まれて闘っているという。京都には清少納言を研究するためにやって来た、と私が言っても、その名前にブライアンはピンとこなかった。その代わりに *Pillow Book* と言うと、ブライアンは歓喜に湧いた。「すごい、君は勇気があるよ！　だってさ、*Pillow Book* について話す人なんていないことは気づいてるよね。それはこの社会のタブーで、触れられない秘密だからね。もちろん皆はその本のことを知ってる。でも、存在しないかのように振る舞ってるんだ。ここでは上っ面のルールに全神経を集中させる。いつ、どこでゴミを出すのか、みたいにね。そうすれば本当のことを話さずに済むだろ。*Pillow Book* について話してくれる人とか、君にその本のことを教えてくれる人を見つけたら、君は本当に運がいいよ。実はオレ、有名な『蛸と海女』[180]を研究している人を知ってるんだ（ここにきてようやくおかしいと思いはじめた。そんな絵のことは今までに聞いたことがない）。もちろん君は知ってるだろ。タコが女にクンニリングスをしている絵だよ……」。私たちはお互いに違う *Pillow Book* について話していると思う、と私は言ってみたけれど、ブライアンは手を振るだけだった。「違うわけない。他にどんな *Pillow Book* があるっていうのさ？」

　私たちは吉田山の頂上にある石の広場へ到着した。会話は途切れ、皆は演奏したり、月明かりに照らされた丘を跳び回ったりしはじめた。私たちが話していたのは絶対に同じ *Pillow Book* ではないことはわかる。それとも私はとても重要なものを見落としていたのか。ブライアンがあんなにむきになった謎の *Pillow Book* が何なのか知りたいとも思いはじめた。

セイ、春画と呼ばれる日本の官能的な木版画と、その他の東洋の愛のハンドブックのことが英語でpillow booksと呼ばれていることがわかった。こんなにも単純なことが原因であなたが好色だと言われたのかもしれないと、ブライアンの勘違いがきっかけで思った。つまり、あなたの『枕草子』という本の名前が、セックスと官能的な木版画を思わせるのよ。

あなたを研究しているといつもセックスに突き当たることに戸惑ってしまう。大英図書館であなたの名前でインターネット検索すると、性愛、セックス、ポルノという結果になる――でも、あなたの本の英語のタイトルに似ているというだけで、検索にヒットしたものとあなたは何の関係もない。これ以外にも、様々な改作、本、映画、あなたが官能的なライトを浴びてセックスの女司祭か何かのように演じているパロディーにも何度も出くわした。グリーナウェイの映画はいちばん有名な例だが、すでに江戸時代にあなたの本に刺激されて花街譚のパロディーが出されている（人気のパロディー様式では作者を犬に格下げしていた。だから、一六〇六年に世に出たあなたをからかう作品は『犬枕』というタイトルなのだ）。あなたの本は明らかに官能的なものだと思われている。一七八〇年に刊行されたある本の挿絵に描かれた男は、あなたの本を見ながら自慰をしていた。

180　葛飾北斎の春画。

一九九七年に出たアリソン・フェルの官能小説*The Pillow Boy of the Lady Onogoro*は名前からしてあなたにインスピレーションを受けている。これは平安宮廷で影響力のあった架空の歌人であり将軍の愛人であるオノゴロの物語。オーガズムを得るのに苦労していたオノゴロは、盲目の馬屋番を雇って手伝ってもらい、几帳越しに官能的な物語を耳にそっと囁いてもらうのだ。セイ、あなたは傲慢なあなたらしく本の中に登場しているけれど、架空の序文でこの本自体が『枕草子』をエロチックにした模倣作品だということがわかった。序文のそこかしこに、あなたの本のことで調べた研究書や翻訳で馴染みの言葉がたくさん見られたからだ。

セイ、これらのセックスに絡んだ架空の作り話に加えて、歴史的な清少納言と古典作品の作者であるあなた自身を、セックスに狂ったふしだらしないモラルの女の例と思われている文献に何度も遭遇している。こういった見解には研究書で出会う（そういえば一六七〇年のある日本人研究者があなたの他にムラサキと小野小町と和泉式部を娼婦と公表していた）。でも、実際の生活でもそう。多くの人にとって、あなたには恋人がたくさんいた（というだけの）人。二〇一一年に刊行されたアーサー・ウェイリーの新版もそうだ。表紙カバーには、あなたの本が「娼婦の日記」（確かにウケる広告文だ）だと宣伝している。グリーナウェイの映画のDVD版のカバーには、「有名な娼婦」清少納言の作品に基づく、と触れてある。いったいどの段階で、中宮定子の宮廷女房であるあなたが、共通の約束事のように娼婦——コルテザン——に変えられてしまったのか？（コルテザンという言葉は、もともと宮廷に関わる女性のことを意味してはいる。でも、時を経て高級娼婦とか王侯貴族の愛人という意味に転じた）。

最悪なのは、私自身が――*Pillow Book*を研究しながら――タコとセックスをしている女たちの絵を調べていると思われたということ！　セイ、なんでまたこんなにもつれちゃったの？（私が調べているのは官能的な春画ではない、と後日、ブライアンには何度も説明したけれど、聞く耳を持っていないようだった）。

セイ、私はあなたのことを官能的な女司祭だと思ったことはない。あなただってセックスが趣味だとはっきり言ったことすらないし、恋人たちの特徴についての何でもない話がどれもこれもあなた自身の経験に基づいていると断言したこともない。彼氏の名前を一人も公表していないし、肉体関係にまでなった男のことも一人も書いていない――一夜を共に過ごしていたなら、あなたたちは会話をしながら密やかに朝を迎えていたのよね。たまに夜露に濡れた描写があるけれど、これはもしかしたら愛し合ったことをほのめかしているのかもしれない。でも、こんなふうに読んだあとは、ほとんどすべてのことがどうとでもとれる。例えばこれ。「馬上であっても、徒歩であっても、横笛をいつも持ち歩いている男ほどすばらしいものはない。懐に入れていて、実際には目に見えなくても、それがそこにあると知っていることが魅力なのだ……」[181]

もちろん、あなたの物語がすべて噂でしかないと思うほど、私はうぶではない――実際に、横笛の演奏が当時の文章で本当にフェラチオの隠語とあとから聞いた。ただ、あなたに対する証拠

181　「笛は、横笛、いみじうをかし」の段。

がないとだけ言っておきます。事実、あの国民的で貞淑な紫式部はあなたよりももっと赤裸々にセックスを描写している。源氏は出会った女とならほとんど誰とでも、暗くて誰かすらわからなくても、ベッドを共にしている。大人の男が抱く興奮の対象が、小さな少女だったり、若い少年だったりするときもあるし、私たちからすれば強姦と思えるようなやり方で行為に及ぶときもある。ムラサキのメロドラマのような性描写と情熱のもつれに比べれば、セイ、あなたはせいぜいセンスよく暗示する程度。それなのに誰もムラサキとセックスを最初に結び付けない。たとえムラサキが事細かく性関係について書いたとしても、彼女にそれについての実体験が豊富にあるとは誰の頭にも浮かばない（その代わりにムラサキは源氏を自分の自画像として書いたのではないか、という指摘ももちろんある。理論として興味深いのは、ムラサキ自身は女性が好きだったのではないかということ。心を奪われ、求められ、几帳越しに覗いていた女たちこそ、彼女の小説の本当の主人公たちなのだから）。

ブライアンのタコの絵を少し調べてみることにした。すると日文研塹壕で *Erotic Art of Japan – The Pillow Poem* という作品を見つけた。やっぱりね、セイ、あなたにすぐに出くわした——つまり、こういった本であなたを探すべきだったのよ！

作品には、愛の詩、民謡、小唄、僧侶と女流詩人の文、官能的なガイドブックのテキストが含まれており、春画の挿絵がついていた。早くも序文から、平安時代には娼婦を生業にしている人がもちろんいたが、宮廷の女房たちは彼女たちと喜んで競い合っていた、と書いてある。清少納言には恋人がたくさんいて、モラルより美を好んで崇拝していた、と作品は教えてくれている（はいはい）。それでもどうやら男たちにとっては、彼女のように文学的な才能があって、洗練された立ち居振る舞いに欠けた人たちや——いろいろと想像させるような書き方で——「手蹟がまずい」人たちを容赦なくけなす女と付き合うのはリスクが高かったらしい。

もちろん作品は、中世のヨーロッパと違って、平安世界における愛が喜びであり罪でないということを思い出させもする。男たちにとってセックスは社会的な立場と健康の維持を意味していた。後に僧侶たちが挿絵つきで書いた官能的な指南書が嫁入り道具になっている。衣裳箱に官能的な絵をしまっておくことで繁栄が約束され、虫除けや火事避けになった。殿上人たちはそういった絵で若い妾たちや経験のない召使いたちをからかって楽しんでいた。僧侶たちはセックスをするのに好ましい日と好ましくない日を記したカレンダーも作っている。さらに、例えば幸いにも六十年に一度やって来る丙午に生まれた女たちは危険とみなされていた。なぜなら、彼女たちはいつか必ず夫を滅ぼし、家族に不幸をもたらすかもしれなかったからだ。

古春画の絵巻物は、たいてい寺で僧侶たちに守られてきたので残っている。もっとも古い絵巻物である『灌頂巻』(かんぢょうのまき)[182]は平安時代の一一七二年に制作された巻物の模本だとされている。ここには、とりわけ九八六年に平安京を沸かせたあるセックススキャンダルが描かれている。セイ、あ

182　『小柴垣草子』とも。

なたが宮中へ上がる少し前のことだったけれど、当時からこんな絵巻が存在していたかどうかはわかっていない。後の時代[183]に春画は禁止され、それと同時に女性の地位はおおむね悪化していった。僧侶たちや兵士たちにとって女は黄泉の国の使いで、彼女らの性欲はタブーだったからだ。後に西洋的な考え方も影響して、セックスに対して道徳的に非難されるべきものとして見られるようになった。

とうとう作品の終わりに、ブライアンがほのめかしていたであろう絵を見つけた。北斎自身が筆をとったと思われる木版画には女が描かれている。タコに吸われている女とでも言おうか。彼女は生気なく藻に覆われた海岸の岩に横たわり、巨大なタコに下半身を、小さいほうのタコに口をかじられている。

セイ、さしあたって今は、あなたの *Pillow Book* に留まっておきましょう。

［清少納言の言葉］

こういった高貴な上達部たちの名前は書き記すべきではないのだろうと思うのだが——あとになっても誰だったかどうやって覚えていることができるだろう?

セイ、こういう恋人たちこそを私はここで作らなければならなかった——そう簡単に作れそうにないけれど。西洋の女性は日本で出会いがあると思わないほうがいいと思う。日本人の男たちというのは、こういう大柄で声が大きくて自立した女たちに興味はない（私だって、あんな小さくてせせら笑っている男たちに興味があるのかわからない)。西洋の男にしたって、まさに神々しい日本人女性たちがいるからこの国にやって来ている。手を繋いだ西洋人男性と日本人女性はどこにでも見られる光景だが、日本人が男性であることはめったにない。そういう男性はたいてい外国に長く住んでいて、巨人たちに慣れているのだ。典型的な日本人男性は、日本人の奥さんをもらいたがる。とてつもなく美しくて、小さくて、少女のようにかわいらしい奥さん。伝統的な家庭料理を美しい弁当箱に詰めてくれる奥さん。家庭のことはすべてできて、それなのに頼りなさそうに見えて、夫に先に建物に入らせる奥さん――でも実は手のひらの上で踊らせ、思いどおりにする奥さんを。

代わって、日本人女性たちの間では、西洋人の――とくにフランス人の――男たちが人気だ。セブとマルコスが京都国際会館の掲示板にフランス語とスペイン語の授業を有料で引き受けると書いたら、どちらにもすぐに反応があった。セブの生徒は涙を流しながら、彼氏がフランスに帰国してしまった寂しさを取り除きたがった。マルコスに連絡を寄こしたのは彼の「姉」になりたいという「大人の日本人女性」だった。女性が年齢を打ち明けてくれないので、マルコスは不安になっていた。「どう思う?　まさか『四十』なんてことはないよね?」と彼はこの私に聞いてきた。

女性に向けたあるガイドブックは、日本に住んでいる西洋人女性なら誰もが、自分がブスで、

183　一七二二年の享保の改革で好色本が禁止された。

太っていて、センスのないクジラのように感じるだろうと注意している。だって見向きもされないから。そうなのだ。どこに行っても、あまりに男女の区別のない友好的な雰囲気なので、ときめかないのだ。

といっても、ある日本人のあきらかに酔っ払った少年がバーのカウンターで私に抱きついてこようとしたことがあった。少年の短期記憶はないも同然で、私がどの国から来たのか二分ごとに尋ねた。少年が話せた二つの英文の一つが「I want to sex you」だった。

二度目は、中心街のアーケード商店街で私のあとを追って走ってきた日本人男性。どこ出身？ここに住んでどれくらい？ あなたは一人？ 彼氏はいる？ その人と結婚するの？ その場合、日本人男性たちとは知り合いになれないよね？ あきらかに彼は西洋人女性を何としてもつかまえようと決めていたのだ。でも、京都を一人で歩いている西洋人女性はそんなにいない。寺町のツーリストトラップに行って、手当たりしだいに引っかけるんだ、と彼は景気づけにバーで一杯飲みながら思ったのだろう。

日本人の男たちの中には、生きているうちに西洋人のアマゾーンをつかまえることが密かな夢だという人がいるのかもしれない。

歌舞伎を観に行ったり、河井寛次郎記念館に行ったりして、一日中、町をぶらぶらしていたある日、ついにレイのバーを探しに行くことにした。

京都にレイという名前のフィンランド人と日本人のハーフがバーを経営していると、ニノから秋には聞いていたのだが、二週間前、そのことをフランス人のデイヴィッドから聞かれて思い出した。レイのことはどうやら皆、知っているようだ。私はとうとう彼とフェイスブック友だちになり、バーの住所を手に入れた。探偵であり古美術商である私のアイドルキャラクター、レイ・シムラの男版で、半分フィンランド人の同名に会えることが待ちきれない。岡崎の路地のジャングルでバーを見つけることができたあかつきには、中に入ってこう言うのだ。「レイさんでいらっしゃいますね？」

地図をたよりに二条通りの北側と東大路通りの東側から薄暗い小さな路地を見つけた。そこの美しくて古い町家の消えたネオン看板にカフェガイアと書かれてある。誘うようにわずかに開いている引き戸の向こうにバーカウンターがあり、その奥に座布団と座卓が置かれた小さな畳部屋があった。壁にはアフリカの木でできた面がいくつもぶら下がっている。カウンターの向こうに日本人の顔をした長髪のヒップホッパーが立っていた。フィンランド人のレイさんでいらっしゃいますね。

リヴィングストンのセリフ[184]を言い忘れてしまったが、それでもレイは私の来店を喜んでくれた。

184　イギリス人探検家スタンリーの「リヴィングストン博士でいらっしゃいますね」というセリフのこと。スタンリーがアフリカ大陸横断中に行方不明になったスコットランド人探検家リヴィングストンを発見したときに言ったセリフ。初めて会った人に確認する決まり文句になった。

昨日、たまたま道でばったり会った何人かのフィンランド人も、今日、店に来ることがわかった。彼らが店に着くと、レイは有頂天になった。これまで彼のバーにこんなにたくさんのフィンランド人が一度に来てくれたことがなかったからだ！　乾杯！　レイは私たちにフィンランディアウォッカのショットを注ぐ。私たちはそれをくいっと呷った。そして私たちのテーブルにナチョス、タケノコ、チョコレート、パスタが並んだ。私はこのバーが気に入った。

フィンランド人たちは美術学校の交換留学生だということがわかった。彼らだけで十分に輪ができている。運良く、カナダ人とアメリカ人とアイルランド人とスウェーデン人とドイツ人のクリスと、ドイツ人建築家も店にやって来て、私としゃべりはじめた。ここに来てずっと不思議に思っていたのは、人々（とくに外国人たち）があたたかく開けっぴろげに打ちとけていること。フィンランドでもフィンランド人は外国人とこんなふうに打ちとけていただろうか。「知らない人にはだんまりを決め込んでいたフィンランド人の私」は気がつかなかった。同じ部屋に知らないフィンランド人たちがいる今、違いに愕然とする。やっぱり知らない人には話しかけたくないのだ。知り合いでもないのに、私たちに話しかけるとはどうかしてるんじゃないの、って！

打って変わって三十代のレイはすごくキュートで純粋だ――想像していたのと違って、若い頃ヘルシンキで過ごしたレイは完璧なヘルシンキのスラングを話す。クリスも――外見はキリストの化身――ヒッピースタイルと正気でない笑い方にもかかわらずまともで思いやりがあり、誰のことも愛しているように見えた。二人の物語の人物が京都のバー友だちになった。男版レイとキリスト。

レイは、フィンランド人たちとのめったにない夜を、引きつづき彼のお気に入りの別の店で絶対に過ごしたがった。ところが、店を出ようとした矢先、客の一行が入ってきたので、私たちはレイ抜きで行くことになった（実をいえば、レイは興奮してフィンランディアを飲みすぎたようなので、いずれにしろ一緒には行けなかっただろう）。レイが勧めてくれた「京都に来たら『絶対に』寄るべき」バーは、秋にニノと行ったところと同じように、名前のない暗いバーだった。あのバー、好きだったのに。でも、ゴミが散らかった薄暗い路地の非常階段を上った先の二階にある名前のない店は、どうやっても探せなかっただろうから、しかたない（名前すらないのにどうやって人に尋ねたらいいんだろう？）。闇と、闇でやわらいだ防空壕のようなインテリアが人々の年齢や立場を消し去り、顔見知りかどうかということも関係なくなっていく。店内には穏やかな環境音楽が流れていた。仕事を終えてそのまま一杯飲みに来ていた芸者と一緒にここのカウンターに座ったことがあるとクリスが言う。芸者は、隣に座ったキリストの髪型をした彼に一杯ごちそうしたらしい。ありえない光景。でも、このバーとこの町ではまさにそんなことが起こりうる。

午前二時。私たちは宿に向かって自転車を漕ぐ。私は疲れて、酔って、幸せだった。

自ら引き起こした頭痛に苛まれながら遅くに目を覚ます。外は暖かく、はっきり言って暑いくらいだ。ランチを買って、川のほとりでピクニックをすることにした。書こうとしたけれど、明るすぎる。パソコンの画面からは何も読みとれない。それでも私はブラインドタッチで書く。

二時間、寝っ転がったあと、物語の人物たちは忙しくしているだろうかと考えはじめた。なぜだか川と川が合流してできた出町柳の三角州の鴨川デルタへ自転車で行くことにした。ベンチに座ろうとしたちょうどそのとき、キリストがやって来た。私たちはしばらく座り込んで、川沿いを北へ向かって漕ぎだした（どうやらそこで何かがときどき起こるらしい）。でも、そこにいたのは、日曜日を気だるそうに過ごす夫婦、テニスをしている父娘たち、ギターをかき鳴らして悦に入って叫んでいる若者だけ。私たちは戻ってきて、私は自分に抹茶アイスを、キリストにビールを買って、それで乾杯した。私たちは、将来とは、すべての選択肢が開かれていると初めはそそられても人をダメにする、と話した。結局は何かしらの目標、デッドラインが必要なのだ。もともと美術史を勉強していたキリストは、英語を教えながら京都で十年暮らし、冬は東南アジアでダイビングをしながら過ごし、誰かに尻に火をつけてほしいというところまできていた。私は彼に本を書くように命じた。私たちは、本の書き方（私にはまだ助言できない）について話し、日が沈む頃、宿へ向かう。私は夕飯を食べに、キリストは本を書きはじめるために。嘘か本当かわからないけれど。

オリヴィアと中心街で会う約束をしていた日、私たちはバチホリックという名前の和太鼓バンドの超壮絶な内臓を揺さぶるコンサートが開かれるライブハウス「アバンギルド」へ向かっていた。三条で水のペットボトルを買っていると、自動販売機の使い方がわからないなら教えますよ、と日本人男性が声をかけてきた。どちら出身ですか、と聞かれたので答えると、彼は喜んだ。男性はフィンランドに一年間住んでいたことがあり、フィンランド中部のユヴァスキュラ大学で教えていたらしい。どういうわけか、私が本当にフィンランド出身であることを信じたくないらしく、私を試してきた。「ヘルシンキからユヴァスキュラまでどれくらいかかりますか?」と、質問を浴びせられ、その意図はわからなかったけれど、すぐさま「五時間」と答えた。「五時間、正解!」と男性は満足そうに叫ぶと、そのまま去って行った。

つぎの日の夜、私はまたもたまたまアバンギルドにいた（本当に最高の場所!）。今回はレイが京都御苑で開催した「よっぱらいソフトボール」というイベントに続いて舞踏公演を観るためだ（そのせいか会場でブリジットとブライアンにもばったり会った）。いきなり左の背後から年配の日本人男性が襲ってきて、甲高い声で「初めまして!」と叫んだ。彼のフィンランド語は今ひとつだったが、それでも話せている。男性はフィンランド語とヨイクが趣味で、コーラスでフィンランドの聖歌を歌っていると話してくれた。彼は去年、フィンランド北部のオウル、ラップランドのイナリ、ヘルシンキを回ったという。男性から迷うことなく連絡先を渡され、私たちはほどなくしてフェイスブック友だちになった。

つぎの日の午後、川のほとりに座っていると、おしゃれなベージュのフィンランドのシャツを着た日本人女性が私のそばを通り過ぎた。[185] Suomi, Finland とシャツの後ろ身頃にはっきりと書い

185　フィンランド語で「フィンランド」のこと。

である。さらにその下には国旗まである。私も声を上げたほうがいいだろうか。「もしもーし、私はフィンランドから来ました。おしゃべりしたいですかー？」

この町で大好きなもの。

夏日。お昼を食べたあと、川岸に毛布を広げて居眠りすることができるから。ここ以外に町のど真ん中で昼寝ができる場所はあるだろうか？（あとになって太さが腕くらいある長さ二メートルのヘビが真昼間の川沿いの自転車道にいるのを目撃したときは、ちょっと考え直した）。

夜、友だちと（古い友人も知り合ったばかりの友人も）バーへ、バーから別のバーへ、最後のバーから宿へサイクリングすること。暗くて静かな通りで先頭を漕ぐグループのリーダーについていきながら、町を抜けてどこかへ一緒に行こうとしている自転車族の一員になって旅をすること。

輪の狭さ。川沿いを漕いでいると、ごく普通に少なくとも毎日一人の知り合いと出くわす。知っている数軒のバーのうち一軒にたまたま行くと、この町で知っている数人のうち一人と偶然に出会う可能性はおおいにある。飲みハイキングと呼ばれる西山での学生のハイキングと飲み会イベントで誰かと知り合ったら、二ヶ月後には寺のヨガと瞑想教室で同じ人物にたまたま出会う可能性が高い。

ファラフェルガーデン[186]の中庭。

キリストを研究助手に勧誘してみる。彼の仕事としては、私を本屋へ連れて行って、清少納言を扱っている漫画を探し、それを私に読み聞かせること。私たちは川岸でそれを読み、私はせいぜいまじめな使徒として芝生に横になる。

つぎの日は雨だった。キリストから本屋へ行くのは延期しようと提案される。芯のないヒッピー。

『枕草子』を再読し、メモをとり、フィンランド語に訳しはじめて三日目。本に書かれていることが初めてわかったような気がする。

ほっこりするもの。

朝から、今日はずっと雨でどこにも出かける必要がないとわかると、くつろぐ服を着て、落ち着いて読書や執筆に取り掛かれること。お昼を食べたあとは、しばらく横になってうたた寝してもいい。激しく降ったり静かに降ったりする雨の音が一日を通して背景に流れ、少し眠たくなる。あたたかく湿った空気を中へ入れ、雨の音をもっとよく聞くために、庭に面した部屋の障子を開けたら、それと同時に、布団に入ったまま、均一にまっすぐ降る雨の壁を眺める。雨は軒のあたりから古いＬＰ盤の音溝のように流れている。この雨の真ん中にいるような、それこそ雨に隔て

186　出町柳にあるイスラエル料理店。

られた中心にいるような、巨大な雨傘を差しているような、それで一滴も濡れずにいるような気がしてくる。

そういう日に、セイ、あなたと二人でいるのは、気持ちがほっこりする。あなたのように時間にいつも余裕のある友人がいると知っていると、心があたたかくなる。雨の日の時間がどんなに長くても、地球の反対側の時間が何時であっても。

自分がありえないほど幸せ者だと感じる瞬間。

家で清少納言を読みながら雨の日を過ごすとき。郵便配達員がいきなりドアをノックして、小包を手渡す。その中には、ほんの二日前にアマゾンで注文していた日本語漫画版『枕草子』が入っている。喜びいさんで包みを開けて、ひとりにやけながら文はいっさいわからない本をめくりに縁側に出る。いきなり足もとで何かが動いたことに気づいて下を見ると、小さなイタチを目撃。人がいることにまるで気づかず、石造りの入り口を嗅ぎながら通り抜け、人の足もとで動き回っている。本を手にしたまま立ち上がり、薄茶色の夏服を着て慌ててちょこちょこ走る様子を見る。しばらくするとイタチは椿の木の下へ姿を消して、何を探しているのやら、そのままどこかへ行った。

ほほえましいもの。

漫画『枕草子』に入っている章段には濃厚な恋愛話が一つも見当たらない。その代わりに、雪山作りや宮廷の猫や犬の楽しい話しか入っていないのはなぜだろう、と何日間も不思議に思っていたところ、読んでいた漫画は子ども向けにカットされたバージョンだったことがわかった。

うれしいもの。
とても気に入っていて、印やチェックや折り目だらけの本。とくに愛すべき本はたくさん読まれたことが見てわかる――丁寧に扱われていたり、書き込まれていないどころか、その逆。代わりにきれいな本を誰かに貸して、読まれて使われた様子で戻ってくると本当に腹立たしい。読んだ痕跡は、それが自分の本であったときにだけ喜びを感じるのだ。

そそられるもの。
小さな黒い素焼きのボウルに入った、身のしまった赤いイチゴ。小さくて黒いボウルに入っていること。そうでないと私はイチゴは味わえない。

長い雨が降りつづいたあとのよく晴れた日に、セイ、鴨川のほとりであなたを読む。対岸でサックスを吹いている人がいる。あたりは奇妙に霞がかかっていて、山々の姿が消えていた。私は財布を宿に忘れてきてしまった。
アメリカ合衆国が押収したらしいウサマ・ビン・ラディンの日記のことを考えた。考えるとどうしようもなく興奮してくる。私がアーティストなら、すぐにも『ウサマ・ビン・ラディンの日記』というタイトルで制作を始めるだろう。どんな形態がいいだろうか。オペラ、インスタレーション、舞踏パフォーマンス？　俳句？　リュイユ？[187]
ウサマ・ビン・ラディンはいったい何を書いたのだろう。花、山、雨、恋愛、ごくありふれたことについて書いているとしたら？　日記というのは、それが存在するという情報だけでも、人を人らしく、多面的で敏感にさせている気がする。破壊することにあれほど大きな情熱を持っていた人は、おそらく残したかったものへの情熱もあったはずだ。
セイ、もし、ウサマ・ビン・ラディンがあなたの本を好きだったら？　もしそうだったら、私には止められない。あなたには私とウサマ・ビン・ラディンという最大の二人のファンがいたかもしれない。そうだったとしても、私にはどうにもできない。もちろんありえそうにないけれど。

実際に私が考えなければならないのは、ウサマ・ビン・ラディンではなく、もっと別のこと。例えば、この長期休暇が終わったら、このプロジェクトが終了したら、私は人生で何をするつもりなのか。職場とアパートに戻るのか？　もし戻らないとしたら、私はどこへ行くのか？

フィンランドへ帰る日が二週間後に迫っている。八月から九月は大西洋海岸のノルマンディーにある義妹の家へ行って執筆する。そして、もう一度京都へ戻ってくると思う。今のところ、お金は年末までもつ。でも、このあてどもない放浪の旅をもっと先まで、おそらく永遠に続けていたい。昔に戻ることがますます不可能に感じられはじめた。

でも、私に会社を辞める勇気があるだろうか？　どうやって食べていくつもりなのか？　アパートを売って、住宅ローンを支払って、余ったお金で一年か二年は旅行しながら生活できるだろう、とバズは言う。興味はそそられるけれど、とてもはしたない放蕩息子のようだ。会社と自分の家を、苦労して手に入れた一人前の国民と大人のしるしを手放して、ただ先へ行けと？

その一方で、誰かに対して私は自分の人生について責任を負っているのか？　あいにく自分しか思いつかない。

一日中、部屋で仕事をして、夜、バーは開いているだろうかとレイにメールを打つ。店の客は私だけだったので、レイとフィンランドの話をする。レイはエメンタルチーズとキュウリと一緒にトーストしたライ麦パンを出してくれた。レイの両親がちょうど日本に来ており、スーツケースにオートミールとクリスプブレッド[188]も持ってきてくれていた——食べたいものは皆同じらしい。

途中からキリストが店にやって来て、自分で編集したビデオを紹介しはじめる。ビデオには、フィリピンでジンベイザメと幸せそうにダイビングしている彼が映っていた。他に客が来なかったので、店を閉めることにして、中心街の暗いバーへ向かう。そのバーのカウンターで、こちら

187　フィンランドの長い毛足のタペストリー。やわらかい手触りで心地いい。もともとは床に敷いたり壁に掛けたりして寒さを防ぐものだったが、最近では、テキスタイルアートとしても知られる。

188　薄くて硬い全粒粉の乾パン。

が戸惑うくらい私の話に興味を持ったモンゴル人の教育者としゃべった。苦労したのは、モンゴル人の英語がほとんどわからなかったこと。もし正しく理解しているなら、彼は日曜の夜の七時に「一時間、話し合う」ために私と会いたいらしい。何について、どうやって私たちは話し合うのか、私にはわからない。だって、このことを把握するのも、とてもとても苦労したからだ。それでも幼い顔をしたモンゴル人はとても礼儀正しくて、大学で教授たちに私を紹介してくれるという。教育学の教授たちが何の助けになるのか、私はまるで確信が持てない。

二時を回ったけれど、集まった一行と近くのロック居酒屋へ移る。この店のオーナーはヘヴィメタルの長髪のゆかいな顔をした小柄な男性で、店先からもうおかしくて窒息しそうだった。店ではAC／DC、レッド・ツェッペリン、ニルヴァーナが流れており、私は懐かしさに浸ってあまりに幸せで、目の前に運ばれてくるビールまでも飲んでしまった。私にとってレッド・ツェッペリンは麻薬のようなもので、その影響力はアヘンやヘロインと同じようなものに違いないと誓って言える。それを直接血管に注入すると、体全体にやさしい痺れをもたらし、目はとろんと閉じかけ、ほぼ誰にでもキスをしたくなる。すべての曲をそらで歌える。私は歌い、のってきた――八〇年代の高校生活に戻っていく。音楽とビールと男たちと私とともに。大声で歌ったりビールを呷ったりする私を、モンゴル人はテーブルの向こうから目を丸くしながら見つめている。彼はまじめな少年に見える。きっとこんな凄まじいものをこれまでに見たことがないのだ。レイはまたも興奮して飲みすぎて、テーブルに突っ伏している。四時近くになって、私たちは店を出た。外の木屋町では、泥酔状態の日本人がキリストの自転車を蹴っていた。自転車は壊れ、そのあとの二十分間は、キリストが日本人に殴りかからないように、三人の日本人と一人のフィンランド人で押さえた。おお神よ、八〇年代っぽいぞ。ついにキリストは蹴っている男にも押さえつけている私たちにも怒り、何も言わずに立ち去った。私はモンゴル人と川沿いを北へ向かって自転車を漕ぐことになったけれど、宿まで私を送る必要はない、とはっきり言った。

セイ、平安京の時代の祝い事はどんなふうだった？　今もそうだけれど祝い事の良いところは飲んで賑わうことだということは私にもわかる。だって、それらがありえそうもなかったり——あなたたちの時代では——タブーだった突発的な出会いを作ってくれるから。あなたたちの時代は祝い事だらけだった。仏教、神道、儒教にちなんだ祝い事や、伝承や四季にからんだ祭りや儀式が、一年のうちに何十回とあった。殿上人たちの昇進祝い、葵祭、御粥祭、騎弓、衣替え、賑給[189]、曲水の宴、菖蒲祭、お月見、亥の子祭り、重陽節。ほとんどすべてに先に挙げた酒飲みと人混みが関わっている。平安京の通りで儀式的な行進が行われる頃は、牛車や貴族の女たちを運ぶ車の置き場がないほど大混雑になったし、一行の若い男の召使いたちはひどく酔っ払っていて喧嘩は避けられなかった。

もっと小規模な酒宴はいろいろとあり、どれも平安貴族たちの間で人気があった。たいていは

189　朝廷の五月の年中行事。貧しい人々に米や塩が与えられた。

客たちが歌を詠むか、酒杯を掲げる前に詠うとされ、酒合戦で負けた人は一杯飲むことになっていた。酒には様々な種類があった。酒は、高貴な家柄の選ばれた若い少女たちが口の中で噛んだ米を発酵甕に吐いて作られていた。今の酒よりも甘く、それほど強くなかった。でも、祝いの席の最大の呼びもので、酔いはてきめんに現れ、その効果についての証拠は文学作品でたくさん触れられている。ムラサキは日記で殿上人たちの酒飲みを描写しており、例えば道長が東宮の誕生日の祝いの席で[190]おおいに酔っ払っていたことを伝えている。セイ、あなたのある文章を読む[191]と、宮廷女房たちも飲んでいたらしいことがわかる。道隆が「皆を酔わせよ」と命じる様子を書いているでしょ。それで本当に皆が酔って、女房たちが殿上人たちと口をきいているのだけれど、それがお互いにとんでもなくおもしろいと思っていた。ある研究者によると、「あなたは酒好きだと言われて」いるのに、酒を飲む女たちを非難していた。こういう評判はどこから来たものなのか、私にはもちろんわからない。

セイ、あなたの評判。私たちはあなたの評判について、いつも――「いつも」――この同じ質問に戻ってくる。これにはあなたの身に起こったこととも関わっている。

［清少納言の言葉］

油断のならないとき

悪いと人から言われる人たちに会うとき。そういう人たちは、善い人だと言われている人たちよりも表裏がなく見える。

セイ、十年勤めた宮仕えを辞めたあと、あなたはどんな運命だったんだろうと考えずにはいられない。定子の死はあなたにとって仕事を失うことだった。仕事だけじゃない。一生を失うことだった。何があったの？　どこに行ったの？　あなたの消息はぷっつりと途絶えている。

多くの人はあなたには出家以外に選択肢はなかったと思っている。あなたはどんなふうに尼に馴染んだんだろう――数々の取り巻きがブッダ一人に、宮中の噂やパーティーが孤独な寺の生活に変わることに――私にはわからない。あなたはどれくらい続けられただろう？　見せつけたり、ふざけあったり、気取ったりできた人はいた？　あなたは書くこともやめていたかもしれない。貧しい尼には紙のように贅沢なものを買う余裕はなかっただろうから。ただし、経典の裏面に書いたりしなければ。

セイ、あなたの評判は年を重ねるごとにどんどん悪化した。あなたの惨めな運命は、中世では人気の伝承の主題となった。あなたについて書かれた物語を読むのはあまりに悲しい。泣くべきか笑うべきか、私にはわからない。セイ、どう思う？　笑っておこうか？

190　中宮彰子と一条天皇の皇子である敦成親王誕生五十日のお祝い。
191　「淑景舎、春宮にまゐりたまふほどの事など」の段。

もちろん同じ屈辱を味わったのはあなただけじゃない。中世の宗教的で道徳的に作られた物語の中で、誇り高くて美しく才能のある他の平安宮廷の女性たち、とくに紫式部、和泉式部、小野小町がそうだった。比叡山の僧侶たちは一一〇〇年代から『源氏物語』が国民の品行を乱すものだと考えていて、空想的な嘘をどんどん書きつづけた作者が地獄で苦しむことについて説教するようになった。紫式部と彼女の物語を読んだ者たちの救済として、まじめに写経することが推奨された。中世後期には、平安時代の自由な生活様式を楽しんでいた貴族の女性たちの苦境に対する関心は、異常なまでに高まった。こんなにも激しく彼女たちの苦しみが貪られたのだ。良い女性作家とは、貧しさと惨めさの中で死を遂げた人だった。

いちばんありえない運命の物語を与えられたのは小野小町だろう。彼女は日本史でもっとも重要で有名な女流歌人。彼女の名前は日本人の女性美を今日でも象徴している。八〇〇年代に生きていた小野小町の歌は情熱的な愛の苦しみと喜びを語っているけれど、それ以外の彼女の人生については何も知られていない。その代わりに、彼女についての物語は数知れずあり、物語のパターンはいつも同じ。昔々あるところに絶世の美女がいました。その美女には恋人がたくさんいましたが、彼女は一度も結婚しませんでした。時は過ぎ、彼女は貧しく醜い老婆になり、遠く東北の片田舎で寂しく施しを乞いながらさまよっていました。おしまい。

小野小町を肉体的な美しさと文学的な評判を失った人として描いた意図は、彼女のあらゆる影響力を無効にすることにあったに違いない。宗教的な理由からこんなふうにされることもあった。平安時代の終わりの仏教の文章では女性は穢れているとみなされはじめた。このように小野小町と他の女性作家たちの悲惨な結末は、野心、傲慢さ、もちろん女性であるということの当然の結果だった。さらに社会的な原因もあるかもしれない。つまり、先に挙げたような女性たちは武士階級の妻にはふさわしくなかった。侍への憧れが広まるにつれ、独身女性たちは、結婚や家族の基準に収まらない、望ましくない楯突くグループだとみなされるようになったのだ。とくに小野小町のような美の化身は男たちに苦しみをもたらすため、罰しなければならなかった。

小野小町のケースでいちばん呆れるのは、江戸時代で人気のあった物語だ。その中で彼女は歌を詠むドクロになって、艱難辛苦を味わう。そうなのよ、セイ、ドクロ。小野小町はこんなにも効果的にリセットされた。彼女はすでに消されてしまった、つまり死んでしまった！　これで彼女は無能にされた。力もなく、肉体もない――具体的に野原で倒れているドクロにされてしまった。ドクロは聞き手の注意を眼窩から伸び出た草がもたらす痛みに向けさせようとしている――ある研究者によると、男たちの情熱を抑止するために仏教の瞑想対象についになったらしい。意図していたような抑止力があったかどうかは、また別の話。

セイ、あなたについて作られた物語における問題は、話にある程度現実味があり、真実だとよく間違われてきたことにある。何百年もの間、あなたの本はこういったあてにならない物語を介して読まれてきた。それらは、無意識にであれ、なお今日まで皆のあなたに対する印象に影響を与えている。作り話が本当になった――あなたは本当に自分の骨を売るみすぼらしい尼になってしまったのよ。

一二〇〇年代の説話集『古事談』には、多くの有名な女性作家たちが登場する。でも、その文学的な才能には触れられず、つねに残念な脚光を浴びている。セイ、この本にはあなたについての二つの教訓的な説話が入っている。どちらも避けられない因果応報を語っていて、あなたは貧しい尼となり、これでもかというくらい屈辱的な体験をしている。

最初の物語では、若い殿上人たちがあなたのあばら家の前を通ったときの話。「清少納言は本当に落ちぶれてしまったものだ」と一人。あなたは男の言葉を聞きながら窓辺に立ち、簾を上げて、「鬼のような形相」で身を乗り出して、こう聞く。「あなたたちは駿馬を買わないのか？　ある者は買ったぞ」。あなたは年老いて魅力のない人として描かれているけれど、「あなたの性格は疑いようもなく馴染みのもの」。あなたの一言はあなたが中国の故事に精通していることを示しているし、あなたの本によく表れているように、その機転の速さがまさにあなた。中国の王の話[192]を借りてあなたは男たちに性的な提案をして——自分を売り込んで——自分が無価値ではないことをほのめかした。

もう一つはありえそうな話で、兄とされる清原致信（むねのぶ）が清水寺で一〇一七年に殺害された実話だ。物語によると、あなたが兄の家にいたとき、頼光という者が僧侶を殺すために刺客を送ってきた。男たちはあなたが当の僧侶だと勘違いしてまず殺そうとしたところ、自分は尼だとあなたは叫んで、証拠として法衣をたくし上げて下半身を見せた。昔は誇り高い宮廷女房だったあなたは、侍たちに自分をさらけ出すという屈辱を味わった。

一二〇〇年頃に書かれた物語評論『無名草子』では、定子の死後、どんなふうにあなたが都を捨てて尼になったかが語られている。「清少納言はもっとも信頼のおける後援者を失ってしまったので、彼女は遠い田舎へ乳母の娘と下っていった。彼女が野菜を干すために畑へ向かって歩いているのを見かけたり、ひとり言を言っているのを聞いたりした人がいる。『昔の直衣姿が忘れられない』。彼女は粗末な服を着て、布きれをつなぎ合わせたものを帽子にしていた。なんとあわれな！　それくらい昔が恋しかったに違いない！」

この物語は実話だとされ、一四〇〇年代から一五〇〇年代にあなたの本のある写本にあとがきの形で加えられたほどだ。[193]『枕草子』は驕れる者ひさしからずという道徳話になった。

あなたにまつわる興味深い物語に『松島日記』という小さな手稿がある。これは、とある古美術商が一七八四年に手に入れた本だ。一人称で語られる物語には、平安京から遠く東北の松島の海岸へひとりうらぶれて旅をする匿名の宮廷女房の苦しみが描かれている。作者については触れられていないが、本編で詠まれている歌が、セイ、あなたが書いたものだと思われた。だから、この作品はずっと探し求めてきたあなたの失われた日記だと古美術商は判断した。彼はこの本を

192　『戦国策』に名馬であれば死んだ馬でも金を払った王の話がある。一日千里を走る名馬を買わせに使いをやったのに、死んだ馬を買ってきた。王は怒ったが、死んだ馬にさえ大枚を払う人のもとには生きた名馬が集まってくる、と使者に言われてその通りになったという故事。

193　能因本の奥書。

刊行し、序文にこう書いている。「清少納言の青春の輝きと傲慢さは『枕草子』に記録されている。しかし、あいにくこの日記から見えてくるのは、彼女の晩年の悲惨さである」。そうなのよ。だって、日記では、――セイ、あなたは――粗末な服を着て、食べるものや着るものや寝る場所を見知らぬ人々から乞う尼に落ちぶれているから。宇津の山で雨合羽と麦わら帽子はびしょ濡れになる。でも「薪もなく、水を溜める道具もないので、髪を洗うすべがなかった」。これは髪を崇拝する世界では屈辱のかぎりだっただろう。この本はのちに偽物と判定されたものの――あるいは別の尼か誰かが書いたものか、他の虚構の本の断片だったかもしれないが――他の多くの物語と同じように、私たちを真実からますます遠ざけながら影響を及ぼしつづけた。

よかったことは、阿弥陀如来を探すという物語の宗教的なメッセージが手稿の出どころのヒントになっているかもしれないこと。セイ、あなたや和泉式部や小野小町について語られた道徳話を仏教の寺で皆に聞かせて楽しませながら、お布施を集めていたのよ。物語はこういった慣例の一部として生まれてきているのかもしれない。誓願寺の僧侶と尼はあなたを広告塔に利用した。鎌倉時代が起源の説教では、あなたがまさに誓願寺で極楽往生を遂げたと断言している。あなたは寺の前に庵室を建て、そこで尼として念仏を唱えながら最期を迎えた、と。おそらく物語は一四六七年の大火のあとにでき上がったのだろう。寺を再建するためには効率的な資金集めの勧進が必要だったから。誓願寺で回心した退廃的な宮廷女房についての作り語は功を奏したに違いない。

セイ、こんなふうにありふれた状況から「歴史」は生まれる。どこかでお金が必要になり、あなたの架空の驕り――転落――ついに――救済という物語は、人々の財布の紐を緩ませるのにまさにぴったりの売れる感動ストーリー。二百年経てば、物語が本当でないことを覚えている人はもういない。つまりこれは販売戦略だった！

セイ、これらの物語が作り話だと何度証明したところで、それらが与えた影響からは逃れられない。何百年もこれらの物語を通してあなたは読まれてきた――ムラサキが不用意に（もしくは道長に命じられて）日記に記録した「予言」に端を発した物語を通して。

「こんな人の成れの果てが良いわけがない」

外見、イメージ、評判、道徳話、売り文句、消去。もし現実が違っていたら？

セイ、宮廷を去ったあと、あなたは幸せな生活を送っていたかもしれない、父親から受け継いだ庭園に囲まれた美しい山荘で暮らしていたかもしれない、ということは絶対にありえないの？そこであなたは素敵な夫や、もしかしたら子どもたちとも一緒に過ごしていたのかもしれない。あなたはつてを頼って最高級の紙を手に入れることができて、書きつづけていたのかもしれない――まずは宮廷時代についての物語を最後まで書き上げた。でも、あとから書いた文では宮廷世界のことはもう触れられていない（例の儀式うんぬんには私はもううんざりしはじめていたので、問題ありません）。むしろ、それとはまったく別のふだんの生活、その美しさや風変わりなものを書いた。この手稿がどこへ行ってしまったのか私にはわからない。紛失したか、火事や地震で失くしたかしたのだろう。もしくは、自分の娘のようにかわいがった夫の連れ子にあげて、セイ、その親族が、世界があなたの物語の結末を聞く瞬間を待ちながら、今もなおこの宝物を隠しつづけている……のかもしれない。

［清少納言の言葉］

春はあけぼの――ゆっくりと白んでゆく山ぎわがわずかに赤くなり、深い紫色の雲がそこにたなびいているの。

秋は夕暮れ――日が山の端に沈もうとしているときに、カラスがねぐらへ三つ四つ、二つ三つと飛んでいくのさえしみじみとした感じがする。まして雁がとても小さく小さく見えるのは素敵で心が惹かれる。日がすっかり沈んで、風の音や虫の音がするのも、なんともいえずいい。

まだまだ飽き足りないと感じているのに、京都で過ごす日々もあと一週間。

ミーカ・Pが取り組んでいる『枕草子』のフィンランド語訳について質問するために、彼にメールを送った。ミーカから、すべての関連資料を自分の蔵書から借りることもできたし、京都やロンドンまで出かける必要もなかったのに、と返事があった。もちろんそうすることもできただろう。だから私は連絡を取らなかったのだ。これは地道に成し遂げるべきことだった。「始まり」「中間」「終わり」で構成されるプロットにだってこれが求められている。用意された本の山をヘルシンキでただ読んでいるだけだったら、どんな長期休暇冒険になっていただろう?

さらにミーカは、京都には平安京時代の痕跡は何も残っていないと言う。どうして、そんなことない！　山々は、まさに同じ場所にあり、日没には紫が層をなし、いろいろな色合いの薄紙で切り取られたようにぎざぎざに重なりあっている。雨上がりに山々から立ち上がる霧はキャンプファイヤーの煙のよう。川、川にいるサギ、カラス、ワタリガラス、タカ。これらはもちろんそこに千年前から弧を描いていた。日没、方角、風、米、酒、桜、藤。天候、怒った人がサウナストーンに水を打ったあとのような夏の厳しい暑さ、秋の燃えるように赤い楓、平安女性たちの髪のように流れ落ちる雨、お風呂場に置いたタオルが絶対に乾かないほどの湿気。満月、碁盤の目と寺の名前、比叡山に立って盆地を見下ろすと、青空を背にしているまさに同じ山々の輪郭線が見える。地図の碁盤の目が昔と合っていなくても、印象は同じだ。横の道を一条ごと御所から南へ下る。縦の通りの多くはよく知っている。二条通と大宮通の角で会いましょう。牛車で先へ行くかもしれないけど、と、セイ、あなたは言ったかも——でも、私は自転車を飛ばして追い抜くから、あなたはずいぶん遅れをとるわ。大事なもののほとんどすべてが、まだここにある。

それなのに、セイ、あなたが経験したことすべてを経験できないことが残念。例えばすべての季節とか、庶民の家に降る雪とか。この光景はあなたにしてみるととても似つかわしくないのよね。子どもたちが暗記しなければならず、その意味についてはいまだに論議が交わされている、あなたの有名な書き出しがまさに四季とそれぞれの最高の瞬間を扱っているのに、私がこの町を経験したのは断続的に三ヶ月ずつ。「ハル　ハ　アケボノ——ヤウ　ヤウ　シロク　ナリユク　ヤマギハ　スコシ　アカリテ……」

セイ、私は春と秋を経験した。でも、例えばあなたが描写した夏の夜については何もわからない。満月が照らす頃についても、ホタルのダンスを見られる闇についても、ずっと降りつづく雨の夜についても。あなたはそれらを美しいと思うのよね。私はあえて夏から逃げた。あの暴力的な暑さに潰されるんじゃないか、暑さが引き起こすゼリーのようなだるさに完全にやられてしまうんじゃないかと思ったから。

それから冬からも。だって、この町ほど寒いと感じるところはないから。氷点下三十度を下回る私の国ですら京都ほどじゃない。何日も何週間も芯まで冷やし、じっとりと突き刺さる寒さから、私は逃げた。小さな電気暖房器具では外の気温より一度か二度くらいしか室内温度が上がらない凍てつく部屋から逃げた。シャワーのあとの生存の戦いから、氷のように冷たい保湿クリームと下着から、朝になるとコップの水の表面がキンキンに冷えている飲み水から……。私は逃げてしまった。だから、夜のうちに雪が降ったり、霜が白く降りたりしている冬の早朝も経験していない。すごく寒くて、召使いたちが火を熾して、炭火を持って、部屋から部屋へ急いでいるのすら――それが季節の雰囲気にとてもふさわしくて好きだとあなたは書いているのに。

セイ、あなたの四季はもちろんここに存在している。まったく変わることなく。

切ない気持ちになるもの。

最後の週に一日だけよく晴れた夏日に、フィンランド人と日本人のハーフのバーのオーナーと一緒に琵琶湖へ行く。近江舞子の白い砂州と青松の海岸に人影はなく、湖は鏡のように滑らかで、それを青灰色の霧がかかった山々が縁どっている――対岸にぼんやりと霧が立ち込めていたので、実際には、巨大な湖はむしろ海のように見える。海岸は松の針葉の匂いがした。静寂を破るのは、銀色の小さな魚たちが水を跳ねる音だけ。地平線は消え、目にした光景の幻想性が考えまでも曇らせる。

荷造りの合間を縫って、最寄りのいつもの場所へ焼き肉ランチを食べに自転車で向かう。共通の言葉は持たないのに、店の料理人とおしゃべりをする（その人の性別はいまだにわからない）。すると料理人が、スタンプを集めると一食分のランチがタダになるポイントカードを差し出した。

スーパーの前で、少年が中華料理を売っていて、買ってもらおうと私におねえちゃんと何度も呼んでくる。隣のお茶屋に立ち寄ると、年配の男性が私をカウンターに座らせ、最初は熱いお茶を、それから氷を入れた冷たいお茶をごちそうしてくれ、どちらがおいしいか尋ねてきた。

宿でマルコスから最後に髪を切ってほしいと頼まれ、お礼に彼が折り紙で作ったバラをもらった。

帰る二日前の夜、オリヴィアと彼女の兄とガイアで会う約束をしていた。店には他に誰もいない――実際には、着いたときドアは閉まっていた。すると店内からレイの大きな声がして、裸で料理をしている最中だからちょっと待ってほしい、という……。ステレオからジミ・ヘンドリックスとピンク・フロイドが流れている。（服を着た）レイが、ラーメンと、エメンタルチーズを添えたハパンコルップ[194]と、バターをのせたオートミールを私たちに出してくれた。私はこれらと一緒に赤ワインを注文した。

しばらくしてアメリカ人の少女とキリストが店に到着。キリストは、髪型を変えることでキリストからユダヤ人やインド人のヨガ行者に変身できる方法を紹介しはじめる。キリストが隣に座っていることに気づいたオリヴィアはお酒を楽しめなくなったが、私たちはパンとワインをわかちあい、最後の晩餐を楽しむことにした。本当は炭酸と言いたかったのに、レイは間違って炭水化物をドリンクに入れるか入れないか、アメリカ人の少女に尋ねている。ドリンクにジャガイモでも入れちゃえば、とキリストが言うので、私たちは目に涙を浮かべて笑った。ここを去ることなんてできるだろうか？

十一時くらいに私たちは中心街の暗いバーへ向かう。そこでレイの仕事が午前零時から始まる――仕事は朝五時か、七時か、九時に終わる。最後の客が店を出たら終わりということだ。オリヴィアが兄と宿へ帰っても、私はあともう少しバーのカウンターに居座った。

すると、帰る二日前の夜に京都が私に贈り物をくれた。午前二時に、私の隣のカウンター席に六十代のサラリーマンが座った。この大阪出身の弁護士は古典文学を趣味で読んでいることが判明。さらに、彼は、私が日本で会った中で、清少納言の『枕草子』を完読した最初でたった一人の、そしておそらく最後の日本人だということも。そして、作品はつまらないどころかすばらしいというのが彼の意見だった。男性は有名な冒頭を古語でそらで詠み上げ、さらに英語の訳までつけた。

突如として、私の言葉の箱が開いたかと思うと、気づいたら彼に口角泡を飛ばしながらありとあらゆるテーマについてしゃべりまくっていた。古典文学について、吉田兼好について（男性はこれについてもいくつか暗唱できる）、源氏について（男性はこの完本を所有していた。どんな全集なのか、挿絵つきなのかよくわからないが、十五年前の阪神・淡路大震災で失ってしまった）、生け花について（男性は、古典生け花と草月流生け花の違いを説明するよう私に求めてきたので、全力で説明）、地震とそれが観光に及ぼした影響について。男性は文学の趣味についてやっと話ができたので満足そうにクスクス笑い、私のプロジェクトについていろいろと聞いてくる。私たちが何について話しているのか、レイがたまに詮索してくるけれど、男性がいちいち列挙するので、レイはついに閉口してしまった。

午前三時にキリストが店に到着。私は、赤ワインを何杯も空け、ジントニックを二杯、グラスを一つ落として割ってしまい、一箱近くタバコを吸っていた。日本の最大の教えは何だったか、とキリスト。私にはわからない。なぜこれらの質問は私にとっていつもこんなに難しいのだろう。大好きな本、大好きな映画、大好きな曲、そこかしこにある最高のこと——私は絶対に答えられない。なぜなら、こんなにもいろいろなことがいろいろなりに大事で、順位をつけることができないからだ。私は、旅の間、もしくは人生というものにおいて、殻を破れなかった間抜けみたいに見える。キリストが私から目を離さずに見つめている間、私はよく考えた——答えるのにもう少しかかる、と私が言うと、キリストは見つめるのをやめた。ついに、日本で学んだいちばん大事なことは、散った花は散っていない花と同じくらい美しくて意味があることだと言ったときには、彼はもう待ち飽きて、他の誰かとおしゃべりをしはじめていた。

気分が悪いことに気づき、皆と別れのハグをしたあと、宿へ戻る。私はタクシーに近衛東大路通りに行って、そこからさらに近衛通りに沿って宿にいちばん近いファミリーマートまで連れていってもらうよう頼むことができた。一四〇〇年代の禅僧で、反骨的な人生を謳歌した一休の言葉を思う。「なぜすべてはこんなにも美しいのか、この嘘の夢も、この狂気も、なぜ?」

[清少納言の言葉]

暗くなってきたので、もう文字が書けなくなり、筆の墨は使い尽くしてしまったけれど、筆をおく前にまだいくつかのことを書き終えたい。

実家で時間を持て余しているときに、人が見ようとするはずはないと思って書いた。わたしの目に見え、心に思ったありとあらゆることを。それでも、人にとっては不都合だったり言いすぎたりしている箇所があるかもしれないから、細心の注意を払って隠してあったのに、手立てもなく世に漏れ出てしまった。

ある日、内大臣の伊周様が中宮様に紙を大量に献上された。

「これに何を書いたらいいかしら? 主上は『史記』という書物を写されたのよ」と中

宮様はおっしゃった。

「これで枕にさせてください」とわたしは申し上げた。

「それじゃあ、持って行きなさい」

今、わたしの手もとには紙がかぎりなくたくさんあり、あれやこれ、故事、ありとあらゆること、ありふれた話なんかで書きつくしてしまおうとした。だいたいわたしが心惹かれ、感じ入った物や人に絞って書きつけてある——和歌、木、草、鳥、虫についても書いた。わたしのいたらなさしかないこれを人が見たら、がっかりするだろう。わたしだけがおもしろく感じたり、自然に思いついたりしたことを書きつけてあるだけなのだ——わたしがたわむれに書いたものが、他の多くの著名な作品と肩を並べられるはずがない。（……）

人がわたしの本をどう思おうと、日の目を見てしまったことが悔やまれる。

XIII 脱ぐこと、纏うこと

セイ、平安京を去る準備をしながら、最後のいちばん重要な質問を思い返してみる。何があなたに『枕草子』を書かせたのか？　そのねらいは？　マクラノソウシって何？

セイ、あなたの本の最後の章段は、本が生まれる経緯について感動的なほど正直で飾らずに書いてあるように思える。でも、やっぱりあなたは真っ正直ではなかったかもしれない、としばらく前から私は疑っていた。セイ、あなたの本が秘密の日記だったなんて私は思わない。最後の研究資料に目を通している今、やっと真実が見えてきた。つまり、あなたの作品はおそらく「依頼されたもの」だということ。セイ、あなたは中宮定子が望んだから、さらには命じたからこの作品を書いた、と思われている。

そうよ、セイ——そのことになぜ私はピンとこなかったのだろう？　宮廷を称え、あなたの評判を落としたムラサキの日記が依頼されたものだったとしたら、あなたのだってそうでなかったはずはないわよね？　だって、あなたは宮仕えをしていたんだから！　『史記』を書き写しているところで、そういうのがもう一冊書けるくらい余分に紙があれば、とあなたは自分で言っている。だからあなたに紙が与えられた。なぜ？　あなたはそれに匹敵する年代記を書きたかったから。中宮定子のすばらしくて魅力的な宮廷時代を、じきに歴史に変わってしまうものすべてを。

あなたは秘密の日記なんか書かなかった。あなたは頼まれて定子サロンの栄華を書いたのよ！　私は怒ってもいるしがっかりもしている。セイ、秘密のノートを盗まれたことを嘆くのはよして。証拠はかなり上がってきているんだから。まったくもう、セイ、本気で書いたんじゃないの？　全部、上からの命令で作り出された嘘なの？

セイ、私が腹を立てているのは、今の時代の「特別注文」という言葉はかなり残念な響きを持っているから。その言葉から思いつくのは、通信販売カタログの売り文句、整えられて飼いならされた会員誌、つまらないのに重っ苦しい会社の歴史。どういう報酬であれ、誰もそんな仕事に全身全霊を傾けたり、深い考えを書いたりしない。頼まれて書いたような人を誰もソウルシスターにしたくない！

セイ、あなたの時代では特別注文には他に別の意味があるのかまじめに考えてみたい。宮中行事の描写はいかにも特別注文にふさわしく――皇室に対するプロパガンダ的な崇拝や華やかな細部描写で埋め尽くされた記録が期待されたもの――でも、あなたの詩的なものづくしリストや恋人たちの描写は？　雨上がりの朝や横笛の音色が響く月の明るい夜についての繊細な情景描写は？　ただの賃金労働者はそんなことまで書かないわよね？

おもしろいのは、あなたが書か「ない」ものの中に、あなたが頼まれて宣伝目的に書いた最重要な証拠があるということ。

セイ、あなたの本は平安宮廷の生活についてのれっきとした描写のように見えるし、あなたの時代から残存した最重要な資料だとすら多くの人たちは考えている。でも、他の同じ出来事を描写している資料と比べてみると、あなたの見解はまったくユニークだということに気づく。あなたは物事を語らずに書いた。まったくの嘘ではないと思うけれど、現実にあなたが思うように「手を加えた」。歴史的な記録文書のように見せながらも、実際は出来事についての誤った印象を与えるように作品を巧みに作り上げた。

セイ、他の資料は道隆の死が娘である定子を苦境に立たせた様子が語られている。どんなふうに定子が叔父である道長の権力争いの駒に利用され、どんなふうに定子の兄の伊周が都を追放され、どんなふうに定子が立場にふさわしくない場所へ住まわされて辱めを受け、どんなふうに道長の娘の彰子が大々的に入内し、前代未聞の二人目の后[195]になり、どんなふうに疎外された定子がこのすべてのことに打ちのめされて産褥死を遂げたのか。

この苦悩は、九九五年に道隆が亡くなってから、一〇〇一年の初めに定子が亡くなるまで続いた。五年以上ある。その間ほとんどあなたは『枕草子』を書いていた。でも、この出来事についてあなたは一言も書いていない。

セイ、あなたはこの嫌なことをあえて書かなかった。それ以外に説明のしようがない。すべてが見事なほどゆったりとしており、素敵で幸せだという宮廷生活についての描写をわざと書き留めた。後世により良いイメージをわざと与えた。誰かに頼まれたからあなたは書いた。

なんてこと、セイ、あなたはマーケターだった！　私が花崗岩城でやっていたのとまさに同じことをあなたは宮廷でやっていた。あなたは広告編集者、つまり、商品の聞こえをよくする、嘘はついていないけれど、どこかを強調したり、省いたりして、手にとる人たちが「をかし」と声を上げて買ってしまうような、実際よりもよく聞こえるようにすら書くコピーライターだった！　セイ、あなたは大文字で、定子のサロンは「素敵！」と更新するのよ。

おまけにあなたはうまく使命をやってのけた。読者に九〇〇年代の平安京の政治情勢についての予備知識がなければ、あなたの本を読んでも定子が絶望的な状況にいる気配にすら気づかない。

それでも、あなたが書いていることは本当だと誓って言える。セイ、考えれば考えるほど、こういう結論にたどり着く。つまり、あなたについてどんなことが明らかになろうとも、私はあなたを信じなければならない。だって広告編集者は心を込めて書いている。そうじゃない？

セイ、最初は自分のためだけに日記を書いていたと思う。ところが書いたものを誰かに見られてしまった。それで、あなたには文才があって他の誰よりも観察力があることが知られてしまった（これにはあなたの疑う余地のないコメディアンの素質も影響しているはず。あなたには人を笑わせる力があるってこと）。そして、中宮定子がこう言った。「少納言、あなたにはこのすべて

195　一帝二后。

を書いてほしいのです。ここでの素敵なことをすべて書きとめなさい。私たちの世界がどんなにすばらしかったか語りなさい」。それであなたは周りをあらためて見てみた。目にしたものすべてを見つめた。男たちや女たちを、彼らがどんなふうに振る舞い、どんなふうに身に纏い、何に憧れ、何を憎み、賀茂祭[196]の頃の牛車の混みよう、寺でたまたま顔のきれいな説経師の話を聞いていたときあなたの頭に浮かんだことを。あなたは、和歌に刻まれたあなたたちの世界を見つめた。和歌にある歌枕を読めば旅をする必要はなかった。山、川、鳥、木の花、宿をあなたは見つめて書いた。なぜなら、それらはあなたたちの宇宙の大切な一部だったから。忘れたくないものすべてを、これ以上ないほど心を込めて書いた。

あなたには語り残したものがあるかもしれない。でも、あなたが語ったものは真実だった。

でも、どうやってこれらを成し遂げたの？　どうやって虚構と歴史的な事実が魅惑的に交錯している本を書いたの？

最初の証拠はこれ。現在形。あなたが使った時制は直接的な印象をもたらしている、とある研究者も言っている。実際は何年も前の出来事を描写しているかもしれないのに、書いている現時点で起こっているかのよう。現在形を適当な順番で並べた出来事と組み合わせたとき、それが過去なのか現在なのか章段からはわからないし、現在形に凝結した定子サロンの永遠の栄華という印象が生まれる。とくにこのせいで、あなたの本を読んでも宮廷で本当は何が起こったのか、私ははっきりとつかめなかった。

つぎの証拠は形容詞。これらにはあなたは騙すために極めて重要な役割を担わせている。それは「をかし」。つまり、愛らしい、おかしい、優美だ、美しい、心ひかれる。他の宮廷女房たちの文章はたいていメランコリックな「あはれ」で満ちている。セイ、あなたの手もとには、史上、もっとも嘆かわしい物語が作られかねなかった材料があったのに、あはれは一滴もなく、をかしで溢れている。をかしが登場した回数を数えたある研究者もいる。おかしいかな、道隆が亡くなる前は八十五回だったのに、死後は二倍にまでなった。あなたは明るいムードを保つために頑張った。道隆の死後のとことん暗い年月は笑いと喜びで溢れていた。でも、普通の読者はこれに気づいていない。なぜなら、年代順に並んでいないことでいつ起こったのか特定できないから。

三番目としては、定子を脅かす政治的動乱については一言も触れていないこと。懐妊した定子が、屈辱的な仕方で地位の低い生昌の家へ追いやられたとき、あなたは家主である生昌の愚かさを冗談まじりに描写することに力を注いだ。悩ましい状況を絶えず笑いで打ち消した。その不名誉な状況に気づく暇がないほど、巧みなをかし効果で読者を惑わした。あなたは定子に対してどこまでも忠実だった。どんな状況にあっても、定子を宮廷女房たちに洗練された叡智の言葉を提

196　葵祭のこと。

供する、強く、賢く、ユーモアセンスのある女性として描いている。
そして、おそらく、あなたが貧しい人たちを笑い者にしたり、尼乞食に恥ずかしい思いをさせたりする話や、あなたが心ない化け物だとレッテルを貼られた不愉快な物語も、同じ目的を果たしていると思う。ピエロや道化師は笑いを通して深い悲しみからの解放を提供する。セイ、あなたは宮廷世界の周縁から人々を道化師に仕立て上げた。宮廷を訪れる尼乞食を、下位貴族たちを、そして他の使用人たちを。実際は、尼乞食はあなたたち宮廷女房がこうなるかもしれないという最悪の恐怖のうちの一つを表していたのに、外部を笑い者にすることで、サロンの内部の調和を印象づけた。セイ、あなたは不安を追い出すために笑ったのよ。

セイ、おそらくすべてはこんなふうだった。つまり、あなたは若い定子に仕えるために宮中に上がった。あなたは定子をひどく敬愛し、定子はあなたに憧れていた。あなたたちは親しくなった。定子の父親が亡くなり、叔父が権力を握ろうとしはじめ、すべてが変わった。叔父は天皇と十二歳にも満たない自分の娘である彰子を結婚させた。彰子の入内の支度はこれ見よがしに豪奢だった。徐々に皆が彰子につくようになる。あきらかに権力が交代した。誰だって負け組に残りたくなかったから。定子とあなたは一緒に残った。定子は内裏の外で過ごす時間が多くなり、ますますふさぎ込むようになった。あなたはサーカスの猿のようにその場の雰囲気を保とうとし、渡り廊下でジョークを飛ばしたり、聞こえるように笑ったり、殿上人たちを惹きつけたり、すべてがどんなに素敵ですばらしい――をかし――か熱く語った。とりわけ、自分や他の人たちの恋人たちについてたくさん書いているのも、愛が、愛こそが余計なことを忘れさせてくれるから！　テンションを上げて、暗くならないように、あなたはベストを尽くした。そして定子は亡くなった。あなたができたことは、定子の栄華を書き尽くすことだけ。あなたの本の「誠実な」印象の最後の仕上げは、あなたの秘密の日記を人の目にさらすつもりはなかったと断言することだった。抜かりはなかった。

セイ、あなたは中宮の宮廷道化師だった。シェイクスピアの道化たちのように心配なさそうにみえて、そのくせ身にふりかかった悲劇についていつもいちばんよく知っている道化師。セイ、あなたは守護道化師だったのよ。命を賭けて書き、弾丸を受けるために中宮定子の前に身を投げる守護道化師。定子の守護者、それがあなただった。だからあなたは本を書いた。どんなに表面的で、ふしだらで、非情で、「病的な」天皇一家の崇拝者としてあなたが後の世界で見られようともかまわずに。

明るくて、しかめっ面した傲慢な道化師、セイ。

あなたは定子の評判を救うことに成功した。自分のは救えなかったけれど。

［清少納言の言葉］

月がとても明るい表面に薄い雲が見えてじんとくる。

セイ、時間が迫ってきた。私の旅の最終日にやるべきことはもうあと一つ。そう、あなたの着物を纏うこと。

　セイ、私は、あなたがどんな顔をしているのか知ることはないと最初からわかっていた。それでもずっと考えていた。日文研塹壕を行ったり来たりする電車に座りながらずっと。バス停に立っているときも、レストランや川岸や美容院の椅子に座っているときも、ずっと。日本人女性を見ているときも、鏡に映る自分を見ているときも、いつもそのことを考えていた。あなたの顔を、あなたの体の特徴を、あなたの体つきを、几帳の陰や十二単の下へ隠されたものすべての陰や下にある、ありのままのあなたはどんなふうに見えたの？

　セイ、女性専用車両で周りを見ていると、知らないということが本気で腹立たしくなってくる。彼女たちの誰もがあなたかもしれない。あの美しい顔立ちのほっそりとした、人形のようにきれいな女性？　それともひたいが突き出て、笑うと太陽のように輝く顔の大きな女性？　それともあの出っぱった歯並びの美女？　あの陽気で意志の強そうな若々しい髪型の女性？　それともあの肌のくすんだ内股でメガネをかけた普通の女性？　あなたの背は低かった？　それとも高かった？（私は百五十センチの女性たちをそういう目で眺めだす——あなたがこんなに小さかったかもしれないと考えるのは妙な感じだ）。もし太っていたら——ふくよかな女性たちこそが憧れだったのよね？　あなたはどんな声をしていたんだろう——今の日本人女性たちのように実際よりも高い声を出したり、子どもっぽい声を出したりする習慣はあった？　あなたの指は長くてほっそりしていた？　それとも、短くてぷっくりしていた？　頭痛や腹痛持ちだった？　寝つきは悪かった？　それともよかった？　あなたはたくましかった？　弱々しかった？　近視？　遠視？　扁平足？　X脚？　あなたについて私は何も知らない！

　なぜだか、研究者たちはあなたは美人でも何でもなかったという結論を出した。彼らは、あなたが冗談で行成に自分がさも不器量だと言ったことを見解の根拠にした。ねえ、あなたの話を本気にしたのよ。


　セイ、これは逆説的だけど、あなたの実体を見るためにあなたを裸にしたいのに、私にできることはあなたを纏うことだけ。それを今日するわ。

　というか、あなたを纏う「つもり」。でも、うっかりあなたの上司の后になってしまうかもしれない。セイ、許して。私には選択肢がないの。絹織物工場の体験カタログから、舞妓か、芸者か、平安時代の十二単を選ぶことができる。でも、誰の着物を選べるのか、そこまで仕分けられていない。私に冠と笏に似た扇が差し出されてようやくピンときた。衣紋者たちが手をついてお辞儀をしはじめる。

　変身が始まり、衣紋者たちが私に服を脱ぐようにいう。彼女たちは私に白い長襦袢と足袋を履かせ、私の髪を幅広の絹のリボンでキュッと結んで隠す。ママさんが私の顔に様々な白いリキッドファンデーションや白粉を何層も塗りたくる。鏡に映る自分の姿は舞台前の歌舞伎役者のようだ。私は、いかようにもなれる白、髪のない女。

　ママさんが眉を黒くし、アイラインを描き、唇にバラの蕾くらいの紅をさす。化粧は本物の平安時代メイクではないけれど、ある意味、感謝している。セイ、お歯黒の材料が水溶性だったら

（そんなはずはない）、まだ大丈夫だったと思う。でも、ママさんが眉を剃りはじめたり、額を引き眉の形に塗ったりしたら、これは本当に一万円の価値があるだろうかと考えていたかもしれない。あなたにとってはあったとは思うけれど。

あとになって気づくのだが、本格的な段階に入ってくると、もう動くことができない。私は鏡とバックスクリーンの間に立たされた。やたらに長い袴の中へ足を入れる。裾を後ろへ折って歩くとき後ろにずるずると引きずってしまう。これでどうやって一歩を進むのかわからない。そして頭にカツラをかぶせられた。長くて黒くて床までまっすぐ垂れたカツラ。額には后の金色の冠、額には長くて白い花飾り。

私の隣の床の上には、きれいに畳まれた十二枚の着物がある。それらを今から一枚ずつ纏っていく。衣紋者の一人が着物を私の肩まで持ち上げる。私が意志のない人形のようにその場に立っていると、もう一人が床まで届く袖を一枚ずつ重ねながら私の両手を脇へ動かしたり、曲げたり、伸ばしたりする。どの着物も腰紐で締め、新しい一枚を纏って、新しい一本で締めたあと、下の腰紐を抜きとっていく。十二枚の着物の嵩がゆっくりと減りはじめた。代わりに暑さと肩にのしかかる重さが増してゆく。私の汗で着物が傷まないように、隣で扇風機が回っている。

衣紋者たちが周りで立ち回る中、私は平安時代の女性の衣裳に固められて立ちつくしたまま、メガネなしだとそれほどよく見えないが、鏡に映った自分を見る。セイ、鏡の中の私たちが混じりはじめた。ここにあなたと私がいる。一つの姿になって。私たちの運命が、ぼんやりと映る女性像の中に、湿った紙の上の水彩のように一つに溶け出した。

衣紋者に一枚目を着せられて、セイ、なぜあなたの結末を知ることが私にとってこれほど重要なのか考えた。一〇〇一年に定子が亡くなり、あなたは消息を絶った。その後、あなたはどんな人生を送ったのか、なぜ私は死ぬほど知りたいのだろう？　あなたが三十六歳で仕事を失い、なぜ白い霧の中へ歩いていったのか？　それでもあなたの結末は幸せだったかもしれないという手がかりを、なぜ私は救い難いほど執拗に探しているのか？

二枚目が滑るように私に着せられたとき、その理由に気づいてはっとした。だって、セイ、あなたの結末が私の結末に関わっているから。鏡を通して私たち二人を見ていたら、あなたは私で私はあなただと気がついた。そうよ、物を書いている独身の四十代の女性が感じるままに生きると、この世界では何が起こるのか、私は知りたい。仕事を辞めて、白い霧の中へ歩いたら、私に何が起こるのか知りたい。ハッピーエンドになるだろうか？　それとも、貧乏で孤独な尼乞食になることは避けられず、その傲慢さを後世に伝える警告として語られるのだろうか？　セイ、私たちに何が起こるの？

三枚目の時点で、私たちの選択肢をリストアップしはじめた。最初の選択肢は、セイ、あなたに。あなたは宮廷に残って、定子の妹が一年後に亡くなるまで仕えた。もしくは、宮廷に残ったけれど、中宮彰子に乗り換えた。ムラサキの時代でも、あなたはムラサキと競い合いながら宮廷で才気を存分に花開かせた。

四枚目の着物は、私の最初の選択肢。私は花崗岩城の職場へ戻って、そこでまあまあ満足するか、一年以内に不安障害で死ぬ。宮廷もしくは花崗岩城で、セイ、そこで私たちは、政治的な混乱と組織改革のプレッシャーを受けて、安心するか苦しみながら生きていく。

つぎつぎに着物を纏う。別の選択肢。あなたは宮廷を後にしたけれど、平安京に残った。親族の家に住んで、のんびりとした普通の生活を送り、引きつづき物を書いていたかもしれない。私は花崗岩城を去るけれど、首都か実家の屋根裏に残る。のんびりとした普通の生活を送り、フリーで物を書きながら生計を立てていると思う。

はらりと舞う着物に目を向ける。色は赤から紫へ移りつつある。三番目の選択肢。あなたは宮廷を去り、結婚して、さらに子どもにも恵まれたと思う。現代の家族がそうであるように、大なり小なり幸せに、どこかの集団に属しながら夫と都か遠くの田舎で暮らした。私は花崗岩城を去って、結婚し、おそらく子どもにも恵まれ、晩年は今時の家族のような生活を送る。

床の上の着物の嵩が減り、私の肩にかかる嵩が増えてゆく。四番目の選択肢。あなたは宮仕えを辞めて、出家する。髪を切って、慎み深く勤行に励む立派な人生を、平安京のどこかの寺か離れた山の中で送った。私は花崗岩城を去り、探検家になり、世界中を旅して、本を書き、晩年の追い風に驚く。

十一枚目の着物。すでに額には汗が流れている。セイ、あなたの最後の選択肢。あなたは宮廷を去り、完璧に落ちぶれてしまった。あてもなくさまよう貧しい尼乞食になりさがり、半ば正気を失い、粗末な服を身に纏って施しを乞い、自分の体までも売って——当然の報いとして——死んだだろう。

衣紋者が十二枚目の着物を持ち上げて、私の肩にのせる。私は鎧の中で身動きできないみたいに固まって立っている。衣裳の重さは十八キロ。知りたかったことがはっきりとわかった。この衣裳は暑くて、牢屋のように苦しいということ。ある研究者がまさに詩的に表現した通り。つまり、あなたたちは蝶のように纏っているのに、芋虫のようにしか動けなかった。カメラマンに正式な肖像写真を撮られるとき、私の足は着物の重みで震え、重たいカツラ――床まで垂れさがった毛量のある重たい髪――に頭が押し潰されそうだった。カメラマンから、顎を上に向けてください、と言われたけれど、こんなに重たくては言う通りにすることはできなかったと、あとから思った。たっぷりとした二重顎の私は、冠を被ったおばあちゃんのようだ。

私の最後の選択肢はね、セイ。花崗岩城を去って、完璧に落ちぶれて、あてもなくさまよう貧しいハイミスになりさがる。半ば正気を失い、粗末な服を身に纏って施しを乞い、友人たちの家に寝泊まりするけれど、体は売らないと思う。

衣紋者たちが私の脇を抱えて膝をつかせる。一人では座れない。座った写真のために、手にした扇が開かれ、すべての着物が見えるように私のぐるりに袖と裾が広げられた。あなたたちが一日座って過ごしたり、歌を作ったりしていたのも、まったく不思議じゃない。だって、こんな装備だと他に何もできないから。もちろん、私の頭には詩的なものは何も浮かんでこないけれど。

セイ、これらの選択肢のうち当たっているのはどれ？　もしくはいちばんありえそうなものは？

ついに着物が脱がされる。衣紋者たちが私を立たせて、十二単を一枚ずつするすると脱がしていく。気分は信じられないほど軽い。飛んでいってしまいそうだ。セイ、この解放を、あなたはどれだけたくさん経験できただろう。

着物の真ん中から外へ踏み出すと、着物が絹織物の彫像のように畳の上に美しく積み重ねられて残っていた。あとに残った嵩はどこか胸を打つ。それは人間が出ていったあとの儀式的な抜け殻だ。人を動けなくも、すばらしくも、遠い存在にもしてしまう十二単。これを身につけないでいれば、ごく普通の人。そう、あなたと私のように。

セイ、あなたが実際にどんな容姿だったのか、そこに意味はないとわかった。いちばん大事なのはフレーム——着物、メイク、髢(かもじ)——をつけていないあなたは、私といたって変わらないということ。普通の、半裸で、黒髪で、青白い顔をした、十八キロの着物を脱いだ魂のように軽い女性。

白い霧の中へ踏み込んでゆけるくらい自由な。

[清少納言の言葉]

清らかな心地になるもの

土器。新しい金属製の碗。畳として作るこも。

水を器に入れると水面に戯れる光。

新しい木製の櫃。

XIV 終わり——始まり。ノルマンディー。八月から九月

ノルマンディー、十三日目。大西洋海岸の小さなヴィレルヴィル村。私は、夏の間、文書ファイルを一度も開けなかった。

イライラするもの。

非の打ちどころのない夏の日。

緑の芝生。

白い白樺林。

青い湖。

揚げずにいる国旗。

バーベキューディナー。

魚料理。

ミッドナイトサウナ。

ヴィヒタ[197]と麻のサウナマット。

夏至の七草。

自分の庭で摘んだ牡丹。

はしゃぐ子どもたち。

カルヴァドスを味わう大人たち。

つまり、まさに執筆を進めるべきときに、頭はまったく別のことを考えている。

ついに私はフィンランドの夏からノルマンディーまでやって来た。この義妹の家に一人で立てこもって、一人で六週間いるつもり。セイ、その目的は私たちについての本を書くこと。引きこもりになってしまいそうで少し怖い。だから、セイ、ここに来て私の相手をしてほしい。

セイ、ここが私の仕事部屋。家には誰もいない。どの部屋も選び放題ではあるけれど、狭い石造りの家の三階の小さな屋根裏部屋に落ち着くのが、何だかいちばんいいように感じる。ここには書き物机、重厚でちょっと高さのある十九世紀末の樫の木の机があるからだと思う。ただし椅子は低すぎるだろうか──いずれにしろ、椅子にはエンドウ豆の上に寝たお姫さま[198]のようにクッションを三つ置いて、指がキーボードに届くようにした。机は、家具修復家でありアンティーク専門家の義妹の父親がヘルシンキからわざわざここまで運んできた。実際、築二百年の漁師の家全体が一八〇〇年代の家具でしつらえてある──義妹の父親好みのネオルネサンス様式で──そ

197　白樺の若枝を束ねたもの。これで体を叩くと血行促進とアロマで森林浴気分が味わえる。
198　アンデルセン童話の一つ。王子は本当にお姫さまかどうか確かめるために、エンドウ豆の上に何十枚もの布団を重ねて、その上にお姫さまを寝かせた。

れらはフィンランドからここまでトラックで運ばれ、クレーンで窓から運び入れた。玄関からは入らなかっただろうし、家の二つの階段は狭くて急で曲がっているからだ。

書き物机は天窓の下に斜めに置かれている。机の上に登ると、大きくて青々とした中庭を覗くことができる。中庭には家からは入れず、ここからしか見ることができない。天窓から覗くことでもう一つの世界が開かれてゆく。村の静かな家の塀に縁どられた路地を歩いていても、そこにこんな場所があるなんて思いもつかない。セイ、庭は、あなたを通して覗こうとしているもう一つの世界を象徴していると私は思う。その豊かな（もしくは乏しいのかも。私にはわからない）世界のせめて一端でも目にするために、そこに住んでいるであろう人がどう感じているか想像するために。

屋根裏部屋へ続く階段を登りながら、別の時間へ移行しようとしていると感じるのは気持ちがいい。セイ、一緒に来ない？

屋根裏部屋へ登りながら、これからの数週間を思う。静寂と一人の時間が私の心を清らかにしてゆく様子を思い描く。その宇宙から言葉がつぎからつぎへと紙に流れ出し、自然と湧き起こる物語のように整ってゆく様子を。穏やかな気持ちで、毎朝、筆を墨に浸し、かすかな笑みを湛えて物語を書き進め、夕方になると机の上の書き上げた紙の山を満足そうに見つめる。そうして黄昏時の美しさをゆっくりと楽しむ。彼女は、人生とは何かを知っているのだ。自分がそういう女性だと想像する。彼女の人生は深くて満たされている。

ノルマンディーの数週間で、この大変な仕事が潮の満ち引きのように抑え難く押し寄せてくるとは思わなかった。潮で霧が立ち込め、白い波頭が軍の集団のように浜辺に打ち寄せていた大西洋の風の強い海岸では、突如として波飛沫を高く飛ばし、海岸の石に激しく打ちつけながら、私に、平安時代の日本全体に、研究、見解、テーマ、細部にわたるすべてに覆いかぶさってきた。私は、いつでもどこにいても沈まないように命がけで糸の端にぶら下がり、その糸がどうか強靱であるよう願うほかなかった。状況に呑まれず反対側まで泳いでいけるかどうか本当にわからなかった。でも、私を押し潰そうとする塊をもう止めることはできなかった。

私は私のやるべきことを始めたばかり——新しい私の人生を——その狂気の沙汰について、すべてを呑み込むブラックホールについて、執筆のことを湿原スキーと呼ぶものがひたすら身体的に過酷で孤高を求められるものだということについて、この上なく幸せなほど何も知らずに。

ノルマンディーの家の屋根裏部屋へ登り、天窓の下の書き物机につき、日記とメモ帳を取り出す。私の筆を墨に浸し、これから書きはじめられる静けさを味わう。「白い陸奥の紙や、どんな紙でも手に入れてしまうと、しばらく生きていたいとあらためて思う……」[199]

そして私は振り向く。斜めに傾いだ天井の下の低いソファに、セイ、あなたがいる。あなたの

199　「御前に人々あまた、物仰せらるるついでなどに」の段。

長くて黒い髪があなたを囲むように波打ち、着物は嵐の海のように床を覆っている。あなたは私を見て、微笑んでいる。

セイ、ポットにお茶を沸かして、カップを二つ用意した。さあ、始めましょう。

謝辞

イェンニ&アンッティ・ヴィフリ財団
報道文化振興財団
コネ財団
オタヴァ出版財団
フィンランド・ノンフィクション作家協会

ヴィヒティの屋根裏部屋と充実した食事を提供してくれた母と父に感謝します。弟のO-P、とりわけノルマンディーの家を貸してくれた義妹のハンナ、二人の小さな姪っ子たちに感謝します。Hxとモユッキュ、ハンナとジョニー、ティーナとティモ、そしてフィンランドとロンドンの家で手厚くもてなしてくれたリーア、ありがとう。これ以上ないくらい力を尽くして助言と声援をくれたバズ、そしてアスコ。二名からなる人生の転機クラブの議長ヨンナ。往年のソウルシスター、マリア。生け花教室のリーサ=蘭加・ヌルミネン先生。専門家としてありがたい力を貸してくれたM.A.ミーカ・ポルッキ、同じくPh.D.アンナ・クイスミン先生、Ph.D.ユディット・アロカイ教授。京都の同居人で友人のセブ、レイナ、ニノ、マルコス、ドム、エンマ、ソンヤ、オリヴィア、ベアトリーチェ、キム、レイ、クリスへ、thanks、merci、danke、gracias、grazie、kiitti、tack、アリガトウゴザイマス。旅仲間のパイヴィ。花崗岩城のたくさんと友人と同僚にもありがとう。とくにヨウニ、マリ、ピーア、エンマ、ウッラ、ヨハンナ。いろいろな形で助けてくれた数えきれないほどたくさんの人たちと動物たち。きっと名前を言わなくても自分たちのことだってわかるわよね。そして、セイ、愛を込めてありがとう。

清少納言の引用は、おもにアイヴァン・モリスの英訳 *The Pillow Book of Sei Shōnagon* をもとに、ところどころ原文に縛られずに、一部をメレディス・マッキンニーの翻訳と比較しながら、私がフィンランド語に訳したものです。平安時代の世界を描写した章で参考にしたもっとも重要な文献は、アイヴァン・モリスの *The World of the Shining Prince* で、本当にお世話になりました。清少納言を取り上げた箇所の多くは、参考文献一覧で言及した、ツベタナ・クリステワ、ナオミ・フクモリ、マーク・モリス、ヴァレリー・ヘニティウク、ペニー・ワイス、R.ケラー・キンブローの記事に基づいています。

あとがき

秋に京都に戻る。春にも。ひらがな――仮名文字――を、以前に予言された通り、勉強して一週間で覚える。セイ、あなたが書いていたような、普通の人の屋根に雪が積もっているのがとうとう見える。六月の暗い夜にホタルが踊っているのが見える。水路の上でゆっくりと光って消える星のように。

ようやく執筆も終盤に差しかかり、息の詰まるような京都の暑い初夏の中で書いていると、セイは見つかったのか、と知人に聞かれ、答えに詰まった。清少納言の実家や、着物や、その他の持ち物や、せめて原本くらいは見つけたのか、と知人はさらに聞く。彼女のことをこの二年間ここで探しつづけていたんでしょう?と。山や天気なんかについてボソボソ答えていたら、知人は疑わしげに一笑した。

セイ、これはほとんどあまりにも皮肉なことだけれど、私が見つけることができたあなたにいちばん近い具体的な事もしくは物は、道長の日記だった[200]。偉大で権力志向が強い道長の！　つま

200　『御堂関白記』。道長直筆の世界最古の日記。

りね、その宝に京都国立博物館の春の展覧会で遭遇したのよ。そういうものがあったことすら私は知らなかった。ましてや「道長の自筆本十四巻」すべてが残っているなんて。平安時代の女性が書いた一冊の原本の十四倍。道長の本は——展覧会の解説にあったように——日本人が書いた最古の日記。セイ、私たちは勝者を公表するときが来たみたい。いったい何の勝ち負けなのかわからないけれど。

セイ、私はあなたのことを必死になって探してきて、見つけたのがこれ。目の前に広げられた光景にくらくらする。何部屋にもわたって、千年前に藤原道長自らが書いたページが博物館の仄暗い照明に照らされた展示ケースの中で安らかに横たわっている。中宮定子と、セイ、あなたの運命を握っていた男の。あなたがよく知っていた男の。政敵だった男の。でも、あなたが憧れてしまうほど有無を言わさぬカリスマ性があった男の。これらのページを、宮廷で、どこかあなたのすぐ近くで書いていた男の。あなたと同じ頃に日々の出来事や思いを綴っていた男の……。こういう白い紙に道長はつまり書いていた、こういう墨で——紙と墨がこんなにも良い状態で残っているなんて——きっちりと正確に、品のよい優雅な手蹟で。ここから自分と周囲を完璧に掌握していた人間像が伝わってくる（手蹟こそが何よりも人を語るこの世界において）。そういった意味では私は道長に惚れてしまいそうだ）……。これらの紙を彼は触っていた。ここに彼の指紋がある。ここに彼の薫きしめた着物の香りが染み込んでいる。彼が通り過ぎるときにあなたが感じとった香りが……。

セイ、背中がぞくりとした。この人は存在していた。この人は虚構じゃない。セイ、あなただってそう。この人はあなたを「よく知っていた」。あなたたちは「存在していた」。ミチナガ、ムラサキ、ショウシ、テイシ、そしてあなた、セイ。

親愛なるミア・カンキマキさん――訳者解説

あなたのデビュー作となったこの本は、あなたの代表作となり、あなたを一躍有名にしました。そうなるだけの魅力が備わった一冊だと、私は思います。その魅力とは、確かな事実と実体験に基づいたドキュメンタリーであること、ノンフィクションであるけれどあなたが主人公であること、琴線に触れるあなたの本音と軽やかで知的な皮肉交じりのユーモアが随所に込められていること。あなたの気取らない品のよい文章も、私は好きです。

この本が二〇一三年秋にフィンランドで出版されると、ノンフィクションの枠を超えた新たなジャンルとして、各新聞、女性誌、書評ブログといった数多くのメディアで取り上げられました。書評ブログには、「何度も読みたい本」、「人生を変える勇気をくれた」、「転職する気になった」、「物を書きはじめた」、「これまでしようと思っていたことを実行することに決めた」、「さっそく生け花教室に申し込んだ」、「女性一人ひとりのための枕の本」といった声が上がりました。

読者は十五歳から九十歳の女性が多かったけれど、男性もいました。ある男性の読者からは、地下鉄の車内でピンク色のカバー（原本のカバーはピンク色を背景に十二単を纏う平安美人が描かれている）の本を読むには勇気がいる、という声をもらったようですが、こういう声も聞かれることを予想し、あなたは機転を利かせてハードカバーの内側の表紙は黄色にしておいたとか。

いずれにしろ、あなたの本は多くのフィンランド人の人生を明るくしました。文芸評論家のスヴィ・アホラさんは全国紙ヘルシンギン・サノマットで、あなたの本は「人の人生は計画に沿って続いてゆくのではなく、得難いさまざまな縁によって続いてゆくものだということに気づかせてくれた（二〇一三年七月十六日付）」と感心していました。多くの人の心を動かしたこの本は、フィンランド旅行誌「モンド」の旅の本賞やヘルシンキ首都圏図書館文学賞に輝きました。評判は海外へも渡り、これまでにエストニア語、イタリア語、ドイツ語になりました。

私は、この本を読んだとき、物語のようなノンフィクションだと思いました。そう感じたのは、あなたがずっと本に携わってきたからかもしれません。小さな頃から本の虫だったあなたは、ヘルシンキ大学で比較文学を専攻し、卒業。学生時代は書店員として、卒業後はいくつかの中小出版社で編集者として働いて、その後、大手出版社に広告編集者として十年余り勤めました。同じことの繰り返しの毎日に風穴を開けたのは、千年前の日本の宮廷女房、清少納言。セイの頭の回転の速さ、人間観察力、自然や物に対する感覚の鋭さ、文学への広い知識、艱難辛苦を吹き飛ばすユーモア。これらはどれもあなたと共通しているように思います。

カンキマキさん、あなたも日記を書いていますよね。あなたが出版社を辞めて作家として生きていこうと決めてからはとくに細やかに。目で見たこと、経験したこと、考えたこと、気づいたことを書きとめ、セイや平安時代についての資料を調べ、現地を旅して、これをあなたは物語にした。ある女性誌のインタビューで、自分の本は「文学的な趣のある自伝紀行文学」（『グロリア』二〇一四年十一月号）のようなものだと答えていました。うまくいかなかった過程も包み隠さず、あなたは書いた。本当に実感がこもっていました。

あなたが専門家から関連資料を借りずに現地で調査したことに、私は感じ入りました。歌人の會津八一が「千の文献よりも一つの実物」と言っていたことを思い出したのです。実際に本物を見てこそ身につくし、そのことについて語る言葉に説得力が生まれると、私も思っているからです。あなたが見聞きして伝えたことは、どれも本当のこと。だから、多くの読者の心をつかんだのだと思います。

私がこの本から感銘や共感を覚えたことは他にもあります。何かを理解するためには、それだけ調べてもだめだということ。セイだけ調べても、セイのことはわからない。ムラサキや平安時代の風習やさらにはヴァージニアのことまで調べて、あなたは広く深く理解することができました。私の場合は、フィンランド文学のことを話すとき、文学作品だけ知っていても話はおもしろくならないことに、教える側になってようやく気づきました。作品が生まれた背景や、フィンランドの歴史や、周辺の国々との関係や、他の世界文学との比較や、自国の文化のことも勉強して、ようやく話がおもしろくなり、理解も進むのだ、と。

それから、セイの『枕草子』やあなたの本のように、自分の思うように現実に手を加えるということ。つまり、生きるためには自分の物語が必要だと、私は理解しました。セイは定子が権力争いの駒にされたことや、兄の伊周が追放されたことを書きませんでした。明るくてユーモアのある定子のサロンが文化創造の場所として華やいでいたことだけを書いた。嘘は言っていないけれど、セイは自分の思うように編集した。ここで私は、一九世紀のフィンランドのエリアス・

リョンロットという民謡の収集家のことを思い出しました。彼も大いなる願いを持って叙事詩『カレワラ』（一八三五）を編集しています。フィンランドにはそれまで神話というものがありませんでした。当時、フィンランドはロシアの支配下にあり、折よく、ナショナリズムの思想が入ってきて、フィンランド語での文化や歴史が求められました。言葉は既存の文化やアイデンティティを強めるものだと、私は思います。リョンロットは消えつつあるいくつもの詩を採集し、一つの物語に編み上げ、これで国民性を築いていこうとしたのではないか。『カレワラ』はフィンランド人に文化民族集団に属しているという矜持と、ロシアから独立する精神的な支えを与えました。物語をつくることは現実を生き抜くために必要なものなのですね。

カンキマキさん、あなたはセイの足跡を追いながら、自分自身の進む道を見つけました。その道で、自分の手本となる人の跡を追って世界を旅し、文化や歴史に共感し、感動し、人生をよりよく変える何かを発見する。そして、それを他の人たちにも伝えていく。この本を書いたのは、セイのことをフィンランド人に知ってもらいたかったから、とあなたは言っていました。女性の生き方について、人間関係について、男性についてのセイの感覚は現代的で共感を呼ぶはずで、千年前にこれほどおもしろい不朽の名作を書いたのが女性だということが知られていないことに愕然とした、と。実際に、フィンランド人の読者の多くはセイや平安時代の文化について何も知りませんでした。フィンランド人が習ってきた世界文学史が西欧中心であったことに気づかされた、という読者もいました。この本のおかげで、セイはフィンランドで晴れて有名になりました。フィンランドで日本文化が流行りだしたのも、し、日本文化への関心も一段と高まりました。

ちょうどこの頃でしたね。

セイの物語が終わっても、セイのように自立して生きてきた歴史的な、でも歴史の本では見過ごされがちな女たちをあなたはさらに追いかけました。そうして完成したのが第二作『夜に私が思う女たち』（未邦訳）。デンマーク人の探検家カレン・ブリクセン（イサク・ディネセンとも）や一八世紀から一九世紀の物を書く女性探検家たちを追ってアフリカのサバンナへ、ルネサンスに活躍した女性画家たちを追ってイタリアへ、そして草間彌生を追って日本へ。お金もなく、学歴もなく、社会保障もなく、若くもなく、健康でもないけれど、旅に出て、自分が暮らしていける環境をつくり出した女たちは、あなたの心を動かしました。第二作はさらに反響を呼んで、十六ヶ国語に翻訳されています。執筆中の第三作は江戸時代の東京について触れられているとか。本になる日が今からとても楽しみです。

この本ができるまで三年かかったと聞きました。私は訳すのに一年かかりました。平安文学を読み直したのは高校生のとき以来です。古典は人生経験を積んで再読するとおもしろいことに気づきました。セイの『枕草子』の引用文を、あなたは英訳からフィンランド語に訳したので、私はあなたのフィンランド語訳をそのまま日本語に訳しました。あなたの感性と感動を伝えたかったからです。私も三巻本と能因本を参考にしました。なお、タイトルはわかりやすいものに変更されました（原書のタイトルは『枕草子』の章段から引用された『胸がときめくもの』）。

カンキマキさんが私たちの文化をフィンランドに伝えるために費やした時間と労力、そして愛情に、心から感謝しています。

フィンランド語についての質問に答えてくださった奥田ライヤさん、訳し終えるまであたたかく見守ってくださった草思社の藤田博さん、言葉を丁寧に見てくださった渡邉大介さんにも、心からお礼を申し上げます。

二〇二一年六月一日

末延弘子

estetiikka. Gaudeamus.

Fell, Alison, 1997, *The Pillow Boy of the Lady Onogoro.* Harvest.

Fukumori, Naomi, 1997, Sei Shōnagon's Makura no sōshi: A Re-Visionary History. *The Journal of the Association of Teachers of japanese.* vol. 31, no. 1, 4/1997, 1-44.

Fält, Olavi K. & Kai Nieminen & Anna Tuovinen & Ilmari Vesterinen, 1994, *Japanin kulttuuri.* Otava.

Greenaway, Peter, 1996, *The Pillow-Book.* Dis Voir.

H., William & Helen Craig McCullough (trans. intro. n.), 1980, *A Tale of Flowering Fortunes I-II: Annals of Japanese Aristocratic Life in the Heian Period.* Stanford University Press.

Henig, Suzanne, 1967, Virginia Woolf and Lady Murasaki. *Literature East and West.* vol. 11, no. 4, 421-427. Vogue (6/1925）に記載されたヴァージニア・ウルフの『源氏物語』の書評を含む。

Henitiuk, Valerie, 2008, *Easyfree translation? How the modern West knows Sei Shônagon's Pillow Book.* Translation Studies. vol. 1, no. 1, 2-17.

Henitiuk, Valerie, 2012, Worlding Sei Shônagon. T*he Pillow Book in Translation.* University of Ottawa Press.

Irie Mulhern, Chieko (ed.), 1994, *Japanese Women Writers: A Bio-Critical Sourcebook.* Greenwood Press.

Jackson, Reginald, 2009, Scripting the Moribund: The Genji Scrolls' Aesthetics of Decomposition. *Reading the Tale of Genji. Its Picture Scrolls, Texts and Romance.* Richard Stanley-Baker & Fuminobu Murakami & Jeremy Tambling (ed.), Global Oriental.

Janeira, Armando Martins, 1970, *Japanese and Western Literature: A Comparative Study.* Charles E. Tuttle Company.

Japanese National Commission for Unesco, 1970, *Murasaki Shikibu – The Greatest Lady Writer in Japanese Literature.*

Johns, Francis A., 1968, *A Bibliography of Arthur Waley.* George Allen & Unwin Ltd.

Kalin, Kaj, 2010, Eleganssin määritelmä, *Glorian koti* 4/2010.

Kato, Shuichi, 1979, *A History of Japanese Literature. The First Thousand Years.* David Chibbett (trans.), Kodansha International.

Kawashima, Terry, 2001, Writing Margins. *The Textual Constructions of Gender in Heian and Kamakura Japan.* Harvard University Asia Center.

Keene, Donald (ed.), 1956, *Anthology of Japanese Literature: from the Earliest Era*

Aston, W.G., 1899, *A History of Japanese Literature.* D. Appleton and Company.

Árokay, Judit, 2001, Poetik und Weiblichkeit – *Japans klassische Dichterinnen in Poetiken des 10. bis 15. Jahrhunderts.* Gesellschaft für Natur – und Völkerkunde Ostasiens.

Barry, Gerald, 2002, *Things that gain by being painted: for soprano, speaker, cell and piano.* Goodmusic Publishing, Oxford University.

Bell, Anne Olivier (ed.), 1982, *The Diary of Virginia Woolf. Volume 3, 1925-30.* Penguin Books.

Bell, Anne Olivier (ed.) & Andrew McNeillie (assisted), 1985, *The Diary of Virginia Woolf. Volume 5, 1936-41.* Penguin Books.

Beurdeley, Michel et al (ed.), *Erotic Art of Japan – The Pillow Poem.* Leon Amiel Publisher.

Bode, Helmut (ed.), 1975 (1944), *Das Kopfkissenbuch der Dame Sei Shonagon.* Nach dem um das Jahr 1000 von der japanischen Hofdame Sei Shonagon verfaßten "Skizzenbuch unterm Kopfkissen". Insel Verlag.

Bowring, Richard (trans. intro.), 1996, *The Dairy of Lady Murasaki.* Penguin Books.

Bowring, Richard, 1987, The Female Hand in Heian-Japan: A First Reading. *The Female Autograph. Theory and Practice of Autobiography from the Tenth to the Twentieth Century.* Domna C. Stanton (ed.), The University of Chicago Press.

Cavaye, Ronald, 1993, *Kabuki - A Pocket Guide.* Charles E. Tuttle Publishing.

Chance, Linda H., 2000, Zuihitsu and Gender: Tsurezuregusa and The Pillow Book. *Inventing the Classics. Modernity, National Identity, and Japanese Literature.* Haruo Shirane & Tomi Suzuki (ed.), Stanford University Press.

Craig McCullough, Helen (ed.), 1991, *Classical Japanese Prose. An Anthology.* Stanford University Press.

Dalby, Liza, 2001 (1993), *Kimono - fashioning Culture.* Vintage.

Dalby, Liza, 2000, *The Tale of Murasaki. A Nobel.* Chatto & Windus.

D'Etcheverry, Charo B., 2007, *Love After The Tale of Genji. Rewriting the World of the Shining Prince.* Harvard University Asia Center.

Douglas, Nik & Penny Slinger, 1981, *The Pillow Book – The Erotic Sentiment in the Paintings of India, Nepal, China & Japan.* Destiny Books.

Eväsoja, Minna (ed.), 2011, *Itämainen*

Makura no sōshi. Monumenta Nipponica 63.1, 143-60.

Miner, Earl (ed.), 1985, *Principles of Classical Japanese Literature.* Princeton University Press.

Miner, Earl & Hiroko Odagiri & Morrell Robert E., 1985, *The Princeton Companion to Classical Japanese Literature.* Princeton University Press.

Morita, Kiyoko, 1992, *The Book of Incense – Enjoying the Traditional Art of Japanese Scents.* Kodansha International.

Morris, Ivan (ed. intro.), 1970, *Madly Singing in the Mountains. An Appreciation and Anthology of Arthur Waley.* George Allen & Unwin Ltd.

Morris, Ivan (trans. ed.), 1971, *The Pillow Book of Sei Shōnagon.* Penguin Books.

Morris, Ivan (trans. ed.), 1967, *The Pillow Book of Sei Shōnagon. Vol. 1 & 2 (A Companion Volume).* Oxford University Press.

Morris, Ivan, 1971, *The Tale of Genji Scroll.* Yoshinobu Togugawa (intro.), Kodansha International Ltd.

Morris, Ivan, 1994 (1964), *The World of the Shining Prince - Court Life in Ancient Japan.* Barbara Ruth (intro.) , Kodansha International.

Morris, Mark, 1980, Sei Shōnagon's Poetic Catalogues. *Harvard Journal of Asiatic Studies.* vol. 40, no. 1, 6/1980, 5-54.

Mostow, Joshua S., 2001, Mother Tongue and Father Script: *The Relationship of Sei Shōnagon and Murasaki Shikibu to Their Fathers and Chinese Letters. The Father-Daughter Plot: Japanese Literary Women and the Law of the Father.* Rebecca L. Copeland & Esperanza Ramirez-Christensen (ed.), University of Hawai'i Press.

Nakamura, Matazo, 1990, *Kabuki Backstage, Onstage – An Actor's Life.* Mark Oshima (trans.), Kodansha International.

Nicolson, Nigel, 2007, *The Letters of Virginia Woolf (Virginia Woolf).* Ruth Jakobson (trans.), Ajatus Kirjat.

Okada, Richard H., *1991, Figures of Resistance. Language, Poetry, and Narrating in The Tale of Genji and Other Mid-Heian Texts.* Duke University Press.

Okudaira, Hideo, 1962, *Emaki. Japanese Picture Scrolls.* Charles E. Tuttle Company.

Ōba, Minako, 1996, Special Address: Without Beginning, Without End. *The Woman's Hand. Gender and Theory in Japanese Women's Writing.* Paul Gordon Schalow & Janet A. Walker (ed.), Stanford University Press.

Pover, Caroline, 2001, *Being A Broad in*

to the Mid-Nineteenth Century. Lontoo.

Keene, Donald, 1971, *Landscapes and Portraits - Appreciations of Japanese Culture.* Kodansha International.

Keene, Donald, 1988, *The Pleasures of Japanese Literature.* Columbia Universirty Press.

Kenkō, 1978, *Joutilaan mietteitä* (『徒然草』). Kai Nieminen (trans.), Tammi.

Kimbrough, R. Keller, 2002, Apocryphal Texts and Literary Indentity:Sei Shōnagon and "The Matsushima Diary". *Monumenta Nipponica.* vol. 57, no. 2, summer/2002, 133-171.

Ki no Tsurayuki, 1981, *The Tosa Diary.* William N. Porter (trans.), Tuttle Publishing.

Kobayashi, Nobuko (trans.) & L. Adams Beck (intro.), 1930, *The Sketch Book of the Lady Sei Shōnagon.* London.

Kominz, Laurence R., 1997, *The Stars Who Created Kabuki - Their Lives, Loves and Legacy.* Kodansha International.

Konishi, Jin'ichi, 1986, *A History of Japanese Literature. Volume Two - The Early Middle Ages.* Aileen Gatten (trans.), Earl Miner (ed.), Princeton University Press.

Kristeva, Tzvetana, 1997, Murasaki Shikibu vs. Sei Shōnagon: A classical case of envy in medi-evil Japan. *Semiotica.* vol. 117 - 2/4, 6/1997, 201-226.

Kristeva, Tzvetana, 1994, The Pillow Hook (The Pillow Book as an "open work"). *Japan Review,* 5:15-54.

Levine, Carole et al, 2000, *Extraordinary Women of the Medieval and Renaissance World. A Biographical Dictionary.* Greenwood Press.

Lowell, Amy (intro.) & Annie Shepley Omori (trans.) & Kochi Doi (trans.), 2003 (originally Houghton Mifflin, 1920), *Diaries of Court Ladies of Old Japan - Murasaki Shikibu and Others.* Dover Publications, Inc.

Massy, Patricia, 2003-2004, The Fragrance of Colors - Heian Period. *Ikebana International.* vol. 48, issue 3.

Matilainen, Pia & Virpi Serita, 2010, *Michi - Tie Japanin kieleen.* Otava.

Matsumoto, Ryozo (ed. trans.), 1961, *Japanese Literature, New and Old.* The Hokuseido Press.

McKinney, Meredith, 2005, Pillow Book Talk. Meanjin - On Translation. vol. 64, no. 4.

McKinney, Meredith (trans. n.), 2006, *Sei Shōnagon: The Pillow Book.* Penguin Books.

Midorikawa, Michiko, 2008, Reading Heian Blog: A New Translation of

the Politics of Form. *Journal of Political Philosophy.* vol. 16, no. 1, 26-47.
Woolf, Virginia, 1990, Oma huone (A Room of One's Own). Kirsti Simonsuuri (intro. n. trans.), Kirjayhtymä.

Yee, Tsui, 2009, *Recapturing the Past: The Pillow Book in the Present Age.* For the degree of Master of Arts at the University of Hong Kong.

Yoda, Tomiko, 2004, *Gender and National Literature. Heian Texts in the Coustructions of Japanese Modernity.* Duke University Press.

Japan - Everything a Western woman needs to survive and thrive. Alexandra Press.

Puette, William J., 1983, *The Tale of Genji - A Reader's Guide.* Tuttle Publishing.

Pölkki, Miika, 2002, Koiranleuka tyynynaluskirjan kimpussa - Johdanto 'Koiran tyyny ja kyōka-runoja' teokseen. *Parnasso* 2: 200-213.

Rimer, J. Thomas, 1988, *A Reader's Guide to Japanese Literature. From the Eighth Century to the Present.* Kodansha International.

Sarra, Edith, 1999, *Fictions of Femininity. Literary Inventions of Gender in Japanese Court Women's Memoirs.* Stanford University Press.

Seidensticker, Edward G., 1977, *Genji Days.* Kodansha International.

Seidensticker, Edward (trans.), 2001 (1964), *The Gossamer Years. The Diary of a Noblewoman of Heian Japan.* Tuttle Publishing.

Shikibu, Murasaki, 1980-1990, *Genjin tarina, osat 1-4* (『源氏物語』). Martti Turunen & Kai Nieminen (trans.), Otava.

Shirane, Haruo, 1987, *The Bridge of Dreams. A Poetics of the Tale of Genji.* Stanford University Press.

Shirane, Haruo (ed.), 2007, *Traditional Japanese Literature - An Anthology, Beginnings to 1600.* Columbia University Press.

Shively, Donald H. & William McCullough (ed.), 1999, *The Cambridge History of Japan. Volume 2: Heian Japan.* Cambridge University Press.

Smith, Hilda L. & Berenice A. Carroll (ed.), 2000, *Women's Political and Social Thought: An Anthology.* Indiana University Press.

Sugawara Takasuen tytär, 2005, *Keisarinnan hovineidon päiväkirja* (『更級日記』). Miika Pölkki (trans. intro.), Basam Books.

Tanizaki, Junichiro, 2006, *Varjojen ylistys* (『陰翳礼讃』). Jyrki Siukonen (trans.), Kustannusosakeyhtiö Taide.

Waley, Arthur (trans.) & Dennis Washburn (intro,), 2011, T*he Pillow Book of Sei Shōnagon - The Diary of a Courtesan in Tenth Century Japan.* Tuttle Publishing.

Wallance, John R., 2005, *Objects of Discourse. Memoirs by Women of Heian Japan.* Center for Japanese Studies, The University of Michigan.

Watanabe, Mamoru (trans. ed.) & Masami Iwata (illus.), 1992 (1952), *Das Kopfkissenbuch der Hofdame Sei Shonagon.* Manesse Verlag.

Weiss, Penny, 2008, Sei Shōnagon and

著者略歴
ミア・カンキマキ（Mia Kankimäki）
1971年、フィンランドのヘルシンキ生まれ。国立ヘルシンキ大学比較文学専攻卒業。編集者、コピーライターとして活動した後、本作でデビュー。日本文化に精通していて、生け花の師範でもある。第二作『夜に私が思う女たち』（未邦訳）。これまでにフィンランド旅行誌「モンド」旅の本賞、ヘルシンキ首都圏図書館文学賞、オタヴァ書籍財団ノンフィクション賞を受賞。

訳者略歴
末延弘子（すえのぶ ひろこ）
東海大学文学部北欧文学科卒業。フィンランド国立タンペレ大学フィンランド文学専攻修士課程修了。白百合女子大学非常勤講師。フィンランド現代文学、児童書の訳書多数。2007年度フィンランド政府外国人翻訳家賞受賞。

清少納言（せいしょうなごん）を求（もと）めて、フィンランドから京都（きょうと）へ

2021年 8月 4日　第1刷発行
2021年11月 1日　第4刷発行

著者　ミア・カンキマキ
訳者　末延弘子
装幀者　名久井直子
装画　はらだ有彩
発行者　藤田博
発行所　株式会社草思社
〒160-0022 東京都新宿区新宿1-10-1
電話　営業03（4580）7676　編集03（4580）7680
本文組版　株式会社アジュール
本文印刷　株式会社三陽社
付物印刷　株式会社暁印刷
製本所　加藤製本株式会社

造本には十分注意しておりますが、万一、乱丁、落丁、印刷不良などがございましたら、ご面倒ですが、小社営業部宛にお送りください。
送料小社負担にてお取替えさせていただきます。
ISBN978-4-7942-2528-3　Printed in Japan　検印省略